MW01708575

L'espoir d'une pédiatre

*

Rendez-vous avec sa boss

*

Un mystérieux chirurgien

SUE MACKAY

L'espoir d'une pédiatre

Traduction française de
CHRYSTELLE POULAIN

BLANCHE

HARLEQUIN

Collection : Blanche

Titre original :
RESISTING THE PREGNANT PAEDIATRICIAN

HARPERCOLLINS FRANCE
83-85, boulevard Vincent-Auriol, 75646 PARIS CEDEX 13
Service Clients — www.harlequin.fr
ISBN 978-2-2805-0509-3 — ISSN 0223-5056

Édité par HarperCollins France.
Composition et mise en pages Nord Compo.
Imprimé en juillet 2024 par CPI Black Print (Barcelone)
en utilisant 100% d'électricité renouvelable.
Dépôt légal : août 2024.

FSC
www.fsc.org
MIXTE
Papier issu de sources responsables
FSC® C159065

Pour limiter l'empreinte environnementale de ses livres, HarperCollins France s'engage à n'utiliser que du papier fabriqué à partir de bois provenant de forêts gérées durablement et de manière responsable.

1

— Attention !

Bella Rosso écrasa violemment la pédale de frein de sa petite berline. Une conductrice avait grillé le feu rouge, l'obligeant à piler en plein carrefour.

— Quel danger public ! On devrait lui enlever son permis, maugréa-t-elle.

En fin d'après-midi, la circulation était toujours dense sur la route menant du lac Orta à Stresa. Commettre des infractions n'était jamais excusable, mais là, c'était pire. Bella avait dû freiner si fort qu'elle avait été projetée contre le volant. Elle avait évité la collision de justesse !

Ayant calé, elle venait de remettre le contact quand l'automobiliste fit soudain marche arrière. Après un demi-tour hasardeux, la voiture reprit sa course folle... renversant au passage deux garçonnets qui traversaient le passage protégé sur un minivélo.

Le cœur au bord des lèvres, Bella se gara sur le trottoir. Puis elle courut vers les enfants étendus sur la chaussée, bras et jambes coincés dans le cadre tordu de la bicyclette. Le choc et la peur se lisaient dans leur regard.

— Coucou, dit-elle gentiment. Je suis médecin. Ne vous inquiétez pas, je vais vous aider.

Elle s'agenouilla et posa une main protectrice sur la joue de chacun.

— Surtout, ne bougez pas. Vous risqueriez de vous faire encore plus mal.

L'un des bambins se mit à pleurer.

— On a… fait bien attention, dit-il en gémissant. La voiture… nous a foncé dessus.

— Je sais. La police va arrêter la vilaine dame qui conduisait. Moi, je vais regarder vos bobos.

Voyant qu'un attroupement se formait, Bella s'adressa au groupe de curieux.

— Qu'on appelle la police et une ambulance, ordonna-t-elle.

— La police est déjà là, répondit une jeune femme. Les agents faisaient la circulation de l'autre côté du carrefour.

— Espérons dans ce cas qu'ils aient tout vu…

Les infractions commises par l'automobiliste avaient failli provoquer un drame. Les garçonnets, bien que conscients, étaient sérieusement blessés.

Alors qu'elle palpait la tête et le torse du premier, elle sentit une présence et leva les yeux. Un homme s'était accroupi face à elle. Il était si beau que, l'espace d'une seconde, le souffle se bloqua dans sa gorge.

— Je suis médecin, dit-il.

Elle retomba sur terre et se traita d'idiote.

— Formidable, nous ne serons pas trop de deux, murmura-t-elle. Je suis pédiatre.

— Moi, urgentiste, précisa l'homme en dégageant le bras du premier garçonnet resté coincé sous le guidon.

— Dans leur malheur, ces petits ont de la chance…

— Êtes-vous de la région ?

— Oui, répondit-elle, intriguée.

Il parlait un très bon italien, avec une pointe d'accent britannique qu'elle avait du mal à reconnaître. Elle aurait dû, pourtant. Elle avait vécu et travaillé à Londres pendant quatre ans.

— En ce moment, j'exerce à l'hôpital de Stresa, ajouta le médecin.

S'agissait-il de l'urgentiste intérimaire qui avait commencé le lundi précédent, alors qu'elle-même donnait des consultations à Milan ? D'après ses informations, il s'agissait d'un Écossais. Voilà qui expliquerait l'accent...

— Poussez-vous de là ! cria soudain une femme, arrachant Bella à ses réflexions. Je suis infirmière. Je vais m'occuper des gosses.

Le médecin se releva et lança un regard circonspect à la nouvelle venue.

— Doucement, madame.

— Ces mioches ont traversé devant moi. C'est leur faute.

Bella sentit quelque chose de dur lui heurter l'épaule. Surprise et déséquilibrée, elle tomba sur le côté. Aussitôt, son collègue se précipita pour faire barrage entre elle et l'automobiliste.

— Calmez-vous, dit-il d'un ton sévère. Et reculez avant de faire plus de dégâts. Deux blessés ne vous suffisent pas ?

— Je n'y suis pour rien si ces idiots ont déboulé devant ma voiture !

La femme avait crié, visiblement peu impressionnée par la carrure du médecin. Néanmoins, elle ne réussit pas à le contourner car il lui bloquait le passage.

— En voilà assez, maintenant. Reculez ! ordonna-t-il.

Chaque fois que l'irascible conductrice faisait un pas, il se décalait pour la maintenir à distance. Il paraissait à la fois tendu et sûr de lui, ce qui n'avait rien d'étonnant. Un urgentiste savait gérer les situations délicates...

Voyant que la femme ne bougeait pas, il se détourna.

— Donnez-moi la main, dit-il, penché sur Bella.

Il l'aida à se mettre debout d'un geste rapide et ferme. Elle frictionna machinalement son épaule droite endolorie.

— Laissez-moi passer ! cria la conductrice.

Visiblement hors d'elle, elle s'agitait dans tous les sens pour se frayer un chemin vers les enfants. Elle finit par écarter le bras du médecin et Bella eut un mouvement de recul, mais trop tard : elle n'avait pas été assez rapide pour éviter de recevoir une grande bourrade dans les côtes.

— Aïe !

Elle aplatit les mains sur son ventre de manière réflexe. Elle était enceinte ! Si cette femme avait fait mal au bébé...

Son collègue s'interposa de nouveau.

— Arrêtez immédiatement, martela-t-il. Nous sommes médecins, nous allons prendre les blessés en charge. Nous n'avons pas besoin de votre aide.

Puis, s'adressant aux policiers qui approchaient :

— Pouvez-vous éloigner cette dame, s'il vous plaît ? Elle nous empêche de porter secours aux enfants.

Son accent provoqua un délicieux frisson à Bella qui se rembrunit. Le moment était mal choisi pour avoir ce genre de réaction. Elle devait faire son travail.

— Tout va bien se passer, dit-elle, s'agenouillant à nouveau près des enfants. Comment vous appelez-vous ?

Elle s'était mise à palper les jambes du garçon qu'elle avait vu assis à l'arrière du vélo. Il avait reçu le gros de l'impact et sans surprise, elle découvrit une lésion au niveau du fémur gauche.

Aucun des petits n'avait répondu à sa question. Sans doute étaient-ils trop choqués pour parler.

— Une fracture ? demanda l'Écossais, penché sur le deuxième bambin.

— Je le crains. Les agents ont-ils éloigné cette folle ?

— Oui, rassurez-vous. Je pense qu'elle était ivre. Elle sentait l'alcool à plein nez.

— Elle a commis plusieurs infractions avant de renverser ces pauvres gamins.

— Vous avez vu la scène ?

— Tout à fait. Elle a notamment grillé un feu rouge et j'ai dû piler pour l'éviter. Je parlerai à la police plus tard.

Avec une extrême douceur, le médecin souleva la roue avant du vélo, puis palpa les jambes de l'autre blessé.

— Fracture du tibia droit, annonça-t-il.

Au même moment, un hurlement de sirène retentit au loin. Les secours arrivaient.

— On a failli attendre, marmonna-t-il.

— Ils sont venus vite, je trouve. On n'est pas là depuis longtemps.

— Vous avez raison. C'est juste que je m'impatiente toujours dans ce genre de situations, répondit-il d'un ton calme. Je pense que vous comprenez.

— Très bien, oui.

— Maman ! cria soudain d'une voix déchirante le garçonnet qu'elle avait examiné.

Bouleversée, elle lui prit la main.

— Ta maman n'est pas là, mais nous allons lui téléphoner. Elle va te rejoindre à l'hôpital.

Qui étaient ces gamins ? Ils portaient l'uniforme de l'école du quartier, ce qui était un début, mais connaître leur identité aiderait grandement la police.

— Comment t'appelles-tu ? demanda-t-elle à nouveau.

— An... drea, balbutia le petit, de grosses larmes roulant sur ses joues. Je veux... ma maman.

Comme elle aurait voulu l'étreindre pour le rassurer ! Hélas, elle devait se contenter de lui caresser les cheveux...

— Tu la verras bientôt. Comment s'appelle ton copain ?

— Mattia.

Ce dernier ne bougeait pas. Les paupières closes, il respirait vite et de manière saccadée.

— Est-ce que tu m'entends, Mattia ? demanda le médecin. Je m'appelle Aaron. Je suis un docteur.

Le garçonnet ouvrit les yeux, mais ne répondit pas. Bella jeta un regard préoccupé à son nouveau collègue – Aaron, donc. Il lui semblait avoir déjà entendu ce prénom, peut-être dans la bouche du chef des urgences lors du briefing...

— Heureusement qu'ils portaient un casque, fit-elle observer. Le choc aurait pu avoir des conséquences bien pires. N'empêche qu'il va falloir leur administrer une forte dose d'antalgiques pour les libérer de cette ferraille.

— Tout à fait d'accord. Les ambulanciers sont là. Ils vont leur en injecter.

De fait, les secouristes prirent rapidement le relais. Une fois les bambins sous calmants et oxygène, Aaron et elle aidèrent à déplacer les morceaux de métal tordus. Il n'y eut plus qu'à installer les deux petits sur des brancards avant leur évacuation vers l'hôpital.

En se relevant, Bella éprouva une vive douleur au côté et de nouveau, arrondit les paumes sur son ventre. Si cette femme avait blessé le bébé, elle le paierait cher ! Bella avait tellement désiré cet enfant qu'elle se sentait l'âme guerrière.

Certes, Jason ne connaîtrait jamais son fils ou sa fille, mais elle l'élèverait en honorant sa mémoire. Elle avait mis trois ans avant de se décider à faire une FIV. Elle ne laisserait personne mettre cette grossesse en péril.

— Hé, ça va ?

Planté devant elle, Aaron la considérait avec inquiétude.

— Très bien, merci.

Je suis juste furieuse, mais je vais me calmer. Un coup dans les côtes ne lui a probablement pas fait de mal…

Au fond, son stress était compréhensible car elle gérait seule ses doutes et ses angoisses. Elle refusait d'inquiéter davantage sa famille, qui avait tendance à la surprotéger depuis son veuvage. Elle s'était remise doucement du décès de Jason. Elle devait rester forte et indépendante pour le bien de son enfant à naître.

— Vous êtes sûre ?

Aaron la regardait avec un peu trop d'insistance pour un inconnu. Sa vie privée ne le concernait en rien. Il n'avait pas besoin de connaître son histoire.

— Oui. Merci d'avoir géré cette femme, ajouta-t-elle pour changer de sujet. Elle a vraiment perdu les pédales. Son taux d'alcool doit être impressionnant. Je vais aller trouver les agents pour leur expliquer ce qui s'est produit, à supposer qu'ils n'aient pas vu la scène depuis l'autre bout de la rue.

— Très bonne idée. Au fait, on n'a pas eu le temps de se présenter.

Je m'appelle Aaron Marshall. L'hôpital m'a recruté pour un remplacement de quatre mois. Les locaux ne sont pas gigantesques. Je suis sûr qu'on aura souvent l'occasion de se croiser.

Quand elle serra sa main tendue, de petites flammes lui réchauffèrent la paume et elle recula instinctivement. Le sourire charmeur de son nouveau collègue devait faire des ravages, mais elle ne tomberait pas dans le piège. Les séducteurs trop sûrs d'eux la laissaient de marbre. Jason avait été – et resterait – son seul amour. La vie ne lui offrirait jamais la chance de connaître une autre histoire magique.

— Oui, certainement, répondit-elle d'un ton neutre. Je m'appelle Bella Rosso. Bienvenue à Stresa.

— Merci. Enchanté, Bella. J'aurais préféré vous rencontrer dans d'autres circonstances, mais au moins, on se connaît maintenant, répondit-il d'un ton léger.

— Eh oui… Alors… à plus tard, Aaron.

Elle tourna les talons pour se rapprocher des policiers qui, déjà, recueillaient des témoignages. Rester bavarder avec son séduisant collègue n'aurait eu aucun intérêt. Son avenir était tout tracé pour les prochains mois. Elle ne pouvait pas se laisser distraire par un urgentiste de passage à Stresa. Ni par quiconque, d'ailleurs.

Elle avait aimé Jason de toute son âme. Elle ne s'imaginait pas retomber amoureuse. Elle avait accepté trois dîners au cours des six mois précédents pour que sa famille la laisse en paix, mais quelle corvée !

Ces rendez-vous n'avaient servi à rien, sinon à renforcer la conviction qu'elle avait vécu une histoire unique. Elle voulait désormais se consacrer à sa carrière et bien sûr, à son enfant. Et en cas de coup dur, elle pourrait toujours compter sur le soutien inconditionnel de ses parents et de ses trois frères aînés hyper-protecteurs.

Par la force des choses, elle s'était forgé une carapace. Les derniers mois, avec Jason, ils avaient beaucoup évoqué l'avenir. Il s'était montré inquiet pour elle, mais aussi ravi à l'idée qu'elle puisse porter leur enfant. Et même si elle ne lui avait fait aucune promesse, au fond, elle avait toujours su qu'elle réaliserait leur vœu le plus cher.

Avoir un bébé était une façon de garder Jason près d'elle. Plus les jours passaient, plus elle se félicitait d'avoir pris cette décision. Le reste n'avait aucune importance.

Aaron se gara devant « Chez Gino » en songeant qu'il avait bien mérité de se faire plaisir. Certains jours, il n'y avait rien de mieux que des *linguine* et un verre de *pinot grigio* pour se détendre.

Après sa garde à l'hôpital, il avait encore dû secourir ces deux gamins blessés. Le quotidien d'un urgentiste était décidément fatigant, mais au moins l'histoire se terminait-elle bien, ce qui n'était hélas pas toujours le cas.

Seul bémol à cette intervention, il avait été un peu vexé par la froideur du Dr Bella Rosso. Bien sûr, elle avait eu raison d'aller parler à la police, mais elle aurait pu prendre congé de manière plus chaleureuse. En général, les femmes ne le fuyaient pas. Au contraire, elles recherchaient plutôt sa compagnie, qu'il le veuille ou non.

Pour Aaron, porter le nom d'une famille connue ne présentait pas que des avantages. En Angleterre, ses moindres faits et gestes étaient épiés. La gent féminine le pourchassait. Il menait une existence plus tranquille depuis son arrivée en Italie, mais cela ne durerait sans doute pas.

Et s'il profitait de ce répit pour s'accorder une petite aventure ? Prendre du bon temps lui remonterait peut-être le moral ?

Quoi qu'il en soit, la jolie Bella Rosso ne serait pas la candidate idéale. Elle semblait trop sérieuse. Certes, ils s'étaient rencontrés dans un contexte tendu, mais pourquoi ne lui avait-elle pas accordé le moindre sourire ?

Arrête un peu. Elle était sûrement triste pour les gamins. Et puis, elle a été agressée...

En voyant la conductrice faire son numéro, Aaron avait d'abord eu peur. Il avait craint que cette folle ne s'en prenne sérieusement à Bella ou à lui-même, comme le toxicomane qui avait failli le tuer à Édimbourg. Puis il s'était ressaisi et son instinct protecteur avait pris le dessus, hélas trop tard pour éviter que la jeune pédiatre ne soit bousculée.

Jamais il n'oublierait son air choqué lorsqu'elle s'était retrouvée sur le flanc. Si seulement il avait agi plus vite...

— Arrête, dit-il à voix haute. Tu vas encore tourner en boucle.

Il porta une main machinale à sa cuisse gauche, là où le couteau avait sectionné l'artère.

S'il était venu à Stresa, c'était pour oublier l'agression dont il avait été victime pendant une nuit de garde très éprouvante. Il n'aurait jamais survécu sans ses collègues urgentistes qui avaient pu circonscrire l'hémorragie avant qu'il ne soit trop tard. Il devait aussi une fière chandelle au garde qui avait contenu l'homme alors que ce dernier tentait de lui porter un deuxième coup.

Depuis ce jour-là, il était devenu insomniaque. Dès qu'il ouvrait les yeux, il voyait une lame briller dans le noir au-dessus de lui. Il se remémorait la haine qu'il avait lue dans le regard de son assaillant. Il aurait payé cher pour se débarrasser des images qui le hantaient malgré tous ses efforts pour oublier.

Un bon repas ne ferait pas de miracle, mais lui permettrait de se détendre pendant une ou deux heures. À tout prendre, c'était déjà bien. Il avait repéré ce restaurant sur le chemin de l'hôpital, la veille, et l'endroit lui avait paru si charmant qu'il s'était promis d'y venir le plus tôt possible.

Descendu de voiture, il se rapprocha de la bâtisse aux allures chaleureuses et poussa la porte. Dès qu'il eut franchi le seuil, il perçut des rires et un bruit de conversations animées. Une grande tablée occupait déjà le fond de la pièce : quelle ne fut pas sa surprise d'y repérer Bella !

Il eut un coup au cœur malgré lui. Lorsqu'elle souriait, elle était belle à couper le souffle. Elle était vraiment... sublime.

Se traitant d'idiot, il prit une profonde inspiration. Il avait croisé des dizaines de jolies femmes dans sa vie, alors pourquoi sa nouvelle collègue sortait-elle du lot ? Personne ne lui avait jamais fait cet effet-là, pas même son ex-compagne. Il y avait danger !

— Bonsoir, *signore*. Avez-vous choisi une table ?

Il se reprit et pivota vers la serveuse. Si cela n'avait tenu qu'à lui, il aurait rejoint Bella, mais un dîner avec elle n'était pas à l'ordre du jour.

— *Sì, grazie*. Puis-je m'installer près de la fenêtre ?

— Bien sûr. La nuit, on ne voit pas le lac, c'est dommage. Mais au moins, la tablée du patron ne vous cassera pas les oreilles, ajouta la jeune femme en riant.

Suivant son regard, il eut un sourire un peu triste. Tout le monde semblait heureux ici. Les enfants parlaient autant qu'ils mangeaient, les adultes riaient...

— Ce sont les propriétaires ?

— *Sì*. Il y a Gino, le patron, sa femme, et une partie de la famille. Ils se retrouvent souvent ici pour dîner.

Bella appartenait donc à une tribu chaleureuse et accueillante. Quelle chance elle avait. Il n'était pas habitué à ce genre de repas convivial.

Il s'installa, commanda un verre du fameux *pinot grigio*, puis s'intéressa au menu. Néanmoins, il avait du mal à faire abstraction de la tablée. Il lui prenait l'envie saugrenue de rejoindre le groupe !

Il se sentait bien depuis son arrivée en Italie, mais aussi un peu seul, il devait l'admettre. Sa petite maison surplombant le lac Majeur était l'endroit idéal pour se ressourcer après le travail, sauf qu'il ne croisait pas grand monde.

Au fond, il aurait dû se réjouir d'avoir la paix. Il n'avait jamais apprécié le tourbillon médiatique que ses parents et sa sœur affectionnaient. Ici au moins, personne ne le suivait armé d'un appareil-photo. Et cerise sur le gâteau, le changement de travail lui faisait du bien.

Le rythme des urgences, plus calme qu'à Édimbourg, lui convenait. Là-bas, il stressait chaque jour à l'idée d'accueillir un flot ininterrompu de patients, dont certains devenaient agressifs à cause du temps d'attente. Agressifs et parfois dangereux. Il en savait malheureusement quelque chose...

— Votre pinot, *signore*.

Il remercia la serveuse, commanda les *linguine* qu'il avait repérées sur la carte et s'absorba dans la contemplation de la rue déserte. Puis, malgré lui, il se mit à observer Bella dont il apercevait le reflet dans la vitre. Que pouvait-elle bien raconter à la dame âgée qui se trouvait à sa droite ? De quoi riaient-elles ? Sa gaieté tranchait avec l'attitude froide et stricte qu'elle avait eue sur le lieu de l'accident.

Voilà sans doute la seule et unique Bella qu'il aurait l'occasion de connaître puisqu'ils étaient collègues. Et d'ailleurs, ils se côtoieraient peu, sauf s'il était amené à lui référer une urgence pédiatrique.

Allons, c'était incroyable. Il rêvait d'attirer son attention alors que d'habitude, il faisait tout pour passer inaperçu.

Fils d'une comédienne oscarisée et d'un juge célèbre, il avait toujours détesté que les journaux s'intéressent à lui. Avoir des parents connus ne justifiait pas l'intérêt malsain qu'on lui portait. Sa sœur, qui allait bientôt devenir une grande réalisatrice, appréciait peut-être de se trouver sous les feux de la rampe, mais pas lui !

Allergique aux médias depuis son plus jeune âge, il s'était mis à les haïr franchement lorsque Amy était entrée dans sa vie. Ou plutôt quand elle l'avait quitté, lasse de voir ses moindres faits et gestes scrutés par les paparazzis. Elle n'avait pas supporté ce « cirque », selon ses propres mots.

— *Grazie.*

Il se délecta de l'odeur émanant de son assiette. Si seulement la vie avait été aussi simple qu'un plat de pâtes ! Mais hélas, rien n'était jamais gagné. Les gens se révélaient dans l'épreuve et les personnes que l'on croyait bien connaître réagissaient parfois de manière inattendue.

Parce que Amy avait un naturel simple, réfléchi et décontracté, il avait cru qu'elle résisterait à la pression. Il avait eu tout faux.

Stop. Tu es venu ici incognito. Profite de chaque bon moment et arrête de stresser.

S'il ne parvenait ni à se détendre ni à recouvrer le sommeil, ce changement de décor n'aurait servi à rien. Que ferait-il à son retour en Écosse ? Il ne voulait pas y penser.

— Hmm. C'est délicieux, dit-il tout haut.

— N'est-ce pas ?

Passant à côté de lui avec trois assiettes sur les bras, la serveuse lui adressa un sourire complice, du genre « et plus si affinités ». Néanmoins, même s'il la trouvait séduisante, il n'avait aucune envie de se laisser tenter. Il n'avait pas eu d'aventure depuis des lustres et s'en portait très bien.

Dans la vitre, il remarqua que Bella s'était levée pour débarrasser la table. Lorsqu'elle tourna les talons, elle parut enfin se rendre compte de sa présence et marqua un temps d'arrêt. Jamais il n'aurait dû l'observer à son insu. C'était incorrect, mais il n'avait pas pu s'en empêcher...

— Voulez-vous un autre verre de pinot ?

La serveuse s'était matérialisée près de lui sans qu'il s'en aperçoive. Il avait presque terminé son repas.

— Non, merci. Je prendrai un café, s'il vous plaît.

— Combien de temps allez-vous rester ? La saison commence à peine, mais on voit déjà beaucoup de monde.

Il préféra répondre à la question par une autre :

— Ce restaurant est-il aussi un hôtel ?

— Oui, il y a plusieurs chambres au premier étage. Gino, sa femme et leurs enfants habitent au deuxième. La sœur de Gino occupe un petit appartement sur le même palier. Son frère est content de pouvoir garder un œil sur elle, sachant qu'elle va avoir un bébé.

La serveuse se montrait loquace, une attitude qui éveillait toujours la méfiance d'Aaron. Les bavardages irréfléchis faisaient des dégâts. Il ne le savait que trop.

— Hmm, hmm..., lâcha-t-il prudemment.

Le sourire de son interlocutrice perdit de son éclat.

— Je vais chercher votre café, dit-elle. J'arrive.

— Merci.

Même s'il avait passé un moment agréable, il comptait s'éclipser rapidement pour éviter d'autres questions. Moins on s'intéresserait à lui, moins il risquait d'être reconnu.

Son café bu, il se leva pour aller régler sa note au comptoir. Néanmoins, malgré ses bonnes résolutions, il jeta un petit coup d'œil de côté… et s'aperçut que Bella le regardait. Impossible de partir sans l'avoir saluée : elle risquait de le trouver impoli.

Il s'avança vers la table familiale.

— Bonsoir, Bella. Je ne pensais pas vous revoir si tôt.

— Vous avez très bien choisi votre restaurant, répliqua-t-elle avec un petit sourire. Avez-vous apprécié le repas ?

Du coin de l'œil, il vit l'homme assis en bout de table froncer légèrement les sourcils.

— Les *linguine* étaient exceptionnelles. Je reviendrai tester les autres plats. Tout me faisait envie.

— Super, tant mieux ! Relax, Gino…, ajouta-t-elle à l'intention de l'homme renfrogné. Avez-vous des nouvelles des petits, Aaron ?

— Oui, tout va bien. Mattia a été plâtré. Il va passer la nuit à l'hôpital. Quant à Andrea, ils l'ont transféré à Milan. Un chirurgien orthopédiste lui insérera une broche dans le fémur demain matin.

— Bella nous a parlé de l'accident. Vous y étiez ? questionna l'homme.

— Oui. Je m'appelle Aaron Marshall. Je fais un remplacement aux urgences cet été.

Il s'avança vers son interlocuteur et lui tendit la main. L'autre se leva, puis une poigne ferme enserra ses doigts.

— Gino Rosso. Je suis le frère aîné de Bella.

— Enchanté. Et encore bravo pour ce délicieux repas.

— *Grazie*. Si cela vous a plu, il faudra revenir.

Aaron hocha la tête puis se tourna vers Bella.

— Comment vont vos côtes ? Cette folle ne vous a pas fait trop mal, j'espère ?

— Quoi ? Que s'est-il passé ? s'écria Gino.

Consterné, Aaron croisa le regard meurtrier de Bella, qui haussa les épaules.

— Du calme, Gino, ce n'était rien. La conductrice m'a bousculée en se précipitant vers les garçons. J'étais déjà à genoux, j'ai juste basculé sur le côté.

Les choses s'étaient passées différemment, mais Aaron s'abstint de tout commentaire. Bella avait sans doute édulcoré les faits pour ne pas inquiéter Gino. Mieux valait ne pas jeter d'huile sur le feu. Leur relation professionnelle démarrerait mal s'il la contrariait.

— La situation était tendue, mais Aaron et la police ont éloigné cette femme, précisa Bella.

En une fraction de seconde, le regard méfiant de Gino devint chaleureux.

— Merci d'avoir été présent pour ma sœur.

— De rien, voyons. C'était normal.

— Bon, ce n'est pas tout ça, mais je vais retourner en cuisine. Quand le chat n'est pas là, les souris dansent.

— Penses-tu, les gars ont trop peur de toi ! commenta Bella, taquine. Gino aboie plus qu'il ne mord, ajouta-t-elle alors que son frère tournait les talons. C'est un bon gros nounours.

— En tout cas, c'est un fameux chef, répliqua Aaron en souriant. On ne mange pas des pâtes comme cela chez moi.

— Vous êtes Écossais ?

— Oui. On n'a pas le même art culinaire que vous.

— Oh ! je le sais. J'ai travaillé à Londres pendant quatre ans.

Intrigué, il aurait voulu la questionner, mais il sentait les regards des autres membres de la famille peser sur lui.

— Êtes-vous sûre que ça va ? demanda-t-il simplement. Cette femme n'y a pas été de main morte.

— Oui, merci. Ne vous inquiétez pas.

Un silence gêné tomba, que Bella rompit la première :

— Je vais finir de débarrasser. À un de ces jours, à l'hôpital.

— Oui... Bonne soirée.

Un peu déçu d'avoir été ainsi congédié, il gagna le comptoir, où un jeune homme officiait derrière le bar.

— Puis-je avoir mon addition, s'il vous plaît ?

— Il n'y a pas d'addition, monsieur. Gino vous invite.

— Que... Non, voyons ! protesta-t-il. Il ne me connaît pas.

— Vous avez aidé Bella et pour notre famille, cela n'a pas de prix. Nous espérons avoir le plaisir de vous revoir bientôt.

— Je... Oui, certainement.

Estomaqué, Aaron sortit dans la rue. Jamais on ne l'avait remercié de cette façon. En général, les gens attendaient toujours quelque chose de lui. Là, c'était le contraire. Les Rosso ne le connaissaient pas, mais s'ils avaient su qui il était, cela n'aurait sans doute rien changé.

Tout de même, il n'avait rien fait pour mériter cette attention. Il avait juste aidé Bella...

Il s'arrêta soudain de marcher. Se pouvait-il...

La serveuse avait mentionné une sœur enceinte. Avait-elle parlé de Bella ? Il avait bien remarqué l'air inquiet de celle-ci après qu'elle eut reçu le fameux coup dans les côtes.

Sa silhouette fine ne révélait rien, mais peut-être s'agissait-il d'un début de grossesse ? Si tel était le cas, il pouvait arrêter de fantasmer sur elle. Enceinte signifiait mariée ou en couple, donc inapprochable.

Il aurait dû se sentir soulagé, alors pourquoi était-il déçu ?

2

— Bella, on a un appel des urgences !

Passant près du poste des infirmières, Bella contourna le bureau et prit le téléphone.

— Merci, Gita… Bella Rosso, j'écoute.

— Bonjour, c'est Aaron. J'ai une adolescente de quatorze ans qui est tombée dans la rue. À mon avis, quelque chose ne tourne pas rond, ce qui expliquerait la chute. Pouvez-vous descendre, s'il vous plaît ?

Son intonation neutre et un peu froide l'étonna. En l'entendant, on ne pouvait pas imaginer combien il était sexy. Mais n'était-ce pas une bonne chose ? S'il gardait ses distances, elle arrêterait peut-être de penser à lui non-stop comme elle le faisait depuis trois jours.

— J'arrive tout de suite.

— Merci.

Avant qu'elle n'ait eu le temps de dire ouf, il avait raccroché. Elle aurait dû s'en réjouir, et pourtant elle se sentait un peu déçue. N'avait-il pas eu envie de prendre de ses nouvelles ? Il lui avait pourtant paru très empathique l'autre soir. Il n'avait visiblement pas apprécié qu'elle minimise l'incident avec l'automobiliste devant Gino !

— Je vais aux urgences, dit-elle à Gita, la surveillante de pédiatrie. J'ai imprimé une nouvelle ordonnance pour le petit Joseph. Il fait une résistance aux antibiotiques. J'ai prescrit un bilan complémentaire.

Suite à une appendicectomie, on lui avait confié le garçonnet qui présentait des signes d'infection abdominale. Mais trois jours avaient passé et en l'absence d'amélioration, elle commençait à suspecter un autre problème.

Elle se pencha sur le bureau pour signer les formulaires, se redressa et se frotta machinalement le côté. Elle éprouvait toujours une petite douleur là où la conductrice l'avait heurtée. L'incident ne serait bientôt plus qu'un mauvais souvenir, mais elle devrait se retenir de faire ce geste devant Aaron. Elle était sûre qu'il réagirait, or elle en avait assez d'être traitée comme de la porcelaine.

À voir l'attitude hyper-protectrice de sa famille, on aurait pu croire qu'elle était incapable de prendre soin d'elle-même. Or, ce n'était pas le cas. Elle s'en sortait très bien depuis la mort de Jason, merci. Ou plutôt, elle faisait le maximum pour s'en sortir. Et plus le temps passait, plus elle avait une vision claire de sa vie future. Son avenir était là, bien au chaud dans son ventre...

— Tout va bien ? demanda Gita.

— Très bien, merci !

Puis, aussitôt, elle ajouta :

— Pardon d'avoir répondu un peu brusquement, Gita. Je n'ai pas beaucoup dormi la nuit dernière.

Elle avait fait un rêve étrange où elle avait vu tour à tour Jason, puis un bel Écossais au charme ravageur lui porter secours dans la rue après un accident. Réveillée en sursaut, elle avait été incapable de retrouver le sommeil.

— J'ai fait beaucoup d'insomnies pendant mes deux grossesses, répondit Gita d'un ton compatissant. J'avais tendance à m'inquiéter pour des broutilles.

— Je me réjouis de savoir que je suis normale, répondit-elle avec un sourire forcé. Allez, j'y vais. À plus tard.

En marchant vers l'ascenseur, Bella songea que non, il n'était pas « normal » de porter l'enfant de son défunt mari et de rêver d'un autre homme. Ou peut-être que si ? Elle ne savait pas. Elle ne savait plus. Elle surnageait depuis trois ans dans un monde où beaucoup de choses lui échappaient.

Son univers avait basculé quand les médecins avaient diagnostiqué un myélome au stade terminal à Jason. Et même si elle avait refait surface, il lui arrivait encore de se demander si elle n'était pas folle d'avoir un bébé sans lui. Ils en avaient beaucoup discuté, mais parler était une chose, vivre une grossesse atypique en était une autre.

Elle regrettait souvent de ne pas pouvoir partager l'excitation de ces mois fabuleux avec Jason. Même si elle exauçait leur rêve partagé, son absence lui pesait. Bien sûr, elle avait mûrement réfléchi avant de faire une FIV, mais les coups de blues étaient inévitables. Elle les avait prévus. Elle devrait composer avec ces accès de nostalgie !

Sans s'en apercevoir, elle était arrivée au rez-de-chaussée. Le tintement de l'ascenseur la ramena au présent. Elle s'engagea dans le couloir des urgences et tomba sur Aaron qui l'attendait à l'accueil.

— Bonjour, Bella. Comment allez-vous ?

Déstabilisée par l'intensité de son regard azur, elle inspira à fond. Que lui arrivait-il, à la fin ? À supposer qu'elle en ait envie, elle ne *pouvait pas* s'intéresser à lui.

— Très bien, merci. Alors... Parlez-moi de notre patiente.

Rester professionnelle serait le meilleur moyen de contenir ces émotions malvenues. Elle n'avait jamais regardé un homme depuis le décès de Jason, alors pourquoi lui ? Cette attraction n'aurait pas pu surgir à un plus mauvais moment. Nouer une relation avec quelqu'un en portant l'enfant d'un autre serait pour le moins... Elle ne trouvait même pas le bon qualificatif. C'était juste impossible.

Quoi qu'en pensent ses frères, elle élèverait son bébé toute seule. Ils avaient beau développer de grandes théories sur l'éducation de cet enfant, ils n'auraient pas leur mot à dire !

— Elle s'appelle Tish Gamboli, elle a quatorze ans, commença Aaron. Elle s'est fracturé le poignet en tombant d'une passerelle dans un centre commercial. Elle montre aussi des signes de commotion. Mais je m'inquiète surtout parce qu'elle a les bras enflés et une grosse éruption de boutons sur le visage. D'après sa mère, ces symptômes sont présents depuis quelques mois, mais ils ont empiré cette semaine.

Contournant l'accueil, il se pencha sur un ordinateur et lui fit signe d'approcher.

— Tish est-elle de Stresa ?

— Non, de Gênes. Ses parents et elle sont en vacances.

Bella n'eut pas d'autre choix que de se pencher sur l'épaule d'Aaron pour lire ses notes. Néanmoins, elle se figea lorsqu'une subtile odeur boisée vint lui chatouiller les narines. Cette senteur lui évoquait ses promenades dans les collines avec Jason, pendant leurs séjours à Stresa.

Par quelle magie les vêtements d'Aaron en étaient-ils imprégnés ? Était-il allé marcher aux aurores avant de venir à l'hôpital ?

Submergée par une intense vague de chaleur, elle recula.

— C'est bon, j'ai tout lu. Emmenez-moi voir Tish.

— Bien, mon capitaine, répondit Aaron d'un ton ironique.

— Pardon, j'avais... l'esprit ailleurs. Désolée de vous avoir offensé.

— Mais non, du tout. Allez, c'est parti. J'ai dit à la maman que j'allais demander un avis pédiatrique.

Il se dirigea vers un box situé au fond du couloir, dont il écarta le rideau. Il lui fit signe d'entrer la première et la suivit à l'intérieur.

— Tish, Gabby, je vous présente le Dr Rosso.

— Bonjour. Appelez-moi Bella, je vous en prie.

— J'ai... mal à la tête, articula la blessée d'une voix traînante.

— Je suis sûre que le Dr Aaron t'a donné quelque chose pour arranger cela, répondit-elle gentiment.

— C'est le cas, confirma-t-il. Les antalgiques ne vont pas tarder à faire effet.

— Gabby, j'ai cru comprendre que Tish ne se sent pas bien depuis quelque temps...

L'adolescente avait des plaques rouges tout autour des yeux et Bella comprit l'inquiétude d'Aaron. Si on l'associait au gonflement des bras, ce symptôme pouvait évoquer un lupus, maladie auto-immune où le système immunitaire détruisait les tissus au lieu de les protéger.

— C'est vrai, confirma la mère en soupirant.

Pourquoi n'avait-elle pas conduit sa fille chez un médecin ? Bella se retint de poser la question. Le moment aurait été mal choisi.

— Je vais regarder tes bras, Tish. Dis-moi si cela fait mal.

Lorsqu'elle pinça la peau flasque et chaude, l'adolescente ne ressentit aucune douleur. Elle la pria alors de se redresser contre les oreillers pour lui regarder la tête, car le lupus engendrait souvent des pertes de cheveux. Néanmoins, à peine Tish avait-elle fait un geste qu'elle bascula sur le côté. Elle serait tombée du lit si Aaron ne l'avait pas retenue.

— Que se passe-t-il ? cria Gabby.

— Elle fait un petit malaise, répondit Bella en aidant Aaron à réinstaller Tish plus confortablement. Ne vous inquiétez pas, c'est normal après une commotion.

— Maman..., murmura Tish en battant des paupières.

— Je suis là, ma chérie.

— J'ai... mal au cœur.

Comme s'il avait pressenti ce qui allait arriver, Aaron avait sorti un haricot en inox de la table de chevet. Il le posa près de la malade, un sourire compatissant aux lèvres.

— Tiens, au cas où, dit-il avec douceur.

Gabby s'était levée pour faire boire une gorgée d'eau fraîche à sa fille. Quand la patiente se fut désaltérée, Bella s'assit au bord du lit.

— T'arrive-t-il d'être très fatiguée, Tish ?

— Mouais. Parfois.

— Presque tous les jours ! intervint Gabby. J'ai mis ça sur le compte de son âge, de la transformation du corps, mais...

Quand la jeune fille rougit, Aaron se tourna discrètement vers le monitoring. Il se montrait délicat, plein de tact. Cela changeait de certains médecins machos qui, se croyant supérieurs, prenaient les patientes de haut !

— Je vais prescrire un bilan sanguin, dit-elle. Nous y verrons plus clair ensuite.

Elle avait à peine fini sa phrase qu'une infirmière écarta le rideau.

— Aaron, une ambulance nous a amené deux touristes blessés ! Ils sont tombés de VTT en descendant la colline. L'un des deux est bien amoché. Luka gère un infarctus, il a besoin de monde.

— J'arrive.

— Un coup de main ? proposa Bella.

— Ce n'est pas de refus.

Il se précipita vers la sortie, puis se retourna :

— Tish, Gabby, nous allons revenir le plus vite possible. Une infirmière va rester dans les parages, ne vous inquiétez pas.

Quelques instants plus tard, occupée à se savonner les mains près d'Aaron, Bella songea que la vie prenait décidément de curieux détours. Ils allaient à nouveau collaborer sur une urgence, alors qu'en général, elle pratiquait peu ce type d'intervention – sauf quand on l'appelait pour un enfant. C'était presque comme si le destin les poussait l'un vers l'autre !

N'importe quoi. Cela n'a aucun sens. Tu as flashé sur lui, mais les choses en resteront là.

Elle avait beau se gendarmer, elle aurait pourtant bien voulu le connaître en dehors du travail. Se montrait-il aussi gentil, aussi doux dans la sphère privée ? Elle avait l'impression que oui. Il lui faisait l'effet d'un homme simple, empathique, charmant. Un homme pour qui elle aurait pu avoir un faible en d'autres circonstances.

Néanmoins, il ne se passerait rien entre eux. Elle avait eu la chance de vivre un amour extraordinaire avec Jason. Le destin n'accordait pas deux fois ce genre de privilège.

Prête à rejoindre la salle de traumatologie, elle se focalisa sur la situation. Aaron et elle suivirent la civière roulante où un jeune homme était allongé, sous perfusion et monitoring. Les secouristes lui avaient également posé une minerve.

— Jonathon Stitchbury, vingt-quatre ans, dit le chef ambulancier en tendant une fiche à Aaron. Il a reçu un gros choc à la tête. Les pieds sont insensibles au toucher. Il n'a jamais repris connaissance, ni sur place, ni pendant le transfert. Lacérations importantes dans le bas du dos, sur les épaules et le haut des bras.

— Merci pour le briefing. Emano, dis à Luka que Bella est avec nous, s'il te plaît, ajouta Aaron à l'adresse d'un infirmier. Qu'il appelle quelqu'un d'autre en cas d'urgence pédiatrique.

— Il le sait, ne t'en fais pas.

Emano approcha une planche spéciale, et en quelques instants, ils transférèrent le blessé du brancard au lit. Bella n'avait pas traité ce genre de cas depuis longtemps, mais elle se rappelait la tension qui prévalait dans ces moments-là.

— Regarde les membres, je m'occupe du ventre, ordonna Aaron, qui s'était mis à la tutoyer dans le feu de l'action.

— Ça marche !

Ainsi qu'elle le craignait, le blessé ne réagit pas aux stimuli plantaires. En revanche, il referma les doigts sur les siens lorsqu'elle lui chatouilla les paumes des mains.

— Rien en bas, c'est bon en haut, dit-elle.

— Probables lésions internes, annonça Aaron.

Alarmée par le ton de sa voix, elle se pencha pour écouter le cœur. Elle perçut un rythme lent et irrégulier, et soudain, ce fut le silence.

— Code rouge ! cria-t-elle.

De manière réflexe, elle entama le massage cardiaque. Aaron se posta à la tête du patient pour lui insuffler de l'air à la trentième compression, mais ce ne fut pas nécessaire car Emano avait déjà approché le défibrillateur.

— Il doit saigner quelque part, marmonna Aaron, les dents serrées. En charge...

Il positionna rapidement les électrodes sur le torse de Jonathon, prêt à administrer le choc.

— Un, deux, trois... Reculez !

Le corps du patient eut un soubresaut, juste avant que le tracé du monitoring ne reprenne sa courbe.

— On a eu chaud, commenta Bella.

— La partie est loin d'être gagnée. Emano, je veux un kit chirurgical. Bella, téléphone à l'anesthésiste de garde. S'il ne répond pas, on se passera de lui. Je dois arrêter cette hémorragie avant qu'il ne nous fasse un autre arrêt cardiaque.

Bella courut vers le téléphone pour appeler le bloc. Néanmoins, elle ne reçut aucune réponse et sans perdre de temps, elle rejoignit Aaron.

— Je n'ai eu personne, j'ai laissé un message. Vas-y, prépare-toi. Je t'assisterai.

— D'accord. Il s'enfonce, on n'a plus le choix.

Alors qu'il enfilait une nouvelle paire de gants stériles, elle crut presque sentir la tension qui l'habitait. Il devait craindre que le blessé ne meure sur la table. Une heure s'était écoulée depuis l'accident et chaque minute comptait.

— Ça va le faire, Aaron, dit-elle d'un ton calme.

— On n'en sait rien.

En quelques gestes sûrs, il incisa l'abdomen du blessé, qu'il inspecta avec une attention soutenue.

— J'ai vu ! Emano, aiguille, s'il te plaît. Bella, appuie ici !

Prenant sa main, il la plaça au bon endroit avant de retirer la sienne. Des gouttes de sueur perlaient à son front et elle songea qu'il devait avoir un problème. Avait-il perdu un patient dans des circonstances identiques ? Les médecins n'oubliaient jamais ce genre de drame…

Quand l'alarme du monitoring déchira le silence, Emano approcha le défibrillateur et Bella attendit la dernière seconde pour retirer sa main. Comme la fois précédente, un choc suffit à relancer le cœur. Elle se remit aussitôt à appuyer sur la déchirure.

— C'est reparti, murmura-t-elle. On continue.

— Il y a au moins un point positif dans notre histoire, dit Aaron, répondant au commentaire optimiste de Bella.

S'efforçant au calme, il entreprit de suturer l'artère hémorragique dans le ventre de son patient. Si ce jeune homme ne survivait pas, il se le reprocherait toute sa vie.

Lui-même avait eu la chance d'être sauvé par ses confrères. Leur angoisse avait été décuplée par le fait qu'ils étaient collègues, ce qu'il pouvait comprendre. Mais pour lui, les choses étaient différentes. Il avait beau ne pas connaître Jonathon, il se mettait à sa place. Il se revoyait six mois plus tôt, alors que sa vie ne tenait qu'à un fil...

Du coin de l'œil, il vit Bella décaler sa main pour lui faciliter l'accès à la plaie. Elle se montrait calme, concentrée. Même si elle n'était pas urgentiste, il la trouvait remarquable.

— Il me faut une recharge, Emano, s'il te plaît.

Efficace et compétent, l'infirmier avait déjà préparé l'aiguille suivante. Dès qu'il l'eut récupérée, Aaron continua de recoudre, point après point, nœud après nœud.

— Respire, chuchota Bella.

Depuis combien de temps retenait-il son souffle ? Il ne s'en était même pas aperçu...

Il exhala une grande bouffée d'air puis inspira à fond, gêné. Bella devait se poser des questions à son sujet. Mais si elle s'avisait de l'interroger, elle en serait pour ses frais. Il ne lui répondrait pas.

Il manque un demi-centimètre. Tu y es presque.

Le saignement, au départ alarmant, était devenu infime. Encore quelques points et il aurait gagné la partie.

— C'est bon pour moi. Bella, peux-tu appeler le labo et demander trois culots de O négatif ?

— C'est comme si c'était fait.

Il aimait décidément beaucoup sa manière de travailler. Par ses gestes assurés et sa posture réfléchie, elle lui avait bien facilité la tâche.

— Merci, dit-il, alors qu'elle s'éloignait.

C'était tout de même étrange. Ils n'auraient pas dû se côtoyer autant, mais par un curieux hasard, ils avaient collaboré à deux reprises en l'espace de quelques jours !

Sa tâche accomplie, il recula pour observer Jonathon. Le jeune homme était livide, et pourtant sa respiration s'améliorait grâce à l'apport d'oxygène. Le rythme cardiaque, bien que lent, s'était stabilisé. Ils avaient réussi !

— Tiens, essuie-toi.

Tournant la tête, il s'aperçut que Bella lui tendait un mouchoir en papier. Dès qu'il l'eut pris, elle pivota vers le monitoring et scruta la courbe, comme si elle voulait lui laisser du temps pour se ressaisir. Elle s'était probablement étonnée, peut-être même inquiétée de sa réaction, mais il n'avait rien fait de mal. Même s'il avait stressé, il avait réussi à sauver Jonathon. C'était le principal, non ?

— Merci beaucoup, tu m'as bien aidé, dit-il d'un ton neutre.

Dans le feu de l'action, il l'avait trouvée... belle, tout simplement. Elle n'avait pas essayé de prendre le leadership. Au contraire, elle l'avait épaulé de manière exceptionnelle. Et quand elle lui avait conseillé de respirer, il s'était *vraiment* calmé. Par la magie d'un mot, il avait dompté ses émotions, chose qui lui était devenue difficile depuis l'attaque dont il avait été victime.

Elle hocha la tête en souriant.

— Si tu n'as plus besoin de moi, je vais retourner voir Tish. J'ai aussi quelques rendez-vous aux consultations externes.

— Bien sûr, vas-y, répondit-il, déçu à l'idée de la voir partir. Merci pour Jonathon. Il te doit une fière chandelle.

— N'en jette plus, mes chevilles vont enfler, répliqua-t-elle, malicieuse.

Cette voix, ce sourire... Bella était vraiment trop spéciale pour sa tranquillité d'esprit. Sans le vouloir, elle s'était déjà insinuée dans sa tête. S'il n'y prenait garde, il risquait de mettre son cœur en danger.

Il la regarda partir, résolu à s'absorber dans le travail pour ne plus penser à elle. Mais quand, deux heures plus tard, elle apparut de nouveau dans le couloir des urgences, il ne put s'empêcher d'être ridiculement heureux.

— J'ai les résultats d'analyses de Tish, dit-elle.

— Oh ! oh. À voir ta tête, j'imagine qu'ils ne sont pas bons ?

— Non, en effet. La prise de sang a confirmé le lupus. Bien vu, Aaron. Tu avais tapé dans le mille.

— J'espérais me tromper, mais tous les symptômes concordaient. J'aurais voulu avoir tort.

— Comme je te comprends. Je me dis souvent la même chose... Je vais la garder sous surveillance cette nuit. Nous pourrons démarrer le traitement, et en plus, elle a besoin de repos.

Du repos ? Aaron ne put réprimer un bâillement. Il avait oublié la signification de ce mot. Un bon dîner chez Gino lui ferait sans doute du bien après une journée pareille. Il n'aurait qu'à mettre les pieds sous la table et se relaxer...

— Tu as l'air fatigué. As-tu veillé tard ? s'enquit Bella.

— Non, j'ai mal dormi. J'avais trop de choses qui me trottaient dans la tête.

— Arf. Je déteste ces nuits-là.

Elles ne peuvent pas être pires que les miennes, faillit-il répondre. Il se demandait parfois si les cauchemars disparaîtraient un jour ou s'il devait apprendre à vivre avec.

— Je confirme, ce n'est pas drôle, murmura-t-il.

Soudain, il se figea. Bella se frictionnait doucement l'abdomen d'un geste qui semblait machinal, geste qu'il avait souvent remarqué chez les futures mères...

Ainsi c'était bien elle, la sœur enceinte qui cohabitait avec Gino et sa famille ? Il avait de gros soupçons depuis le jour de l'accident, mais cette fois, le doute ne semblait plus permis.

Bella Rosso attendait un bébé. Elle était magnifique. Belle, intelligente, sexy... mais inapprochable. Elle ne lui avait d'ailleurs jamais donné le moindre signal équivoque. Au contraire, elle restait sur la réserve en adoptant une posture ultra-professionnelle.

Avait-elle deviné l'effet qu'elle lui faisait ? Si oui, elle pouvait dormir tranquille. Il n'irait jamais ennuyer une femme mariée ou en couple. Certes, elle ne portait pas d'alliance et chez Gino, il n'avait vu personne qui ressemblait à un conjoint. Mais peut-être ce dernier s'était-il absenté pour raisons professionnelles ce soir-là ?

Arrête de te faire des films. Tu n'as aucune information et elle n'a pas l'air de vouloir raconter sa vie.

L'espace d'un instant, il se surprit à regretter qu'elle porte l'enfant d'un autre homme. Mais aussitôt, il se chapitra. Il n'était pas prêt à retomber amoureux. La seule et unique fois où il avait cru au grand amour, il avait eu le cœur brisé.

À la fin de ses études, il avait choisi de passer une année comme chef de clinique en Nouvelle-Zélande, pour se perfectionner autant que pour voir du pays. Il était immédiatement tombé sous le charme d'Amy, une infirmière de l'hôpital. Quatre mois plus tard, sur leur petit nuage rose, ils emménageaient ensemble. Les projets de mariage avaient rapidement suivi, au point qu'il s'était considéré comme le plus heureux des hommes. Mais la chute avait été brutale !

Parce qu'il vivait loin de Londres, il avait oublié à quel point les médias pouvaient être tenaces. L'annonce de ses fiançailles – savamment orchestrée par ses parents – avait fait le buzz. Le retour en Angleterre avait viré au cauchemar.

Au début, Amy avait bien géré la pression. Elle l'avait soutenu dans ses choix professionnels. Elle avait pris un poste dans une clinique où personne ne s'intéressait à leur vie. Néanmoins, au fil du temps, elle s'était repliée sur elle-même. Elle avait balayé ses questions en répondant invariablement « rien, ça va ». Et un matin, après une nuit infernale aux urgences, il était rentré dans un appartement vide.

Amy avait emporté toutes ses affaires, laissant une lettre sur la table du salon : elle ne supportait plus cette vie hypermédiatisée. Elle rentrait chez elle.

Malheureux et perdu, il avait pris le premier avion pour la Nouvelle-Zélande. Il avait tout tenté pour la faire changer d'avis, en pure perte. Elle refusait d'être une « cible ». Elle voulait reprendre sa liberté et surtout, son anonymat.

Six mois plus tard, quand il avait appris par d'anciens collègues qu'Amy avait épousé son petit ami du lycée, la colère s'était mêlée au chagrin. Pour une femme qui lui avait juré un amour éternel, elle avait vite tourné la page. Que ne s'était-il montré plus prudent !

— Veux-tu m'accompagner pour annoncer la nouvelle à Tish et Gabby ?

La question de Bella l'arracha à ses réflexions. Il jeta un coup d'œil circulaire dans le couloir, puis hocha la tête.

— Oui, tout est calme pour le moment.

Elle le récompensa d'un sourire qu'il lui rendit à peine. Moins ils se souriraient, mieux cela vaudrait. Et d'ailleurs, il choisirait un autre restaurant que celui de Gino pour dîner ce soir-là.

Il devait s'en tenir à des relations strictement professionnelles pour éviter toute déconvenue.

3

Il était 18 heures passées quand Aaron vit enfin le bout de cette journée interminable.

En milieu d'après-midi, le rythme aux urgences s'était accéléré d'un coup, la faute à un choc frontal entre une voiture et un camion. Après avoir soigné les blessés, il avait encore pris en charge un garçonnet de trois ans mordu par un chien, puis une dame à qui il avait diagnostiqué une appendicite. Tout mis bout à bout, il avait donc travaillé trois heures de plus que prévu.

— Merci d'être resté, dit Tommaso, un de ses collègues, alors qu'il prenait congé.

— Mais de rien, voyons. C'est normal. Je...

— Où est-elle ? Pourquoi ne la laissez-vous pas sortir ?

Pivotant, Aaron vit un homme d'âge mûr descendre le couloir à grandes enjambées, l'air furibond. Il écumait presque de rage !

Le cœur d'Aaron tressauta dans sa poitrine. L'angoisse avait déferlé sur lui telle une vague au spectacle de l'homme levant le poing en direction des membres du personnel.

Horrifié, il vit Bella sortir d'un box et se rapprocher du visiteur agressif.

— Puis-je vous aider, monsieur ?

— Recule, Bella, ordonna-t-il d'un ton calme.

Malgré sa peur, il devait agir avant que quelqu'un ne soit blessé. Bella, enceinte, était vulnérable...

Sans hésiter, il s'interposa.

— Je suis médecin. De qui parlez-vous ?

— Qu'est-ce que ça peut vous faire ? Vous croyez pouvoir m'arrêter ?

— Calmez-vous et expliquez-moi le problème. Sans cela, je vais avoir du mal à vous aider.

— Ma femme est là depuis des heures. Personne ne s'occupe d'elle. Tout le monde se fiche qu'elle soit malade.

Quand l'individu essaya de le pousser, Aaron ne bougea pas d'un centimètre. Campé sur ses deux jambes, il le regarda droit dans les yeux. Si cela n'avait tenu qu'à lui, il l'aurait empoigné pour le contenir jusqu'à l'arrivée du gardien, mais il y avait mieux à faire.

Il inspira à fond, puis demanda :

— Comment s'appelle votre femme ?

L'homme tourna les talons, fit quelques pas vers la gauche et écarta d'un coup le rideau du box 6. Allongée sur le lit, une dame porta la main à sa bouche, visiblement très gênée.

— Voilà, c'est elle. Vous l'avez laissée seule alors qu'elle a besoin de soins !

La malade, qui avait des antécédents cardiaques, était arrivée une heure plus tôt car elle se sentait « bizarre ». Compte tenu de ses problèmes, on l'avait aussitôt placée sous monitoring. L'infirmière restée avec elle venait juste de s'absenter pour aller lui chercher du paracétamol !

— Je vais vous expliquer tout ce que nous faisons pour Mme Romano, dit Aaron.

Tel un derviche, le mari pivota et fondit sur lui, approchant son visage écarlate à trois centimètres du sien.

— Pourquoi je vous croirais, hein ?

— Parce que je n'ai aucune raison de mentir.

Même s'il ne pensait pas que cet homme allait l'agresser physiquement, Aaron sentait son cœur cogner dans sa cage thoracique. La dernière fois, il avait vu le couteau à la dernière seconde. Trop tard…

— Votre épouse a été prise en charge dès son arrivée, enchaîna-t-il. Son pouls était irrégulier, mais il est redevenu normal. Nous allons la garder sous surveillance en cardiologie cette nuit. Le service va lui préparer une chambre. En attendant, vous pouvez lui tenir compagnie.

Les épaules de l'homme s'affaissèrent et d'un coup, il devint tout pâle.

— Nelly a déjà eu deux infarctus. À chaque fois, elle a failli mourir.

La panique avait fait perdre la tête à cet homme. Sentant la crise passer, Aaron inspira de nouveau pour soulager ses épaules tendues.

— Je comprends votre inquiétude.

Un silence de mort planait sur le couloir. Les médecins et les infirmières ne bougeaient plus, et quand il croisa le regard de Bella, il y lut une empathie profonde. Elle s'inquiétait pour lui, cela ne faisait aucun doute. Rien qu'à le savoir, il sentit son rythme cardiaque ralentir et sa gorge se dénouer.

— Pouvez-vous me promettre que vous allez rester calme ? demanda-t-il à M. Romano. Dans le cas contraire, vous serez expulsé des urgences pour la sécurité du personnel, des patients et du public.

Tout penaud, le visiteur baissa la tête.

— Je... vous présente mes excuses. Je deviens fou quand Nelly est malade. Je suis désolé. Je vais me tenir tranquille.

Tommaso s'approcha et prit M. Romano par le coude.

— Allez donc vous asseoir à côté de votre femme. Et si vous avez des questions, attendez qu'une infirmière ou un médecin soit disponible pour vous répondre.

Tournant la tête, il murmura par-dessus son épaule :

— Merci Aaron, tu as été génial. Vas-y, on s'en occupe.

Aaron eut soudain l'impression que ses jambes ne le portaient plus. C'est à peine s'il se rendit compte que Bella glissait le bras sous le sien.

— Viens, dit-elle. Allons prendre un peu l'air.

Il aurait pu être gêné qu'elle le sente trembler, mais à ce moment précis, il s'en moquait. Le contact de son corps doux et ferme contre le sien lui procurait une incroyable sensation de bien-être. Même si elle ignorait la cause de son stress, il était heureux qu'elle le soutienne dans cette épreuve.

Quand, malgré lui, il sentit le désir monter en flèche, il se traita d'imbécile. Ce rapprochement inattendu était lié aux circonstances. Il ne devait pas l'interpréter autrement !

Comme si elle avait deviné ses pensées, elle s'écarta dès qu'ils eurent franchi la porte donnant sur l'extérieur.

— Quand as-tu mangé pour la dernière fois, Aaron ?

— Heu..., bafouilla-t-il, surpris par la question. Ce matin...

— Tu négliges ta santé. Je ne te félicite pas.

— Arrête, on croirait entendre tes frangins, répliqua-t-il dans un effort pour détendre l'atmosphère.

— C'est génétique. Attends d'avoir rencontré ma maman.

— Où était-elle l'autre soir ?

— À l'étage, en train de coucher le bébé de Gino et Lucia. Viens dîner à la maison ce soir, tu feras sa connaissance.

Cette invitation lui parut étrange, venant d'une femme qui semblait toujours pressée de le fuir. Il secoua la tête.

— C'est gentil, mais je vais plutôt rentrer, merci.

— Allons, ne te fais pas prier. Un repas bruyant et animé ne pourra pas te faire de mal après la scène qu'on vient de vivre... Tu as très bien géré, d'ailleurs. Je ne sais pas comment tu as fait pour rester calme. À ta place, beaucoup de collègues auraient empoigné ce type pour le jeter dehors.

— Cela n'aurait fait qu'aggraver les choses.

— J'ai l'impression que tu parles d'expérience.

— C'est vrai.

Ne me pose pas de questions, s'il te plaît.

— Ce chemin là-bas est un raccourci vers le lac, dit-elle. Viens, allons-y.

Soulagé qu'elle ait deviné ses réticences, il la suivit. Marcher près d'elle dans ce paysage idyllique n'avait pas de prix. Et plus il y pensait, plus il appréhendait de se retrouver seul chez lui, face à ses souvenirs.

— Sommes-nous loin du restaurant ? demanda-t-il lorsqu'ils eurent atteint les rives du lac Majeur.

— Moins d'un kilomètre. Alors, vas-tu te joindre à nous ?

— Je… ne voudrais pas déranger ta famille.

— Aucun risque. C'est un peu l'auberge espagnole et tout le monde aime ça. Ouvrir notre maison et notre table nous rend heureux.

L'amour perceptible dans sa voix le rendit un peu nostalgique. Il n'avait rien connu de tel chez lui, au contraire.

— Mes parents étaient toujours débordés. Ils n'avaient jamais le temps de dîner avec ma sœur et moi, dit-il.

Il était rapidement parti en pension, puis à l'université. Sa famille se situait aux antipodes du modèle chaleureux qu'il avait souvent envié chez les autres.

— Les parents de Jason étaient un peu comme les tiens, répondit Bella. Ils couraient partout et n'étaient presque jamais chez eux.

— Jason ?

— Mon mari.

Après un temps de silence, elle ajouta :

— Il est décédé il y a trois ans.

Sous le choc, il s'arrêta de marcher. La douleur perceptible dans la voix de Bella l'avait profondément ému.

— Je… suis désolé. J'ai de la peine pour toi. Ce n'est pas grand-chose, mais… je suis à court de mots.

— Cela me suffit, répondit-elle avec un sourire triste. Une parole sincère vaut mieux que des platitudes.

Elle se remit à marcher et il lui emboîta le pas, songeur. Elle avait dû entendre beaucoup de « platitudes » ces trois dernières années. Comment avait-elle surmonté le décès de son conjoint ? Malgré la souffrance, elle avait dû remonter la pente et bâtir une nouvelle relation puisqu'elle était enceinte.

Quoi qu'il en soit, il ne la questionnerait pas. Il avait toujours détesté qu'on se mêle de sa vie. Il respecterait donc son silence même s'il était curieux d'en savoir davantage.

Une dizaine de minutes plus tard, ils s'engagèrent sur la route qui menait au restaurant « Chez Gino ».

— Je ne sais pas qui sera présent au dîner, commenta Bella. C'est toujours la surprise.

— Combien de frères et sœurs as-tu ?

— J'ai trois frères très casse-pieds, répondit-elle en souriant. J'ai aussi trois belles-sœurs adorables, et cinq neveux et nièces.

— Tu as de la chance.

Anéanti par le départ d'Amy, il avait pour sa part renoncé à fonder une famille. Il s'était juré qu'on ne l'y reprendrait plus. Pourquoi, alors, était-il envieux lorsqu'il écoutait Bella ? Cela ne rimait à rien...

— C'est vrai. J'en suis consciente, répliqua-t-elle.

— Et donc, tu vis au-dessus du restaurant ?

Quand elle haussa les sourcils de manière exquise, un long frisson le parcourut.

— Les nouvelles vont vite ! commenta-t-elle. Oui, c'est exact. J'habite un deux-pièces au dernier étage. Je vais finir par acheter quelque chose, mais je ne suis pas pressée. Au moins, je passe du temps avec ma famille. Le seul inconvénient, c'est que Gino veut toujours m'engraisser.

Il s'esclaffa.

— Cela ne me surprend pas du tout.

Il s'étonnait, en revanche, qu'elle n'ait jamais mentionné son conjoint. Il aurait bien aimé savoir de quoi il retournait, mais s'il se montrait trop curieux, il pourrait dire adieu à son dîner, sans parler du reste...

— Courage, on arrive, dit-elle en souriant. Prépare-toi à passer sur le gril.

En temps normal, cette phrase l'aurait fait fuir, mais là, il ne s'inquiétait pas. Au contraire, son instinct lui soufflait que la soirée allait être plus drôle qu'embarrassante.

Bella le précéda dans la salle de restaurant, puis se dirigea vers la table où la famille Rosso avait dîné le premier soir. Huit personnes y avaient déjà pris place : quatre enfants installés devant leur assiette, plus quatre adultes qui bavardaient en dégustant un verre de vin.

— Maman, papa, je vous présente Aaron Marshall, dit Bella. Il travaille en renfort aux urgences cet été. On est bien contents de l'avoir parmi nous, et ce soir, il a besoin d'un repas copieux pour se remettre de sa journée.

Le père de Bella se leva, tout sourire, et le gratifia d'une tape sur l'épaule.

— Bienvenue, docteur ! Si vous avez faim, vous êtes au bon endroit. Nous, on aime bien quand Bella invite des amis.

— Enchanté. C'est gentil de m'ouvrir votre table.

— Pensez-vous ! protesta la mère de Bella.

Avant qu'il n'ait eu le temps de dire ouf, cette dernière l'étreignit avec chaleur.

— Bonsoir, Aaron. Si je ne me trompe pas, vous avez dîné chez nous en début de semaine ?

— Tout à fait. Je me suis régalé.

Gino sortit soudain de l'office, cuillère en main.

— Tant mieux ! J'en suis ravi.

— Heureusement que je n'ai pas critiqué votre cuisine, dit Aaron.

— Oh ! que oui. Sinon, je vous aurais passé par la fenêtre.

Il s'esclaffa, mais il était sûr que Gino ne plaisantait qu'à moitié. Ce grand gaillard ne semblait pas du genre à s'en laisser conter par les clients !

— On a eu une rude journée et on meurt de faim, intervint Bella. Assieds-toi, Aaron, je t'en prie.

Elle lui présenta rapidement les jeunes femmes assises en bout de table, ses belles-sœurs, puis les enfants. À peine avait-elle terminé que ses deux autres frères les rejoignirent.

— Je vais essayer de retenir tous les prénoms, dit-il.

Cara, une des belles-sœurs, se mit à rire.

— Ne m'en parlez pas. Quand j'ai rencontré les oncles, tantes, cousins et cousines, j'aurais bien voulu qu'ils portent une étiquette autour du cou. Mais ne vous inquiétez pas, au bout d'une fois ou deux, on sait qui est qui.

Serait-il invité régulièrement ? Il n'aurait rien contre...

— Puis-je t'offrir un verre de vin avant que l'inquisition ne commence ? demanda Bella.

Il lui jeta un coup d'œil prudent et s'étonna de la voir éclater de rire.

— Donc, tu es capable de plaisanter ? s'exclama-t-il.

— Oui, heureusement. Tu ne me connais pas ! *On* ne se connaît pas, en fait. Mais cela n'a aucune importance. On va quand même passer une bonne soirée.

— Tu as raison.

Il dégusta une gorgée de vin, stupéfait. Il avait pris l'habitude de se méfier des gens. Amy lui avait souvent répété qu'il devait se « détendre », mais si elle l'avait vu ce soir, elle aurait été bien surprise. Jamais il ne s'était senti aussi à l'aise en terrain inconnu.

— D'où venez-vous, Aaron ? demanda une des femmes.

— D'Édimbourg.

— As-tu travaillé ailleurs qu'en Écosse ? questionna Bella.

— Oui. J'ai passé un an à Londres et un an à Auckland.

— Nous avons un point commun. J'ai vécu quatre ans à Londres.

— Est-ce là-bas que tu t'es spécialisée en pédiatrie ?

— En partie, oui.

Il lut un avertissement dans ses prunelles émeraude et ravala la question suivante. Ce n'était pas la première fois qu'elle lui lançait ce genre de regard. Elle semblait peu encline à raconter sa vie et il conclut qu'il avait dû se passer quelque chose de grave, peut-être avec Jason.

— Nous l'avons rapatriée par la peau du cou il y a dix-huit mois, intervint Gino.

— Hmm. Je vois mal Bella se laisser faire.

— Elle a rouspété, c'est vrai... Bon, le devoir m'appelle. Ce soir, c'est lasagnes. Cela vous va, Aaron ?

— J'en ai déjà l'eau à la bouche.

Sur un hochement de tête, le chef s'éclipsa vers les cuisines, au soulagement évident de Bella. De quel mystère s'entourait-elle ? Pourquoi les Rosso avaient-ils voulu qu'elle rentre en Italie ? Avait-elle eu besoin de soutien après le décès de Jason ?

Le père de Bella interrompit ses réflexions :

— Alors Aaron, pourquoi avoir choisi Stresa ? On ne voit pas beaucoup de médecins étrangers.

— C'est dommage pour eux, répliqua-t-il en souriant. La région est magnifique, la ville pas trop grande...

— Il ne restera que quatre mois, précisa Bella. Ensuite, il rentrera à Édimbourg.

— D'ici là, vous changerez peut-être d'avis, déclara M. Rosso. Après tout, on vit dans le plus beau coin d'Italie !

Toute la tablée s'esclaffa. S'ensuivit une conversation animée en italien qu'Aaron eut du mal à suivre tant ses hôtes parlaient vite. Et pourtant, il ne se sentait pas exclu. Au contraire, les Rosso faisaient tout pour le mettre à l'aise.

En si bonne compagnie, le temps passa à la vitesse de l'éclair. Il s'étonna presque de voir arriver le café marquant la fin du repas.

— Si nous allions le boire sur la terrasse ? proposa Bella. Ça te fera des vacances.

Il s'esclaffa.

— Je suis très bien avec ta famille, mais oui, bonne idée.

Ils prirent leur tasse et sortirent dans la nuit tiède. Le clair de lune illuminait un grand jardin qu'il contempla, admiratif.

— Ces parterres sont magnifiques, commenta-t-il. Quel travail !

— Tu pourras féliciter mon père. Depuis qu'il a pris sa retraite du restaurant, il passe tout son temps dehors.

— C'est lui qui a fondé « Chez Gino » ?

— Oui, avec ma mère. Autrefois, c'était « Chez Marco et Angela ». Tout gamin, Gino a voulu marcher sur leurs traces.

— Mais pas toi ?

— Oh ! que non. Je suis nulle en cuisine.

Entendre son rire cristallin lui procura une étrange sensation de bien-être. Il n'y était pas habitué. Elle était tellement sérieuse à l'hôpital...

Elle s'installa sur un transat en souriant.

— J'ai l'impression que tu as passé une bonne soirée, malgré les bavardages incessants...

— C'était génial. J'ai beaucoup ri.

Il avait rarement passé de si bons moments avec sa propre famille. Mieux vaudrait toutefois qu'il n'en prenne pas l'habitude. Car d'ici quatre mois, il retrouverait Édimbourg et sa grande maison vide.

— Tu te sens mieux, alors ? questionna Bella.

Évidemment. Elle avait perçu son malaise. C'était sans doute pour cela qu'elle l'avait invité.

— Beaucoup mieux, merci.

— Super.

Quand le silence retomba, il s'assit dans un fauteuil à côté d'elle. Au lieu de l'interroger, elle se taisait, et il eut soudain envie de lui raconter son histoire. Que risquait-il ? Même s'il la connaissait à peine, il aimait sa discrétion. Il était sûr de pouvoir lui faire confiance.

— Il y a six mois, j'ai été agressé par un toxicomane aux urgences, commença-t-il. Il n'avait pas grand-chose, juste un orteil cassé, mais il voulait passer devant tout le monde.

— Oh ! non ! Ces problèmes-là arrivent de plus en plus souvent.

— Heureusement, ils ne sont pas toujours aussi graves. Ce type m'a poignardé dans l'artère fémorale. Sans la réactivité de mes collègues, je ne serais plus là pour te le raconter.

À sa grande surprise, Bella se pencha et posa une main sur la sienne.

— Je comprends mieux ta réaction, tout à l'heure.

— J'ai réagi de manière disproportionnée, mais c'était plus fort que moi. J'ai imaginé le pire.

Il allongea les jambes en soupirant. Il se sentait détendu, réconforté par le contact de la main de Bella. Son geste en apparence anodin l'avait touché.

— Depuis ce soir-là, je dors très mal, avoua-t-il. Je fais des cauchemars.

— Y a-t-il un lien avec ta venue en Italie ?

— C'est même la raison principale. Après mon retour au travail, j'étais hyper-stressé. Mon chef m'a conseillé de partir en vacances, mais j'ai choisi une autre option. Je me suis dit qu'un service à taille humaine, dans un pays sympa, m'aiderait à reprendre goût à mon métier.

— Et te voilà.

— Et me voilà.

Incapable de résister, il entremêla ses doigts aux siens. Il ne s'était jamais confié à quiconque jusqu'alors. Il n'en avait jamais eu le courage ni même l'envie. Mais avec elle, tout prenait une couleur différente. Sa simplicité naturelle, sa discrétion et sa gentillesse lui faisaient un bien fou.

Il porta sa main menue à ses lèvres.

— Merci de m'avoir écouté.

— Mais... c'est normal.

Dans le monde d'Aaron, ou plutôt celui de ses parents, rien n'était « normal » ni désintéressé. Néanmoins, il ne voulait pas gâcher leur amitié naissante en lui parlant de sa famille. S'ils se côtoyaient davantage, il devrait lui dire la vérité, mais il avait un peu de temps.

— C'est toujours sympa d'être accepté et compris tel qu'on est, murmura-t-il.

— Absolument. Je te rejoins là-dessus.

Il ne chercha pas à savoir ce qu'elle voulait dire. Même si la curiosité le tenaillait, il respecterait son jardin secret comme elle respectait le sien.

Penchée vers lui, elle ne le quittait pas des yeux. Que voyait-elle ? À quoi pensait-elle ? S'il s'était écouté, il aurait déposé un baiser sur sa jolie bouche en forme de cœur. Il en mourait d'envie depuis le premier jour...

— Tu es vraiment très belle, chuchota-t-il, ivre de désir.

Puis, comme si la foudre l'avait frappé, il recula sur son siège. Il s'égarait !

— Je vais aider à débarrasser, dit-elle en se levant.

— Pardon. Je suis désolé.

— Pourquoi ?

Que dire, que répondre ? Il était navré qu'elle soit enceinte d'un autre, mais jamais il ne pourrait le lui avouer !

— Pour rien, je... Il se fait tard. Je vais y aller.

Elle opina sans sourire.

— Ça marche, va te reposer. On se verra demain à l'hôpital.

Il rentra à l'intérieur, prit congé de ses hôtes, puis s'éclipsa. La soirée s'était conclue sur une note un peu amère car il avait bien senti que Bella se renfermait dans sa coquille. Mais à quoi aurait-il pu s'attendre ?

Il aurait voulu passer du temps avec elle pour la connaître mieux. Néanmoins, il se heurtait à une triste réalité : elle n'était pas libre. Elle avait quelqu'un dans sa vie, même si cet homme ne semblait pas très présent.

C'était tout de même insensé. Il existait des milliers de femmes sur Terre, mais la seule qui lui plaisait ne pourrait jamais s'intéresser à lui.

S'il n'arrivait pas à se sortir Bella Rosso de la tête, les quatre prochains mois seraient un enfer.

Mais il y arriverait. Il n'avait pas le choix. Il avait assez de problèmes comme cela.

4

— Andrea veut rentrer chez lui. Il s'est plaint du petit déjeuner ce matin.

Fidèle à son habitude, Gita épluchait les dossiers pour le briefing matinal. Bella contourna le poste des infirmières et prit la fiche du jeune accidenté, revenu de Milan la veille après son opération.

— Tant mieux, c'est bon signe, répondit-elle. Mais il devra attendre le feu vert d'Alec.

Le chirurgien orthopédiste devait passer plus tard pour examiner leur jeune patient. Sauf complication, ce dernier avait donc toutes les chances de partir dans la journée.

— Bonjour, Bella. Bonjour, Gita !

La voix joyeuse d'Aaron fit sursauter Bella, qui se retourna pour saluer le nouveau venu.

— Bonjour. Tu m'as l'air bien guilleret. Il va falloir me donner ta recette, j'ai eu du mal à sortir du lit.

Peu avant 6 heures, elle avait émergé d'un sommeil brumeux, la tête lourde. Et depuis son réveil, une douleur persistante lui tenaillait les lombaires. Pourvu que sa grossesse ne lui donne pas déjà mal au dos ! Si tel était le cas, à quatorze semaines, elle n'était pas sortie de l'auberge…

— Je viens de manger des tartines au self, mais je n'ai rien fait d'autre, répliqua-t-il en souriant. Je voulais faire un coucou à Andrea avant de retourner aux urgences.

La veille, apprenant que le bambin était revenu de Milan, il était monté le voir deux fois. Avait-il l'habitude de suivre les patients auxquels il portait secours ? Ou alors, avait-il trouvé ce prétexte venir discuter un moment avec elle ?

Allons, elle imaginait sans doute des choses. Certes, il lui faisait battre le cœur plus vite, mais rien n'indiquait qu'il ait flashé sur elle. Il se montrait amical et souriant avec tous ses collègues. Il n'avait aucune raison de la distinguer...

— C'est super-gentil de venir voir Andrea, commenta-t-elle. Depuis hier, ton fan-club compte un nouveau membre.

Elle-même en faisait partie, même si elle prenait moult précautions pour le cacher. Comment ne pas être séduite ? Il était non seulement beau, mais aussi intelligent, agréable et discret, une qualité qu'elle appréciait beaucoup...

Le téléphone sonna, interrompant sa rêverie. Elle se pencha sur le bureau pour décrocher.

— Service pédiatrique, docteur Rosso, j'écoute...

— Bella, c'est Tommaso. Une gamine de trois ans vient d'arriver aux urgences. Diarrhées, vomissements et pouls irrégulier. Je pense à une réaction allergique, cause inconnue pour l'instant. Je l'ai mise sous oxygène mais je n'arrive pas à la stabiliser.

— J'arrive tout de suite.

— Si Aaron est là-haut, dis-lui de venir, s'il te plaît. Ça commence à chauffer ici.

— Sans problème, je transmets.

Elle raccrocha, parapha à la hâte les ordonnances qui attendaient sa signature et attrapa son stéthoscope posé sur le bureau.

— Gita, je descends aux urgences.

Parvenue à mi-chemin des ascenseurs, elle ajouta par-dessus son épaule :

— Ils ont besoin de toi aussi, Aaron.

En trois foulées, il la rattrapa. Elle sentit une main chaude et ferme lui capturer le poignet.

— Doucement, tu vas rentrer dans le mur ! Pourquoi es-tu si pressée ?

Parcourue d'un délicieux frisson, elle se dégagea. Elle ne voulait pas penser à l'effet qu'il produisait sur elle. Elle avait une enfant malade à soigner. Elle ne pouvait pas se laisser distraire par un collègue, aussi séduisant soit-il.

Elle lui exposa la situation dans l'ascenseur, et sitôt aux urgences, ils gagnèrent le box 3.

Bella eut mal au cœur en voyant une minuscule fillette couchée en boule sur le lit. Des gouttes de sueur lui coulaient sur le front et les joues, et signe inquiétant, elle tremblait de tous ses membres.

— Cette petite puce s'appelle Maria, dit Tommaso. Je vous présente son papa, Davido.

Assis près de sa fille, le jeune père lui tenait la main. Il avait l'air complètement affolé.

— Maria a-t-elle déjà eu des réactions à certains aliments ? demanda Bella. Des vomissements, des nausées ? S'est-elle plainte d'avoir froid après avoir mangé quelque chose ?

— Non, jamais, murmura Davido.

— Tension en chute, lui glissa Tommaso à l'oreille. Je l'ai mise sous sédatif léger pour qu'elle ne s'agite pas trop.

La fillette voulut se coller contre son père, mais le tuyau à oxygène la bloquait et elle se mit à pleurer.

— Où était Maria quand la crise a commencé ? demanda Bella, inquiète de voir la température de l'enfant grimper sur l'écran de contrôle.

— Elle était partie se promener dans les bois avec sa grande sœur. Quand elle a commencé à se sentir mal, elles sont rentrées.

Des bois. De la mousse, des feuilles. Des champignons...

— Davido, avez-vous vu ce que Maria a vomi la première fois ?

— Je... oui.

— De quelle couleur les rejets étaient-ils ?

— Roses. Presque rouges, en fait.

— Vite, une pompe de lavage gastrique ! ordonna-t-elle. Maria a dû évacuer une bonne partie de ce qu'elle avait absorbé, mais je veux être sûre qu'il ne reste rien.

Devançant les infirmières, Aaron courut vers le placard situé au fond du box. Elle s'était tellement focalisée sur Maria qu'elle avait presque oublié sa présence !

— Savez-vous si des champignons poussent dans ces bois ? demanda-t-elle à Davido.

Elle le vit blêmir, puis il opina.

— Oui, mais Maria ne les aurait pas mangés. Ils doivent avoir très mauvais goût.

— Je n'en suis pas sûre. Des champignons rouges, c'est mignon… Il faudrait demander à votre aînée si elle l'a vue, mais on n'a pas le temps.

— Veux-tu un coup de main ? demanda Aaron, qui revenait avec le tube orogastrique et la pompe.

— Peux-tu lui enlever son masque à oxygène et la tenir ?

— Bien sûr.

Avec son aide, elle pratiqua le lavage en un temps record. L'estomac ne contenait plus grand-chose, mais elle repéra tout de même quelques débris rose foncé.

— Heureusement, elle avait presque tout vomi, commenta-t-elle. Je vais les faire analyser, mais je suis certaine qu'il s'agit de champignons. On va aussi faire une prise de sang à Maria.

— Est-ce qu'elle va s'en sortir ? s'enquit Davido, des larmes roulant sur ses joues.

— L'organisme a réagi très vite, ce qui est bon signe. Mais à cause de cet empoisonnement, le rythme cardiaque s'est déréglé et la tension a chuté. Je vais transférer Maria en pédiatrie, où une infirmière la surveillera en permanence. Elle va rester sous oxygène et sous perfusion. Elle a besoin d'être réhydratée.

— Vous ne m'avez pas vraiment répondu, docteur.

Le cœur de Bella se serra. Elle se mettait sans peine à la place de cet homme. Dans ce cauchemar, il voulait se raccrocher à la moindre information positive.

— Je préfère attendre les résultats du bilan sanguin avant de me prononcer, dit-elle doucement. Je veux savoir si le foie et les reins ont été impactés ou non. Néanmoins, je suis plutôt confiante car Maria a vomi tout de suite. Son estomac n'a pas dû absorber trop de poison.

— Je... D'accord. Il faut que j'appelle ma femme. Elle est restée avec nos autres enfants, mais elle doit se ronger les sangs.

— Bien sûr, allez-y.

Pendant que Davido se postait dans un coin du box pour téléphoner, elle tira une chaise et s'assit près du lit.

— Pauvre bichette... Accroche-toi, ma puce.

— Elle a eu beaucoup de chance que tu travailles aujourd'hui, dit Aaron, occupé à ranger le matériel.

Tournant la tête, elle lut du respect et de la considération dans son magnifique regard bleu. Elle en fut toute chamboulée et se traita d'idiote. Qu'il pense du bien d'elle n'aurait pas dû l'émouvoir à ce point, mais c'était le cas. Elle n'y pouvait rien !

— C'est toujours effrayant de se dire qu'avec un enfant, tout peut arriver, répondit-elle.

Elle arrondit la main sur son ventre. D'ici quelques mois, elle deviendrait mère. Elle commencerait à s'inquiéter pour une foule de choses. Le fait d'être médecin n'aiderait pas à relativiser, au contraire.

— Et cela peut arriver très vite, renchérit Aaron.

Elle eut l'impression qu'ils étaient sur la même longueur d'onde, que leur connivence dépassait le simple terrain médical. Mais jusqu'à quel point pouvait-elle le laisser entrer dans sa vie ? Au fond, la question ne se posait pas vraiment puisqu'il allait partir.

Et en attendant, elle devait se concentrer sur son travail.

— Une solide réhydratation s'impose, commenta-t-elle.

— On va perfuser Maria ici avant de la monter en pédiatrie. Je vais demander à une infirmière de s'en occuper.

Ayant dit cela, Aaron quitta le box, la laissant seule avec ses pensées. Elle avait beau faire, elle ne comprenait pas pourquoi il l'affectait à ce point. Il suffisait qu'il s'approche pour que son cœur s'affole et que le sang se mette à bouillonner dans ses veines.

Quoi qu'il en soit, elle devait contrôler cet emballement. Il n'y avait pas de place pour un homme dans sa vie, encore moins pour une relation à distance.

Pendant qu'elle réfléchissait, Davido s'était entretenu à voix basse avec son épouse dans un coin de la pièce. Après avoir raccroché, il revint près du lit.

— Ma femme vous remercie d'avoir pris soin de Maria, dit-il d'une voix tremblante. Elle va arracher tous les champignons qu'elle trouvera autour de la maison.

— Il faudra recommencer tous les jours, ce n'est pas une solution. Il vaudrait mieux expliquer à Maria ce qui l'a rendue malade. Je suis prête à parier qu'elle ne mangera plus de champignons, pas même les comestibles, pendant un bon moment.

La fillette risquait de développer une phobie. Si tel était le cas, un suivi psychologique serait alors conseillé pour éviter que le désordre ne s'étende à d'autres aliments...

— Nous avons eu beaucoup de chance, murmura Davido.

— Disons que le problème a été identifié tout de suite, ce qui nous a fait gagner un temps précieux.

Quand l'infirmière vint poser la perfusion, Maria bougea à peine.

— Elle est très fatiguée, commenta Bella. Nous allons l'emmener en pédiatrie et la placer sous surveillance. Vous pourrez rester avec elle, cela va sans dire.

Sur ces quelques mots rassurants, elle quitta le box. Passant devant la chambre voisine, elle entendit alors la voix grave, pleine de sollicitude, d'Aaron.

— *Signora* Bianchi, vous avez trois côtes cassées. Vous devez prendre des antidouleurs.

Elle faillit éclater de rire quand la dame répliqua, dans un langage fleuri, ce qu'il pouvait faire de ses médicaments.

— Voulez-vous passer la nuit aux urgences ? demanda-t-il d'un ton calme. Parce que, voyez-vous, la douleur va vous empêcher de dormir. Une dose d'antalgiques vous aidera à bouger, or vous souffrirez moins si vous bougez un peu de temps en temps.

Il aurait été difficile de faire plus persuasif. Qui aurait pu résister à une voix si charmeuse ? Pour sa part, elle était conquise. Elle devrait rester sur ses gardes la prochaine fois qu'elle l'inviterait à dîner.

Stupéfaite, elle s'éloigna dans le couloir. Allait-elle l'inviter à nouveau ?

Au fond, pourquoi pas ? Il était gentil, sympathique et très différent de ses frères qui voulaient diriger sa vie à longueur de journée. Sa présence apportait un changement bienvenu. Et puis, il était tellement sexy...

Perturbée, elle appela l'ascenseur. Elle avait d'une certaine manière l'impression de trahir Jason. Mais qu'elle le veuille ou non, sa vie continuait et pour l'instant, Aaron en faisait partie.

— Aimerais-tu faire une balade au bord du lac tout à l'heure ?

Ce vendredi après-midi, Aaron avait dû appeler Bella pour un enfant arrivé aux urgences avec une grosse angine et les ganglions enflés. Elle avait confirmé son prédiagnostic de mononucléose après bilan sanguin, et s'apprêtait à retourner en pédiatrie. C'est alors qu'il avait eu l'impulsion de lui suggérer cette promenade.

— Toi, tu veux dîner chez Gino, répliqua-t-elle en souriant.

— Pas du tout ! protesta-t-il avec véhémence. Je voulais t'inviter à boire une bière et manger une pizza quelque part.

Aussitôt, elle leva la main.

— Pardon, je n'ai pas voulu dire que tu étais un profiteur. Mais comme tu as eu l'air de bien t'amuser l'autre soir, j'ai pensé que tu aimerais peut-être renouveler l'expérience.

La colère d'Aaron tomba d'un coup. À Londres, de nombreux parasites gravitaient autour de lui. Que Bella ait pu le confondre avec eux l'avait agacé, mais elle avait parlé par gentillesse, rien d'autre.

— C'est plutôt à moi de m'excuser, bafouilla-t-il. Je n'ai pas l'habitude qu'on m'invite à des repas de famille.

Ou alors, les gens espéraient quelque chose en retour, ce qui n'était pas le cas des Rosso. Quel imbécile il faisait. Il était devenu cynique et méfiant. Or, Bella ne méritait pas qu'il lui fasse un procès d'intention !

— Je serais ravi de retourner chez Gino, ajouta-t-il d'un ton doux. Mais ce soir, j'ai juste envie de profiter de ta compagnie sans crainte de gaffer ou de m'exprimer de travers en italien.

En vérité, il avait peur d'éveiller les soupçons des Rosso. Bella lui plaisait tellement que ses proches allaient finir par s'en rendre compte...

Son rire communicatif l'emplit d'une joie absurde. Pourvu qu'elle accepte !

— Va pour la pizza, mais je ne bois pas de bière, dit-elle.

Où avait-il la tête ? Il savait qu'elle était enceinte. Du moins, il le soupçonnait fortement.

— J'aurai fini dans un quart d'heure, reprit-elle. Je veux repasser voir une petite puce que j'ai hospitalisée pour une bronchiolite.

— De mon côté, je vais enfiler une tenue plus discrète que cet uniforme bleu. Rendez-vous sur le parking ?

— Oui, ça marche.

Quand elle s'éloigna dans un sillage de parfum fleuri, il la suivit des yeux. Elle le rendait fou avec ses grands yeux verts lumineux et son sourire éclatant. Avec elle, il sentait l'émotion renaître en son cœur. Il redécouvrait des chemins qu'il s'était promis de ne plus emprunter. Et pour un célibataire endurci, il y avait danger.

S'il se laissait aller, il risquait une amère déception. Il avait déjà donné, merci...

— Bon week-end, Aaron ! Tâche d'oublier que tu es médecin et repose-toi.

La voix de Tommaso le fit sursauter. Il sourit à son collègue.

— Merci, je vais essayer. Bon week-end à toi aussi.

Pour commencer, une flânerie dans un cadre idyllique en agréable compagnie ne lui ferait pas de mal. Et qui sait, il pourrait peut-être revoir Bella le lendemain ou le dimanche ?

Cette idée lui trotta dans la tête jusqu'à ce qu'ils se rejoignent.

Et finalement, Bella lui tendit la perche alors que, un moment plus tard, ils descendaient vers les rives du lac Majeur :

— As-tu des choses prévues pour ce week-end ?

— Je pensais aller marcher en montagne. Rien de difficile, je veux juste prendre un bol d'air. Si tu m'accompagnais ? Enfin... Je suppose que la balade ne te dépaysera pas beaucoup.

— Détrompe-toi, je ne suis pas montée là-haut depuis une éternité. Avant de partir à Milan pour mes études, j'étais adepte des randonnées en montagne. Ensuite, j'ai eu du mal à trouver le temps et cela m'a beaucoup manqué.

— As-tu encore tes chaussures de marche ?

Elle s'esclaffa.

— Pas les mêmes, mais j'en ai d'autres. Je viendrai volontiers à condition qu'on reste raisonnables sur la distance. Et... il faut que je te dise quelque chose.

Soudain, l'étincelle chaleureuse disparut de son regard. Il la dévisagea, le cœur battant.

— Il vaudrait mieux qu'on ne passe pas trop de temps ensemble, reprit-elle. Ou alors, juste en amis. Je ne suis pas disponible pour autre chose.

Il aurait dû s'en réjouir, mais au contraire, il sentit sa gorge se nouer.

— Je... comprends, articula-t-il.

Elle continua de marcher en regardant droit devant elle.

— Le truc, c'est que... je suis enceinte.

— J'avais deviné.

— Quoi ? Mais... comment ?

— Tu poses souvent les mains sur ton ventre, comme toutes les futures mères. Et le jour de l'accident, tu as semblé très inquiète d'avoir reçu ce coup dans les côtes.

Par délicatesse, il s'abstint de préciser qu'elle avait l'abdomen un peu rond. Sa grossesse commençait à être visible !

— On ne peut rien te cacher, dit-elle en soupirant.

— Tu aurais préféré garder le secret ?

— Pas vraiment. Sauf qu'on se connaît à peine, alors je ne voyais pas l'utilité de te raconter ma vie. Mais il vaut mieux que tu saches. Cela évitera les moments gênants avec ma famille. Ils m'ont déjà demandé si tu étais au courant.

Bouleversé par son air triste, il lui prit la main… et la lâcha aussitôt. À quoi songeait-il ? Elle ne voulait pas d'une relation. Elle venait de le lui signifier.

— Ta famille s'inquiète pour toi, dit-il maladroitement.

— C'est vrai, et même un peu trop. Mais je les comprends.

Elle inspira à fond, puis reprit :

— En fait… je porte l'enfant de Jason. Quand le myélome est revenu après un an de rémission, on savait que ses jours étaient comptés. Il a fait congeler son sperme. On a beaucoup discuté, mais il ne m'a jamais mis la pression pour que je fasse une FIV. Cette décision, je l'ai prise toute seule. J'étais… tombée enceinte quinze mois avant son décès, mais hélas, j'ai fait une fausse couche.

Estomaqué, il s'arrêta net. Il n'aurait jamais pu deviner…

— Tu es très forte et très courageuse, dit-il enfin.

À présent, le doute n'était plus permis. Bella était inaccessible. Elle aimait toujours son époux défunt.

— Tu es gentil, mais j'ai souvent l'impression de ne pas être à la hauteur. Enfin… ce serait pareil si on était deux.

Songeait-elle à revivre en couple ? C'était peu probable. Jason avait dû être l'homme de sa vie, son seul amour…

— Tu as mis longtemps avant de te décider, remarqua-t-il.

— J'avais interrompu ma dernière année de spécialisation pour m'occuper de Jason. Après sa mort, j'ai voulu finir mon clinicat. Je me suis plongée dans le travail, j'étais dans le déni. Et au bout du compte, il a fallu que je fasse mon deuil.

Pour quelqu'un qui refusait de se confier, elle s'exprimait très librement et Aaron se sentit honoré de cette marque de confiance. Plus elle parlait, plus il la trouvait admirable.

— Je te le répète, tu es très forte, dit-il d'un ton grave.

— J'essaie de l'être, en tout cas.

— Tu as la chance de pouvoir compter sur ta famille. Leur soutien n'a pas de prix.

— C'est vrai.

Comme il aurait voulu pouvoir s'appuyer sur la sienne ! Mais hélas, ses proches n'avaient jamais compris son aversion pour la célébrité, les opportunistes et les gens superficiels. Une seule personne proche avait respecté ses sentiments.

— Tu aurais aimé mon grand-père, dit-il. Il répondait toujours présent pour moi. Il était là quand j'avais besoin de parler. Il a toujours mis mes choix en valeur.

— Et tes parents ?

S'il n'y prenait garde, il risquait de trop s'épancher. Bella avait l'art et la manière de contourner ses défenses !

— Ce n'était pas la même chose.

Comme si elle avait deviné ses réticences, elle lui jeta un coup d'œil pensif.

— L'essentiel, c'était d'avoir quelqu'un, déclara-t-elle.

— Tu as raison.

Pour ne plus parler de lui, il choisit de détourner la conversation.

— Si je comprends bien, Jason était anglais ?

— Oui. Il était de Londres, où il a vécu toute sa vie. J'ai suggéré une fois qu'on s'installe à Milan, mais il ne parlait pas italien. Et quand bien même, il ne serait jamais parti.

— Pourquoi donc ?

— Sa carrière de chirurgien prenait de l'ampleur. Il commençait à être connu, on parlait de lui dans les revues médicales. Les hôpitaux se disputaient ses interventions. Je n'aurais pas eu le cœur de le priver de cette reconnaissance.

Vraiment ? Aaron, lui, l'aurait suivie partout. Rien n'égalait le privilège d'avoir une femme exceptionnelle...

— Et maintenant, tu es rentrée pour de bon ?

— Oh ! que oui. Je suis associée dans un grand cabinet privé de Milan, j'ai un poste à l'hôpital. Mon enfant va grandir près de sa famille... Où pensais-tu dîner, ce soir ?

Elle venait d'indiquer à sa manière que la discussion était close. Il en prenait bonne note. Il en avait d'ailleurs appris davantage qu'il n'aurait osé l'espérer.

Il lui donna le nom d'une pizzéria qu'il avait repérée en ville. Quand elle approuva son choix, il songea que le bonheur ne tenait vraiment pas à grand-chose. Une discussion, la perspective d'un dîner... Il n'avait pas ressenti cette connivence avec une femme depuis Amy, avec quelque chose en plus. Ils avaient noué un lien spécial. Une connexion d'autant plus forte qu'ils n'en attendaient rien.

Il aurait dû fuir, arrêter pendant qu'il le pouvait. Mais pour son malheur, il n'en avait pas envie. Au contraire, il en redemandait !

Bella n'en revenait toujours pas.

Aaron avait très bien accueilli ses confidences. Non seulement il ne l'avait pas bombardée de questions, mais il avait su garder ses remarques pour lui. Voilà qui changeait de sa famille, car chez elle, tout le monde lui prodiguait des conseils au point de la rendre folle !

— Merci, chuchota-t-elle.

— Mais de quoi ? Je t'ai juste invitée à partager une pizza.

Touchée par son sourire, elle résolut de vivre le moment présent sans se poser mille questions. Elle s'était confiée à lui pour préserver leur amitié naissante. Tout s'était bien passé. Dans l'immédiat, elle n'en demandait pas davantage.

— Où as-tu appris à parler italien ? s'enquit-elle.

— Ma nourrice venait de Sorrente. La première année, elle s'ennuyait beaucoup. Moi, j'étais malheureux car mes parents n'avaient pas de temps à me consacrer. Comme on était toujours ensemble, elle a fini par m'apprendre sa langue maternelle. Ensuite, dès mon entrée en pension, j'ai continué à suivre des cours.

Ainsi, il avait été éduqué en pension. Venait-il d'un milieu aisé ? Si tel était le cas, il n'en laissait rien paraître. Il était tout le contraire d'un m'as-tu-vu.

— Je comprends mieux pourquoi tu le parles aussi bien, et sans accent, observa-t-elle.

— En fait, j'aime beaucoup les langues. Sara, ma nounou, s'en était aperçue.

— Où est-elle maintenant ?

— Elle a épousé mon précepteur. Ils se sont installés à Glasgow. Elle a fini par trouver un remède au mal du pays !

Un précepteur ? De mieux en mieux...

— Le meilleur remède qui soit, approuva-t-elle. J'aime les happy ends.

— C'est ton côté fleur bleue ?

— Absolument. Un peu de romantisme n'a jamais fait de mal à personne.

Elle avait eu sa part avec Jason. Dès leur première rencontre à la cantine de l'hôpital, assortie d'un fou rire à cause d'un plat infect, ils étaient devenus inséparables. On parlait d'eux comme d'un couple modèle, la parfaite image du bonheur...

Une vague de tristesse inattendue la submergea. Jason lui manquait. Néanmoins, elle avait conscience qu'elle devait avancer pour le bien de son enfant – de leur enfant – à naître. Qu'elle puisse ou non retomber amoureuse n'avait pas d'importance. Elle s'en sortirait, quoi qu'il advienne.

— Hmm. Je vois le genre.

L'intonation malicieuse d'Aaron lui fit battre le cœur plus vite. Était-ce lui, sa seconde chance ? Elle ne voulait pas se montrer injuste. Il méritait de rencontrer une femme qui s'investisse à fond auprès de lui.

Elle lui donna une bourrade amicale.

— Ne me dis pas que tu n'as jamais connu les feux de l'amour...

Elle avait parlé sur le ton de la plaisanterie, mais à sa grande consternation, il se rembrunit.

— Si, j'ai connu, marmonna-t-il. Mais cela n'a pas duré.

— Je... suis désolée. Le destin nous réserve parfois de mauvaises surprises.

— Toi, au moins, tu m'as eu l'air de vivre une belle histoire. Il arrive quand, ce bébé ?

Il avait détourné la conversation, et comme souvent, elle déplora qu'il soit aussi réticent à parler de lui-même. Elle y vit une raison supplémentaire de rester sur ses gardes. Elle ne pouvait pas s'attacher à un homme aussi mystérieux, qui de plus allait partir au bout de quelques mois.

— Début novembre, répondit-elle. J'ai hâte.

Elle s'abstint d'ajouter qu'elle angoissait également. Concilier carrière et vie personnelle ne serait pas facile, mais elle avait fait un choix et ne regrettait rien, au contraire.

Elle avait la chance de vivre dans une famille unie, de travailler avec des collègues sympathiques. Et si Aaron était venu pimenter son existence, cela ne durerait pas. Elle serait bien inspirée de s'en souvenir.

Épuisée par sa journée de travail autant que par ses pensées, elle lâcha un bâillement.

— On est presque à la pizzéria, dit-elle. J'avoue ne pas avoir le courage de faire demi-tour pour aller chercher ma voiture. De là-bas, je pourrai rentrer à pied. Toi aussi, d'ailleurs.

— Oui, allons manger, décida Aaron. On récupérera nos voitures demain. Elles ne risquent rien sur le parking de l'hôpital. Et puis, je meurs de faim !

Elle s'esclaffa.

— Sachant combien les hommes affamés sont pénibles, je m'en voudrais de te contrarier.

Elle-même manquait d'appétit ces derniers temps. Sa gynécologue avait beau lui dire que la période des nausées se terminait, elle avait hâte d'en voir le bout.

Mais à chaque jour suffisait sa peine. Dans un premier temps, elle allait dîner en agréable compagnie. Cela suffisait à son bonheur.

5

— Je suis désolée, mais je ne pourrai pas venir aujourd'hui. J'ai eu une nuit blanche. Je suis trop K-O pour faire une balade en montagne.

Aaron scruta son portable en fronçant les sourcils. Il avait trouvé Bella très fatiguée la veille, à la pizzéria. Avait-elle un ennui de santé ?

— Pourquoi n'as-tu pas dormi ? Tu aurais pu faire une petite grasse matinée.

— Je suis un peu... insomniaque depuis le début de ma grossesse. Mais c'est normal. Ça devrait vite s'arranger.

— Ou pas ! En as-tu parlé à ta gynécologue ?

— Du calme. Tout va bien, je t'assure.

— Mais moi, en tant que collègue et... ami, je m'inquiète.

— Il ne faut pas ! Va te promener, Aaron. Profite de la montagne, ils annoncent du beau temps. De toute façon, j'avais des corvées en retard.

Avant qu'il n'ait pu répondre, elle avait raccroché. Il secoua la tête.

— Pas si vite, Bella Rosso. J'ai mieux à faire que d'aller marcher. Je vais venir chez toi pour m'assurer qu'il n'y a pas de problème, dit-il à voix haute.

Elle risquait de le jeter dehors, mais tant pis. Il devait essayer. Il s'en voudrait tellement s'il lui arrivait quelque chose et qu'il n'ait rien fait !

La veille, il avait appelé un taxi pour la faire reconduire chez elle. Elle avait accepté de bonne grâce, ce qui aurait dû lui mettre la puce à l'oreille. Mais il s'était senti trop heureux pour se poser mille questions. Un simple dîner dans une pizzéria avec elle l'avait propulsé sur un nuage. Il avait eu l'impression de trouver son refuge, un endroit où il pouvait enfin être en paix.

Bien sûr, l'épuisement de Bella ne lui avait pas échappé. Néanmoins, il avait cru à une fatigue passagère qui disparaîtrait pendant le week-end. Sur ce point-là, il avait eu tort. Alors même si, pour des raisons évidentes, rien n'était possible entre eux, il avait besoin d'être avec elle et de l'aider si nécessaire.

Après avoir expédié son petit déjeuner, il partit sans attendre. À son arrivée chez les Rosso, Gino vint lui ouvrir la porte latérale qui donnait sur les appartements privés.

— Salut, Aaron. Vous cherchez Bella ?

— Je... passais dans le quartier. Je suis venu dire bonjour.

Il n'allait pas avouer à Gino qu'il s'inquiétait pour sa sœur. Si quelque chose clochait, Bella avait dû laisser sa famille hors du coup.

— Vous l'avez manquée de peu, elle vient de partir. Elle est allée voir une amie à Orta.

Formidable. Avait-elle voulu fuir ? La connaissant, c'était probable.

— Ah d'accord, tant pis. Je l'appellerai dans le week-end.

— Normalement, elle doit rentrer déjeuner. Repassez donc cet après-midi.

Évidemment. Bella n'allait pas s'absenter toute la journée. Elle avait dû penser qu'à midi, elle ne risquerait plus rien. Eh bien, elle s'était trompée. Aaron n'irait pas en montagne. Sans elle, cette sortie n'avait plus d'intérêt. Il allait mettre la matinée à profit pour faire du rangement et des courses. Ensuite, il reviendrait.

— Bonne idée. Je verrai si je suis là cet après-midi, répondit-il prudemment.

— Tant que j'y pense... Pourriez-vous lui faire un check-up discret, s'il vous plaît ? Je l'ai trouvée pâlotte ce matin.

Aaron se sentit heureux et fier de cette marque de confiance.

— C'était prévu, répondit-il gentiment.

Gino eut l'air surpris, puis il opina et prit congé. Aaron regagna le centre-ville en songeant que, décidément, il s'attachait beaucoup à cette famille. En d'autres circonstances, cela ne l'aurait pas dérangé, sauf que là, il devait faire attention.

Il ne voulait à aucun prix blesser Bella. Elle n'avait pas besoin d'un chagrin supplémentaire. Elle méritait juste d'être heureuse.

— Mais... et ta randonnée ?

Plantée sur le seuil de la maison Rosso, Bella ouvrait de grands yeux et Aaron pensa qu'il avait vu juste : sa visite la prenait de court.

— J'ai changé d'avis, répondit-il en souriant. Je me suis attelé aux courses et au ménage.

Il nota avec préoccupation les cernes qui ombraient les paupières de Bella.

— Veux-tu un café ? Je les ai pris en passant, dit-il, désignant les deux gobelets qu'il tenait à la main.

— Pourquoi es-tu venu, Aaron ?

Elle ne le laisserait pas entrer sans avoir une explication. Soit. Il allait lui dire la vérité.

— Je te trouve épuisée. Même si ton travail est prenant, tu ne devrais pas être aussi fatiguée. Je voudrais juste m'assurer qu'il n'y a pas un loup quelque part.

Elle fronça les sourcils de manière éloquente. Elle n'aimait pas que l'on s'occupe de ses affaires. Il l'avait deviné dès le premier jour.

Pourtant, à sa grande surprise, elle recula et fit un petit geste du menton.

— Entre.

Il la suivit jusqu'à l'appartement qu'elle occupait à l'étage. Le salon lumineux, aux fauteuils crème agrémentés de coussins multicolores, lui parut charmant.

— J'aime beaucoup, dit-il, sincère.

— Je n'ai jamais aimé la monochromie... Il sent bon, ce café. J'en ai besoin pour me requinquer.

Comme elle semblait toujours sur la défensive, il jugea opportun de différer ses questions.

— Moi aussi, répondit-il doucement.

Elle s'installa sur le canapé. Après un instant d'hésitation, il choisit un fauteuil pour ne pas lui donner l'impression qu'il se collait à elle.

— Qu'as-tu fait ce matin ?

— Je suis allée voir une amie d'enfance, mais je ne suis pas restée longtemps. Elle devait conduire ses enfants à leurs activités du samedi. Elle a l'air de courir sans arrêt.

— Tu as eu un avant-goût de ce qui t'attend.

Elle haussa les épaules.

— Je n'en suis pas là. J'essaie déjà de bien vivre la grossesse.

N'y tenant plus, il abandonna son mug sur la table basse. Puis il se pencha vers Bella et lui prit la main.

— Parle-moi, s'il te plaît. Non seulement tu es fatiguée, mais tu n'as pas l'air d'avoir le moral. J'ai le dos large, tu sais. Tu peux y aller.

— J'avais remarqué, répliqua-t-elle sans sourire.

— Depuis quand es-tu fatiguée à ce point ?

— Depuis le milieu de la semaine. J'ai une lombalgie, et à certains moments, j'ai l'impression de recevoir des coups de poignard dans le ventre.

— As-tu consulté ?

— Oui. La sage-femme m'a conseillé de me reposer. Je dois retourner la voir lundi ou mardi s'il n'y a pas d'amélioration. Elle connaît son métier, mais… je me rends malade avec ça. Je dois être un peu bête.

— Mais non, au contraire ! As-tu perdu du sang ?

— Jamais.

— Montre-moi où tu as mal.

Elle se tapota le côté gauche et grimaça.

— Ce n'est pas très logique…

— Non, en effet. Mais comme tu le sais, la cause pourrait venir d'ailleurs. Puis-je prendre ta tension ?

— Si tu veux. Ma sacoche est dans le placard de l'entrée.

Soulagé, il se leva pour aller récupérer la mallette. Bella acceptait son aide. C'était l'essentiel.

Quelques instants plus tard, ayant relevé une tension normale, il rangea le sphygmomanomètre en souriant.

— Impeccable, dit-il. Cela m'étonne un peu vu ton stress, mais tant mieux. On ne va pas se plaindre. Avais-tu des problèmes de dos avant ta grossesse ?

— Il y a huit ans, je suis tombée au ski. J'ai dévalé une piste noire avec un gars qui m'avait entraînée dans sa chute. Je me suis fait très mal aux lombaires.

— Hmm. Ce genre de lésions laisse souvent des séquelles. On aurait pu imaginer qu'avec le poids à porter, ce problème surviendrait plus tard dans la grossesse. Mais je pense qu'il ne faut pas chercher plus loin. Ton corps est en train de s'ajuster aux changements morphologiques. Ceci dit, je préférerais que tu te fasses examiner. Demande à ta sage-femme de nous rejoindre à l'hôpital. Si elle n'est pas disponible, on te fera le check-up aux urgences.

Lui-même ne pratiquerait pas l'examen interne. Bella et lui étaient amis. Ce serait trop gênant, pour lui comme pour elle.

— Merci, murmura-t-elle. Je me fais sûrement des films, mais avec un historique de fausse couche, j'imagine que c'est normal d'angoisser. Enfin... tu m'as déjà bien détendue, ajouta-t-elle en souriant.

— Allons-y, décida-t-il. C'est moi qui conduis.

— Je n'en attendais pas moins de toi, répliqua-t-elle, taquine.

Puis elle rougit comme un coquelicot.

— Dire que tu me prenais pour une femme forte ! J'imagine que tu as changé d'avis...

Il la prit aux épaules et la regarda droit dans les yeux. En quelques jours, cette femme merveilleuse lui avait redonné goût à la vie. Si elle avait su à quel point il... l'admirait !

— Arrête tes bêtises, Bella Rosso. Ne redis plus jamais une chose pareille. Même les super-héroïnes ont des coups de blues, cela arrive à tout le monde. Tu t'es battue pour avoir ce bébé. Ce que tu éprouves est *normal*. Je trouverais même bizarre que tu ne t'inquiètes pas.

Et maintenant, partons avant que je ne fasse une bêtise, comme t'embrasser...

Allons, il s'égarait. Il recevrait sans doute une bonne gifle s'il s'aventurait à le faire !

Pendant qu'il se raisonnait, Bella n'avait pas cessé de le regarder. Il crut devenir fou quand elle se mordilla la lèvre inférieure.

— Aaron ?

— Oui ? articula-t-il d'une voix rauque.

— Tu es génial.

Soudain, elle se dressa sur la pointe des pieds et lui donna un baiser passionné. Après un instant de stupeur, il l'attira contre lui et répondit à son ardeur avec toute la tendresse dont il était capable.

— C'est toi qui es géniale, murmura-t-il contre sa bouche.

Fou de désir, il l'attira contre lui. Il s'enflammait déjà au contact de ses seins ronds, de ses cuisses fermes, de son petit ventre plaqué contre le sien...

Soudain, il s'écarta. Un bébé dormait au chaud dans ce ventre. Il ne pouvait pas...

— Pardon, je suis désolée. Tu es venu par gentillesse, et moi, je fais n'importe quoi !

Elle sortit de l'appartement dans un tourbillon. Il courut derrière elle.

— Attends, Bella !

— C'est bon, Aaron. Je comprends, lança-t-elle par-dessus son épaule.

— Non ! Je n'y comprends rien moi-même, en fait...

Cette phrase la fit s'arrêter net. Elle opéra un demi-tour et le considéra, l'air interloqué.

— Tu n'as pas l'habitude qu'on t'embrasse sans prévenir ?

— Ça m'est déjà arrivé, mais je n'ai jamais été déstabilisé à ce point-là.

— Alors que fait-on, maintenant ?

Il inspira à fond et compta jusqu'à dix. S'il s'était écouté, il l'aurait reprise dans ses bras et l'aurait embrassée tout l'après-midi. Mais il y avait d'autres priorités.

— On va faire ce check-up. Ensuite, on avisera.

Pouvait-il lui avouer qu'il était déjà « accro » à elle ? Non. Elle n'était pas prête et lui non plus, d'ailleurs. Il ne le serait peut-être jamais.

« On avisera. »

Qu'avait voulu dire Aaron ? Prévoyait-il de la raccompagner après l'hôpital, de l'embrasser à nouveau... et plus si affinités ? Non, c'était impossible. Elle aurait dû le remercier d'avoir fait preuve de bon sens !

Quel dommage, tout de même. Elle n'avait flashé sur aucun des hommes avec qui elle avait dîné récemment. Elle n'avait pas eu la moindre envie de se jeter à leur cou. Aaron, lui, la rendait folle sans lever le petit doigt. Mais il l'avait repoussée, preuve que sortir avec une femme enceinte ne l'enchantait guère.

— Allons-y, dit-elle.

Elle aurait sans doute mieux fait de se débrouiller seule, mais sa présence la rassurait. En tant que médecin, il aurait forcément la bonne attitude en cas de problème. Il n'essaierait pas de l'envelopper dans un cocon ou de lui donner des conseils absurdes.

— Tu ne fermes pas ta porte à clé ?

Quelle idiote ! Comment avait-elle pu oublier ce « détail » ? Sachant que ses neveux et nièces furetaient partout, elle ne laissait jamais son appartement ouvert.

— Hmm, si... En plus, j'ai oublié mon sac à main.

— Je t'attends ici.

Voulait-il garder ses distances pour éviter qu'elle ne se jette sur lui ? Il pouvait être tranquille sur ce point. Elle avait retenu la leçon. Elle n'avait pas très envie d'être repoussée une nouvelle fois.

Elle se hâta de récupérer son téléphone et son sac. Puis elle ressortit, verrouilla sa porte et s'engagea dans l'escalier avec Aaron qui la suivait.

En d'autres circonstances, il aurait incarné l'homme idéal. Il était non seulement très beau, mais également gentil, attentionné et doué d'évidentes qualités humaines. Maintenant qu'elle l'avait embrassé, elle aurait sans doute du mal à rester naturelle en sa présence. Néanmoins, elle devrait faire cet effort pour préserver leur amitié.

En bon gentleman, il lui ouvrit la portière de sa voiture côté passager. Dès qu'il eut démarré, elle lui jeta un coup d'œil oblique.

— Pourquoi n'es-tu pas parti en montagne ? Tu avais l'air d'y tenir, hier.

— Quand tu as annulé, je n'ai plus eu envie d'y aller seul.

— Ah, mince. J'aurais été incapable de faire plus de cent mètres à pied ce matin. Je me suis traînée jusqu'à l'épicerie du bout de la rue, et pour être honnête, j'ai été soulagée que mon amie d'enfance ait dû partir rapidement.

— Je comprends tout à fait, Bella. Ce n'était pas un reproche. J'aurais été très ennuyé si tu t'étais sentie obligée de venir. Et ne t'inquiète pas, j'aurai plein d'autres occasions d'aller marcher.

Une vague de soulagement déferla sur elle. Aaron ne lui en voulait pas. Ils étaient toujours amis et ce constat l'emplit d'une joie absurde. À force, elle ne savait plus trop sur quel pied danser avec les hommes car ces derniers mois, elle était tombée sur de vrais goujats !

L'un d'eux, un client de Gino, l'avait accusée d'en vouloir à son argent au motif qu'elle préférait s'en tenir à des sorties amicales. Un autre l'avait traitée de « femme ennuyeuse » quand elle avait voulu aller au cinéma plutôt que chez lui...

— La prochaine fois, j'avalerai quelques barres énergétiques pour me doper, dit-elle.

— Ne t'avise surtout pas de faire ça. Nous irons en randonnée quand tu seras en forme, pas quand tu auras fait une overdose de sucre.

— Oui, chef. Bien, chef.

— Enfin une sage parole ! répondit Aaron en riant.

Détendue par cette conversation, elle laissa néanmoins échapper un soupir lorsqu'ils se rapprochèrent de l'hôpital.

— Qui est de garde ce week-end ?

— Aujourd'hui, c'est Tess. Ça ira pour toi ?

— Oui, super. On s'entend bien toutes les deux. On remet les machos à leur place quand on travaille ensemble.

En réalité, elle se réjouissait qu'une femme soit là pour l'examiner. On lui avait souvent dit qu'elle perdrait ses inhibitions au fil de la grossesse, mais ce n'était pas le cas. Ses collègues étaient devenus des amis. Elle aurait été gênée que l'un d'eux s'occupe d'elle.

Elle avait beau angoisser, elle avait encore sa fierté.

— À quand remonte ta dernière prise de sang ?

La première question de Tess prit Bella au dépourvu. En réalité, elle n'en avait aucun souvenir.

— Hmm, je... cela commence à dater. Puisque tout allait bien, je n'avais aucune raison de m'en faire prescrire une.

— Tu sais quoi ? Nous allons commencer par là. Je veux m'assurer que tu n'as pas de carence en fer.

— Je suis dans le quatrième mois. D'habitude, on manque de fer au troisième trimestre. Et puis, je mange sainement...

Elle s'interrompit. Cette carence pouvait être le signe d'une hémorragie interne. Elle aurait dû y penser !

— Tu as raison, il faut vérifier, approuva-t-elle, consternée.

— As-tu déjà passé une échographie ?

— Non. Je n'arrive pas à trouver un créneau de rendez-vous qui colle avec mon emploi du temps.

— C'est ton jour de chance. Neva, la manipulatrice de garde aujourd'hui, est spécialiste des échos. Je vais l'appeler.

Après ce coup de fil, Tess lui palpa délicatement le ventre puis hocha la tête.

— Tout a l'air normal, mais on va vérifier par précaution. Allez hop, déshabille-toi. C'est parti…

Aaron s'était éclipsé en salle d'attente au début du rendez-vous. Une fois rhabillée, Bella se dépêcha d'aller lui donner des nouvelles.

— Tess m'a examinée, tout va bien. Mais comme elle m'a réservé une échographie, je ne vais pas partir tout de suite. Vas-y si tu as des choses à faire. Je ne veux pas te bloquer. J'appellerai une de mes belles-sœurs.

— Je n'irai nulle part avant que tu n'aies fini, répondit-il d'un ton ferme.

Soulagée, elle expira profondément. C'était peut-être absurde, mais elle avait eu peur qu'il s'en aille.

— Merci beaucoup, Aaron.

— Veux-tu de la compagnie en salle de radio ?

— Je… Tu ferais ça ?

— Si tu n'as pas envie d'y aller seule, oui, bien sûr.

L'échographie était un examen simple et rapide, mais comment réagirait-elle si on détectait une anomalie ?

— J'aimerais mieux que tu sois là, répondit-elle avec un calme qu'au fond, elle était loin de ressentir.

— Allons-y, dit-il en lui prenant le bras. Plus tôt ce sera fait, plus vite tu seras tranquille.

Il ne semblait pas gêné qu'on les voie ensemble en dehors du travail, et pour sa part, elle s'en moquait. Ils étaient amis. Elle caressait l'espoir absurde que leur relation puisse évoluer, mais elle ne devait pas se bercer d'illusions. Ce baiser lui avait décidément échauffé le corps et l'esprit. Elle avait pourtant d'autres choses à penser !

— Si tout va bien, je vais relâcher la pression et dormir, répondit-elle.

— Vaste programme.

— Je sais. Ennuyeux comme la pluie… En revanche, si la radiologue me trouve un problème, je risque de…

— On gérera, Bella. Quoi qu'il arrive.

Le calme d'Aaron produisit un effet immédiat : elle sentit son cœur s'apaiser, sa respiration ralentir. Il la trouvait « forte et courageuse », à elle de se montrer digne de son opinion. Et puis, elle n'avait pas parcouru tout ce chemin depuis la mort de Jason pour s'écrouler maintenant.

— Tu as raison. Je gérerai.

— Il me semble avoir dit « on ».

Elle ne sut que répondre. Même s'ils s'étaient rapprochés, il était trop tôt pour qu'elle l'inclue dans sa vie. Elle se sentait bien avec lui. Sa présence la rassurait. Néanmoins, cela ne suffisait pas pour s'engager dans une relation qui, de toute manière, se terminerait à la fin de l'été.

En silence, ils gagnèrent la radiologie, où la manipulatrice l'accueillit chaleureusement.

— Installez-vous. Je vais enduire votre ventre de gel...

De manière instinctive, Bella chercha la main d'Aaron et s'y agrippa. Elle ne put s'empêcher de fermer les yeux alors que Neva promenait la sonde sur son abdomen.

— Tout va bien, annonça cette dernière au bout de deux minutes. Regardez vous-même.

Le cœur battant, elle scruta le moniteur.

— Vous êtes sûre ? Je ne suis pas en train de faire une fausse couche ?

— Mais non ! Ce bébé est bien installé, croyez-moi.

— Je... vous crois.

Neva avait dû pratiquer des centaines d'échographies. Elle n'avait aucune raison de mettre sa parole en doute.

— Je respire mieux, d'un coup, ajouta-t-elle en souriant.

— Voulez-vous connaître le sexe du bébé ?

Elle hésita. Au début, elle s'était dit qu'elle préférerait avoir la surprise, mais ces derniers temps, elle avait commencé à chercher des prénoms. Elle en avait conclu qu'il serait mieux de savoir.

— Oui, j'aimerais bien.

— Je peux te laisser, si tu préfères, dit Aaron.

— Mais pas du tout ! Cela me ferait plaisir que tu restes.

Tant pis pour la prudence dont elle voulait faire preuve. Ils étaient ensemble jusqu'au cou dans cette aventure...

Arrête. C'est juste pour voir le sexe du bébé. Tu ne vas pas te marier avec lui !

— Merci, répondit-il d'un ton grave.

Se sentait-il honoré ? Ou alors, heureux de vivre ce moment privilégié parce qu'il tenait à elle ? Elle n'avait aucun moyen de le savoir. Mieux valait arrêter de se poser mille questions.

Elle lui étreignit la main plus fort. Elle se réjouissait qu'il soit là. Le reste n'avait aucune importance.

— C'est parti ! déclara Neva d'un ton gai.

Bella scruta de nouveau l'écran en plissant les yeux. Et soudain, elle sentit une larme rouler sur sa joue.

— C'est... une fille ? chuchota-t-elle d'une voix rauque.

— Absolument, confirma Neva. Je vais vous imprimer quelques photos.

— Ma petite chérie...

Elle se rendit compte qu'Aaron lui caressait tendrement les épaules.

— Eh oui Bella, c'est ta fille.

Neva se leva de son tabouret en souriant.

— Je vais vous laisser. Bon week-end, Bella, Aaron.

— Merci beaucoup, répondirent-ils en chœur.

— Merci pour tout, ajouta Bella, en larmes.

Après le départ de Neva, elle secoua la tête, émerveillée.

— C'est incroyable. Je vais avoir une fille. Sophia Justine...

Les prénoms avaient jailli malgré elle. Sophia était le prénom de sa grand-mère, Justine celui de la mère de Jason.

— Tu avais déjà cherché des prénoms ? s'enquit Aaron.

— J'y pensais vaguement et ceux-là viennent de sortir du lot. Mais ils me plaisent beaucoup. Je vais valider, je crois.

— Sophia Justine, il faut bien grandir pour faire plaisir à ta maman !

Aaron détourna le regard, mais elle eut le temps de le voir écraser une larme furtive.

— As-tu déjà songé à avoir des enfants, toi ?

— Tout le monde y pense, répondit-il d'un ton vague, sans la regarder.

— Il y a tellement de questions à se poser ! D'abord, il faut rencontrer la bonne personne. Ensuite, on doit tout planifier : le travail, le mode de garde, l'école... Ça ne s'arrête jamais.

Il pivota vers elle et secoua la tête.

— Je t'admire. Tu sembles avoir déjà tout prévu.

— Comme la plupart des futurs parents, j'imagine...

— C'est vrai. Dans ta situation, je ferais la même chose.

La tristesse perceptible dans sa voix la toucha. Elle descendit de la table et hésita à se rapprocher de lui, mais elle sentit qu'il avait érigé un mur entre eux.

— Tu as l'avenir devant toi, dit-elle gentiment. Parfois, il faut juste savoir garder les yeux ouverts.

— Donc, si une diseuse de bonne aventure me prédit que j'aurai six enfants, je devrai la croire ?

— Oui, et faire des travaux pour agrandir ta maison.

Il s'esclaffa.

— Tu sais toujours comment me remonter le moral, toi !

Elle ne s'en était pas aperçue, mais cela lui fit plaisir.

— Je suis contente de servir à quelque chose.

Elle ne put retenir un bâillement et secoua la tête.

— En parlant de maison, j'aimerais bien rentrer. La pression est retombée et maintenant, je dors debout.

— Veux-tu venir chez moi ? C'est deux fois plus près, il n'y a pas d'escalier et mon canapé est hyper-confortable.

Elle n'hésita qu'un instant.

— Ma belle-sœur Cara nous a vus partir. Tout le monde va m'assaillir de questions. Quand je vais leur annoncer que j'attends une fille, il y aura des cris, de l'agitation...

— Dans ce cas, la question est réglée. Allons chez moi.

Ayant dit cela, Aaron lui enlaça la taille. Et même si une petite voix lui soufflait de résister, elle prit appui contre son épaule. Pour une fois, elle pouvait bien se laisser chouchouter. Autant en profiter puisque cela ne durerait pas.

Bella dormait à poings fermés sur le canapé.

Attendri, Aaron déposa un plaid sur ses épaules. Elle n'avait même pas bu le thé qu'il lui avait préparé. Elle s'était écroulée de fatigue.

— Tu es belle..., chuchota-t-il.

Il s'interdit de remettre en place la mèche de cheveux ébène qui lui tombait sur la joue. Il serait trop gêné si elle se réveillait. Ils s'étaient beaucoup rapprochés au cours de l'après-midi, mais il ne savait toujours pas sur quel pied danser. Il aurait pu la prendre dans ses bras et la regarder dormir une nuit entière, sauf qu'elle ne serait probablement pas d'accord. Certes, ils étaient amis, mais pas... intimes.

Et pourtant, que d'émotions lorsqu'il avait découvert le visage de son bébé ! Son cœur s'était gonflé d'amour pour cet enfant. Jamais, dût-il vivre cent ans, il n'oublierait ce moment extraordinaire. Assister à une échographie était toujours émouvant en soi, alors avec Bella...

Il avait beau chercher, il ne se rappelait pas avoir été subjugué à ce point par une femme. Même Amy n'avait jamais produit cet effet dévastateur sur lui. Et puis, à l'inverse de toutes celles qui espéraient le séduire, Bella ne calculait rien. Elle l'acceptait comme il était sans rien attendre en retour.

Mais elle ignore qui tu es.

Un jour – et l'échéance se rapprochait – il devrait lui dire la vérité. Il espérait qu'elle ne changerait pas d'attitude en étant gênée ou intimidée par son milieu. Il n'avait rien en commun avec sa famille. Pourvu qu'elle le comprenne !

Il jeta un dernier regard à sa belle endormie, puis sortit sur la terrasse.

De là-haut, la vue sur le lac Majeur était époustouflante. Quoi qu'il advienne, il associerait toujours l'Italie à Bella. Il était tombé sous le charme et même si l'échéance semblait encore lointaine, il appréhendait le retour en Écosse.

La brillante carrière promise par ses chefs ne l'attirait plus tant que cela. Comment aurait-il pu réussir dans son travail alors que ses problèmes n'étaient pas réglés ?

Il avait cru qu'avec le dépaysement, les cauchemars s'estomperaient, or ce n'était pas le cas. Raison de plus pour que Bella ne reste pas dormir chez lui. Certes, elle connaissait son histoire, mais il ne tenait pas à ce qu'elle l'entende crier en pleine nuit...

Comme si le fait de penser à elle l'avait réveillée, elle se matérialisa sur la terrasse.

— C'est magique, je trouve, dit-elle.

— Complètement. Les lochs écossais sont aussi très beaux, mais ce n'est pas la même atmosphère.

Le silence tomba. Bella le rompit la première.

— Il va falloir que j'y aille, dit-elle en soupirant.

— Rien ne t'y oblige. Tu as envie de partir ?

Elle se retourna, s'adossa à la rambarde et riva son regard émeraude au sien.

— Pas vraiment, non.

Il allongea la main pour lui replacer sa mèche folle derrière l'oreille.

— Nous n'avons pas terminé, tout à l'heure, dit-il d'un ton calme. Je trouve ça dommage.

— Je... Moi aussi.

Cette fois, le silence se chargea d'une tension presque insupportable. Et soudain, d'un même élan, ils se jetèrent dans les bras l'un de l'autre. Leurs bouches se soudèrent puis leurs langues entamèrent un ballet enfiévré qui lui mit le corps en feu.

Bella portait une fragrance délicate semblable à l'odeur matinale des roses. Elle sentait bon le soleil, l'été, la vie. Elle incarnait la promesse d'un avenir différent pourvu qu'il accepte de leur donner une chance. Et tant pis s'il laissait tomber les barrières qu'il avait érigées depuis des années.

Pour un soir, il laisserait libre cours à ses émotions. Il n'avait plus envie de les contrôler. Il en était incapable depuis qu'il avait vu l'image de cette petite fille dans le ventre de sa mère.

— Bella ? Reste ici ce soir.

— Oui...

Les mots devinrent superflus. Tout ce qu'il aurait pu dire aurait gâché la magie de cet instant, et au lieu de parler, il souleva Bella et la porta à l'intérieur.

Dans sa chambre, il l'allongea doucement sur le lit.

— Je ne suis pas en sucre ! protesta-t-elle en riant.

Comme pour lui prouver qu'elle avait repris des forces, elle se jeta à son cou et lui donna un baiser ardent. Lorsqu'ils reprirent leur souffle, il eut intensément conscience de son érection. Son cœur cognait dans sa poitrine, le sang pulsait à ses tempes. Il la désirait comme un fou !

— Il faut ralentir, chuchota-t-il néanmoins. On a toute la nuit devant nous.

— Ralentir, moi ? Jamais. J'ai envie de toi, Aaron. Maintenant, tout de suite.

Il lui planta un baiser dans le cou. Même si un feu dévorant le consumait, il voulait d'abord lui donner du plaisir. Il refusait de faire l'amour en cinq minutes.

— Je ne te connaissais pas si impatiente, dit-il, taquin, en lui déboutonnant son chemisier.

Le souffle coupé, il admira ses seins ronds. Jamais il n'avait vu poitrine plus sexy et cette vision rendit son érection plus douloureuse encore.

Dans son impatience, Bella n'était pas restée inactive. Elle avait déjà ouvert son bermuda, glissé la main dans son caleçon.

Et quand elle se mit à caresser son sexe durci d'un geste doux et ferme, il eut l'impression de se liquéfier sur place.

— Bella, attends... Non, arrête, s'il te plaît.

— Touche-moi, Aaron.

Il souleva ses seins magnifiques, dont il fit rouler les pointes érigées entre ses doigts.

— Plus bas, murmura-t-elle.

Sourd à sa requête, il arrondit les lèvres sur son sein droit. Elle se tortillait sous lui, mais il ne céda pas et se délecta du sein gauche. Alors seulement, il traça un sillon humide le long de son ventre jusqu'à son intimité.

De la langue et de ses doigts, il l'amena au bord du vertige. Elle tremblait comme une feuille quand, soudain, elle crispa les mains dans ses cheveux pour l'obliger à relever la tête.

— Arrête ou je vais exploser. Je veux te sentir en moi, Aaron. Maintenant.

Il ne se le fit pas dire deux fois : il avait lui-même atteint les limites de sa résistance. Ce petit jeu l'avait rendu fou et quand il pénétra son sexe moite, il laissa échapper un cri rauque. Jamais il n'avait connu pareille osmose, une telle fusion de corps, d'âme et d'esprit. Bella était son alter ego, sa moitié, l'extension de son univers...

Ils jouirent ensemble dans une incroyable explosion de couleurs. Puis, lorsqu'ils redescendirent sur terre, il attira Bella contre lui. Il avait glissé le bras autour de sa taille, posé la main sur son ventre. Ce geste lui semblait naturel, et pourtant, elle n'était pas enceinte de lui. Devait-il...

— Détends-toi, chuchota-t-elle en glissant une main sur la sienne. Tout va bien. Nous n'avons rien fait de mal.

Peut-être pas, mais le retour à la réalité était un peu difficile. Toutes les questions en suspens venaient jeter une ombre sur son bonheur. Et surtout, il ne pouvait pas prendre le risque que Bella souffre à cause de lui, si la presse découvrait un jour son existence.

D'un autre côté, elle méritait mieux qu'une aventure d'un soir. Elle méritait... d'être heureuse, tout simplement.

— Tu as raison, répondit-il. J'espère juste que nous n'avons pas gâché une belle amitié.

— Rien n'empêche des amants d'être amis, Aaron.

Bella porta une main à ses lèvres et poussa une exclamation étouffée.

— Que suis-je en train de dire ? On dirait que je réclame plus.

— Ce n'est pas le cas ? répliqua-t-il, piqué dans sa fierté.

Roulant sur le côté, elle le regarda droit dans les yeux.

— La question n'est pas là. On va juste avoir du mal à faire coïncider nos projets d'avenir. Ce sera même impossible.

— Je ne parlais pas de ça, mais vas-y... Dis-moi ce que tu en penses.

— J'ai trouvé incroyable... de faire l'amour avec toi. Et je ne dis pas ça pour flatter ton ego, ajouta-t-elle en souriant. J'ai eu l'impression de toucher les étoiles.

Ému, il lui effleura les lèvres du pouce.

— C'était merveilleux pour moi aussi, Bella.

— Quant à ton autre question... J'ai très envie de réitérer l'expérience, tu l'imagines bien. En revanche, je ne veux pas d'une relation durable. Tu comprends pourquoi...

— Oui et non. Tu as l'air de croire qu'un parent célibataire ne peut pas revivre en couple. Cela arrive tout le temps.

— Certes, mais vu le contexte, je trouverais difficile de demander à un autre homme d'élever mon enfant. J'ai fait cette FIV pour être enceinte de Jason. Ce serait différent si mon conjoint m'avait laissée tomber, par exemple...

— Je ne suis pas d'accord avec toi. Cela en freinera peut-être certains, mais il existera forcément quelqu'un de sincère qui voudra juste conquérir ton cœur.

— Tu crois ? murmura-t-elle avec un petit sourire triste.

— Tu me connais assez pour savoir que, quand je dis quelque chose, je le pense.

Comme elle étouffait un bâillement, il la fit rouler sur le côté, l'attira dans ses bras et la cala contre lui.

— Ce n'est pas le moment de réfléchir à tout ça, lui glissa-t-il à l'oreille. Tu es fatiguée.

— À qui la faute ? répliqua-t-elle, puis elle bâilla de nouveau.

Il sentit son corps se relâcher, sa respiration devenir régulière. Lui-même commençait à être plus détendu qu'il ne l'avait été depuis des mois. Il était si bien...

Quand il rouvrit les paupières, il croisa le regard lumineux de Bella et sursauta.

— Mais... Je me suis endormi ?

Elle eut un rire doux.

— On le dirait bien. Je suis réveillée depuis une heure et tu n'as pas bronché.

— Tu plaisantes ?

— Mais non, je... Ah, d'accord. Depuis ton agression, tu es insomniaque au point de ne presque pas dormir.

— Je ne dors jamais plus de quelques minutes d'affilée. C'est la première nuit où...

Il s'interrompit. Il n'avait jamais parlé de cela à quiconque, pas même à ses amis proches.

— Tu avais l'air très bien, là, chuchota Bella en souriant.

— Je confirme.

Son air malicieux l'emplit d'une joie absurde. Il lui glissa une main au creux des reins pour l'attirer plus près.

— J'aurais bien besoin d'une autre dose de réconfort, moi.

— Excellente idée... Quelle bonne façon de commencer la journée !

6

— Johnny a treize ans, il est asthmatique. Il est arrivé avec une migraine sévère, alors j'ai préféré t'appeler.

Comme d'habitude, Aaron ne laissait rien au hasard. Bella opina, puis entra dans le box 4.

— Tu as eu raison... Bonjour, madame. Bonjour, Johnny. Je suis le Dr Rosso. Alors mon grand, qu'as-tu fait aujourd'hui ?

— J'ai fait du vélo et j'ai nagé à la piscine.

— Un excellent programme, répondit-elle d'un ton doux. Pratiques-tu la natation régulièrement ?

Le garçon voulut répondre, mais s'étouffa sur les mots. Il commençait à manquer d'air. Aussitôt, Aaron lui tendit le masque à oxygène posé sur la table de nuit.

— Tiens, mets-le. Et ne l'enlève pas cette fois.

— Johnny nage beaucoup pour développer sa capacité respiratoire, expliqua la maman. D'habitude, l'asthme lui occasionne des maux de tête légers, mais là, la douleur était violente. J'espère qu'il ne va pas avoir un autre problème...

— Je n'en ai pas l'impression, répondit gentiment Bella. Le Dr Marshall a vu juste, il s'agit bien d'une migraine. Néanmoins, la crise d'asthme est assez importante. Je vais l'hospitaliser pour la nuit par précaution.

L'adolescent écarquilla les yeux. Elle lui fit non de l'index lorsqu'il voulut retirer le masque.

— Il faut le garder ! insista-t-elle. Tu en as besoin pour respirer correctement. Lui as-tu donné un antalgique, Aaron ?

— Oui, du paracétamol.

— Super. Je sais que tu as treize ans, Johnny, mais tu vas passer la nuit en pédiatrie. Tu pourras jouer au chef auprès des plus jeunes, ajouta Bella en souriant.

Le patient leva les yeux au plafond.

— Merci bien, docteur, marmonna-t-il.

— Mais de rien !

— Mon fils a l'habitude des séjours à l'hôpital, intervint la maman. Il a fait pas mal de crises aiguës.

— Je vois ça. Le pauvre..., murmura Bella, penchée sur le dossier qu'Aaron lui avait remis. Vous êtes de Milan ?

— Oui. Johnny participe à un voyage scolaire. Je suis venue car je travaille comme aide éducatrice au collège.

Dans son malheur, le garçon avait de la chance. Il aurait pu se retrouver seul à l'hôpital.

— C'est quand même bizarre, cette migraine, commenta Bella. Tu as dit au Dr Marshall que tu n'avais rien fait de particulier, mais réfléchis. Tu ne te serais pas cogné ?

L'adolescent se frotta le menton, songeur, puis il repoussa le masque.

— Je suis... tombé du lit hier dans le dortoir quand on chahutait avec Paulo. Je me suis cogné le front sur le parquet, mais très légèrement... et je n'ai pas eu mal.

— On va t'emmener au scanner par précaution. Même si la commotion paraît peu probable, il vaut mieux vérifier. Et quoi qu'il en soit, ce petit choc a pu déclencher quelque chose au niveau de l'asthme. Je vais appeler ton pneumologue.

— Il est 18 heures, objecta Aaron. Il sera peut-être parti.

18 heures, déjà ? Il n'était pas étonnant que son ventre gargouille. Elle avait retrouvé l'appétit depuis quelques jours et à présent, elle mangeait comme quatre.

— Je vais tenter quand même. Sinon, je l'appellerai demain.

Vous pourrez accompagner votre fils en pédiatrie, ne vous inquiétez pas, ajouta-t-elle à l'adresse de la mère. À tout à l'heure, Johnny.

— Tu fais des heures supplémentaires, commenta Aaron en l'escortant vers l'ascenseur.

— J'ai un gamin de dix ans avec une leucémie qui est revenu de Milan il y a une heure. Je voulais vérifier qu'il supporte bien le traitement. Ensuite, je repasserai voir Johnny.

Alors qu'ils descendaient le couloir, elle lui jeta un coup d'œil oblique. Près d'une semaine s'était écoulée depuis leur nuit d'amour, mais depuis, ils avaient été trop débordés pour renouveler l'expérience. Ce qui, au fond, n'était peut-être pas une mauvaise chose. Car plus les jours passaient, moins elle savait quoi faire.

Devait-elle mettre un terme à cette relation ? Ou alors profiter des bons moments sans se poser mille questions ?

— Je suis là toute la nuit, dit-il en souriant. Qui sait, j'aurai peut-être l'occasion de te rappeler.

Son sourire charmeur la fit frémir. Avait-il besoin de sa compagnie ? De son côté, la réponse était évidente : il lui manquait.

— Si cela te tente, je pourrais nous faire livrer deux assiettes de spaghettis. Je connais un bon cuisinier...

Aussitôt, il se frictionna l'estomac.

— Oh oui, s'il te plaît !

— Parfait. Rendez-vous à la tisanerie des urgences dans une heure. Cela te convient ?

— J'ai hâte, Bella. Et pas seulement pour les spaghettis.

Elle monta dans l'ascenseur, ragaillardie. Sans le savoir, Aaron avait répondu à sa question. Rien n'aurait pu la rendre plus heureuse.

— C'était délicieux, comme d'habitude. Si je n'avais pas un travail qui m'attend à Édimbourg, je demanderais ma mutation rien que pour les pâtes de Gino !

Aaron repoussa son assiette en souriant. Rester en Italie avec

Bella le motiverait bien davantage qu'une assiette de spaghettis, mais il n'était pas sûr qu'elle soit d'accord.

— Je transmettrai. Gino va être enchanté, il aime beaucoup les compliments, répondit-elle, malicieuse.

Puis, d'un coup, son sourire s'effaça.

— Qu'y a-t-il, Bella ?

— Rien...

— Arrête. Je commence à te connaître. Je vois bien que quelque chose te chagrine.

Il était plutôt surpris car depuis leur fameuse nuit d'amour, il n'avait senti aucune tension entre eux. Certes, ils n'avaient pas eu le temps de discuter, mais ils s'étaient comportés de manière tout à fait naturelle au travail.

— Gino aimerait que je sois de nouveau en couple, dit-elle enfin. J'ai beau lui répéter que ce n'est pas d'actualité, il refuse de comprendre.

Même si Aaron savait à quoi s'en tenir, cette vérité le blessa. D'habitude, c'était lui qui prenait la tangente avec les femmes. Il n'avait jamais été « éconduit » de la sorte. Et d'ailleurs, bien plus que son orgueil, c'était son cœur qui souffrait. Malgré toutes ses bonnes résolutions pour ne pas s'attacher, il était en train de plonger la tête la première.

Il se conduisait vraiment comme un imbécile. N'avait-il pas retenu la leçon avec Amy ? Qu'arriverait-il si la relation avec Bella durait et que la presse people vienne tout gâcher ? Il ne s'en remettrait pas.

— Aaron ? Désolée, je... Suis-je allée trop loin ?

— Non. J'ai toujours aimé la franchise. Je préfère savoir à quoi m'en tenir. Et d'ailleurs, je te comprends. Tu pourras dire à Gino que je le remercie, mais qu'il doit éviter de se faire des films puisqu'on n'a aucune intention de se marier.

Un muscle tressauta dans la mâchoire de Bella. Aussitôt, il captura les mains qu'elle avait crispées sur la table.

— Tout va bien, dit-il doucement. On sait à quoi s'en tenir, c'est l'essentiel. Notre vie privée ne regarde personne, ni ta famille ni la mienne.

Elle s'apprêtait à répondre quand une infirmière passa la tête dans l'encadrement de la porte.

— Aaron, une ambulance arrive dans trois minutes. Homme de quatre-vingts ans en arrêt cardiaque.

— J'y suis !

Il se leva et voulut prendre les assiettes sales, mais Bella l'arrêta d'un geste.

— Laisse, je vais débarrasser. J'ai le temps. J'ai prévu de refaire un tour en pédiatrie avant de rentrer.

Comme elle avait l'air un peu triste, il se pencha et lui pressa l'épaule.

— Ne réfléchis pas trop, dit-il gentiment.

— Non, non. Je voulais juste te proposer de faire une balade demain après-midi. Sauf qu'après une nuit de garde, tu auras sûrement envie de rester tranquille. Et moi, de toute façon, je ne peux pas beaucoup marcher...

— J'ai une idée. Je vais me rapprocher d'Orta en transports en commun et finir à pied. Toi, tu pourrais me rejoindre là-bas pour déjeuner vers 14 heures ?

Plus il passait de temps à Stresa, plus il aimait arpenter les collines. Ces randonnées lui faisaient un bien fou. Elles lui requinquaient le corps et l'esprit. La présence de Bella jouait aussi dans cette amélioration, et au bout du compte, il se sentait mieux qu'il ne l'avait été depuis des mois.

— Ça me va, répondit-elle en souriant. Si on marche un peu au bord du lac, je pourrai même dire à la sage-femme que j'ai fait de l'exercice !

Elle détestait réduire ses activités, il l'avait compris. Néanmoins, elle se montrait raisonnable pour le bébé et il l'approuvait totalement.

— Adjugé vendu, alors, répondit-il. Je réglerai mon réveil sur 11 heures. De toute façon, je ne travaille pas demain soir.

— Je te raccompagnerai en voiture après la balade.

Pour un couple qui souhaitait fonctionner prudemment, ils se posaient là, l'un comme l'autre. Néanmoins, il ne voulait pas s'attarder là-dessus.

L'idée de passer du temps avec Bella allait lui donner du courage pour toute la nuit.

La promenade à Orta avait tenu toutes ses promesses.

Au retour, Bella avait dormi chez Aaron qui n'en espérait pas tant. D'autres nuits magiques avaient suivi, et la bonne résolution de garder ses distances lui semblait déjà un lointain souvenir.

Il était heureux, tout simplement. Depuis quand cela ne lui était-il pas arrivé ?

Ce matin-là, alors qu'ils buvaient un café aux urgences, elle le surprit avec une question pour le moins inattendue :

— Mes parents fêtent leur anniversaire de mariage dans quinze jours. Nous allons passer le dimanche en famille à Isola Bella. Aimerais-tu te joindre à nous ? Les propriétaires du restaurant sont des amis de Gino. Ils gèrent toute l'organisation. Le repas devrait être somptueux.

Il ne put s'empêcher de rire.

— Gino accepte de déléguer ? Il doit avoir du mal !

— Crois-le ou non, il se tait. Micco et lui se connaissent depuis longtemps, alors il n'ose pas faire son cinéma.

— Hmm, j'ai hâte de voir ça. Parce que oui, pour répondre à ta question, j'aimerais beaucoup t'accompagner. Mais es-tu sûre que tes parents soient d'accord ?

— Papa l'a proposé juste avant que je ne lui pose la question. Les grands esprits... Je crois que tout le monde t'aime bien à la maison.

— J'ai intérêt à me tenir à carreau, alors.

— Oui, ou sinon, tu seras privé de dessert !

Le sourire de Bella fit courir le sang plus vite dans ses veines. Il suffisait d'un rien pour que la flamme du désir se rallume.

— Si on me prive de dessert, je ferai un scandale, protesta-t-il en riant.

Soudain, sa gaieté s'évapora. Le mot « scandale » lui avait

rappelé une réalité qu'il avait eu tendance à oublier ces derniers temps. Isola Bella était un lieu touristique. Si on le reconnaissait, la presse se manifesterait vite, occasionnant le tapage habituel...

— Je t'ai perdu, là, dit Bella d'un ton doux.

— Pardon, je... pensais à l'organisation. Il faudra me donner l'adresse du restaurant pour que je puisse vous rejoindre. J'imagine que tu iras là-bas avec tes parents ?

— Non, ils y seront depuis la veille. Tu n'auras qu'à venir chez moi, on partira ensemble. Mais autant t'avertir, j'emmène certains de mes neveux. Il y aura de l'animation sur la banquette arrière. J'espère que tu ne prendras pas peur.

— Je n'ai aucune expérience de ce genre de choses. Ce sera une grande première.

— Ta sœur n'a pas d'enfants ?

— Non, et elle n'est pas près d'en avoir. Elle se consacre exclusivement à sa carrière.

Lui, en revanche, se serait bien vu devenir père. Il était désormais certain d'avoir trouvé la femme idéale. Bella ferait une épouse merveilleuse, une maman exceptionnelle. Il s'était imaginé perdu pour la cause de l'amour, mais seuls les imbéciles ne changeaient pas d'avis...

Il émergea de ses réflexions lorsqu'elle lui donna une bourrade par-dessus la table.

— Tu recommences ! Si tu n'as pas envie de venir, dis-le !

— Au contraire, j'ai hâte de passer une journée avec ta famille. Ils sont trop gentils avec moi.

Elle haussa les épaules.

— Ils sont juste normaux.

Si elle avait su ! Mais il n'était pas encore prêt à lui dire la vérité. Il se réjouissait de vivre dans une bulle où personne ne lui collait aux basques pour l'interroger sur sa vie. La réalité le rattraperait bien assez tôt.

— Toi, tu me caches quelque chose, enchaîna Bella, intuitive comme toujours.

Il soupira.

— Disons… que je n'ai pas l'habitude d'être accepté tel que je suis. En général, les gens se posent beaucoup trop de questions sur moi.

— Mais… pourquoi ?

— Je ne peux pas t'expliquer ça en deux minutes autour d'un café. Il me faut… plus de temps.

Bella se rejeta en arrière sur sa chaise et plissa les paupières.

— J'ai l'impression que tu fuis quelque chose.

— Tu n'as pas tort. Et il est grand temps que je te mette au courant. Mais pas ici, chuchota-t-il, alors que deux infirmières pénétraient dans la tisanerie.

Au même moment, le téléphone de Bella se mit à sonner.

— Te voilà sauvé ! commenta-t-elle. Dr Rosso, j'écoute…

Après avoir raccroché, elle se leva.

— Il faut que je file. J'ai un bout de chou de deux ans hospitalisé dans le service. Le laboratoire de Milan lui a diagnostiqué une leucémie myéloïde aiguë. Il va falloir… que je l'annonce aux parents, ajouta-t-elle d'un ton grave. Je déteste ces moments-là. Et c'est pire depuis que je suis enceinte.

Aaron se leva à son tour et lui mit les mains sur les épaules.

— Respire à fond, Bella. Encore… Voilà. Tu peux le faire.

Elle resta immobile quelques instants, puis elle se redressa.

— Avec toi, j'ai l'impression que tout ira toujours bien, dit-elle d'un ton triste. On se voit plus tard ?

— Bien sûr.

Si elle voulait parler de ce moment difficile, il la réconforterait. Et dans le cas contraire, il essaierait de lui changer les idées. Tant qu'il serait à Stresa, il répondrait présent pour elle quoi qu'il advienne.

— Tu peux compter sur moi, ajouta-t-il.

— Je n'en ai jamais douté, Aaron. Merci… pour tout.

— Je suis rompue. La discussion avec les parents de Nigel m'a épuisée.

Bella s'était rendue chez Aaron en sortant de l'hôpital et à présent, ils admiraient le coucher de soleil sur les Alpes. Mais pour une fois, le paysage ne l'apaisait nullement. Elle se sentait triste et vide.

— Comme tous les parents, ils ont eu du mal à accepter la nouvelle. Dans la même situation, je deviendrais folle.

— Bois un peu, ça te fera du bien.

Aaron lui avait préparé un mug de thé vert qu'il avait posé sur le guéridon à côté d'elle. Il était vraiment aux petits soins...

Elle dégusta quelques gorgées en silence. Alors, sans rien dire, il se posta derrière elle et lui massa les épaules. Était-il devin ? Il avait trouvé instinctivement le point de tension qui la gênait.

— Hmm, c'est génial.

— Veux-tu parler du petit Nigel ?

Elle reposa sa tasse en soupirant.

— À cette heure-ci, il est en route pour Milan avec sa mère. Une ambulance est venue les chercher. Son papa les suit en voiture. Les grands-parents s'occupent du frère aîné. Tout s'est organisé très vite.

— J'imagine que la prise en charge va être immédiate ?

— Oui. Ils vont lui faire un prélèvement de moelle osseuse demain à la première heure. Dès qu'ils auront les résultats, le traitement pourra commencer.

Elle haussa les épaules, puis conclut :

— Il n'y a pas grand-chose d'autre à dire. La leucémie aiguë se soigne bien chez les jeunes enfants, mais le protocole est très lourd.

— Tiens, dit Aaron en lui tendant une boîte de mouchoirs.

— Je... suis la pédiatre de ce gamin. Je ne suis pas censée pleurer, balbutia-t-elle.

— Tu es aussi un être humain. Au contraire, je trouverais bizarre que tu n'éprouves aucune émotion. Moi-même, je suis touché alors que je ne connais pas Nigel.

Elle lui pressa la main. Il savait vraiment trouver les mots justes. Il se montrait sincère et empathique, sans exagération. Il était... formidable.

— C'est l'inconvénient d'exercer dans une petite ville,

expliqua-t-elle en soupirant. Je connais beaucoup de monde ici. Je suis allée à l'école avec Jenna, la maman.

— Avais-tu dit aux parents que les résultats risquaient d'être mauvais ?

— J'étais restée vague, mais ils s'en doutaient. J'avais pointé du doigt la léthargie, due à l'anémie, de Nigel. Et puis, il a des bleus partout sur le corps. Ils ne sont pas idiots. Ils ont bien senti qu'il y avait quelque chose de grave.

— Pourquoi ne pas les orienter vers un autre spécialiste ?

— Mais qui ? Il n'y a personne d'autre à Stresa. Il aurait fallu les envoyer à Milan, ce qui n'aurait fait qu'augmenter leur stress. Au moins, Jenna et Gennaro me connaissent. Ils savent à qui ils ont affaire.

— Tu as raison.

Soudain, Bella porta la main à son abdomen. Elle venait de recevoir un vigoureux coup de pied.

— Wow... Envisages-tu de devenir footballeuse, ma fille ?

— Ah, ah, elle est réveillée !

— Veux-tu mettre la main ? proposa-t-elle sans réfléchir.

Elle se mordit la lèvre. Elle allait sans doute trop loin. Aaron n'était pas le père de son bébé. Même s'ils étaient devenus... proches, il n'avait aucune raison de s'impliquer dans sa grossesse.

— Je peux ? demanda-t-il. Ça me ferait vraiment plaisir.

— Bien sûr. Donne-moi ta main.

Envahie d'une joie sans mélange, elle plaça sa paume tendue sur son ventre.

— C'est de ce côté... Attends. Ah, voilà ! Tu as senti ?

La lueur émerveillée dans le regard d'Aaron la renseigna mieux que des mots. Il avait perçu les mouvements du bébé !

— C'est génial, chuchota-t-il. La seule fois où j'ai eu l'occasion de le faire remonte à l'université. Une de nos camarades était enceinte et nous laissait toucher son ventre, mais c'était différent. On n'avait aucun lien, alors qu'avec toi... Je connais ton corps. On fait l'amour ensemble. Sentir ton bébé bouger est juste... incroyable.

Elle le regarda, les larmes aux yeux. Il avait le don de la toucher en plein cœur.

— Moi aussi, je suis scotchée, murmura-t-elle. Quand Sophia bouge, j'ai l'impression qu'elle me parle. En tant que médecin, je ne pouvais pas imaginer un pareil tsunami. Je raisonnais en scientifique. Je me croyais imperméable à tout ça, mais je me trompais.

— Je comprends. On n'est jamais préparé à vivre des émotions aussi intenses. Je me sens tout chose, et pourtant, c'est toi qui portes le bébé…

Il songeait aussi, probablement, qu'il n'était pas le père, et cette pensée l'attrista. Elle était sûre qu'il ferait un papa formidable !

Allons, elle s'égarait. D'amis, ils étaient devenus amants. Rien ne prédisposait leur situation à évoluer. Mieux valait vivre au jour le jour plutôt que de tirer des plans sur la comète. D'autant qu'à titre personnel, elle était dans le flou.

Elle avait toujours pensé qu'elle élèverait son enfant seule. Impliquer Aaron dans la vie du bébé soulèverait un certain nombre de questions. Il faudrait déjà qu'il s'engage, or elle ne savait presque rien de lui. Peut-être ne lui ferait-il jamais confiance, auquel cas tout serait vite réglé…

— Vous autres les hommes, vous avez le beau rôle, répliqua-t-elle d'un ton faussement léger.

— On se rattrape après la naissance. Là, on assure.

— Toi en tout cas, tu assurerais. J'en suis certaine.

— Merci pour ce vote de confiance !

Il semblait à la fois étonné et ravi, ce qui la surprit beaucoup. Était-il en manque de compliments ? Pourtant, ses collègues ne tarissaient pas d'éloges à son égard. Et les proches de Bella étaient eux aussi unanimes : ils le considéraient comme un « chic type »…

— Avec plaisir, répondit-elle. Mais ne t'y habitue pas trop. Cela m'ennuierait que tu prennes la grosse tête !

Il se rejeta en arrière sur son fauteuil et soupira.

— Tu sais quoi ? Je ne m'étais pas senti aussi à l'aise avec une femme depuis des années.

— Mais... pourquoi ?

— Parce que tu n'attends rien de moi. Je peux rester naturel sans avoir peur des conséquences.

Il y avait un sens caché derrière ses paroles, mais elle retint ses questions. Elle commençait à se détendre, l'atmosphère était sereine. Elle ne voulait pas tout gâcher.

Se penchant, elle l'embrassa sur les lèvres. Le feu qui couvait ne tarda pas à renaître et bientôt, elle se retrouva dans les bras d'Aaron qui l'emmenait vers sa chambre.

Les mots étaient devenus inutiles. Rien ne comptait hormis le besoin impérieux qu'ils avaient l'un de l'autre.

Allongée contre Aaron, une main dans la sienne, Bella osa enfin aborder le sujet qui lui tenait à cœur.

— Parle-moi de ta famille, dit-elle doucement. Tu ne me racontes pas grand-chose.

Il se raidit, puis retira sa main.

— Que veux-tu savoir ?

— Tu m'as dit plusieurs fois que ma famille était très chaleureuse, contrairement à la tienne. Pourquoi ?

À sa manière de froncer les sourcils, elle comprit qu'Aaron réfléchissait aux détails qu'il pouvait lui donner. Finalement, il roula sur le côté pour lui faire face.

— Mes parents ont toujours privilégié leur carrière, expliqua-t-il. Leur travail passait avant ma sœur ou moi.

— Je suis désolée. Cela a dû être difficile à vivre.

— En effet. Mais ma sœur leur ressemble, donc elle a mieux pris la chose. La différence est qu'elle n'aura sans doute jamais d'enfants. Elle a retenu la leçon.

— Que fait-elle de beau ?

— Elle est réalisatrice. Elle est douée, je trouve. Elle commence à être connue dans le milieu du cinéma.

— Le talent est donc une affaire de famille. Son frère est un médecin exceptionnel.

— Merci, répondit-il avec un sourire crispé.

Il exhala un soupir, puis reprit :

— Mon père est juge à la Cour suprême. Ma mère est une actrice très connue. Avec ma sœur, ils font souvent la une des journaux. Je m'en réjouis pour eux, et en même temps, j'ai du mal à supporter ce cirque. On n'a aucune vie privée.

— Toi non plus ?

— Hélas, non. Comme ma famille est riche et célèbre, la presse ne me lâche pas. J'ai droit à des articles mensongers puisque je ne leur cède rien. Cette intrusion me gênait moins quand j'étais petit. Je n'avais pas réalisé que le vrai monde, c'était autre chose. Mais en grandissant, je me suis mis à envier les gens qui menaient des vies plus tranquilles.

— Tu aurais préféré naître dans une famille lambda ?

— Oh ! que oui. La célébrité a un très mauvais impact sur ma vie personnelle.

— Je me mets à ta place. Quand Jason a inventé une technique opératoire révolutionnaire, on s'est trouvés sous les feux des projecteurs. Ce n'est pas comparable avec ce que tu as vécu, mais je te rejoins : il est très pénible d'être au centre de l'attention quand on n'a rien demandé.

Elle marqua une pause, puis ajouta :

— J'imagine que ton agression a fait les gros titres à cause de ta famille ?

Aaron roula sur le dos et leva les yeux au plafond.

— Absolument. Compte tenu de sa gravité, l'attaque aurait de toute façon été relatée. Sauf que là, le buzz a duré des semaines. Les médias s'intéressaient à ma convalescence. Les journalistes se relayaient devant l'hôpital pour guetter mon retour au travail. Et quand je suis revenu, les patients voulaient tous que je les prenne en charge, histoire d'être soignés par une célébrité !

Émue aux larmes, elle l'entoura de ses bras et l'étreignit de toutes ses forces.

— Tu es génial...

— Tu... le penses vraiment ?

— Je ne dis que ce que je pense, répondit-elle d'un ton calme. Je n'arrive même pas à imaginer l'horreur que tu as vécue cette nuit-là, aux urgences. Et pourtant, tu n'as pas arrêté. Tu continues à sauver des gens parce que c'est ta vocation. Tu es resté le même, Aaron.

D'un coup, il se détendit et commença à lui caresser le dos.

— Toi, tu es différente de toutes les femmes que j'ai rencontrées. Merci, Bella.

La remerciait-il d'être... authentique ? C'était possible. Il n'avait sans doute pas l'habitude que les gens se comportent de manière naturelle, y compris dans ses relations amoureuses.

Elle lui butina le cou et l'embrassa tendrement.

Ces confidences n'avaient rien changé pour elle. Il était – et resterait – Aaron. L'homme merveilleux qui était en train de capturer son cœur.

7

— Heureux anniversaire, Angela et Marco ! Quarante ans de mariage, c'est formidable.

Aaron tendit à Mme Rosso le présent qu'il avait acheté à Milan. Il y avait passé sa journée de repos hebdomadaire, et en flânant dans une boutique d'artisanat, il avait repéré une magnifique coupelle en bois sculpté. Comme des objets du même style trônaient sur le comptoir au restaurant, il avait songé que celui-là compléterait bien la collection.

— *Grazie !*

Angela le gratifia d'un baiser sonore sur la joue.

— Il ne fallait rien apporter, voyons, protesta-t-elle. Le principal, c'est que vous soyez venu.

— Mais moi, je tenais à vous offrir quelque chose de spécial ! Je suis très heureux d'être là, parmi vous, pour cette occasion mémorable.

Loin d'être dictée par la politesse, sa réponse venait du cœur. Il s'était vraiment attaché aux Rosso, et pas seulement à cause de Bella. Il les appréciait surtout parce qu'ils lui avaient ouvert leur porte sans se poser de questions. Et même s'il avait conscience des ennuis que sa « célébrité » pourrait leur causer, il se réjouissait de passer du temps avec eux.

— C'est magnifique ! s'extasia Angela après avoir ouvert le paquet. Merci mille fois, Aaron.

Bella se rapprocha et glissa le bras sous le sien.

— Tu as tapé dans le mille. Maman aime beaucoup ce genre de choses.

Il pivota vers elle et lui sourit. Cela lui arrivait de plus en plus souvent ces derniers jours. Il avait l'impression de se métamorphoser grâce à elle !

Quand il lui avait parlé de sa famille, elle était restée sereine. Elle n'avait posé aucune question intrusive. Et lorsqu'ils s'étaient revus le lendemain, elle n'avait pas changé d'attitude. Elle semblait ne faire aucun cas de son lourd bagage familial.

— Viens, je vais te présenter à tout le monde, dit-elle.

— Tout le monde ?

Il avait dû faire une drôle de tête car elle éclata de rire.

— N'oublie pas que j'appartiens à une grande tribu. J'ai des tantes, des oncles, des cousins et cousines...

— Tout le monde a beaucoup d'enfants, chez toi ?

— Oui. Moi-même, j'ai bien l'intention d'en avoir six, déclara-t-elle, hilare.

Même si elle plaisantait, il l'imaginait sans peine entourée d'une ribambelle de gamins. Elle les élèverait à la perfection, leur donnerait un amour infini. Ces gosses auraient beaucoup de chance...

— Enfin, soyons réalistes, ajouta-t-elle en se caressant le ventre. Sophia sera probablement fille unique.

— Ah bon ? Tu n'en veux pas d'autres ?

Elle haussa les épaules.

— Pour l'instant, j'ai du mal à me projeter, mais il ne faut jamais dire « jamais ». Qui sait de quoi demain sera fait ? Je prends les choses comme elles viennent.

— Tu as bien raison.

Il espérait qu'à terme, elle laisserait la porte ouverte à un autre homme. Et que lui, Aaron, serait l'homme en question. Car il avait beau s'en défendre, il se sentait lié corps et âme. Il était... tombé amoureux.

— Assez parlé sérieusement ! déclara Bella. On est ici pour profiter de la journée.

Sans lui laisser le temps de répondre, elle lui prit la main et l'entraîna vers un groupe de personnes âgées qui bavardaient avec animation.

Qu'il le veuille ou non, il n'échapperait pas au tourbillon de la famille Rosso. Et le pire, c'est qu'il s'en réjouissait. Jamais, de toute son existence, il n'avait été aussi heureux.

Accoudée à la rambarde de la terrasse, Bella regardait Aaron jouer au ballon avec les petits.

En le voyant refaire les lacets de Matteo – un bout de chou de trois ans qui le suivait comme son ombre –, elle le trouva, une fois de plus, très à l'aise. Cette attitude était d'autant plus remarquable qu'il avait grandi dans une famille beaucoup moins chaleureuse que le « clan Rosso ».

Quel parent digne de ce nom envoyait son fils de dix ans en pension ? Mieux valait ne pas avoir d'enfants si on ne pouvait pas s'en occuper. Personnellement, elle ajusterait son planning de manière à être la plus présente possible pour Sophia !

— Toi, tu es accro...

Pivotant, Bella découvrit Cara postée près d'elle, une coupe de champagne à la main.

Elle eut un coup au cœur. Ses proches avaient-ils tous remarqué ses... sentiments pour Aaron ?

— Je ne suis pas sûre que ce soit une bonne chose, répondit-elle en soupirant. Je porte l'enfant de Jason. J'ignore si Aaron acceptera d'être son père. C'est bien trop tôt pour le lui demander. Nous n'en sommes pas là et cela n'arrivera probablement jamais.

Mieux valait calmer le jeu tout de suite. Sa famille espérait qu'elle puisse se remarier un jour, mais malgré leur insistance, la décision n'appartenait qu'à elle.

Oui, elle s'était investie dans cette relation avec Aaron. Oui, elle l'aimait – à quoi bon se mentir ? Néanmoins, elle n'était pas obligée d'en informer la Terre entière. Et surtout, elle ne foncerait pas tête baissée. Elle n'avouerait pas ses sentiments à Aaron sans avoir bien réfléchi aux conséquences pour elle-même, et surtout pour son bébé.

— Évite de créer des problèmes là où il n'y en a pas, conseilla Cara d'un ton docte.

— Tu as raison.

— Avais-tu parlé de l'avenir avec Jason ?

— Pas vraiment, non.

Comme ce sujet la mettait mal à l'aise, elle l'avait esquivé. Jason, pourtant, s'était montré catégorique : elle ne devait pas rester seule. « Tu mérites de retrouver le grand amour, ma chérie », avait-il déclaré.

Elle avait longtemps cru que c'était impossible. À présent, elle n'en était plus si sûre. Mais Aaron partageait-il ses sentiments ?

— Il est vraiment canon ! déclara sa belle-sœur.

— Ce n'est pas faux...

— Prends ton temps, Bella. On est là pour toi. On sera toujours là, quoi que tu fasses et quoi que tu décides.

— Je sais, répondit-elle, les larmes aux yeux. J'ai une famille extraordinaire.

Elle ne demandait qu'à offrir ce bonheur à Aaron. Il n'avait pas eu de chance jusqu'alors, mais il méritait d'être heureux...

Son cœur se gonfla d'allégresse lorsqu'elle le vit venir vers elle.

Plus ils passaient de temps ensemble, plus elle s'attachait à lui. Au-delà de leur entente physique, ils avaient tissé une connivence qu'elle n'avait eue avec personne sauf son mari. La comparaison s'arrêtait là car il avait une personnalité très différente, mais lui aussi se montrait tendre, respectueux, aimant...

— À toi, tatie Bella !

Voyant le ballon arriver dans sa direction, elle se retint de bondir pour l'attraper. Sophia venait de se calmer après une demi-heure de cabrioles et elle ne voulait pas la réveiller !

— À toi, toi-même, Livio ! répondit-elle en riant.

Aaron la rejoignit au moment où Cara, résignée, allait poursuivre la partie de football avec son fils cadet.

— Ces gosses n'ont pas de répit, s'exclama-t-il.

— Non, je confirme. Et en te voyant jouer avec eux, je t'ai trouvé en forme. As-tu bien dormi cette nuit ?

— Comme un bébé. Je me suis réveillé une fois, mais je n'ai fait aucun cauchemar. Je vois enfin le bout du tunnel.

— Tant mieux, je suis contente.

Il se pencha et l'embrassa sur la joue.

— C'est en grande partie grâce à toi, Bella. À toi et aux paysages d'Italie. Toutes ces balades me font du bien. J'ai commencé les randonnées en étant raplapla, mais maintenant, j'ai la pêche.

— Faire de l'exercice aide à retrouver le sommeil. En plus, tu as choisi la bonne saison pour venir à Stresa.

Il ne se contentait jamais de petites promenades, sauf quand elle l'accompagnait. Lorsqu'il était seul, il arpentait les chemins balisés dans les collines ou autour du lac.

— C'est facile de faire du sport dans un cadre aussi beau, répliqua-t-il. Je ne m'en lasse pas.

— Si tu aimes tant la région, un poste va se libérer aux urgences à la fin de l'année.

Doucement, Bella. Évite de brûler les étapes.

Mais au fond, peut-être avait-elle besoin d'un déclencheur pour avancer ? Si Aaron restait, cela changerait la donne…

Il opina.

— On en a parlé entre collègues et la cheffe des ressources humaines m'a appelé jeudi. J'ai répondu que j'y réfléchirais, mais j'ai des doutes. Je suis en contrat définitif à Édimbourg. Et à terme, je crains de m'ennuyer à Stresa. J'ai l'habitude d'un rythme de travail plus soutenu.

Elle masqua sa déception derrière un sourire de façade.

— Je comprends. C'est à toi de voir.

Elle avait eu raison de ne pas lui avouer ses sentiments. Il allait sans doute partir. L'hôpital de Stresa ne lui offrait pas un poste à sa mesure !

— Je dois peser le pour et le contre avant de me décider, Bella. Cela me gênerait d'abandonner les collègues qui m'ont tant soutenu aux urgences d'Édimbourg. Même si je ne doute pas de leur approbation...

Il parut hésiter, la dévisagea, puis reprit :

— Surtout, je ne voudrais pas te mettre - nous mettre - la pression. Notre histoire risque de faire pencher la balance, mais... j'aimerais que mes critères de choix restent uniquement professionnels. Notre relation est très importante pour moi, mais si on veut se donner une chance, il ne faut pas tout mélanger.

Le cœur de Bella se mit à chanter dans sa poitrine. Aaron était sérieux. Il parlait de « relation ». Il réfléchissait. Il pensait à elle autant qu'à lui-même. Qu'aurait-elle pu demander de mieux ?

Elle se hissa sur la pointe des pieds et lui planta un baiser sur les lèvres.

— Tu es génial, chuchota-t-elle.

Il lui rendit son baiser, mais s'écarta bien trop vite à son goût.

— On nous observe, dit-il avec un sourire d'excuse.

— Tu as raison. On va être patients... Qu'as-tu prévu pour ce soir ?

— Hmm, voyons... J'envisage de raccompagner ma pédiatre préférée chez elle, ou mieux encore, chez moi. Et si possible, de lui faire l'amour une bonne partie de la nuit.

Elle lui prit la main et l'entraîna vers les berges du lac, où de grands chapiteaux avaient été dressés.

— Excellent programme, docteur Marshall. Mais en attendant, c'est parti pour le show !

Aaron prit la main tendue de Bella, ravi mais un peu perdu car il n'avait pas l'habitude de pareils événements familiaux.

S'il s'était écouté, il l'aurait emmenée dans un coin pour

l'embrasser en toute discrétion. Mais conscient que tout le monde les observait, il se contenta de la suivre jusqu'au buffet.

Quelle bonne journée que ce dimanche ! La famille Rosso l'avait accueilli à bras ouverts. Personne n'avait dû se renseigner à son sujet sur Internet, ou alors il s'en serait rendu compte. Les gens devenaient beaucoup moins naturels lorsqu'ils apprenaient la vérité.

Les proches de Bella se montraient si chaleureux qu'il se posait mille questions. Pourrait-il vivre en Italie et se donner une chance avec elle ? Accepterait-elle d'envisager un avenir commun ?

— Arrête de cogiter, ça fume ! dit-elle sur le ton de la plaisanterie.

Sa faculté à lire dans ses pensées l'effraya. Ne pouvait-il rien lui cacher ?

— Bien, madame. D'ailleurs, je manque à tous mes devoirs. Aimerais-tu boire quelque chose ?

— Volontiers. De l'eau pétillante avec une rondelle de citron, s'il te plaît.

— Tes désirs sont des ordres.

— Hmm. Je garde cette réponse en tête pour ce soir...

Au final, la nuit était largement tombée quand ils regagnèrent Stresa. Cette journée riche en émotions avait tenu toutes ses promesses et Aaron se sentait privilégié d'avoir participé aux réjouissances.

— C'était génial, dit-il en apportant un thé à Bella, qui s'était installée sous sa véranda. Merci de m'avoir invité.

— Ça m'a fait plaisir, Aaron. Je suis contente que tu aies apprécié la fête. Je craignais que ce tourbillon familial ne te mette mal à l'aise. Jason était déstabilisé au départ, mais il s'y était habitué. Que veux-tu, on ne fait pas dans la discrétion chez nous.

— J'aime ce remue-ménage, moi.

— Tant mieux ! En parlant de Jason... je voulais te dire une chose... Je vais voir ses parents à Londres le week-end prochain. J'essaierai d'y aller tous les deux mois pour qu'ils ne se sentent pas exclus de la grossesse.

— Es-tu proche d'eux ?

— Oui et non. Comme tu l'imagines, ils sont plus réservés que mes parents. Ce n'est pas le même style. Néanmoins, ils m'ont soutenue dans mon désir d'enfant. Ils ont sûrement peur que je ne disparaisse de leur vie et que je les prive de leur petite-fille. Mais ce n'est pas mon genre.

— Non, en effet. Vas-tu dormir chez eux ?

Il lui était, d'un coup, venu une idée. Sa sœur lui avait envoyé plusieurs mails pour lui demander de faire un saut à Londres. Elle espérait le voir avant de partir aux États-Unis, où elle travaillerait jusqu'à Noël. Et s'il s'y rendait le même week-end que Bella ?

Sur le papier, le projet était séduisant, mais il y renonça après dix secondes de réflexion.

Risquer d'être vu à Londres avec Bella le mettait mal à l'aise. Il ne voulait pas l'exposer à la pression médiatique qu'il détestait tant. Il avait conscience que la politique de l'autruche ne donnerait rien, qu'il aurait dû régler le problème. Mais si, comme Amy, Bella réagissait mal ? La simple idée de la perdre le rendait malade...

— Je comptais dormir chez eux samedi et dimanche, puis reprendre l'avion lundi matin. Sauf si tu veux m'accompagner ? On pourrait passer le week-end à Londres ?

Il aurait dû s'en douter. Elle avait compris où il voulait en venir. Sauf qu'il avait déjà changé d'opinion.

— Je vais plutôt rester ici et commander un bon dîner pour ton retour, si ça te va. Quand je suis parti d'Édimbourg, je me suis promis de ne pas remettre un pied au Royaume-Uni pendant quatre mois. Je me suis dit qu'il fallait couper complètement pour mieux guérir de mes cauchemars.

— Je comprends. Je me disais juste que ç'aurait pu être sympa de passer un week-end ensemble. Comme on s'entend bien, j'ai tendance à oublier que nous deux, c'est du provisoire, ajouta-t-elle en rougissant.

— Est-ce que cela t'ennuie ?

— Pour être franche... un peu.

Elle inspira à fond, puis ajouta :

— Rien que de l'admettre, c'est déjà beaucoup. Je n'ai pas l'habitude… d'être aussi directe. Je verrouille mes émotions depuis longtemps.

— La première fois qu'on s'est rencontrés, le jour où on a secouru ces gamins, je t'ai même trouvée glaciale.

— Je voulais éviter de te donner la mauvaise impression, répliqua-t-elle, malicieuse.

— Parce que tu avais flashé sur moi ? s'enquit-il, surpris.

— Oui, mais je refusais de l'admettre.

Elle secoua la tête en riant, vida son mug et se leva.

— On a de ces conversations ! Allons plutôt nous coucher. Je…

Soudain, elle grimaça et se cramponna l'abdomen.

— Bella ! Que se passe-t-il ?

— J'ai ressenti… une douleur assez forte. Ce n'est rien.

Le regard affolé qu'elle braquait sur son ventre démentait ses paroles. Il la prit aux épaules et la fit se rasseoir.

— Reste tranquille. Peux-tu évaluer la douleur ?

— Je dirais… quatre sur dix.

— Ce n'est pas le moment de minimiser les choses.

— Crois-moi, je ne minimise rien. J'ai tellement peur que j'aurais plutôt tendance à exagérer.

— En un sens, cela vaut mieux. As-tu d'autres symptômes ?

Il avait basculé en mode médecin, mais qu'il était difficile de garder la tête froide quand Bella était la patiente !

— Non, chuchota-t-elle.

Il eut l'impression qu'elle retenait son souffle, comme si elle anticipait une nouvelle crampe. Son regard trahissait une telle angoisse qu'il eut du mal à garder la tête froide.

— Regarde-moi, dit-il d'un ton calme. Inspire avec moi… Expire… Voilà… La journée a été longue. Ton corps réagit à la fatigue. Cela arrive souvent pendant la grossesse.

— Je… C'est ce que je pense aussi. Et en même temps, je panique ! Je ne peux pas perdre Sophia maintenant. Je l'ai vue à l'échographie, je la connais… Pourquoi a-t-il fallu que je lui donne un prénom ? Je lui ai porté malheur.

Il se pencha et l'embrassa légèrement sur les lèvres.

— Tu as fait comme tous les futurs parents. Cette échographie a resserré les liens avec ta fille. Ce n'est pas son prénom qui va lui créer des problèmes. Arrête un peu !

Tout en parlant, il l'observait avec attention. Elle semblait toujours inquiète, mais son visage ne reflétait aucun signe de douleur.

— La crampe est passée, dit-il. On va aller se coucher. Je vais prendre ta tension, mais je ne m'inquiète pas trop de ce côté-là. Il faudra juste vérifier que tu ne saignes pas.

Elle se mordit la lèvre.

— N'aie pas peur, fais-le. Si tout va bien comme je le pense, tu seras rassurée. Et quand tu seras au lit, je te palperai le ventre si tu es d'accord.

— Bien sûr… Merci d'être aussi gentil avec moi.

— Mais enfin, c'est normal. D'abord, je suis médecin. Ensuite et surtout, je tiens à toi et au bébé. Je suis là. Je répondrai présent chaque fois que tu auras besoin de moi.

— Je sais, Aaron. Je l'ai su dès le premier jour… Et donc, même si les médecins sont les plus mauvais patients, je ferai un effort par égard pour toi. Je vais me coucher.

— N'oublie pas de passer par la case salle de bains.

— Oui, docteur, répondit-elle avec un sourire crispé.

Quand elle entra dans la chambre vêtue de son pyjama, il lui trouva l'air beaucoup plus serein.

— Pas de saignement, annonça-t-elle.

— Génial. Allonge-toi, que je te palpe le ventre.

Il ne trouva rien de particulier à l'examen. Après avoir relevé une tension normale, il laissa échapper un soupir de soulagement. Il se mit en caleçon et entra de son côté du lit.

— Allez, dors, dit-il. Je veille.

Elle tourna la tête et déposa un baiser léger sur ses lèvres.

— Au lieu de veiller, j'aimerais mieux que tu dormes aussi.

— Toi d'abord !

Il l'embrassa tendrement. Sa santé était pour lui une priorité absolue. Il allait la chouchouter jusqu'au jour de son départ, une échéance qui l'effrayait de plus en plus.

Car il devait admettre l'évidence : elle était devenue son univers, son tout, sa moitié parfaite. Il n'aurait jamais envie de la quitter.

— On dirait que j'ai escaladé une montagne cette nuit. Regarde-moi ces poches sous les yeux ! Mes patients vont prendre peur...

Bella jeta un regard consterné à son reflet dans le miroir de la salle de bains. Elle avait bien dormi, et pourtant elle se sentait épuisée.

— Si tu posais une journée de congé ? suggéra Aaron.

— Non, je préfère aller travailler. J'essaierai de ne pas trop me fatiguer. Si je reste à la maison, je vais devenir folle. Je risque de cogiter et de me faire des films.

— D'accord, comme tu veux. As-tu un planning chargé ?

— D'après mes souvenirs, oui, mais ça ira.

Elle ne voulait pas s'écouter sous prétexte qu'elle était enceinte. Si elle se laissait aller, ce serait pire.

Aaron alluma son rasoir électrique et la rejoignit devant la glace.

— Vas-tu travailler à plein temps jusqu'à la fin de ta grossesse ?

— Non. Luna, mon associée de Milan, doit récupérer une partie de ma patientèle au troisième trimestre. Et je n'hésiterai pas à m'arrêter plus tôt si nécessaire. Nous en avons discuté ensemble.

— Tant mieux si tu as déjà tout prévu. J'avais peur que tu ne travailles jusqu'à l'accouchement !

À son air sévère, elle comprit qu'il ne plaisantait pas. La prenait-il pour une écervelée ? Il aurait dû la connaître un peu mieux que cela...

— Je ne suis pas du genre risque-tout. Si je juge bon de lever le pied, je le ferai.

Aussitôt, il leva la main.

— Pardon d'avoir été un peu brusque, mais sachant combien

tu t'inquiètes, je remettais juste deux sous dans la machine. Je n'ai pas envie que tu aies un problème de santé.

Elle ravala sa colère. La grossesse la rendait parfois susceptible. C'était la faute aux hormones...

— Je sais, répondit-elle d'un ton calme. Mes émotions sont comme les montagnes russes, désolée.

Elle se hissa sur la pointe des pieds et embrassa sa joue rasée de frais.

— À tout à l'heure... Enfin, j'espère ne pas avoir à descendre aux urgences. Je m'en passerai volontiers...

— Je te comprends.

Il avait répondu d'un ton un peu froid et elle se rembrunit.

— Y a-t-il un problème ?

— Non, mais l'heure tourne. Il faut que je me dépêche. Ma garde commence dans une demi-heure.

Tu pourrais quand même sourire.

— Dans ce cas, je ne t'embête pas plus. Bonne matinée.

Et dire que, cinq minutes plus tôt, il semblait avoir tout son temps ! Elle avait même caressé l'espoir qu'ils retourneraient au lit. Heureusement qu'elle n'en avait pas parlé. Elle aurait été très vexée qu'il la rejette...

Un peu plus tard, dans sa voiture, elle songea qu'il s'était vraiment comporté de manière étrange. Son humeur avait changé lorsqu'ils avaient parlé de son congé maternité. Mais ce genre de décision ne regardait qu'elle. Il n'avait pas son mot à dire.

Avait-elle partagé trop de détails sur sa grossesse avec lui ? Craignait-il de se laisser envahir ? Mais il pouvait être tranquille sur ce point. Leur relation n'était pas assez solide pour qu'ils puissent envisager un avenir commun.

Malgré les sentiments qu'elle lui portait, elle s'imaginait mal lui ouvrir son cœur. Elle n'était pas prête. Elle n'avait pas besoin de complications dans son état. Sophia était et resterait sa priorité.

Que serait-il advenu si elle avait rencontré Aaron dans d'autres circonstances ? Leur histoire aurait sans doute pu prendre une tournure plus sérieuse. Là, c'était peu probable, d'autant qu'il ne lui avait rien promis. Mais à sa décharge, il n'avait jamais dit non plus qu'il refuserait d'adopter l'enfant d'un autre. Elle ne devait pas lui faire de mauvais procès !

Arrivée chez elle, elle se détendit longuement sous une douche brûlante. Puis elle explora sa penderie afin de trouver une tenue confortable, mais seyante. Elle avait beau être fâchée, elle n'avait pas envie qu'Aaron la voie vêtue comme un sac à pommes de terre. Elle voulait qu'il l'admire, qu'il la trouve désirable même si rien n'était possible entre eux…

Elle s'apprêtait à enfiler une robe fleurie, courte et un peu vague, quand son portable sonna. C'était justement Aaron.

— Allô, dit-elle d'un ton neutre.

— Bella, je voulais te présenter mes excuses. Je m'inquiète pour toi, mais ce n'est pas une raison pour devenir pénible. J'ai passé les bornes ce matin.

La tension qui lui nouait les épaules s'envola comme par magie.

— Ce n'est pas grave. Je comprends. J'accepte tes excuses.

— Ouf ! Alors… on se voit plus tard ?

— Bien sûr.

Soudain, une pensée la frappa. Mais oui… Elle aurait dû lui poser la question au réveil !

— As-tu fait un cauchemar la nuit dernière ?

— Oui, admit-il en soupirant. J'avais prévu de ne pas dormir pour garder un œil sur toi, mais vers 2 ou 3 heures, je me suis assoupi.

— Tu aurais dû me réveiller. Je t'aurais fait un gros câlin pour chasser ces vilains fantômes.

— Surtout pas. Tu étais trop fatiguée.

— Aaron, je ne suis pas d'accord. Dans une relation de couple, on se soutient. Les choses ne fonctionnent pas à sens unique.

Un long silence accueillit sa déclaration. Elle avait parlé de « relation de couple » ! Mesurant la portée de ses propos, elle se mordit la lèvre.

— Je voulais dire…

— J'ai bien compris, Bella. Nous sommes dans le même bateau, alors on veille l'un sur l'autre. Le problème, c'est que je n'ai pas l'habitude qu'on s'occupe de moi.

Sur quelques phrases banales, Aaron prit congé et raccrocha, la laissant perplexe.

Elle trouvait dommage et même triste que personne n'ait pris soin de cet homme merveilleux auparavant. Mais il n'était jamais trop tard pour bien faire.

8

— Gita, je fais un dernier tour des chambres et je me sauve.

— Ça marche. File vite te reposer. À demain !

Bella se leva de son tabouret, se frictionna le dos et contourna le poste des infirmières. Elle allait aussi descendre aux urgences, mais cela, personne n'avait besoin de le savoir. Les commérages devaient déjà aller bon train sur sa « relation » avec Aaron. Or, elle souhaitait plus que jamais rester discrète.

Depuis qu'il s'était excusé en début de semaine, elle ne l'avait presque pas vu. Comme d'habitude, il s'était montré amical et professionnel à l'hôpital. Néanmoins, il avait décliné une invitation à dîner chez Gino le mercredi soir. De plus, il ne l'avait pas appelée et n'avait répondu à ses SMS que de façon brève et impersonnelle.

On était maintenant vendredi et le lendemain, elle devait s'envoler pour son fameux week-end à Londres. Avant de partir, elle aurait bien voulu comprendre ce qui le chagrinait.

Lorsqu'elle arriva aux urgences, elle le trouva en plein boom car le service débordait. Et quand elle l'invita à dîner pour le soir même, il eut l'air dubitatif.

— J'aimerais bien, mais je finis à 18 heures. Le temps de m'échapper, tu vois le tableau... Je risque d'arriver tard.

— On n'a pas d'horaire fixe, tu le sais bien.

— Dans ce cas, je viendrai avec plaisir.

Rassérénée, elle lui sourit. Il l'enveloppa d'un regard étrange, puis demanda :

— Comment vas-tu ? J'espère que tu n'es pas trop fatiguée ?

Non, je me sens seule…

— Ça va, merci. Je n'ai pas eu de crampe cette semaine. Sophia bouge beaucoup, mais c'est normal.

Son sourire lui parut un peu crispé, ou plutôt fatigué. Faisait-il encore des cauchemars ? Elle aurait voulu l'interroger, mais le moment aurait été mal choisi. Deux ambulanciers arrivaient au pas de course, poussant une civière…

— Il faut que je te laisse, dit Aaron.

— Bien sûr. Bon courage. À tout à l'heure.

Elle s'éloigna, perplexe. Même s'il avait accepté son invitation, elle l'avait senti mal à l'aise. Quel était le problème ? Se posait-il autant de questions qu'elle sur l'avenir ? S'il avait des intentions sérieuses, mieux valait qu'il réfléchisse avant la naissance de Sophia. Ce bébé était, plus que jamais, la clé de leur histoire !

Bella comptait élever sa fille en lui expliquant qui était Jason. Elle lui raconterait quel homme merveilleux il avait été. Elle lui montrerait des photos. Elle l'emmènerait voir ses grands-parents à Londres. Mais depuis quelques semaines, elle se prenait à espérer davantage.

Elle aurait voulu que Sophia ait un père présent pour faire des câlins, lire des histoires, partager ses joies et ses peines. Aaron serait parfaitement capable de jouer ce rôle. Même s'il n'avait pas reçu le bon exemple, elle était sûre qu'il se montrerait chaleureux, aimant, plein de bon sens. Et que son cœur déborderait d'amour…

Allons, mieux valait être réaliste et ne pas brûler les étapes. Ce dîner lui permettrait peut-être, dans un premier temps, d'y voir plus clair.

Arrivée chez elle, elle explora sa penderie en soupirant. Elle n'avait plus grand-chose à se mettre et comptait sur le week-end à Londres pour constituer sa garde-robe de grossesse. Deux semaines plus tôt, elle enfilait encore ses pantalons et ses robes d'été, mais elle pouvait oublier toutes ces tenues glamour avec une touche sexy…

Elle eut un rire sans joie. À quoi bon vouloir paraître à son avantage si Aaron ne s'intéressait plus à elle ? De toute manière, elle préférait un homme qui l'aime pour sa personnalité plutôt que pour son physique.

Au bout du compte, elle opta pour un corsaire bleu et un chemisier blanc à manches courtes qui mettait en valeur son décolleté bronzé. Ayant une petite poitrine, elle se réjouissait d'avoir pris une taille de soutien-gorge. Finalement, la grossesse présentait aussi quelques avantages !

Si elle devenait énorme, elle réviserait peut-être son opinion, mais elle n'avait pas atteint ce stade. Et de toute manière, Aaron ne serait plus là pour la voir. C'était une maigre consolation, mais elle n'en trouvait pas d'autre.

Aaron traversa la salle de restaurant, les yeux rivés sur Bella.

Plus les jours passaient, plus il la trouvait resplendissante. Pour lui, elle avait toujours été parfaite, mais à présent, son visage rayonnait d'une douceur particulière. Il avait la gorge nouée chaque fois qu'il la voyait.

Comment allait-il pouvoir lui dire adieu ? Chaque jour le rapprochait du départ et cette perspective le rendait malade. Il avait voulu prendre ses distances pour se protéger autant que pour éviter à Bella de souffrir. Résultat, il s'était rendu plus malheureux encore en l'évitant toute la semaine.

Ce soir-là, la tentation avait été trop forte. Il avait accepté son invitation à dîner. Il avait trop besoin d'être avec elle !

— Bonsoir, Bella, dit-il doucement.

Il déposa un chaste baiser sur sa joue, puis s'assit à côté d'elle. Son regard vert lumineux suffit à lui faire battre le cœur plus vite.

— Tu as pu t'échapper, commenta-t-elle.

— Je n'ai pas osé arriver en retard. J'avais peur que Gino refuse de me donner à manger.

Assis en bout de table, l'intéressé éclata de rire.

— Tu as plus peur de moi que de tes patients ? C'est une bonne chose !

Il plaisantait évidemment, mais Aaron perçut la mise en garde sous-jacente : « Attention à ma sœur. » Quiconque ferait souffrir Bella aurait affaire à ses frères.

— Gino dit n'importe quoi, chuchota Bella.

— Peut-être, mais je n'oserais pas le contrarier. S'il me disait de porter un pull par cette chaleur, j'obéirais, répondit-il en souriant.

La température avait atteint 28 degrés à l'ombre cet après-midi-là et ce n'était qu'un début. Le climat écossais allait lui paraître bien froid en comparaison.

— J'ai mis une veste en laine dans ma valise, répliqua Bella. Il va faire moins chaud à Londres.

— À quelle heure décolles-tu ?

— Je prends l'avion de 9 heures.

— Tu vas devoir attraper le train pour Milan à l'aube. Veux-tu que je te conduise à l'aéroport ?

— C'est gentil, merci, mais Cara a proposé de m'emmener... Et toi, que vas-tu faire ce week-end ?

— Je pensais aller visiter Côme. Apparemment, il y a de beaux sentiers de randonnée.

— Je confirme. Le coin devrait te plaire.

Il n'en doutait pas un instant car plus il découvrait les paysages italiens, plus il était conquis. Crapahuter sur les collines ou au bord des lacs l'aidait à déstresser. Il faisait moins de cauchemars. Il n'en faisait même plus du tout quand Bella était là, mais c'était une autre histoire.

Ils n'avaient pas dormi ensemble depuis une semaine. Pour lui, cela faisait une éternité. Un véritable enfer.

La sonnette de sa porte d'entrée tira Aaron d'un sommeil brumeux le lendemain matin.

Il alla ouvrir au radar... et regretta sur le champ de n'avoir pas réglé son réveil à 6 heures pour aller marcher. Sa sœur Maggie était là, sur le perron, une valise à ses pieds.

— Surprise ! s'exclama-t-elle en se jetant à son cou.

— Ça oui, c'en est une, maugréa-t-il.

— J'en ai eu assez d'attendre que tu daignes venir me voir, alors j'ai pris les devants, déclara-t-elle. Et ne me dis surtout pas que tu travailles ce week-end. J'ai appelé l'hôpital.

— Ah bon ? Ce genre d'informations est confidentiel.

— Quand j'ai décliné mon identité, la standardiste n'a pas tari d'éloges sur toi. Apparemment tu es la coqueluche des urgences.

— Ah bon ? répéta-t-il, médusé.

— Mais oui. Et du coup, je sais que tu es libre de passer un peu de temps avec ta sœur préférée !

Il secoua la tête en souriant. Malgré cette arrivée tambour battant, il se réjouissait de voir Maggie. Il espérait juste que les paparazzis ne l'avaient pas suivie depuis l'aéroport. Heureusement que Bella était partie pour le week-end !

— Entre donc. Je vais faire du café.

Dans le salon, Maggie jeta un regard curieux autour d'elle.

— C'est mignon, chez toi. Quelle vue incroyable ! Mais c'est un peu trop calme à mon goût...

— C'est justement pour cela que j'apprécie cet endroit.

— Quand ton contrat se termine-t-il ?

— Dans un mois et demi. Ensuite... qui sait ?

— Tu aimerais prolonger ton séjour ?

Comme Bella, Maggie avait toujours eu le don de deviner ses pensées. Il haussa les épaules.

— Je n'en sais rien. Je me plais à Stresa, mais il y a plein de jolies villes en Italie où je pourrais travailler.

— Hmm. À mon avis, il y a un loup, ou plutôt une louve là-dessous, commenta Maggie en attrapant un pull mauve abandonné sur le dossier d'une chaise.

Oh ! là là. Elle n'allait pas tarder à se faire des films. Mais il ne parlerait pas de Bella, sous peine de s'exposer à des questions auxquelles il serait incapable de répondre.

— On a bien le droit de se distraire, non ? répliqua-t-il d'un ton faussement détaché.

— Tu as aussi le droit de rencontrer la femme de ta vie...

— Mets-toi à l'aise, dit-il pour couper court. En plus du café, je vais nous préparer le petit déjeuner.

— Pourquoi n'irions-nous pas le prendre en ville ? J'aimerais bien visiter, moi !

— Es-tu sûre... de ne pas avoir été suivie ?

— Si les reporters me collaient aux basques, je m'en serais aperçue à Milan. Et on ne va quand même pas rester cloîtrés deux jours chez toi.

— Comme tu veux, marmonna-t-il. Je connais un bon salon de thé près d'ici.

— Génial, je te fais confiance. C'est toi le local de l'étape. Je veux voir tout ce qui est intéressant.

Aaron songea surtout au quartier qu'ils allaient éviter. Une certaine rue, en particulier, serait proscrite. Il était hors de question qu'ils aillent traîner près de « Chez Gino ».

— J'ai déjà trouvé son prénom.

Penchés sur les clichés d'échographie, les parents de Jason contemplaient avec émotion le visage de leur petite-fille à naître. Bella avait passé l'après-midi à faire du shopping avec sa belle-mère, et à présent, ils se retrouvaient tous les trois chez les Wright, où ils avaient dîné.

Tout se passait bien, et pourtant Bella se sentait un peu mal à l'aise. Devait-elle parler d'Aaron ? Comment aborder le sujet ?

— Ah bon ? Qu'as-tu choisi ? demanda sa belle-mère.

— Elle s'appellera Sophia Justine.

— Oh ! quelle délicate attention ! Merci, Bella.

Ses beaux-parents avaient été déçus qu'elle conserve son nom de jeune fille après son mariage. Fière de son patronyme, elle avait tenu à garder « Rosso » en signe d'indépendance. Elle se réjouissait donc de pouvoir faire plaisir aux Wright d'une autre façon...

— C'est un bel hommage à Jason, renchérit Colin, son beau-père.

— Sophia saura qui était son père, promit Bella. Et quand nous viendrons à Londres, vous partagerez vos souvenirs avec elle. Je maintiendrai le lien, soyez-en sûrs.

Elle leur avait répété cette phrase plusieurs fois, mais visiblement, ils étaient sceptiques. Elle ne pouvait pas le leur reprocher. Au fil du temps, ils étaient presque devenus des étrangers.

— Que se passera-t-il si tu te remaries ? demanda Justine.

Bella se sentit rougir.

— Cela ne changera rien. Jason est, et restera le père de Sophia. Mais bien sûr, si je rencontre quelqu'un, il devra s'investir à fond. Sinon, nous n'aurons rien à faire ensemble.

— As-tu déjà rencontré ce quelqu'un ? demanda Colin en la regardant fixement.

Après quelques secondes d'hésitation, elle opta pour la franchise. Les Wright n'avaient pas d'autre enfant que Jason. Ils se battaient toujours pour remonter la pente. Qu'elle leur annonce la nouvelle ce soir-là ou dix ans plus tard ne ferait aucune différence.

— Je sors... avec un médecin qui est venu faire un remplacement à l'hôpital. Rien de sérieux.

Elle inspira à fond, puis reprit :

— J'hésite beaucoup à m'engager. Jason et moi avons eu un mariage parfait, alors c'est difficile de se projeter dans une autre histoire. Ma grossesse et le bébé sont mes priorités absolues.

— Il faut garder l'esprit ouvert, déclara Colin, à sa grande surprise. Nous voulons que tu sois heureuse. Prends ton temps, sois prudente, mais n'oublie pas que la vie continue.

Elle était sûre que les Wright en avaient discuté avant son arrivée. Et pour le coup, elle n'en revenait pas.

— Merci infiniment, dit-elle, émue. Je vous tiendrai au courant s'il y a du nouveau de ce côté-là. Vous ferez toujours partie de ma vie – de nos vies – quoi qu'il arrive.

Contre toute attente, Justine se leva, se percha sur l'accoudoir de son fauteuil et la prit dans ses bras. Sa belle-mère n'avait jamais été du genre expansif, mais visiblement, elle savait se dépasser…

— Merci, Bella. La situation est difficile, pour toi comme pour nous, mais tu m'enlèves un poids.

Puis, se redressant :

— Si tu retournes faire du shopping dans le centre de Londres demain, je t'accompagnerai avec plaisir. J'aimerais acheter quelques petites choses pour Sophia.

Bella aurait voulu avoir un peu de temps pour elle, mais comment refuser ? Elle ne pouvait pas gâcher l'ambiance…

— Avec plaisir, répondit-elle gentiment. Vous pourrez me conseiller sur mes tenues de grossesse.

Peu de temps après, elle prit congé pour aller se mettre au lit, prétextant la fatigue. Il n'était pas très tard, mais elle avait besoin de réfléchir aux événements de la journée. Et surtout, elle voulait penser à Aaron sans risquer de se trahir.

Quelques instants plus tard, allongée entre les draps frais, elle n'y tint plus. Reposant le livre qu'elle avait apporté, elle prit sa tablette et entra « Aaron Marshall, urgentiste » dans un moteur de recherche.

Jusqu'alors, elle n'avait pas voulu fouiner, mais elle était de plus en plus frustrée par son silence et ses secrets. Il savait beaucoup de choses sur elle, or ce n'était pas réciproque. Et si elle attendait qu'il se décide, elle risquait d'avoir des cheveux blancs !

Le cœur battant, elle observa la longue liste d'articles qui, en une fraction de seconde, s'était affichée sur l'écran. Plusieurs photos un peu datées accompagnaient les pages consacrées à Aaron. On le découvrait ainsi en blouse bleue dans un hall d'hôpital, l'air renfrogné, visiblement ulcéré d'avoir été poursuivi par la presse sur son lieu de travail. Mais qu'il était séduisant…

> *Le fils du juge Marshall grièvement blessé par un patient aux urgences.*

Cet article n'était qu'un exemple parmi tous ceux qui avaient été publiés à l'époque. Seules les photos faisaient la différence. On voyait Aaron en smoking lors d'un gala de charité. Aaron en tenue de baroudeur pendant une mission humanitaire. Aaron en vacances aux Bahamas…

Sur chaque cliché, il avait l'air un peu distant, calme, sûr de lui. Comme elle l'aimait !

En creusant un peu, Bella n'eut aucun mal à trouver des renseignements sur ses proches. Il y avait Maggie, la sœur cinéaste. John, le père, célèbre pour avoir envoyé en prison un parlementaire corrompu. Et bien sûr Diane, la mère, dont le nom de scène avait fait sursauter Bella. Cette femme était une célébrité mondiale, une actrice oscarisée !

Après avoir lu quelques articles, elle posa sa tablette, éteignit la lampe et se blottit sous la couette. Dans quel guêpier s'était-elle fourrée ? Aaron lui avait donné les grandes lignes de son histoire, mais sans entrer dans les détails…

Au fond, elle le comprenait. Elle n'avait pas réalisé à quel monde il appartenait. Elle avait seulement deviné son malaise et son besoin de mener une vie différente.

Pourrait-il trouver l'équilibre dont il rêvait à Stresa ? Se berçait-elle d'illusions, elle qui avait tellement envie de le voir rester ?

Quoi qu'il en soit, il était temps qu'ils aient une discussion à cœur ouvert. Si Aaron lui refusait sa confiance, elle n'aurait pas d'autre choix que de mettre un terme à leur histoire.

Après avoir vu ses beaux-parents, elle se sentait prête à avancer. Restait à savoir si Aaron pourrait dépasser ses blocages pour la rejoindre sur le chemin de l'avenir.

9

Le quai était noir de monde quand Bella arriva à la gare de Stresa.

Tirant sa lourde valise derrière elle, elle jeta un regard curieux sur la foule qui se pressait le long des voies.

— Je me demande ce qui se passe, dit-elle à Teresa, une ancienne camarade de lycée avec qui elle avait voyagé depuis Milan.

— Il doit y avoir du retard sur les correspondances, répondit celle-ci.

— Oui, sans doute... Allez, je sors de cette fournaise. À bientôt !

À peine avait-elle fait deux mètres qu'une voix familière la fit sursauter.

— Maggie, prends ton mal en patience. Tu n'as pas le choix.

Elle avait dû rêver. Elle pensait tellement à Aaron qu'elle l'entendait partout. Et ce fut plus fort qu'elle : elle se retourna pour en avoir le cœur net.

— Coucou, Bella !

— Aaron ! Qu'est-ce que tu fais là ? Je ne pensais pas te trouver à la gare.

— Je devrais être parti depuis longtemps, mais le train de ma sœur a du retard.

Depuis quand sa sœur était-elle à Stresa ? Il ne lui avait jamais parlé de cette visite. Mais après tout, il n'avait pas à lui raconter sa vie. Il ne lui devait rien...

— Bon, je file, dit-elle d'un ton sec. À demain à l'hôpital.

— Attends, répondit-il en lui posant la main sur le bras. Laisse-moi te présenter ma sœur.

Il faisait un effort de civilité. Il était temps !

— Avec plaisir, mais peut-on bouger ? Je n'arrête pas de recevoir des coups de coude dans le ventre.

Devant son air agacé, elle se demanda s'il s'inquiétait pour elle ou au contraire s'il la trouvait trop délicate. Quoi qu'il en soit, elle ne resterait pas une minute de plus au milieu de cette foule.

— Je descends dans le hall, ajouta-t-elle.

Il fit signe à sa sœur de le suivre.

— Viens, Maggie. J'aimerais te présenter quelqu'un... Donne-moi ça, Bella.

Joignant le geste à la parole, il empoigna son lourd bagage. Entre ses propres achats et les vêtements et peluches offerts par Justine, sa valise était pleine à craquer !

Lorsqu'ils atteignirent le bas des escaliers, Aaron se dirigea vers un coin calme de l'atrium. Bella aurait préféré sortir dans la rue, mais il ne fallait pas y songer puisque Maggie Marshall attendait sa correspondance.

Grande et élancée, la jeune femme était belle à couper le souffle. Elle ressemblait beaucoup à son frère...

— Voici ma sœur Maggie, dit-il. Elle a débarqué samedi matin sans prévenir.

— Puisque Aaron ne voulait pas rentrer à Londres avant mon départ pour Los Angeles, j'ai décidé de lui saborder son week-end ! Enchantée. Vous êtes donc Bella ? ajouta-t-elle, alors qu'Aaron ouvrait la bouche pour parler.

— C'est moi, en effet.

Avait-il parlé d'elle à sa sœur ? C'était pour le moins inattendu...

— Quelle chance vous avez de partir aux USA, dit-elle un peu gênée.

— Il me reste un mois, mais le temps passe vite. Comme je vais être débordée à partir de la semaine prochaine, je suis venue voir Aaron tant que c'était faisable. Si vous saviez la montagne de travail qui me reste avant de partir !

Ainsi, la ressemblance avec Aaron s'arrêtait là. Cette fille semblait être un vrai moulin à paroles...

Soudain, un flash troua la lumière tamisée du hall. Aaron pinça les lèvres, mais Maggie ne cilla pas.

Tournant la tête, Bella avisa un photographe perché sur un panneau publicitaire distant d'une vingtaine de mètres. Sans y prêter trop d'attention, elle pivota de nouveau vers Aaron et Maggie.

— C'est super que vous ayez pu venir, dit-elle. Aaron vous a-t-il fait visiter Stresa ?

— Oui. Il m'a aussi emmenée dans de bons restaurants. Gourmand comme il est, il ne va plus avoir envie de repartir.

Si seulement c'était vrai ! Bella n'espérait pas autre chose...

— Moi, je ne pourrais pas vivre ici, enchaîna Maggie. Je préfère les grandes villes animées et hyper-bruyantes.

— On n'est pas allés « Chez Gino », intervint Aaron d'un ton abrupt. Maggie voulait dîner là-bas, mais je ne tenais pas à ce que les journalistes nous suivent. Gino m'aurait chassé à coups de pied s'il y avait eu du bazar.

Bella s'abstint de répondre que son frère aurait géré, comme d'habitude. Il aurait veillé à ce que les fouineurs ne dérangent pas ses clients.

— Donc, vous êtes pédiatre, reprit Maggie. Et enceinte...

Oui, et alors ? Bella n'appréciait pas d'être passée à la loupe de cette façon.

— Bien observé, riposta-t-elle, ironique.

— Désolée, j'ai tendance à parler sans réfléchir, s'exclama Maggie. Je m'excuse si mon commentaire vous a déplu. Cela doit être génial d'attendre un bébé.

— Oui, je confirme.

Fatiguée par le voyage autant que par cette discussion, elle allait prendre congé quand une voix masculine s'éleva dans les haut-parleurs. Le train pour Milan arrivait enfin, avec une heure de retard.

Maggie jeta les bras autour du cou d'Aaron.

— Bye, frangin ! J'espère que tu viendras me voir à Los Angeles. Venez ensemble, ce sera encore mieux.

— On verra, marmonna-t-il. Prends soin de toi, Maggie. Et fais-nous un film à succès.

— J'en ai bien l'intention, répliqua la jeune femme en riant. Enchantée de vous avoir rencontrée, Bella. Ça me ferait vraiment plaisir que vous accompagniez Aaron aux USA. Plus les bébés voyagent tôt, mieux c'est pour leur culture !

Sous ses dehors exubérants, la sœur d'Aaron devait se sentir un peu seule. En un sens, elle lui faisait presque pitié.

— Comme l'a dit Aaron, nous verrons, répliqua-t-elle. Bonne chance pour votre film.

— Merci ! À bientôt, vous deux.

Tandis que Maggie courait vers l'escalier, Aaron se dirigea vers la sortie, traînant une fois de plus la valise de Bella.

— Viens, maugréa-t-il. Profitons du mouvement de foule pour déguerpir. Avec un peu de chance, les reporters vont continuer à suivre Maggie et nous laisser tranquilles.

— Ça paraît logique, non ?

— On ne sait jamais avec eux. S'ils flairent une bonne histoire à se mettre sous la dent, ils s'accrochent comme un chien à son os.

— Tu te prends pour un os, maintenant ? répliqua-t-elle hilare.

Il secoua la tête.

— Moi, ça ne me fait pas rire. Jusqu'à présent, les médias ignoraient où j'étais parti. Ils n'ont pas dû trop chercher car c'est surtout Maggie et mes parents qui les intéressent. Mais maintenant qu'ils nous ont vus, c'est une autre histoire. Ils vont chercher à connaître tous les détails de notre relation.

— Quelle relation ?

Elle avait répondu du tac au tac, sans réfléchir. La frustration lui jouait décidément de mauvais tours...

— Les choses sont claires pour nous, mais pas pour la presse, répondit Aaron en soupirant. Ils sautent sur tous les sujets accrocheurs et vendeurs. J'aurais dû faire semblant de ne pas te voir sur le quai. Mais tu m'avais trop manqué. J'étais tellement heureux de te revoir...

— Relax, Aaron. Tout va bien. Personne ne va s'intéresser à moi. Je ne suis qu'une pédiatre, rien d'autre.

À peine avait-elle achevé sa phrase que la lumière agressive d'un flash l'éblouit.

— Dégagez ! siffla Aaron. Voilà, qu'est-ce que je disais...

— Aaron, parlez-nous de votre fiancée ! Comment s'appelle-t-elle ? Et ce bébé, c'est pour quand ?

Bella tourna la tête vers l'homme qui s'était planté devant eux.

— Vous bloquez le passage. Écartez-vous, s'il vous plaît.

— Comment vous appelez-vous, madame ? insista le paparazzi. Êtes-vous italienne ?

— Laissez-moi passer. Je ne vous répondrai pas.

— Depuis quand êtes-vous en couple avec le Dr Marshall ?

Ignorant la question, elle marcha droit sur le malotru, lequel n'eut d'autre choix que de s'écarter.

— Vous êtes enceinte de lui, c'est bien cela ?

Les doigts d'Aaron se refermèrent sur les siens en un geste protecteur.

— Vous êtes à côté de la plaque, Ferguson, martela-t-il. Arrêtez de vous faire des films et par pitié, laissez-nous tranquilles... Il y a peu de chances que cela arrive, ajouta-t-il à voix basse. Je suis vraiment désolé.

— Ce n'est pas ta faute, chuchota-t-elle.

— Madame, quand allez-vous accoucher ?

Cette fois, c'en était trop. Elle s'arrêta net et plongea le regard dans celui de l'importun, le toisant comme s'il s'agissait d'un vulgaire moucheron.

— Ma vie privée ne vous regarde pas. Vous n'obtiendrez aucune réponse à vos questions. Vous perdez votre temps !

Sur ces mots, elle recommença à marcher, la tête haute, la main dans celle d'Aaron.

— Tu es courageuse, dit-il après qu'ils furent sortis de la gare. Mais autant te prévenir, il ne lâchera pas… Ma voiture est au bout de la rue.

— Chouette, on va vite être débarrassés.

Il y avait moins d'un kilomètre entre la gare et la maison familiale, mais la perspective de rentrer à pied avec un journaliste sur les talons ne la séduisait guère !

Dès qu'Aaron eut déverrouillé sa berline, elle se précipita à l'intérieur.

— Tu parles d'une arrivée en fanfare, dit-elle après qu'il eut démarré. Le week-end était sympa, mais j'aurais préféré un retour plus calme.

— As-tu passé de bons moments avec les parents de Jason ?

— Oui, c'était bien.

Ces trois jours l'avaient rapprochée de ses beaux-parents. Elle avait aussi pu réfléchir à ses propres attentes pour les années à venir. Néanmoins, la réalité était venue la frapper de plein fouet dans ce hall de gare. Aaron appartenait à un monde où les reporters se croyaient tout permis !

— Pour qui ce gars se prend-il, à la fin ? demanda-t-elle, courroucée.

— Il estime qu'il a le droit de questionner les gens sans retenue pour vendre sa soupe. Heureusement, tous les journalistes ne sont pas comme lui. Mais hélas, la famille Marshall attire à la fois les meilleurs et les pires.

— Il n'en avait pas après ta famille, mais après moi.

— Au départ, il était venu pour Maggie. J'aurais vraiment dû t'ignorer. Si j'avais gardé mes distances, on n'en serait pas là. J'ai été stupide.

— Tu ne peux pas passer ta vie à contrôler tous tes faits et gestes à cause de ces imbéciles.

— Crois-moi, je suis passé maître dans l'art de l'esquive.

— Donc, tu les laisses gagner ?

La célébrité de Jason dans le domaine de l'innovation médicale ne l'avait jamais exposée à ce genre de choses. Il y avait eu des moments tendus, certes, mais le soufflé était vite retombé...

— Pas toujours, répondit-il.

Il se gara devant « Chez Gino » – dont le rideau était, heureusement, toujours baissé à cette heure-là – puis ajouta :

— Je ne vais pas entrer.

— Aujourd'hui, Ferguson gagne ! s'écria-t-elle.

Aaron lui avait beaucoup manqué. Elle avait besoin de passer du temps avec lui. Mais cela n'arriverait pas à cause d'un idiot qui était venu gâcher leurs retrouvailles.

— Je ne peux pas, répondit-il d'un ton tendu. Je ne veux causer de problèmes à personne, ni à toi ni à ta famille. Ce type est une vraie sangsue. Tant qu'il n'aura pas trouvé ce qu'il cherche, il va fouiner. Je sais de quoi il est capable. Il m'a vu main dans la main avec une femme enceinte. Il ne risque pas de lâcher l'affaire. J'essaie juste de te protéger.

Son air dur, presque froid, lui glaça le cœur. Puis la colère supplanta la tristesse et elle lui décocha un regard furieux.

— Qui veux-tu protéger ? Es-tu bien sûr que c'est moi ?

Il descendit de voiture sans un mot. Après avoir récupéré sa valise dans le coffre, il se dirigea vers la porte et monta au deuxième étage.

Elle le suivit, bouleversée. Dans un monde idéal, il aurait dû la prendre dans ses bras, l'embrasser et dissiper ce cauchemar. Mais à son visage fermé, elle sut que cela n'arriverait pas.

S'il lui avait fait confiance, ils auraient pu gérer le problème comme un couple. Elle avait maintenant la preuve qu'ils *n'étaient pas* un couple et n'en seraient jamais un...

— Je suis désolé qu'on en soit arrivés là, dit-il.

Puis il lui tourna le dos pour reprendre l'escalier, qu'il redescendit d'un bon pas. Elle entendit la porte claquer et, quelques instants plus tard, un bruit de moteur qui s'éloignait dans la rue.

Aaron n'avait pas voulu discuter. En l'absence de communication, rien ne serait possible entre eux. Elle ne pourrait pas le convaincre. Elle n'aurait pas l'occasion de lui dire… qu'elle l'aimait.

Si elle avait trouvé le courage de lui parler plus tôt, les choses auraient peut-être été différentes. Mais elle avait eu peur de se livrer, peur de souffrir, et maintenant le résultat était identique. Elle avait pris un risque dont elle devait assumer les conséquences.

Elle avait perdu le second amour de sa vie.

10

Aaron accéléra à fond tout en jetant un coup d'œil dans le rétroviseur.

Apparemment, personne ne l'avait suivi jusqu'à « Chez Gino ». Bella et lui avaient quitté la gare très vite, sans laisser à Ferguson le temps de réagir. C'était une bonne chose, mais il se sentait furieux. Lui qui avait pris l'habitude de tout contrôler, détestait se retrouver nez à nez avec un appareil-photo.

Et s'il n'y avait eu que lui...

Il avait vu rouge quand ce sinistre individu avait abordé Bella pour la questionner. Rien ne serait arrivé s'il l'avait tenue à distance, s'il n'était pas tombé amoureux d'elle !

C'est trop tard. Tu l'aimes. Tu n'y peux rien.

Et parce qu'il l'aimait, il n'avait justement plus le choix : il devait la laisser en paix. Elle méritait d'avoir une vie tranquille, loin du tourbillon médiatique qu'il détestait par-dessus tout.

« Qui veux-tu protéger ? Es-tu bien sûr que c'est moi ? »

Les mots de Bella le hantaient comme un leitmotiv. Il n'aurait jamais cru qu'une femme pourrait, un jour, le cerner aussi bien. Mais force était d'admettre qu'elle avait vu juste : en gardant ses distances, il voulait aussi s'éviter de souffrir.

Sauf qu'il n'avait pas choisi la bonne méthode. Il était déjà lié à elle, corps et âme. Ne plus la voir, ne plus lui parler serait la pire des punitions !

Il effectua le trajet du retour dans un brouillard. Comme chaque fois qu'il se sentait mal, il avait besoin de respirer, aussi enfila-t-il ses chaussures de randonnée dans l'espoir qu'une bonne marche lui permettrait de se vider la tête.

Il allait repartir quand son téléphone sonna. C'était Bella. Il décrocha, conscient que la politique de l'autruche ne donnerait rien. Il devait clarifier les choses.

— Aaron... Pourrais-tu venir me voir, s'il te plaît ? On ne peut pas rester là-dessus. Il faut au moins qu'on en parle.

Sa voix n'était ni triste, ni implorante. Elle s'était exprimée d'un ton décidé, signe qu'elle gérait la situation mieux que lui.

— Il n'y a rien à dire, Bella. J'aurais voulu qu'on se quitte d'une autre manière, mais c'est fini. On aurait dû se séparer de toute façon. L'échéance arrive juste plus tôt que prévu.

— Donc, tu ne veux pas d'une relation sérieuse ? D'une histoire où on se soutient mutuellement, où on partage tout, les peines comme les joies ?

— Non. Je n'ai jamais voulu m'engager. Je suis désolé si je t'ai donné de faux espoirs. J'ai dû mal me faire comprendre.

Dans le silence assourdissant qui suivit, il crut que son cœur s'était arrêté de battre. Même à distance, l'atmosphère s'était chargée de tristesse, de colère et de déception. S'y ajoutait pour lui une culpabilité si forte que les larmes lui montaient aux yeux.

Jamais il ne se pardonnerait d'avoir fait du mal à Bella. Il avait beau se dire que c'était pour la bonne cause et qu'il n'avait pas le choix, il était en train de l'abandonner !

— Je ne peux pas me battre contre tes vieux démons, dit-elle enfin. J'ai dû me tromper sur ton investissement dans notre relation... Ou pas.

Avant qu'il n'ait pu répondre, elle avait raccroché. Il resta planté sur le seuil de sa porte, téléphone en main, sidéré car elle avait, une fois de plus, tout compris.

Bien sûr qu'il s'était impliqué dans leur relation. Il s'y était même jeté à corps perdu. Mais pourquoi le lui dire puisqu'elle le savait déjà ? De toute manière, cela ne changerait rien.

Comme Amy, elle finirait par le quitter. Elle avait beau vouloir gérer le problème « en couple », elle se lasserait des intrusions constantes dans sa vie privée. Alors oui, il était peut-être lâche, mais il préférait couper court plutôt que de risquer un chagrin insurmontable.

Quant au travail, il devrait limiter au maximum les interactions. Dire qu'il avait failli briguer le poste vacant aux urgences ! Il pouvait y renoncer tout de suite. Avec Bella, entouré de sa famille, il avait été heureux comme jamais, mais il avait su dès le départ que cela ne pourrait pas durer.

La tentation de se donner – de leur donner – une chance restait trop forte. Pour mieux y résister, il se mit à marcher d'un bon pas vers les collines.

Il devait s'éloigner de Bella, encore et toujours, pour ne pas faire davantage de bêtises. Il en avait suffisamment à son actif.

— J'ai admis une petite fille de deux ans, Greta, pour une crise d'épilepsie. Elle va mieux, mais pourrais-tu descendre avant que je ne la laisse partir, s'il te plaît ?

— Pas de problème. J'arrive.

Abandonnant ses dossiers, Bella se prépara à répondre à la demande d'Aaron. On était vendredi et ces deux dernières semaines, il l'avait appelée quatre fois pour un avis pédiatrique. Mais devant les malades, il lui avait à peine adressé la parole. Ils semblaient être devenus des étrangers l'un pour l'autre.

Quand elle lui avait laissé des messages, le priant de la rappeler, il n'avait jamais répondu. Il avait aussi accepté plusieurs gardes de nuit alors qu'il détestait cela. Face à ce comportement, elle avait dû admettre la triste réalité : il l'évitait. Il ne voulait plus rien avoir à faire avec elle.

Elle gagna le rez-de-chaussée, résolue à le traiter froidement. Mais à sa grande surprise, il l'attendait devant les ascenseurs.

— Merci d'être venue, dit-il. Pour moi, tout va bien, mais la maman de Greta s'inquiète. Je me suis dit qu'il n'y aurait que toi pour la calmer.

Il lui faisait un compliment et daignait sourire ? C'était nouveau. Elle n'allait pas chercher à comprendre...

— Allons-y, répondit-elle d'un ton calme.

Comme il l'espérait, elle ne mit pas longtemps à rassurer la maman stressée. Greta était en forme, et après lui avoir fixé un rendez-vous en pédiatrie pour la semaine suivante, elle conseilla une sortie d'hôpital immédiate.

Ayant fini sa journée, elle monta chercher son sac et sa veste. Puis elle repassa par la case urgences afin de rédiger ses notes sur Greta. Ce ne fut pas long, et pourtant elle se sentait épuisée en quittant le bureau des médecins.

Elle n'avait pas été débordée ces derniers jours, mais elle avait mal dormi. Aaron lui avait manqué. Elle avait ressassé sans répit leur séparation et le fait qu'il ne veuille plus la voir.

Dans le couloir, elle tomba nez à nez avec lui.

— Bon week-end, Bella, dit-il.

Comment pourrait-elle profiter de son week-end en l'état actuel des choses ? À moins qu'il ne songe à se rapprocher d'elle ? Il avait décidément l'air plus abordable...

— Veux-tu dîner à la maison ce soir ? proposa-t-elle sans réfléchir.

— C'est gentil, mais je ne préfère pas, merci.

Sa colère remonta comme de la lave. Trop, c'était trop.

— Je n'y crois pas ! s'exclama-t-elle. Qu'est-ce qui te prend ? Pourquoi as-tu changé d'attitude à ce point-là ? Un dîner, ce n'est pas grand-chose. Que pourrait-il t'arriver ?

C'était comme s'il ne la connaissait plus, comme s'ils n'avaient jamais rien partagé. À se demander s'il n'était pas tombé sur la tête !

Il regarda à droite, à gauche, puis s'adossa au mur.

— Ferguson traîne toujours dans les parages. Il m'a abordé ce matin. Depuis qu'il a parlé de nous dans son article sur Maggie, tu es devenue une cible. La presse people va te tomber dessus. Il ne faut pas qu'on nous voie ensemble.

Elle haussa les épaules. L'article lui avait certes déplu, mais elle était passée à autre chose. À quoi bon se tracasser puisqu'elle ne pouvait rien y faire ? Elle menait une vie calme, inintéressante pour les lecteurs de la presse à sensation. Les paparazzis allaient rapidement trouver une histoire plus accrocheuse.

Elle avait eu tort de croire qu'Aaron avait su faire la part des choses. Il n'avait pas changé d'optique. Elle ne pouvait plus rien faire.

— J'ai déjà donné et j'ai survécu, répondit-elle d'un ton froid. Je survivrai encore.

Sans attendre sa réponse, elle s'éloigna dans le couloir. À sa grande surprise, il lui emboîta le pas.

— Que veux-tu dire ? As-tu déjà été la cible des journalistes ?

— Il me semble t'avoir expliqué que Jason s'était fait un nom dans le milieu médical. Avec ses interventions à risque et ses techniques révolutionnaires, il a eu plusieurs fois les honneurs de la presse. Les questions déviaient souvent sur sa vie privée, d'autant que je suis médecin. On devait avoir l'air d'un couple glamour, comprends-tu. Mais ce genre de buzz se tassait toujours de lui-même. Il suffisait que je prenne mon mal en patience.

— Je n'avais pas vu les choses sous cet angle. Je n'avais pas compris...

— J'aurais peut-être dû t'en parler davantage, mais pour moi, cela n'avait aucun intérêt.

Elle gardait un souvenir mitigé de ces épisodes, les seuls moments où Jason et elle avaient failli se disputer. Elle avait toujours aimé la discrétion, lui la lumière des projecteurs. Cela ne les avait pas empêchés de trouver un terrain d'entente pour le bien de leur couple.

Forte de cette expérience, elle se sentait capable de soulever des montagnes pour éloigner les reporters. Elle avait une vie à vivre. Elle ne laisserait personne se mettre en travers de sa route. Qu'Aaron fasse ou non partie du tableau n'y changerait rien !

En attendant, il n'avait pas pris ses jambes à son cou. Il continuait de l'accompagner vers la sortie.

— Je suis mal placé pour te jeter la pierre, déclara-t-il. Moi-même, j'ai longtemps gardé le secret sur ma famille.

— J'ai bien compris qu'il s'agissait d'un sujet sensible. Tu voulais me préparer au pire.

— Absolument. Je reconnais… avoir été heureux de passer toutes ces semaines incognito. Je n'avais pas envie que ça s'arrête. Que les choses soient claires : j'ai toujours eu confiance en toi. J'ai su dès la première minute que tu n'étais pas du genre à profiter de la situation.

— Mais alors, pourquoi ce silence ?

— Parce que certaines femmes, et une en particulier, ont très mal accepté que ma famille soit connue. Ces leçons-là, je ne les oublierai jamais.

Elle lui jeta un regard oblique. Elle se sentait peinée qu'il ait pu souffrir par le simple fait de porter un nom célèbre. Devant son air triste, elle oubliait presque à quel point il l'avait blessée.

— Aaron, je ne connais pas bien ta vie, mais j'aimerais te donner un conseil : sois honnête envers toi-même. Essaie de regarder vers l'avant plutôt qu'en arrière. Faire attention est une chose, mais par pitié, ne nous mets pas toutes dans le même sac. Oui, je déteste le battage médiatique. Oui, je trouve ces articles ridicules et intrusifs. En revanche, cela ne veut pas dire que je vais te laisser tomber. Je veux d'abord essayer de résoudre le problème pour sauver notre relation.

— Ce n'est malheureusement pas si simple.

— Peut-être, mais il faudrait déjà éviter de chercher des complications partout.

— La vérité, c'est que… je ne suis pas prêt.

— Le seras-tu un jour ? Je me le demande.

Tout en discutant, ils avaient atteint le hall. Bella allait sortir quand un homme s'engouffra dans le sas, appareil-photo en main. Ferguson !

— Bella, Aaron, regardez par ici, s'il vous plaît. J'ai besoin d'une belle photo de vous deux.

— Pas maintenant, répondit-elle d'un ton sévère.

Elle inspira à fond, puis sortit la tête haute en regardant droit devant elle. Les journalistes connaissaient son identité. Ils savaient où elle travaillait. Ils avaient probablement trouvé son adresse. À quoi bon se cacher ? Elle ne masquerait pas son visage. Elle ne se mettrait pas à courir. Elle en aurait d'ailleurs été incapable.

Elle allait ignorer ce Ferguson et tous les idiots qui se présenteraient. À cette minute précise, c'était la seule chose dont elle était sûre dans le chaos qu'était devenu son quotidien.

Aaron regarda l'amour de sa vie s'éloigner, le cœur au bord des lèvres.

« Digne » était le qualificatif qui lui venait à l'esprit. Bella se montrait digne et calme, avec option fierté. Et du coup, Fergusson n'osait pas lui coller aux basques comme il le faisait en général avec ses autres « victimes ».

— Laissez Mlle Rosso en paix, ordonna-t-il. Elle n'a rien à vous dire qui puisse vous faire gagner le prix Pulitzer !

Il suivit Bella jusqu'à sa voiture et lui ouvrit la portière côté conducteur.

— Prends soin de toi, dit-il doucement.

Elle s'installa, mit le contact et hocha la tête.

— Je suis bien obligée de prendre soin de moi. Personne ne le fera à ma place.

Même si elle ne le regardait pas, il eut l'impression qu'elle se retenait de pleurer. Il lui sembla même voir une larme rouler sur sa joue.

— Bella ?

— À plus tard. Bon week-end à toi aussi.

Sur ces mots, elle agrippa la poignée, claqua la portière avec une violence inhabituelle et démarra.

Il la regarda partir, dévasté. Même au plus fort de ses angoisses pour Sophia, elle n'avait jamais pleuré. Il l'avait toujours trouvée courageuse, alors pourquoi flanchait-elle maintenant ? Était-ce à cause de Ferguson... ou parce qu'il avait refusé son invitation ?

S'il s'était écouté, il l'aurait suivie jusque chez elle. Elle lui avait tellement manqué qu'il avait eu des insomnies toutes les nuits. Il avait d'ailleurs failli aller la voir plusieurs fois cette semaine-là pour lui proposer le mariage !

À l'hôpital, il avait réussi à garder un masque indifférent, vaille que vaille. Mais cet après-midi-là, son armure s'était fissurée : il n'avait pas pu s'empêcher de sourire à Bella. Il l'aimait si fort...

Cette fois, il était temps qu'il se conduise comme un adulte. Il devait penser à Bella au lieu de s'apitoyer sur son sort. Il avait cru la protéger en gardant ses distances, mais en réalité, il avait aggravé la situation. Il ne tenait qu'à lui d'agir intelligemment pour renverser la vapeur.

S'il fallait se battre, il se battrait pour elle, pour lui-même, et surtout *pour eux*. Il détenait la clé de leur avenir et n'avait plus le droit à l'erreur.

Mais avant toute chose, il avait un coup de fil à passer. Cet appel serait le plus important de sa vie.

Assise à table en face de sa mère, Bella picorait plus qu'elle ne mangeait.

Elle manquait d'appétit ces jours-ci. Elle n'avait de goût à rien. Sophia était devenue plus calme, ce qui ne lui plaisait qu'à moitié. Il était temps qu'elle se reprenne, au moins pour son bébé.

Elle sursauta lorsque sa mère lui tapota le bras.

— Tu as de la visite, chérie. Décale-toi un peu.

— Viens, Aaron ! Il y a une place à côté de Bella, dit Gino, posté à l'entrée du restaurant.

Depuis quinze jours, Bella trouvait son frère étonnamment discret. Il ne l'avait pas assaillie de questions, preuve qu'il avait tout compris. Il avait deviné qu'il y avait un problème. Et pour mettre les pieds dans le plat, quoi de mieux que d'envoyer Aaron s'asseoir près d'elle ?

— Je peux ? demanda celui-ci, s'avançant vers la table.

— Il me semble t'avoir invité à dîner, tout à l'heure.

Elle avait répondu d'un ton neutre, mais elle bouillonnait, et soudain, ses doigts tremblants laissèrent échapper sa fourchette. Il était venu ! Pourquoi avait-il changé d'avis ?

Elle but une grande gorgée d'eau afin de recouvrer son calme. Elle devait retenir les questions qui se bousculaient dans sa tête. Ce n'était pas le moment de les poser.

Aaron s'installa près d'elle et la regarda droit dans les yeux.

— Je te demande pardon, Bella.

— On… discutera plus tard. Profite du dîner, détends-toi. Tu leur as manqué.

— Ils m'ont manqué aussi… Bonsoir, tout le monde. Je suis content d'être là.

Après les salutations d'usage, les conversations reprirent. Au fil des minutes, Aaron parut se détendre et bientôt, il se mêla à la discussion comme si de rien n'était. On n'aurait jamais cru qu'il était resté deux semaines sans venir !

L'appétit de Bella se réveilla d'un coup. Elle ne voulait même pas savoir pourquoi il avait changé d'avis. Il était là, c'était le principal. Le reste se réglerait plus tard.

Elle eut l'impression de vivre le dîner comme un rêve. Néanmoins, elle modéra son optimisme quand ils se retrouvèrent seuls sur son petit balcon pour prendre le café. Il était redevenu silencieux. Il ne disait plus rien !

— Tu recommences, murmura-t-elle. Arrête d'être muet, ça me stresse.

— Désolé, je… ne sais pas par où commencer. Je voudrais éviter d'aggraver mon cas.

— Pourquoi pas par le début ? En général, ça marche assez bien.

Il secoua la tête en souriant.

— Tu as raison, comme toujours. Alors voilà… À la fin de mon internat, je suis parti en Nouvelle-Zélande pour terminer ma formation d'urgentiste. Là-bas, j'ai rencontré Amy. On est tombés amoureux, on s'est fiancés. J'avais l'impression de vivre un rêve. Mais quand on s'est installés à Londres, le cauchemar a commencé. Ma mère faisait la couverture des magazines car elle était nominée aux Oscars. Mon père se retrouvait au cœur d'un procès médiatisé. Rien de nouveau sous le soleil, mais pour Amy, c'était une découverte.

— Comment a-t-elle réagi ?

— Très bien au début. Ensuite, au bout de quelques mois, elle s'est repliée sur elle-même. J'ai trouvé affreux de la voir désinvestir progressivement notre relation malgré mes efforts. Et puis un jour, elle a fait ses valises. Elle a quitté Londres sans m'avertir. Je l'ai suivie en Nouvelle-Zélande, j'ai tout fait pour qu'elle revienne. Elle n'a rien voulu savoir. Elle ne voulait plus entendre parler de moi ni de ma famille. Six mois plus tard, elle épousait son petit ami du lycée. Ils ont eu un bébé presque tout de suite. Je l'ai su par des amis communs.

Elle lui prit la main et la serra. Elle imaginait sans peine ce qu'il avait dû ressentir.

— Je comprends pourquoi tu refusais de te lier à nouveau.

— Je n'ai jamais rien pu te cacher…

— Tu sais, je me mets à ta place. J'ai tellement aimé Jason que je ne pensais pas pouvoir retomber amoureuse. Que la vie m'accorde deux fois cette chance me semblait fou, impossible. Voilà pourquoi j'étais si froide au début. Je n'avais pas envie de me rapprocher de toi.

— Ta franchise est l'une de tes grandes qualités, répliqua-t-il en souriant.

— Préférerais-tu que je mente ?

— Tu en serais incapable… Donc, où en étais-je ? Tu me perturbes !

Il but une gorgée de café, parut réfléchir, puis reprit :

— Ta réaction face aux paparazzis m'a donné de l'espoir, Bella. En te voyant aussi calme, je me suis dit que, peut-être, tu résisterais à la pression. Mais au départ, Amy gérait aussi, sauf qu'au bout du compte, elle n'a pas tenu. J'ai donc très peur que l'histoire ne se répète.

— Si tu te poses cette question… c'est que tu as pensé à l'avenir. Aimerais-tu donner une tournure plus sérieuse à notre relation ?

Il voulut lui prendre la main, mais elle se dégagea. Elle tremblait comme une feuille, ses jambes la portaient à peine.

— Ce que j'essaie de te dire, Bella Rosso, c'est que je souffre comme un damné quand tu n'es pas là. Je t'aime à la folie, au point de vouloir prendre tous les risques. Je ne peux pas passer à côté d'une si belle histoire. Ce serait contraire à tous mes principes.

— Et… quels sont-ils ?

— Je crois au grand amour. Je n'ai jamais cessé d'y croire.

Elle le dévisagea, les larmes aux yeux.

— Je t'aime, Aaron. Je rêve de passer ma vie avec toi, de fonder une famille avec Sophia et les autres enfants que nous aurons.

— Mon amour…

Il l'étreignit si fort qu'elle en eut le souffle coupé. Puis il l'embrassa à perdre haleine, la serrant comme s'il n'allait jamais la laisser partir. Et quand enfin ils reprirent leur souffle, son sourire lui révéla mieux que des mots tout ce qu'elle avait besoin de savoir.

Elle avait confiance en lui. Ils s'étaient enfin trouvés. Ils ne se quitteraient plus.

— Je serai toujours là pour Sophia, promit-il. J'essaierai d'être le meilleur père possible.

— J'en ai toujours été convaincue. Tu seras le meilleur papa du monde. Je crains même que tu ne sois un peu gâteux, ajouta-t-elle en riant.

— Serais-tu d'accord pour qu'on se marie ?

— J'allais te poser la même question !

Dressée sur la pointe des pieds, elle l'embrassa de nouveau. Elle aurait pu rester là toute la nuit, blottie dans ses bras, si des applaudissements nourris ne l'avaient fait descendre de son nuage.

— Rejoignez-nous qu'on puisse boire le champagne ! cria Gino depuis le jardin.

Elle éclata de rire. Était-il possible d'être si heureuse ?

— Bienvenue chez nous ! s'exclama-t-elle.

— Et voilà, ton père a vendu la mèche. Je m'en doutais.

— Quoi ? Que veux-tu dire ?

— Je l'ai appelé en partant de l'hôpital. Je lui ai demandé si je pouvais passer le voir et… je lui ai demandé ta main. De toute évidence, il n'a pas pu garder le secret.

— Je ne te connaissais pas si romantique, répliqua-t-elle, malicieuse. Papa a dû être fou de joie. Mais… qu'aurais-tu fait s'il avait répondu « non » ?

— Je lui aurais cassé les pieds jusqu'à ce qu'il cède.

— Allez, les amoureux ! Le champagne est en train de tiédir ! protesta Gino.

— Je vais en boire une gorgée, décida Bella. Je veux célébrer mes fiançailles avec l'homme le plus sexy de la planète.

Kick, kick.

Elle retint son souffle et aplatit la main d'Aaron sur son ventre.

— Sophia a l'air d'accord. Je viens de recevoir mon plus grand coup de pied depuis huit jours.

— Coucou, Sophia, dit-il doucement. On va former une famille tous les trois. Qu'en penses-tu ?

Kick.

— Arrête ! protesta Bella en riant. Celui-ci m'a fait mal.

— J'ai encore une chose à te dire avant de descendre, dit-il. L'hôpital m'a proposé de remplacer Giuseppe trois jours par semaine. Apparemment, il y aurait aussi un mi-temps libre à l'hôpital de Milan. Si ça marche, j'aurai trouvé le compromis parfait entre les deux médecines d'urgence.

Elle le regarda, émerveillée.

— Ça marchera. Il te suffit d'y croire.

Il l'embrassa avec fougue, puis l'entraîna vers l'escalier extérieur.

— Je suis devenu optimiste depuis que je te connais. J'ai croisé les doigts pour que tu m'aimes et regarde le résultat !

Elle éclata de rire.

— Vilain… Je t'aime, Aaron.

— Je t'aime, Bella. On forme une bonne équipe, et c'est pour la vie.

Épilogue

RESTAURANT FERMÉ POUR RAISON FAMILIALE.

— Tu ne pouvais pas faire plus discret, Gino ? murmura Bella.

Accrochée au bras de son père, elle entra dans le jardin où un grand auvent avait été dressé. Ce jour-là, elle épousait l'homme de ses rêves et en termes de « discrétion », on avait vu mieux puisque la famille Marshall avait médiatisé l'événement. Résultat, une quinzaine de journalistes se pressaient le long des barrières installées sur le trottoir !

Heureusement, Gino et Aaron avaient organisé le service d'ordre. Avec les vigiles en costume noir qui sécurisaient le quartier, personne ne se glisserait dans la propriété sans montrer patte blanche. Elle ne se faisait aucun souci et d'ailleurs, elle se moquait de ce tapage.

Elle s'apprêtait à vivre le deuxième plus beau jour de sa vie. Et comme chaque jour depuis sa rencontre avec Aaron, elle mesurait sa chance.

Ils s'étaient installés à Stresa, où ils avaient acheté une jolie propriété avec vue sur le lac. Les projets professionnels d'Aaron s'étaient concrétisés et, cerise sur le gâteau, il allait beaucoup mieux. Il n'avait pas refait le moindre cauchemar depuis le jour de leurs fiançailles. Ne manquait que Sophia pour compléter le tableau et leur bonheur serait parfait.

Au départ, ils avaient prévu de se marier après la naissance, mais ils avaient avancé la date pour que Maggie – revenue passer huit jours de vacances en Europe – puisse assister à la cérémonie.

Un petit coup de pied indiqua à Bella que sa fille voulait être de la fête.

— Tu participes à ta manière, chérie, dit-elle doucement. Dans deux semaines, tu pointeras le bout de ton nez. Sois un peu patiente…

En descendant la nef improvisée – matérialisée par des vases emplis de roses –, elle perçut les murmures admiratifs de l'assistance. Suprêmement élégant en costume trois pièces, Aaron l'attendait sous l'arche garnie de fleurs, et lorsque son père lui donna sa main, elle vit qu'il avait les larmes aux yeux.

— Tu es magnifique, chuchota-t-il.

La gorge nouée par l'émotion, elle se dressa sur la pointe des pieds pour l'embrasser.

— Eh là, doucement, protesta son père. Attendez d'être mariés !

L'assistance éclata de rire, puis la cérémonie commença. Bella vécut ces moments sur un nuage, jusqu'au traditionnel baiser des époux accueilli par des applaudissements nourris.

— Ça suffit, vous deux ! s'exclama Gino. Il est temps d'aller fêter ça. Mesdames, messieurs, c'est par ici !

Avec sa brigade, Gino avait préparé tout le repas de A à Z, s'adjugeant quelques renforts pour la circonstance. Le repas promettait d'être somptueux sans ostentation, comme Aaron et Bella l'avaient souhaité. Ils avaient droit à un mariage de rêve, jusque dans les moindres détails…

Trois heures plus tard, assise à table près de son époux, Bella songeait à sa lune de miel quand, soudain, elle eut le souffle coupé.

— Aïe, dit-elle, se rejetant en arrière sur sa chaise. Ah non, Sophia ! Tu ne peux pas nous faire ça aujourd'hui…

— Ça va ? chuchota Aaron en fronçant les sourcils.

— Oui, je pense…

Avait-elle eu une contraction de fatigue ou était-ce le début du travail ? Elle n'allait pas tarder à le savoir.

Dix minutes plus tard, la réponse arriva, claire et sans équivoque. Elle agrippa la main d'Aaron en grimaçant.

— Mon amour, on ne partira pas à Venise demain.

— Quoi ? Tu plaisantes ? s'écria-t-il en la voyant se cramponner l'abdomen.

— Pas... du tout.

— C'est bien ce que je pensais.

Il se leva comme un ressort puis s'assit à nouveau, l'air complètement paniqué.

— On fait quoi, maintenant ?

Elle éclata de rire.

— On attend et on profite de la journée. Il va se passer du temps avant que les contractions ne se rapprochent.

Douze heures plus tard, Bella mit au monde une petite Sophia en parfaite santé.

— Et voilà... Félicitations, elle est magnifique.

Bella ne put retenir ses larmes quand la sage-femme lui déposa sa fille sur la poitrine.

— Bonjour, ma chérie. Bienvenue dans le monde ! Que tu es jolie...

Assis sur le drap, Aaron les observait, le regard embué.

— Elle est aussi belle que sa maman, chuchota-t-il.

— Sophia, je te présente papa.

Elle déposa doucement sa fille au creux des bras d'Aaron, le cœur gonflé d'amour et de joie.

— Je vous aime, tous les deux, chuchota-t-elle.

— Je vous aime aussi, murmura Aaron. Il n'y a rien de plus beau que la famille. On ne le dira jamais assez !

KRISTINE LYNN

Rendez-vous avec sa boss

Traduction française de
MARIEKE MERAND-SURTEL

BLANCHE

HARLEQUIN

Titre original :
ACCIDENTALLY DATING HIS BOSS

1

Le Dr Owen Rhys prit une gorgée de café fumant et jura entre ses dents. Le liquide était brûlant. Décidément, l'univers lui en voulait aujourd'hui.

Il relut le mail qui polluait sa boîte de réception et tenta de penser avec logique. Mais c'était difficile, car son esprit tournait autour d'un millier de réponses directes qu'il aimerait renvoyer, dont aucune ne résoudrait son problème.

… réunion repoussée à 10 heures pour parer à plus pressé…

… il est temps de changer la façon dont nous faisons les choses à Mercy…

… nous devons innover dans notre manière d'inviter la presse à participer à nos activités…

Le mail avait été envoyé à l'ensemble du personnel, tous les chefs, médecins, chirurgiens et internes, mais le dernier paragraphe semblait lui avoir été directement adressé.

Aucun service n'est à l'abri des changements qui nous attendent. Pas même ceux qui génèrent le plus de revenus ou dont la notoriété a conféré à cet hôpital une certaine réputation auprès d'une clientèle d'élite.

Il aurait pu dire : Dr Rhys, prêtez une attention particulière à cette partie. Car si vous n'aviez pas couché avec Emma Hartley en premier lieu, elle ne serait peut-être pas venue vous demander de l'aide et notre hôpital n'aurait pas fait la une du journal de la semaine dernière à côté de « chirurgie bâclée ».

Sans réfléchir, Owen but une nouvelle gorgée de son café, qui n'était pas moins chaud que trente secondes plus tôt. Il poussa un nouveau juron et reposa la tasse. De toute façon, la caféine n'allait pas faire disparaître ce mail. Son regard passa de son ordinateur à la première page du *Los Angeles Daily News*. Ce n'était pas mieux.

Oui, coucher avec Emma n'avait pas été une bonne idée. Malgré sa détermination à éviter toute relation suivie – un corollaire de sa manie chronique de décevoir les gens dans sa vie –, il avait laissé leur nuit ensemble s'étendre sur quelques mois d'amusement. Cela avait duré aussi longtemps que l'« amusement » à Hollywood durait habituellement, et la célèbre actrice et lui s'étaient séparés à l'amiable. Alors, quand elle était venue lui demander de l'aide pour une cicatrice due à une opération qui avait mal tourné dans une obscure clinique de la vallée, bien sûr qu'il avait accepté.

Mais un photographe l'avait suivie jusqu'au bureau d'Owen et les journaux s'étaient mis à spéculer.

Owen avait-il causé la première cicatrice ? L'avait-il fait entrer en cachette après les heures de travail pour réparer sa propre erreur ? Et d'autres questions absurdes.

Un vrai cauchemar.

Outre l'atteinte à la vie privée pour obtenir les photos, la présence envahissante des paparazzis ramenait le passé d'Owen dans le présent. Il frissonna tandis que les souvenirs assaillaient son subconscient.

Il s'assit, les genoux faibles, en se rappelant son frère Sam traqué par un journaliste après son accident – accident qu'Owen avait provoqué en laissant une casserole d'eau bouillante sans surveillance sur la cuisinière. En essayant de finir de préparer le dîner qu'Owen avait commencé, son jeune frère avait accidentellement heurté la casserole, renversant le liquide brûlant sur son cou et son torse.

Aujourd'hui encore, Owen entendait les hurlements terrifiés de son frère lorsqu'il cherchait le sommeil la nuit… il était toujours poursuivi par les cris étouffés de Sam sur son lit d'hôpital lorsque le journaliste s'était faufilé dans sa chambre. Puis il y avait eu le procès où sa famille avait poursuivi le journaliste trop zélé pour harcèlement de mineur dans sa chambre d'hôpital, chez lui et sur le chemin de l'école. Sa famille avait gagné, mais à quel prix ?

Sam avait eu peur de sortir durant les deux années suivant sa blessure. Ses parents passaient leurs journées à s'occuper de sa santé derrière des volets clos. Pendant ce temps, Owen vivait comme un fantôme dans sa propre maison, hantant les pièces sombres dans un silence culpabilisant jusqu'à ce qu'il soit assez grand pour conduire, ce qui signifiait assez grand pour aller à des fêtes. S'il devait vivre invisible aux yeux des gens qu'il aimait le plus, son avenir étouffé par les remords, il n'allait pas être sobre pour autant.

Owen grimaça ; s'il n'y avait pas eu cette fête en particulier, ce voisin qui lui avait fait entendre raison… qui sait où il en serait aujourd'hui ?

Même s'il s'était sorti de la spirale infernale, il était trop tard pour sa famille. Le sentiment désagréable des regards indiscrets les suivait partout jusqu'à ce que Sam déménage, comme si la blessure de son jeune frère n'était pas déjà assez difficile à supporter. Ils ne s'en étaient jamais remis.

Et maintenant, vingt ans plus tard, la même chose se produisait avec Emma. Sa liaison avec Owen et l'intervention chirurgicale qu'elle avait subie avaient fait la une des journaux grâce à la notoriété du chirurgien plasticien et à la célébrité de la starlette qu'elle était. Owen avait beau avoir maintes fois déclaré publiquement que l'opération bâclée n'avait pas été pratiquée par lui, ni même par Mercy, son visage avait été étalé dans tous les médias.

Exactement ce qu'il avait essayé d'éviter pendant toute sa carrière. Il avait toujours considéré les médias comme le cancer de la société moderne.

Bien sûr, un certain degré de notoriété l'aidait à remplir son planning d'opérations chirurgicales dont il avait besoin pour maintenir sa carrière publique à flot, mais ce travail ne comptait que parce qu'il finançait le travail bénévole qu'il effectuait anonymement pour l'association à but non lucratif qu'il avait créée. Depuis l'accident de Sam, sa capacité à aider les grands brûlés et les victimes de violences familiales qui n'avaient pas les moyens de s'offrir une assurance médicale serait toujours sa priorité. Il ne pouvait pas empêcher les accidents eux-mêmes, ni arrêter les médias qui les couvraient, mais il pouvait certainement aider les patients qui avaient le plus besoin de lui. Chaque secours apporté était un poids ajouté à la balance de la justice.

Et « l'affaire Emma » avait tout mis en péril.

Jusqu'à ce que, tout à coup, elle soit effacée par une unique phrase de l'équipe des relations publiques d'Emma, puis remisée dans la colonne latérale du journal d'aujourd'hui comme si elle n'avait jamais eu lieu. Le communiqué remerciait Owen pour son aide à l'actrice et boum, juste comme ça, son nom était blanchi.

Alors pourquoi le titre de l'article en première page du journal d'aujourd'hui était-il plus mauvais ?

> *L'hôpital Mercy, surnommé « l'hôpital des stars » par le grand Hollywood, redore son blason avec un nouveau médecin chef à la barre.*

Parce que cela pourrait faire plus de tort à mon association que l'affaire Emma, et que le travail anonyme que je fais chaque jour en quittant Mercy est sur le point d'être examiné à la loupe. Sans compter que je découvre le plan de ce nouveau médecin chef en même temps que le « grand Hollywood ».

L'article en question était encore pire. Le Dr Kris Offerman – sa nouvelle patronne – révélait son projet d'un nouveau centre de traumatologie à Mercy, qui ferait le même travail qu'Owen. Elle avait convié les officiers de police locaux blessés dans l'exercice de leurs fonctions à son annonce ; ils seraient les premiers à recevoir des soins médicaux gratuits et de tout premier ordre dès l'ouverture du centre. En retour, leurs histoires seraient partagées dans le cadre d'une série documentaire sur le « Changement du visage de la médecine », en partenariat avec LATV.

À première vue, la modification du modèle d'entreprise de Mercy semblait être une mesure qui permettrait enfin de synchroniser les pratiques médicales d'Owen. Il pourrait transférer ses patients à but non lucratif à Mercy et leur offrir les meilleurs soins dans l'un des meilleurs hôpitaux de la côte Ouest. Mais, encore une fois, à quel prix ?

Ses patients à la clinique ne voulaient pas que leur nom soit traîné sur les chaînes TV. Ils voulaient simplement de l'aide et rentrer chez eux pour vivre une vie normale, sans cicatrices, comme son frère aurait dû pouvoir le faire.

Conclusion ? L'action de proximité était une bonne chose, le fait qu'Offerman ait besoin d'en faire la publicité en était une autre. Si elle persévérait dans la partie médiatique du plan du centre de traumatologie, il n'en ferait pas partie.

Il lui laissait le bénéfice du doute, mais cet article dans la presse n'augurait rien de bon. Qu'était-il censé faire si elle poursuivait son projet inconsidéré ?

De son point de vue, il avait deux possibilités.

Premièrement, il pouvait s'accrocher à son éthique, celle qui lui indiquait de faire le bien pour le bien, plutôt que pour les éloges qu'il en retirait, et envoyer sa démission à sa patronne. Il avait économisé assez d'argent pour pouvoir maintenir la clinique gratuite ouverte pendant près d'un an.

Et ensuite ? Il était un très bon chirurgien, mais était-il assez bon pour encaisser les questions de ses futurs employeurs potentiels sur les raisons qui l'avaient poussé à quitter le poste le plus convoité du pays ?

Il relut le mail, s'arrêtant à la partie où Offerman mentionnait qu'il fallait que tout le monde soit d'accord pour que cela fonctionne. Il ne l'avait même pas encore rencontrée en personne et elle était déjà à la hauteur de son surnom. Dex, son meilleur ami et chef du service de psychiatrie de Mercy, l'avait qualifiée de « Dépanneuse », ce qui signifiait qu'elle était une dure à cuire. Voire une peau de vache.

Le deuxième choix d'Owen était plus compliqué. Il pouvait rester pendant quelques mois et voir ce que donnait le centre de traumatologie. Peut-être qu'en interne, il pourrait apporter des changements significatifs dans la façon dont Offerman voyait ses patients. Peut-être pourrait-il la convaincre de pratiquer comme il le faisait – loin des yeux du public et en ne pensant qu'au bien-être des patients.

Hum. Il saisit à nouveau son café, mais décida de ne pas risquer de s'ébouillanter une troisième fois.

Le fait est qu'Owen avait commencé sa carrière en voulant aider les victimes de brûlures comme Sam, des patients qui n'avaient pas les mêmes ressources qu'Emma. Mais il avait gardé cette partie de sa vie discrète à dessein. Ce n'était pas pour faire de l'esbroufe, c'était pour changer des vies. Il avait même laissé le Mercy Telegraph – comme il appelait les ragots de l'hôpital – croire qu'il quittait le travail plus tôt pour faire la fête, prendre des vacances ou toute autre chose qu'ils inventaient, en lieu et place de ce qu'il faisait réellement. À savoir plus d'opérations chirurgicales pour des personnes qui ne pourraient jamais se permettre les prix élevés des soins de santé américains.

La façon dont il passait son temps ne les regardait pas tant que son travail était fait.

Jusqu'à aujourd'hui. Il avait l'impression que le Dr Offerman en ferait son affaire.

Qu'est-ce que cela impliquerait si je reste à Mercy, si je transfère l'association et si Offerman en fait la publicité ?

Les projecteurs ne seraient pas seulement braqués sur sa clinique et ses patients, mais aussi sur lui. Pendant des années, depuis son adolescence, alors qu'il avait fait la plus grosse erreur de sa vie, il agissait dans l'ombre. Là, il pouvait faire son travail sans attendre des louanges qu'il ne méritait ni ne voulait. Il faisait ce qu'il faisait parce que les circonstances l'exigeaient. Fin de l'histoire.

Un carillon provenant de l'ordinateur portable le tira de ses pensées. Car ce carillon-là, il l'avait choisi pour une notification et une seule. Un nouveau message de @ladydoc.

Un frisson lui parcourut l'échine, comme à chaque fois qu'il entendait ce son. Il était amusant de constater qu'au cours des six derniers mois, ce sentiment ne s'était pas dissipé le moins du monde. Au contraire, avoir de ses nouvelles l'excitait de plus en plus.

Ce qui était idiot. Il ignorait son vrai nom, où elle vivait, et même à quoi elle ressemblait. Mais depuis le jour où ils s'étaient rencontrés sur DocTalk, un forum permettant à toute personne travaillant dans le domaine médical de discuter de ses frustrations, de se faire des relations et même de flirter, il avait été attiré par @ladydoc. Ils avaient décidé de rester amis quand il était devenu évident qu'ils en avaient tous les deux besoin, et cela suffisait amplement à Owen, qui n'avait pas de relations amoureuses. C'est à peine s'il avait des amis.

En ligne, il pouvait parler librement sans se soucier de l'impact sur son image ou sa carrière. L'anonymat lui permettait aussi de la tenir à distance. De là, il ne pouvait pas la blesser comme il l'avait fait avec toutes les autres personnes qu'il avait laissées devenir proches. De loin, elle ne pouvait pas voir ses défauts ; de près, ils étaient terrifiants et impossibles à dépasser. Tout le monde – ses parents, Sam, même Emma – avait intérêt à ce qu'il reste dans l'ombre.

Rien n'était en jeu avec @ladydoc, donc tout était possible. Oui, mais si elle voyait au-delà de ses erreurs ?

Non. Car alors il devrait apprendre à se pardonner et il ne restait plus assez de patients à sauver dans la ville pour qu'un tel exercice d'équilibre puisse se produire.

Il ouvrit le message.

Salut, @makingadifference. Je voulais te remercier pour le super plan beignets. Je passe ma vie chez DK's maintenant, si jamais tu veux me trouver, haha.

Il sourit. DK's, hein ? Il lui avait donné trois adresses et elle avait testé celle qui se trouvait à deux pâtés de maisons de chez lui. Elle était plus proche qu'il ne le pensait. Ils n'avaient jamais abordé le sujet d'une rencontre en personne, mais maintenant qu'il était certain qu'elle vivait dans le nord-ouest de Los Angeles, cette possibilité l'électrisa.

Il tapa une réponse, sa tension artérielle grimpant en flèche. Pas un bon signe pour un chirurgien, mais un autre symptôme chronique dès qu'il s'adonnait à ce qui était devenu des conversations d'une heure chaque matin et soir.

Ravi que ça t'ait plu. C'est le secret le mieux gardé de Los Angeles, alors ne le dévoile pas. Inutile que les touristes découvrent à quel point nous sommes bien lotis, haha.

Est-ce qu'il était le genre d'homme à ajouter « haha » à la fin d'une phrase ? Apparemment, oui. Il appuya sur Envoyer et fixa ensuite l'écran en attendant une réponse. Il était aussi le genre d'homme qui guettait les trois points de « frappe » au lieu de vaquer à ses occupations.

Ce n'était pas comme s'il n'avait rien à faire. Il était chef du service de chirurgie plastique dans l'un des plus grands hôpitaux de Californie. Sans compter la longue liste de problèmes auxquels il était confronté sur son lieu de travail.

En grande partie parce qu'il avait presque enfreint sa seule règle – pas de relations sentimentales, que du travail – avec Emma, mettant le reste de sa vie sous les feux de la rampe. Ses règles existaient pour une raison. La vie était plus simple ainsi ; il ne pouvait pas blesser quelqu'un qui n'existait pas.

Ce qui rendait son échange de six mois avec @ladydoc encore plus intéressant. Être amis en ligne élevait un voile entre eux, les protégeant tous les deux de la possibilité d'un attachement, d'une romance, de plus. Pour Owen, plus était un gros mot. Pourtant, la savoir si proche ouvrait la porte à toutes les possibilités.

Enfin, le carillon qu'il attendait retentit. Il lut avec gourmandise le message à haute voix : « Mes lèvres sont scellées. Enfin, à ce sujet ;-) Tu aurais un restaurant thaïlandais tout aussi bon à me recommander ? Une ville de cette taille doit bien cacher un autre trésor de ce type. À charge de revanche… »

Les yeux d'Owen s'arrondirent. *Est-ce qu'elle vient de flirter avec moi ?* Pour la première fois, il regretta de ne pas avoir parlé de @ladydoc à Sam et Dex. Au moins, il aurait pu disséquer cette conversation avec eux.

Mais d'un autre côté, il n'en était pas question non plus. Elle était la seule partie sans contraintes de sa vie, la seule personne à part Dex au courant de l'accident de son frère, qui avait catapulté Owen dans le type de médecine qu'il pratiquait – après une descente aux enfers qui avait failli lui coûter la vie. La seule personne qui savait qu'il avait coupé les ponts avec ses parents et par conséquent, pourquoi il tenait tout le monde à distance. Toutefois, elle était d'accord sur le fait qu'être seul vous évitait, ainsi qu'à tous les autres, plus de chagrin. Ainsi, personne n'avait à pardonner des délits impardonnables, personne n'avait à faire semblant d'être heureux de voir celui qui lui avait ruiné la vie et personne n'avait à s'inquiéter de ce que vous seriez capable de faire ensuite. Même Dex n'était pas conscient de cette honte qui fleurissait dans les parties les plus sombres du cœur d'Owen, là où il ne laissait entrer aucune lumière. Juste @ladydoc.

Elle était spéciale. Et la seule chose qui n'appartenait qu'à lui.

Au lieu de cela, Dex pourrait peut-être l'aider à décortiquer la missive d'une autre femme qu'il n'avait jamais rencontrée, mais dont les mails étaient infiniment moins agréables – leur nouvelle patronne.

Owen jeta un coup d'œil à sa montre. Il était en retard.

Essaye Thaï Palace à l'angle de la 24e et de Kelly. Tu ne regretteras rien, si ce n'est d'avoir développé une nouvelle addiction. Tu me remercieras plus tard ? ;)

Est-ce qu'il venait de flirter en retour ? Bon Dieu…

Ça marche. Je dois aller à un truc où j'aimerais vraiment ne pas avoir à aller. Mais grâce à toi, mes projets de dîner valent la peine d'être envisagés. À très vite ?

Il résista à l'envie de lui demander si elle voulait qu'ils dînent ensemble au Thaï Palace ce soir-là, en tant qu'amis. À la place, il répondit :

Je m'en réjouis d'avance. Je dois y aller aussi. Rude journée au bureau. J'aurais aimé que tu sois là, ce serait peut-être moins dur.

Owen hésita un instant avant d'envoyer le message. « J'aurais aimé que tu sois là » était terriblement proche de « j'aimerais qu'on se rencontre ».

Ensuite, il attrapa sa mallette, son téléphone et monta dans sa voiture. Il était temps d'en finir avec ce cirque.

Alors qu'il reculait dans son allée, le téléphone sonna. Il sourit en voyant le nom sur le tableau de bord. Dex.

— Je pensais justement à toi, dit-il.

— Ah oui ? Tu as encore fait un rêve érotique sur moi ?

— Ce n'est pas parce que tu entends parler de rêves érotiques toute la journée que tu figures dans les miens, mon ami, répliqua Owen en riant.

— Tu *fais* des rêves érotiques. Je le savais. Je t'avais dit qu'éviter les relations amoureuses était mauvais pour toi.

— Tout comme coucher avec quelqu'un, si l'on en croit l'affaire Emma. De toute façon, tu sais que le seul moment où tu apparais dans mes pensées, c'est quand je cherche des moyens de te mettre une raclée sur le terrain.

— Ha ha, aucune chance.

— Je pense sérieusement que tu traînes avec les Lakers pendant ton temps libre.

— Quel temps libre ? Tu as vu nos emplois du temps de cette semaine ? On a des dîners prévus maintenant. Des *dîners*. Tu sais ce que ça va faire à ma vie sociale ?

— La repousser de quelques heures ? En plus, tu viens de rompre avec Kelsey. Donne-toi du temps avant de recommencer à payer la moitié de ton salaire pour une femme à côté de qui tu n'as pas l'intention de te réveiller.

Le meilleur ami d'Owen était un serial dragueur, le yin du yang d'Owen. Pour ne rien arranger, Dex avait quitté sa seule relation à long terme parce qu'elle avait adopté un enfant – une rupture de contrat à ses yeux. Maintenant qu'il était de retour sur le marché, aucune femme n'était à l'abri de son intérêt.

— Tu n'as pas tort.

— D'ailleurs, tu ne pars pas bientôt en Afrique ?

— Raison de plus pour remplir ma coupe d'amour maintenant.

— Ta « coupe d'amour » ? Tu t'entends ?

— Qu'y a-t-il de mal à aimer les femmes ? Ce n'est pas parce que tu ne...

— J'aime bien les femmes. C'est juste que je n'ai pas envie de...

— D'en inviter une dans ma vie pour que je finisse par la blesser, termina Dex pour lui, bien que sur un ton taquin.

— Touché.

Owen sortit de sa résidence sécurisée, faisant un signe de la main à Percy, le gardien. Il nota mentalement de s'arrêter sur le chemin du retour ce soir pour demander à Percy comment se passait sa toute nouvelle paternité. Sa femme et lui avaient essayé deux ans avant que leur enfant, Jill, n'arrive.

— Bref, tu veux me dire pourquoi tu m'appelles, Dex ?

Ce n'était pas le genre de Dex de ne pas aller droit au but.

— Je voulais te faire savoir que la réunion du personnel médical de ce matin a été reportée.

— Je sais. J'ai reçu le mail. Ce n'est pas un bon début si elle repousse déjà les agendas et nous demande de réorganiser les soins aux patients.

Dex resta un instant silencieux, ce qui était inquiétant de sa part. Puis il finit par dire :

— Justement. Elle l'a encore repoussée pour avoir un tête-à-tête avec le chef de la chirurgie plastique.

— Avec moi ? Tu es sûr ?

Owen fronça les sourcils. La seule chose qui figurait sur son calendrier était la réunion du personnel retardée, au cours de laquelle le Dr Offerman serait officiellement présentée en tant que médecin chef, et c'était encore dans une heure.

— Certain. Elle est passée à l'instant dans mon bureau et m'a demandé ce que je savais de ton positionnement vis-à-vis du travail bénévole et si je pensais que tu serais intéressé par une participation à l'émission spéciale.

Owen éclata de rire.

— J'espère que tu lui as dit qu'il n'y avait aucune chance. Je suis médecin, pas acteur. Et nos patients ne sont pas des figurants, ce sont des gens qui ont une vie, un travail et une famille. J'ai du mal à voir en quoi cela pourra être utile.

— C'est non, alors.

— Évidemment que c'est non. Ça va à l'encontre de tout ce pour quoi je pratique la médecine.

Surtout après ce que les médias avaient fait à sa famille.

— Je comprends ce que tu ressens, mais je ne pense pas que tu puisses te permettre d'y sacrifier l'emploi de tout le monde.

— Pardon ?

— Je dis juste que faire fonctionner notre hôpital coûte de l'argent et que sa série documentaire va générer ce dont nous avons besoin pour ça. Peut-être que tu devrais l'écouter. Tout le monde à Hollywood n'est pas comme ce type qui a violé la vie privée de ton frère.

La poigne d'Owen se crispa sur le volant, et la frustration lui piqua la peau. Jamais Dex ne l'avait défié de la sorte.

— De quel côté es-tu ?

— Celui de mes patients. Mon service sera éviscéré sans un meilleur financement.

Owen n'était pas enclin à la colère – pourquoi serait-il vraiment en colère alors que le monde n'avait pas été particulièrement cruel envers lui comme il l'avait été envers son frère Sam ? Mais il sentit cette émotion inhabituelle et malvenue monter comme de la bile au fond de sa gorge.

— Bien.

Il perçut un soupir à l'autre bout de la ligne. Ce qui arrivait n'était pas la faute de Dex, mais l'apprendre par son meilleur ami n'était pas agréable non plus.

— Écoute, ne t'en prends pas au messager, Owen. Je n'étais même pas censé te le dire. Je te dis juste de garder l'esprit ouvert et de me tenir au courant aussi. Tu sais, tu pourrais lui parler du travail que tu réalises à...

— Non. Ce ne sont pas ses affaires. Je le fais parce que ça aide les gens, pas pour sauver ma peau. Je vais trouver quelque chose.

— Il vaut mieux le trouver vite.

— Bien sûr, dit Owen, avant de raccrocher.

Pour la énième fois de la matinée, il souhaita deux choses.

La première, qu'il n'ait jamais consulté ses mails ce matin.

La seconde, qu'il ait eu l'idée de demander son numéro de téléphone à @ladydoc. Alors qu'il se dirigeait vers la fosse aux lions de l'hôpital Mercy, il avait vraiment besoin d'une voix amicale.

2

Le Dr Kris Offerman ferma l'application du forum de discussion sur son téléphone, mais son sourire resta. Le dernier message de @makingadifference clignotait dans ses pensées comme un phare de lumière, malgré l'obscurité menaçante des réunions à venir. Chaque fois qu'elle se le repassait, l'accent était mis sur un point nouveau, ce qui en modifiait légèrement le sens.

J'aurais aimé que tu sois *là*...

J'aurais aimé que tu *sois* là...

J'aurais aimé que *tu* sois là...

Elle savait de quoi il s'agissait en réalité : un appât pour savoir si elle était prête à le rencontrer en personne. C'est-à-dire sans la possibilité de se cacher derrière un écran, ce qui en ferait son premier « rendez-vous » depuis James. Son cœur se mit à battre la chamade... *Suis-je prête pour cela ?*

James lui avait fait une crasse – deux, en réalité. D'abord, elle avait découvert qu'il avait couché avec la moitié des internes de leur hôpital pendant qu'ils sortaient ensemble. Mais c'était loin d'être aussi accablant que la seconde, quand elle avait découvert qu'il avait pris la recherche qu'elle avait menée sous son mentorat et l'avait fait passer pour sienne lors d'une conférence, ce qui lui avait valu un prix Lasker. Elle avait à peine vingt-trois ans et l'expérience l'avait désabusée quant à la possibilité d'un amour et d'une carrière simultanés. En fait, cette trahison-là l'avait presque fait renoncer à son envie de pratiquer la médecine. Presque.

Au lieu de cela, elle avait *tout* mis ces dix dernières années – chaque parcelle de temps, d'énergie et de cœur – dans son propre travail, un travail qu'elle gardait confidentiel et serré contre sa poitrine afin que rien ne puisse menacer à nouveau son bonheur. Peut-être que s'il n'y avait eu que les tromperies de James, elle serait restée naïve un peu plus longtemps, laissant l'espoir de l'amour l'emporter à la fin. James avait anéanti sa confiance, mais avant cela, la mort de ses parents l'avait obligée à lutter contre des cauchemars éveillés dans des foyers d'accueil ; et maintenant Alice…

Elle ravala un sanglot. Alice, celle qui l'avait empêchée d'abandonner sa carrière après James, était partie elle aussi.

Ce n'était pas drôle, mais la solitude était plus sûre.

Pas d'hommes, pas de voyages entre filles dans des lieux exotiques, pas même un club de lecture. Pas de perte, pas de chagrin d'amour, pas de peur d'être de nouveau abandonnée.

Il ne restait plus que sa carrière. Et cela la rendait heureuse. La plupart du temps, en tout cas.

Mais en repensant à ses six mois de discussions avec @makingadifference, son sourire s'approfondit.

Il y avait eu la nuit où il était resté éveillé pendant quatre heures alors qu'elle envisageait de déménager dans une nouvelle ville à l'autre bout du pays pour son travail.

Il lui avait demandé : « Est-ce que c'est un poste dont tu peux imaginer qu'il te fera sauter du lit tous les matins ? »

Pas une seule fois il n'avait posé de questions sur le salaire ou les avantages, juste si elle serait heureuse.

Un mois plus tard, il lui avait raconté, sans détails bien sûr, respectant les règles qu'ils avaient fixées dès le départ, comment la blessure de son jeune frère l'avait incité à se lancer dans la médecine. Il lui avait parlé des patients qu'il soignait bénévolement dans une clinique gratuite.

« Pourquoi ne pas le faire dans ton propre hôpital ? » avait-elle demandé.

« Ce n'est pas une question de notoriété. Je le fais pour aider et, soyons honnêtes, le mérite ne ferait que pousser les gens à me regarder plutôt qu'à regarder mon travail. Si je le fais pour la gloire, mes motivations sont un peu corrompues, non ? Je préfère me concentrer sur les patients. »

Son altruisme l'avait époustouflée, même si elle se demandait ce qu'il ne disait pas d'autre. Parce qu'il pouvait se concentrer aussi sur les patients d'un hôpital. Et pourtant... la vulnérabilité de ce qui avait suivi avait été un changement majeur dans son ouverture à lui.

« Mais j'ai l'impression de m'être renié en choisissant un salaire plus élevé, un travail plus clinquant. »

« Ton travail de jour ne finance-t-il pas le travail que tu fais en coulisses ? »

« C'est vrai, mais je me demande si c'est suffisant. »

« Il n'est jamais trop tard », avait-elle répondu.

Cependant, elle s'était demandé ce qu'il entendait par *suffisant*. Quelle balance ressentait-il le besoin d'équilibrer ?

Leur degré d'anonymat signifiait une sécurité pour son travail et ses idées, mais lui permettait aussi de se poser les questions difficiles sans risquer le ridicule ou la duplicité.

Elle sourit lorsqu'un autre souvenir surgit, plus léger. Il aimait agrémenter leurs conversations les plus sérieuses sur le travail d'humour médical loufoque. La blague qu'il lui avait racontée la veille l'avait fait pleurer de rire.

« Je t'ai parlé de ma voisine qui a dû emmener son dalmatien chez l'ophtalmo ? » lui avait-il demandé.

Elle avait bêtement mordu à l'hameçon.

« Non ! Il va bien ? Pauvre chou. »

« Pauvre chou, en effet. Mais il a dû y aller parce qu'il n'arrêtait pas de voir des taches. »

Elle avait ri pendant une bonne minute avant de le réprimander gentiment pour l'avoir piégée de la sorte.

Oui, elle supposait qu'elle était – peut-être – prête à rencontrer @makingadifference.

Tant que cela restait platonique, pour qu'elle ne coure pas le risque de tomber amoureuse d'un autre médecin qui pourrait faire passer sa propre réussite en premier si on lui en donnait l'occasion. Non qu'elle l'en pensât capable, mais elle ne pouvait pas prendre ce risque, pas avec ce qui était en jeu maintenant.

Son centre de traumatologie.

L'évolution qu'elle avait réalisée après – et malgré – toutes ses pertes personnelles.

Elle avait pensé que trouver Alice après être devenue orpheline à l'adolescence était la réparation magique, le pansement qui refermerait les plaies ouvertes qui la paralysaient. Et ce mentor devenue amie l'avait aidée à guérir, pendant un certain temps en tout cas. Mais la perte d'Alice, emportée par un cancer l'année passée, avait rouvert les blessures de sa jeunesse. En fin de compte, peu importait que Kris ait réussi ou accompli quelque chose, les gens qu'elle aimait pouvaient toujours la quitter.

Inutile de dire qu'elle aurait bien besoin d'un peu de loufoquerie.

Oh ! Alice. Tu saurais quoi faire de @makingadifference.

Mais aucune réponse ne vint de l'espace en forme d'Alice dans le cœur de Kris. Juste d'autres souvenirs.

Elle avait rencontré Alice lors d'une conférence à la fac de médecine de Tampa, presque quinze ans plus tôt. Kris avait oublié son badge dans sa chambre d'hôtel avant sa présentation sur la drépanocytose. Alice était la suivante dans la file d'attente et, au lieu de faire en sorte que Kris se sente mal de retarder tout le monde, elle avait fait une scène en exigeant qu'on laisse entrer Kris et qu'on lui délivre un nouveau badge. Utilisant les mêmes tactiques de guérilla, elle s'était ensuite imposée dans la vie de Kris, malgré l'opposition véhémente de cette dernière à toute forme de soutien extérieur. À cette époque, les parents de Kris étaient décédés depuis huit ans, elle avait quitté le foyer d'accueil et ne pensait avoir besoin de personne. Elle ne voulait personne, car perdre un autre proche risquait de l'anéantir.

Alice lui avait prouvé qu'elle avait tort, bien sûr. Même si la perdre à son tour avait été un déchirement, l'amenant à revivre le chagrin de la perte de ses parents, Kris savait sans conteste qu'elle ne serait pas la femme accomplie qu'elle était aujourd'hui sans l'amour et les conseils d'Alice. Surtout après la débâcle de James.

« Pas d'émotions au travail, chérie. C'est la seule façon de réussir en tant que femme dans le secteur de la santé. Pleure chez toi et avec les gens qui t'aiment. Tes collègues ne seront jamais ces gens-là, alors ne les laisse pas t'atteindre. »

Mais elle avait quand même fini par perdre Alice.

Kris se mordit la lèvre. Aujourd'hui plus que jamais, il était vital qu'elle maintienne son air de professionnalisme. Surtout pour son premier jour de travail.

Deux infirmières passèrent devant son bureau, riant aux éclats, et la corde sensible de Kris se tendit.

Alice avait raison. Il n'y aurait pas de blagues, pas de larmes, pas de rires de son côté – pas avec ces collègues, en tout cas. Juste avec @makingadifference. Il ne représentait aucun danger si elle respectait leur règle « pas de détails ». Il ne pouvait pas la blesser comme James l'avait fait, ni la quitter comme Alice l'avait fait. En matière d'amitié, c'était du gagnant-gagnant. Alors... peut-être ne devraient-ils pas se rencontrer tout de suite. Elle avait besoin d'un moment pour s'acclimater à Mercy, surtout avec le membre du personnel en chemin pour son bureau.

Le Dr Owen Rhys, chef du service de chirurgie plastique. Sa réputation le précédait à plus d'un titre.

D'un côté, il avait la réputation d'être un brillant chirurgien, même si le type de chirurgie dans lequel il se spécialisait n'était pas son truc. Mais qui était-elle pour juger ? Il semblait plus que compétent et il était l'une des seules raisons pour lesquelles l'hôpital disposait d'un capital de fonctionnement.

D'un autre côté, son dossier RH et son registre d'interventions indiquaient qu'il ne faisait rien de plus que sa journée planifiée de 10 heures à 16 heures, et elle avait besoin d'un joueur d'équipe. Le bruit courait à l'hôpital qu'il était un peu play-boy et qu'il aimait s'amuser au détriment de son temps professionnel et de son image. *Cela*, elle pouvait le juger, même si elle devait faire attention à la façon dont elle menait la discussion. Rhys était intelligent et accompli, doté d'une large base de patients. Le garder de son côté était primordial pour que son projet fonctionne.

Essentiellement parce qu'elle espérait le convaincre de consacrer une partie du temps qu'il passait, selon la rumeur, à draguer les femmes dans les bars, à aider les grands brûlés et les blessés des services publics. Gratuitement, qui plus est.

Ça ne va pas être facile.

Rien ne l'était. À l'exception des conversations avec @makingadifference sur le forum DocTalk, en tout cas.

En attendant l'arrivée du Dr Rhys, elle respira l'odeur de son nouveau bureau. L'odeur des nouvelles possibilités.

Deux ans plus tôt, l'inquiétude qu'un travail uniquement administratif soit trop éloigné de sa zone de confort après une décennie de pratique de la médecine traumatologique l'aurait submergée. L'inquiétude qu'Owen Rhys soit exactement le play-boy non professionnel dont elle avait entendu parler. Ce qui l'amènerait à craindre que cette fois-ci, elle ne soit pas capable de contenir sa colère à distance, ou ses émotions.

Mais depuis, elle avait perdu Alice, et il n'y avait plus de personne pour l'aider à surmonter ses angoisses professionnelles. Cela ne signifiait pas qu'elle n'avait pas de doutes, juste qu'elle n'avait pas le temps de culpabiliser : ses parents ne sauraient jamais qu'elle avait réussi, et Alice ne serait jamais là pour la féliciter de ses nouvelles victoires.

Elle était seule, pour le meilleur et pour le pire.

Allez, Kris. Tu as déjà eu affaire à ce genre d'hommes indifférents. Tu as aussi dû arranger des problèmes plus difficiles que son bazar médiatique ou le manque de liquidités de l'hôpital. Tu te souviens quand tu recousais des blessures en Angola et qu'un seigneur de la guerre tentait de t'expulser du pays par la force ? Ce n'était pas du gâteau.

Ses prix et ses distinctions occupaient tout un mur de l'immense pièce, laquelle semblait pourtant vide. Pourquoi pensait-on qu'une administratrice d'hôpital avait besoin de tant d'espace ? Une douche *et* un coin salon ? Lorsqu'elle pratiquait la traumatologie en Angola, trois générations de familles vivaient dans des espaces deux fois plus petits.

Un petit doute subsistait, mais pas sur son niveau de compétence. Car @makingadifference n'était pas le seul à s'être « vendu ». Elle avait accepté ce poste d'administratrice bien rémunéré, laissant derrière elle son équipe en Angola. C'était une douloureuse vérité, mais elle avait des projets, et quand elle aurait terminé le centre de traumatologie, elle abandonnerait la Dépanneuse pour de bon. Oui, elle savait comment ses collègues et son personnel l'appelaient dans son dos, mais il y avait pire pour une femme cadre dans la santé.

De plus, avec les relations d'Alice, il était impossible que le nouveau centre de traumatologie de Mercy – *son* nouveau centre – ne soit pas rentable, voire carrément lucratif.

Elle prit le journal qui se trouvait sur son bureau. La photo en première page ne montrait plus un Owen Rhys renfrogné, mais une photo de Kris devant Mercy, trois policiers blessés dans l'exercice de leurs fonctions à côté d'elle. C'était déjà une bien meilleure image pour l'hôpital.

Heureusement, son projet de centre avait transformé le fil des actualités en quelque chose de plus positif pour toutes les parties impliquées. Quant au Dr Rhys, elle espérait qu'il apprécierait qu'elle ait blanchi sa réputation de chirurgien. Peut-être ne serait-il alors pas aussi furieux de ce qu'elle avait à lui dire. À savoir que le meilleur emplacement pour le centre de traumatologie impliquait d'occuper la moitié de l'aile de chirurgie plastique, trop grande et trop encombrante.

Une aile supervisée et construite par le Dr Owen Rhys.

Bien sûr, elle n'avait pas l'intention de l'en informer tant qu'il ne jouerait pas le jeu en la rejoignant dans son initiative.

Elle jeta un coup d'œil à sa montre et remarqua qu'il avait deux minutes de retard. Ce n'était pas un bon début.

Kris pressa ses tempes dans l'espoir d'atténuer la pression du premier jour qui s'accumulait déjà derrière ses yeux.

Un coup frappé sur la porte la surprit et elle laissa tomber le stylo qu'elle tenait. Il roula sur le parquet et, en se penchant pour le récupérer, elle se cogna la tête contre le bois du bureau. Cela suffit à transformer la migraine partielle qui couvait en une véritable compression cérébrale. Elle jura.

— Je peux revenir si ce n'est pas le bon moment, dit une voix grave.

Elle se figea, la tête toujours sous son bureau, les fesses dressées en l'air. Le timbre dense chauffait sa peau tout en envoyant dans ses veines une secousse d'énergie inconnue, semblable à une décharge d'adrénaline.

Était-il possible qu'une voix puisse ressembler à une invitation au sexe ? Ce fut en tout cas l'impression, tout à fait inappropriée, qu'elle eut. Elle se dégagea aussi gracieusement que possible de sa position coincée, lissant sa jupe qui s'était soulevée de trois bons centimètres.

— Vous entrez toujours sans y être invité ? demanda-t-elle à son mystérieux visiteur.

— Non. Mais je ne suis généralement pas en retard à une réunion dont j'ignorais l'existence jusqu'à ce que je voie la note sur la porte de mon bureau. Je me suis dit que je n'allais pas vous faire perdre plus de temps.

Owen Rhys.

Quelques boucles s'étaient détachées de son chignon fait à la hâte, elle les replaça derrière son oreille et se concentra sur l'homme en face d'elle. Et elle le regretta aussitôt.

Car si sa voix ressemblait au sexe incarné, son physique le confirmait incontestablement.

Muscles étroitement moulés par sa chemise. Épais cheveux châtains ressemblant à des vagues sculptées dans l'argile. Une mâchoire que des étudiants envieraient car elle paraissait assez solide pour décapsuler une bouteille de bière, et qui se tordait dans un demi-sourire.

Il était beau comme une star de cinéma, une sorte de croisement entre le Hollywood d'antan et le rebelle en une des magazines. Mais avec... des *yeux gris* ? Elle loucha presque pour en être sûre, mais oui, il avait les yeux gris. Gris ardoise. Avec des mouchetures bleu layette.

Elle déglutit dans l'espoir de déloger ce qui était coincé dans sa gorge et l'empêchait de dire quoi que ce soit.

— Je suis le Dr Owen Rhys. Et vous devez être le Dr Offerman ? dit-il en lui tendant la main, qu'elle serra.

Pourquoi était-elle si chaude et si ferme ? Elle acquiesça, reconnaissante qu'il ait pris les devants tandis qu'elle essayait encore d'assimiler ce regard d'acier qui la fixait. Lorsqu'il plissa les yeux et que ses lèvres se retroussèrent en un sourire oblique, la transe dans laquelle elle se trouvait se brisa et le poids de sa fonction l'écrasa.

Non seulement elle était la *patronne* de cet homme, mais elle avait besoin de lui pour l'aider à assurer la première phase de son projet : un endroit pour construire le centre de traumatologie et une équipe de médecins pour y travailler.

Elle secoua la tête, le brouillard qu'il avait créé entre sa voix et sa présence physique s'évaporant sous cette lucidité retrouvée. Ses yeux, ses muscles et son sourire n'avaient aucune importance. En fait, il serait préférable pour tout le monde qu'elle les oublie complètement. Même si sa libido indisciplinée était d'un autre avis.

— Docteur Rhys. Je vous prie de m'excuser. Je suis en train de me familiariser avec ce nouveau bureau. Asseyez-vous.

— C'est un espace agréable, dit-il, restant debout.

— C'est vrai. Plus d'espace que je n'en ai besoin, mais je suppose que cela vient avec le titre.

Tais-toi ! lui cria son cerveau, et elle n'en disconvint pas.

— Je suis certain que c'est ce que le conseil d'administration a pensé.

— Quoi qu'il en soit, j'aimerais prendre quelques minutes pour que nous fassions connaissance. Pourquoi ne pas vous asseoir pour que nous puissions discuter ?

Elle lui indiqua le fauteuil qui se trouvait devant son bureau et s'assit à côté pour qu'il soit plus à l'aise. Mais il ignora une fois de plus son invitation à s'asseoir, et son sourire disparut aussi soudainement qu'il avait surgi dans son bureau, et avec lui, la chaleur quitta la pièce.

— Il y a une raison pour que nous fassions cela en tête à tête plutôt qu'en groupe ? Je n'ai guère été emballé d'apprendre que c'est à cause de moi que vous avez repoussé notre réunion hebdomadaire du personnel.

Oui, il y avait de la froideur là-dedans.

— Il y a une raison. Et je vous en ferai part lorsque vous serez assis.

Au cas où il aurait cru qu'elle plaisantait, elle soutint son regard – de l'acier froid, en effet – et se cala dans son siège, les bras croisés sur la poitrine. Il s'assit enfin.

— Merci. J'aimerais recommencer, docteur Rhys. Je suis le Dr Kris Offerman, le nouveau médecin chef de Mercy.

Votre boss.

Elle lui tendit la main et il la prit, les mâchoires serrées, un petit tic frémissant sur sa joue. Il tint sa main et la fixa plus longtemps qu'elle ne le souhaitait. Une énergie semblable à celle qui l'avait frappée lorsqu'elle l'avait vu pour la première fois vibra entre leurs paumes. Elle lâcha sa main.

— Enchanté, répliqua-t-il, son mince sourire montrant qu'il ne le pensait pas. Je sais que vous êtes nouvelle ici –bienvenue, d'ailleurs – mais je n'apprécie pas de devoir déplacer mes patients à la dernière minute.

— Je peux le comprendre et je m'en excuse. C'était urgent, sinon j'aurais prévenu plus tôt.

Elle se força à sourire. Quel hypocrite. Elle avait vérifié et tout ce qu'il avait sur son planning était *personnel* après 15 heures, et seulement un patient à midi avant cela. Comme si elle allait laisser primer son emploi du temps insouciant sur un autre qui mettrait à profit ses talents hautement rémunérés. Il était temps de sortir l'artillerie lourde.

— J'irai droit au but. J'ai besoin de votre implication pour ma première initiative à Mercy, un centre de traumatologie ultramoderne qui s'adressera principalement aux premiers intervenants et aux membres de la communauté qui ont besoin d'un accès gratuit à des chirurgies réparatrices et au rétablissement. Ce centre sera entièrement financé par le secteur privé et ne coûtera rien aux patients.

Alors qu'elle s'attendait, sinon à de l'enthousiasme, du moins à de la curiosité, elle se heurta à son visage fermé.

— Quelle est votre motivation ? demanda-t-il.

— Pardon ? lâcha-t-elle, confuse à son tour.

— Votre motivation. Pour le centre de traumatologie.

— Je ne suis pas sûre d'avoir besoin d'une motivation pour créer une solution innovante et révolutionnaire au manque de soins de traumatologie accessibles et abordables à Los Angeles.

Il lui adressa un sourire narquois.

— Redites-moi ça sans la langue de bois, *boss*. J'ai vu la une sur votre émission télé et Dex Shaw m'a appelé pour me faire part de votre plan de m'avoir devant la caméra.

Elle grimaça. Peut-être qu'elle n'aurait pas dû brûler les étapes et publier cet article avant d'avoir parlé au Dr Rhys. Elle avait ses raisons - douze d'entre elles, toutes membres du conseil d'administration - mais elle n'avait pas pris en compte le fait que son personnel le lise avant de l'entendre de sa bouche. Cette première réunion s'annonçait mal.

— Ce n'est que partiellement vrai. Ce que j'aimerais vraiment de vous, c'est...

— Me traiter comme l'un de vos pions pour vous faire bien voir du conseil d'administration ?

Le culot de cet homme. Elle se força à sourire à nouveau.

— Permettez-moi de revenir en arrière. Je voudrais commencer par vous remercier pour ce que vos... *services*... ont apporté à l'hôpital. Je reconnais que c'est en grande partie grâce à vous que notre trésorerie n'est pas aussi faible qu'elle pourrait l'être, mais vous savez que cela ne vous dispense pas de respecter l'éthique imposée par Mercy.

Il se hérissa, mais elle l'ignora et continua :

— Cela dit, mon rôle en tant que médecin chef est d'aider Mercy à obtenir des fonds supplémentaires et une nouvelle image. J'ai pensé que cela ne vous dérangerait pas d'attirer une attention positive sur vos réalisations médicales pendant que nous utilisons les revenus de l'émission pour faire avancer l'initiative.

Il ouvrit la bouche pour répondre, mais elle poursuivit :

— Je pourrais utiliser votre expertise dans le traitement des brûlures, l'atténuation des tissus cicatriciels et les malformations congénitales, mais si vous avez déjà travaillé sur des traumatismes professionnels, j'aimerais aussi vous utiliser dans ce domaine. Vous donneriez de votre temps, bien sûr, mais les fournitures et les séjours des patients seraient pris en charge par mon service administratif.

Elle prit sur son bureau une feuille de papier affichant le budget de base qui permettrait à l'hôpital Mercy de rester la superpuissance qu'il était.

— Jetez-y un coup d'œil.

À mesure qu'il lisait, sa mâchoire se crispait et ses yeux se focalisaient tel un laser. Finalement, il lui rendit le document.

— Impressionnant. Mais vous avez tort. La dernière chose que je voudrais, c'est de me mettre, ou de mettre mes patients, sous les projecteurs inutilement.

Elle se figea. Ce n'était pas prévu. Elle s'apprêtait à répondre mais réalisa qu'elle n'avait aucun moyen de contrer son argument. Qu'il ne veuille pas passer son temps à faire des opérations gratuites, d'accord. Mais qu'il tienne à protéger ses patients ne lui avait même pas effleuré l'esprit.

La plupart des médecins qu'elle côtoyait exigeaient de se retrouver sous les feux de la rampe pour faire étalage de leurs succès. Cela participait du même ego qui faisait d'eux de brillants médecins. En ce qui le concernait, cela faisait-il partie de l'apathie générale qu'elle constatait dans ses courtes journées de travail et dans l'absence de tout ce qui ressemblait à une éthique altruiste des soins ?

— Cependant, reprit-il, votre projet paraît bon, du moins sur le papier. J'aimerais conseiller sur les besoins du centre de traitement des brûlures et son organisation pour garantir l'intimité et une guérison optimale. Ensuite, lorsque le centre sera opérationnel, je vous aiderai autant que nécessaire pour les opérations chirurgicales et les plans de soins à long terme *si* vous pouvez garantir que les patients que j'amènerai ne seront pas filmés. Je suis extrêmement ferme sur ce point.

— J'amènerai les patients, docteur Rhys. Vous n'aurez pas à aller « pêcher » des opérations. Et ce sera à eux de décider s'ils veulent participer à la série documentaire.

Elle rit. De toute façon, où un chirurgien plastique de renommée mondiale trouverait-il des patients pour sa clinique de traumatologie ? Le Dr Rhys fronça les sourcils comme s'il trouvait son humour déplaisant.

— Pouvez-vous garantir mes conditions, oui ou non ?

— J'y réfléchirai lorsque la construction sera en cours, mais nous devrons en discuter davantage lorsque le conseil d'administration nous demandera nos chiffres en matière de personnel. D'ici là, soutenez-vous cette initiative ?

— Le centre, oui. En fait, il répond à un besoin auquel je pense depuis un certain temps. Mais le fait que vous vouliez faire venir une équipe de tournage pour relater les traumatismes subis par les gens, je ne l'accepterai jamais.

— Vous voulez dire que si nous pouvons avoir des patients consentants pour aider à promouvoir cet hôpital et lui apporter des revenus, vous ne le soutiendrez toujours pas ?

— On ne dirait peut-être pas, mais vous et moi nous ressemblons beaucoup, docteur Offerman.

Sa voix était devenue grave. D'expérience, elle pariait que c'était pour lui une affaire personnelle. Mais comment ? Rien dans son dossier personnel n'indiquait qu'il ait subi un traumatisme, ni rien d'approchant. En fait, il n'y avait pas grand-chose dans son dossier personnel.

— Je sais ce que les gens disent de moi, poursuivit-il, mais je m'en fiche. Je travaille dur dans mon domaine et la seule chose – la *seule* – qui m'importe, ce sont mes patients et leur bien-être. J'ai l'impression que si vous n'étiez pas la nouvelle patronne de Mercy, vous seriez pareille et c'est la seule raison pour laquelle j'accepte de vous aider. Mais si je pense un seul instant que vous faites passer les besoins de votre émission de téléréalité ou même de cet hôpital avant mes patients ? Je partirai plus vite que vous ne pouvez arracher un pansement.

La porte s'ouvrit à la volée avant qu'elle ne puisse faire un commentaire. Le président du conseil d'administration et directeur général de Mercy entra en trombe. Elle s'attendait à la colère qui se lisait sur le visage de Keith Masterson, mais pas à ce qu'il fasse irruption dans son bureau.

— Keith, je suis en réunion. Vous savez que...

— Docteur Rhys. Heureux de vous voir. Pardonnez l'interruption, mais...

Il se tourna vers elle, tremblant de rage.

— Avez-vous vraiment annoncé à *tout l'État de Californie* le plan à moitié ficelé que vous m'avez rapidement évoqué ?

— Oui. Et il n'est pas à moitié ficelé. J'ai supposé que votre hochement de tête était une approbation.

Un petit mensonge. Elle avait été vague à dessein. L'hôpital, comme la plupart, était endetté et elle avait fait des centaines de calculs. Son centre de traumatologie était le meilleur moyen de s'en sortir sans perdre la moitié du personnel. Qu'il l'aide à réaliser son rêve de bâtir un projet au service de la communauté, le même que celui sur lequel Alice et elle travaillaient avant la mort de cette dernière, n'était que la cerise sur un gâteau fort légitime.

— Non. Nulle part dans ce plan vous n'avez mentionné que vous construisiez un *centre de traumatologie* ? Et dans *l'aile de chirurgie plastique* ? C'est le seul endroit de cet hôpital qui couvre ses propres frais *et* paie pour des personnes extérieures à son service.

Hum. Il avait dû parler à l'entrepreneur qu'elle avait engagé pour faire le devis. Raté pour l'effet de surprise. Owen Rhys, à sa décharge, sourcilla à peine à cette nouvelle.

Le visage de Keith était devenu livide, avec des taches rouges indiquant une tension artérielle élevée, probablement due au stress. Elle ferait une suggestion de traitement médical une autre fois ; quelque chose lui disait qu'il n'apprécierait pas le conseil gratuit présentement.

— Oui, je sais. Mais vous m'avez donné un budget et du personnel et vous m'avez dit, je vous cite, d'augmenter notre trésorerie, et c'est ce que je fais, Keith. C'est ma manière d'y remédier de la meilleure façon possible, une façon qui, je l'espère, sera pérenne longtemps après que vous et moi aurons pris notre retraite.

La retraite, d'ailleurs, faisait partie du plan de traitement qu'elle allait proposer à Keith. Il s'agissait soit d'abandonner le stress lié à la fonction de directeur général d'un hôpital, soit d'en affronter les conséquences dévastatrices.

— Mais ça va coûter le triple du budget que j'ai prévu pour vous.

— C'est vrai. Mais Keith, vous connaissez le dicton selon lequel il faut dépenser de l'argent pour en gagner ?

Il essuya son front moite.

— J'ai toujours méprisé ce dicton, marmonna-t-il.

— Vous avez vu mon CV, vous avez vu les rapports budgétaires des trois derniers hôpitaux pour lesquels j'ai travaillé, n'est-ce pas ?

Keith acquiesça, jetant un coup d'œil à Owen, qui restait simplement assis, les bras croisés sur sa poitrine, un soupçon de sourire jouant sur ses lèvres. Il n'était pas facile à décontenancer, elle le reconnaissait.

— Alors vous savez que je suis bonne dans ce que je fais. C'est pour cela que vous m'avez engagée, parce que vous me faites confiance pour bien faire, n'est-ce pas ?

Il acquiesça à nouveau, cette fois d'un air résigné.

— C'est terriblement risqué pour votre première action.

— Je suis d'accord, mais c'est dire à quel point je crois en ce projet. Je peux l'étayer par des recherches, des projections et tout ce dont vous aurez besoin pour vendre le centre au conseil d'administration.

— Pourquoi ne les ai-je pas eus en premier lieu ?

— Parce que vous n'auriez jamais accepté.

Et la dernière fois que j'ai attendu pour partager mon projet, un homme m'en a volé tout le mérite. Un homme que je croyais aimer. Pas question de refaire cette erreur.

Les taches rouges sur les joues de Keith tournèrent au violet. Il pointa un doigt dans sa direction.

— Je veux ça sur mon bureau pour 8 heures demain.

— Je vais faire mieux. Vous les aurez avant l'heure de l'apéritif aujourd'hui, Keith.

Il acquiesça sèchement et se dirigea vers la porte. Elle prit une feuille de papier sur son bureau, la copie de celle qu'elle avait remise au Dr Rhys afin de le convaincre.

— Mais la seule chose que vous aurez besoin de voir, c'est le bénéfice du documentaire et les organisations à but non lucratif qui se joignent à nous pour collaborer – des organisations à but non lucratif pleines aux as.

Elle lui tendit le document en se retenant de sourire. Lorsqu'il le parcourut, ses yeux s'écarquillant à chaque ligne, elle ravala un « je vous l'avais bien dit ».

— On est d'accord jusqu'à la réunion du conseil d'administration ?

Sans quitter la feuille des yeux, Keith passa une main sur la calvitie à l'arrière de son crâne et soupira.

— Euh oui, on est OK. Je vous recontacterai.

La porte une fois refermée derrière lui, Kris se tourna vers Owen, et demanda, plus pour elle-même :

— Où en étions-nous ?

— Nous en étions au moment où vous alliez me dire comment

vous comptiez me faire céder la moitié de mon espace professionnel pour réaliser votre projet insensé, et pourquoi je devais même vous laisser essayer.

— Je suis désolée que vous ayez dû l'apprendre ainsi.

— Ce n'est pas la première chose que j'apprends de manière détournée ce matin, docteur Offerman, mais personne ne semble vraiment désolé. Merci pour votre temps, j'ai été ravi de vous rencontrer. Mais j'ai des patients à voir. Bonne chance pour le reste de votre première journée.

— Docteur Rhys, nous n'avons pas fini. J'aimerais passer en revue votre semaine moyenne et décider d'un emploi du temps pour les chirurgies *pro bono* une fois que le centre sera opérationnel.

Il prit le stylo qu'elle avait laissé tomber lorsqu'il était entré, cliqua plusieurs fois et se leva.

— Je vous assure que nous en avons terminé. Si vous voulez que je continue à vous faire gagner de l'argent et que je planifie un tout nouveau service de chirurgie traumatologique pendant que vous démolissez le mien, je dois quitter ce bureau avant de dire quelque chose que je regretterai.

— C'est plus compliqué que de simplement démolir vos salles…, tenta-t-elle encore, mais il l'interrompit.

— Je ne fais pas dans le compliqué. Dites-moi simplement ce qu'il faut faire et je le ferai. Mais à l'avenir, tout cela peut être dit dans un mail. Je suis un homme très occupé et pour l'instant, j'ai une consultation de patients qui m'attend.

Elle se leva également, les joues rougies par la frustration.

— Docteur Rhys, je tiens à préciser, car il semble y avoir une certaine confusion sur la personne qui dirige ici, que je suis le nouveau médecin chef, qui contrôle vos privilèges hospitaliers.

— Oh ! croyez-moi, ça, je l'avais compris.

Alors qu'il s'apprêtait à franchir la porte, il se retourna pour lui faire face, tous les signes qu'il était aussi agité qu'elle effacés de son visage. À la place, il affichait un sourire suffisant.

— Enchanté, boss. J'attends ce mail avec impatience.

Il sortit du bureau, laissant un chaos dans son sillage. Que diable venait-il de se passer, et comment cet homme, un homme avec qui elle avait passé moins de vingt minutes, avait-il réussi à lui faire enfreindre sa seule règle ?

« Ne montre pas tes émotions, surtout pas la colère, sinon c'est là qu'ils t'auront. »

Kris n'avait jamais oublié les paroles d'Alice avant qu'elle ne parte faire son internat dans le Minnesota. Pas même lorsque James lui avait volé tout ce qui lui était cher.

Jusqu'à aujourd'hui.

Rencontrer Owen Rhys avait pris une décennie de construction d'une vie selon une seule règle et l'avait brisée en deux. Car non seulement elle était en colère – furieuse, en fait – mais elle était pratiquement sûre qu'il le savait aussi.

3

Hors de question qu'Owen considère le Dr Offerman comme sa patronne. En termes de pratique de la médecine, oui, bien sûr. Mais lui dire qui il pouvait ou ne pouvait pas amener comme patient ? Alors qu'elle avait clairement besoin de son aide pour faire décoller ce projet ? Ja-mais.

Ce n'était pas comme si elle lui demandait de faire quelque chose qu'il ne faisait pas déjà dans sa clinique. Mais quel culot de demander, voire d'*exiger* autant ? Avec une menace sous-entendue de *sinon* ? Même pas en rêve.

Il avait besoin de se calmer. Jamais il n'avait laissé quelqu'un l'énerver de la sorte, car il se targuait de mettre ses propres émotions en veilleuse pour faire ce qui était juste.

Alors pourquoi es-tu si énervé ? Tu as travaillé avec de plus gros durs à cuire pendant toute ta carrière et ils ne t'ont jamais empêché de faire quoi que ce soit.

L'image de la posture rigide d'Offerman et de ses yeux plissés perforait sa détermination. C'était un regard qu'il connaissait bien – celui de la déception et du ressentiment.

Le même regard que ses parents avaient eu chaque fois qu'ils le voyaient après l'accident, rentrant ivre d'une fête ou conduisant un peu trop imprudemment. Ils l'avaient presque mis à la porte et lui avaient ordonné de se ressaisir, mais il avait entendu ce qu'ils voulaient vraiment dire, ce qu'ils avaient sur le bout de la langue chaque fois qu'ils le croisaient en allant dans la chambre de Sam, en préparant son petit déjeuner ou en l'emmenant à un rendez-vous.

Ce qui est arrivé à Sam est de ta faute.

Pas seulement l'accident, mais les conséquences jusqu'au procès contre le journaliste. Rien de tout cela ne serait arrivé si Owen n'avait pas laissé de l'eau bouillir pour aller parler à une fille, puis tout oublié jusqu'à ce que les hurlements de son frère aient percé sa lubricité adolescente. Il avait brisé non seulement la vie de Sam, mais celle de toute la famille.

L'alcool et les comportements dangereux n'avaient pas résolu sa culpabilité. Lorsqu'un voisin l'avait plaqué contre le garage après qu'il avait fauché le vélo de sa fille, ce dernier avait dit : « Fais en sorte que ta vie serve à quelque chose, fiston. Ne gaspille pas ton potentiel, d'accord ? »

C'est tout ce qu'il lui avait fallu pour changer de cap et faire quelque chose de productif avec ses émotions inconsidérées. Il avait mis les bouchées doubles, était entré à l'université, avait obtenu son diplôme avec mention avant d'être accepté à l'école de médecine, où il avait remporté tous les prix que les internes et les boursiers en chirurgie pouvaient obtenir. Bien qu'il ait gardé une relation avec Sam, il n'avait fait qu'envoyer des cartes et des cadeaux à ses parents pour les fêtes. Comment aurait-il pu faire plus, alors qu'ils ne faisaient que le juger – ce qu'il faisait très bien tout seul. Non qu'il méritât moins... Il ne retournerait chez lui que lorsqu'il se serait racheté. C'était un mantra qui le guidait.

Une personne de plus, sauves-en juste une de plus.

Quoi qu'il en soit, depuis lors, il avait effectué plus de deux cents opérations chirurgicales bénévoles. Il ne pouvait pas revenir sur ce qui était arrivé à Sam et à ses parents, mais il pouvait essayer de se rattraper en sacrifiant son avenir pour les autres. Et maintenant, tout cela risquait de s'arrêter net à cause d'une femme qui s'était fait une opinion sur lui en se basant uniquement sur sa réputation.

Il rentra en trombe dans son bureau, la mâchoire crispée. Pour qui se prenait Kris Offerman ? Le Dieu de tout ?

Owen jeta son café désormais froid et ressortit pour se faire un expresso. En dosant la poudre, il se repassa la « réunion » avec le Dr Offerman. Ses fesses en l'air, sa tête enfouie sous son bureau, la tension aussitôt dissipée.

Jusqu'à ce qu'elle se relève. Ce n'était pas comme s'il avait voulu la fixer, mais... comment détourner son regard de ses courbes athlétiques enveloppées dans une jupe noire au genou et un haut sans manches à col V assorti ? D'autant plus que ses mollets galbés finissaient dans des escarpins noirs à bouts ouverts qui laissaient entrevoir un vernis rouge. Pourquoi ce détail – un rouge coquelicot qui ne correspondait pas à sa personnalité autoritaire – le déconcertait-il ? Son discours soigneusement préparé s'était évaporé comme le brouillard matinal sous le soleil brûlant de l'été à L.A.

De l'eau brûlante coula sur sa main et il laissa tomber sa tasse, qui se brisa au sol. Owen poussa un juron. La tasse était fichue mais sa main s'en remettrait. Heureusement. Il dépendait trop de cet outil pour se blesser aussi bêtement.

Jamais, au grand jamais, il ne se déconcentrait ; c'était dévastateur dans son métier. Merci à cette satanée Kris de lui faire rompre cette coutume dès son premier jour de travail.

Il étouffa sa colère en pensant à la photo sur l'écran de verrouillage de son téléphone. Elle représentait son objectif final, sa vision, en quelque sorte. Ce n'était qu'une simple photo de la personne qui comptait le plus pour lui, mais c'était suffisant. Celle de Sam.

À ce propos, cela faisait un moment qu'il n'avait pas pris de nouvelles de son frère. Il sortit son téléphone de sa poche, mais il dut s'y reprendre à trois fois pour appuyer sur le numéro, tant ses mains tremblaient.

Pendant que ça sonnait, Owen passa sa main sous l'eau froide. La brûlure laissa place à une douleur sourde.

— Salut, frérot. Tout va bien ?

— Je viens de me blesser à la main, mais ça va aller. Et toi ? Je prenais juste des nouvelles. Comment va la vie ?

Son jeune frère Sam avait déménagé à San Luis Obispo lorsqu'il avait atteint l'âge de voler de ses propres ailes. La côte centrale de Californie, avec ses températures douces et son humidité, était exactement ce dont la peau abîmée de Sam avait besoin. La région viticole et le surf ne gâchaient rien. Ses parents avaient suivi pour se rapprocher de Sam.

— Super. Les vagues étaient sublimes ce week-end. Quand vas-tu quitter le smog et la circulation pour venir me rejoindre ? Les frères Rhys ensemble ici ? On ferait un tabac.

— Peut-être un jour, répondit Owen en riant.

— Alors pourquoi tu appelles, en vrai ? Parce que tu as pris des nouvelles il y a trois jours et ce n'est pas que je n'aime pas t'entendre, frérot, mais il n'y a pas grand-chose de neuf à dire de mon côté. Alors crache le morceau.

Owen soupira, s'adossant à la porte. Puis il demanda :

— Il t'arrive d'avoir une de ces journées maudites ?

— C'est à propos de la première page du *Daily News* ?

— Tu as vu ça, hein ?

Sam gloussa, ce qui fut plutôt revigorant même si ça visait les malheurs d'Owen. Entre sa blessure et les interventions coûteuses et interminables pour réparer le peu que purent les chirurgiens, Sam n'avait pas eu beaucoup de raisons de rire dans sa vie. Cela ne l'empêchait pas de le faire. En fait, Sam était l'homme le plus heureux qu'il connaissait, ce qui frustrait Owen autant que ça l'inspirait. Il aurait aimé apprendre à apprécier la vie comme son petit frère.

— Difficile de ne pas reconnaître cette monstruosité qu'est ton hôpital affichée quasi grandeur nature. Et une émission de téléréalité, hein ? Tu as besoin d'en parler ?

— Une série documentaire, corrigea Owen. Et non. Pas de ce sujet-là.

Une image des boucles châtains du Dr Offerman encadrant son visage, ses sourcils froncés et ses lèvres boudeuses, surgit comme une mauvaise herbe indésirable.

— Ah oui ? Maintenant, tu dois me le dire. Qui est-elle ?

— Pourquoi es-tu si sûr qu'il y a une *elle* ? demanda-t-il.

Mais il connaissait la réponse. Son frère avait un don étrange pour flairer des détails sur leur famille avant que quiconque ne soit prêt à les partager.

— Laisse-moi deviner… La femme en question est cette nouvelle patronne que tu redoutais et tu te rends compte que tu avais raison, mais pas parce qu'elle va faire de ta vie professionnelle un enfer, même si elle pourrait le faire aussi, mais parce que…

Sam marqua une pause pour l'effet dramatique. S'il avait été là, Owen lui aurait fait ravaler son côté je-sais-tout.

— Elle est *canon*. Je chauffe ?

Owen réprima l'étrange effervescence mêlée de malaise qui l'avait assailli depuis qu'il avait vu pour la première fois le Dr Offerman dans toute sa – oui, *superbe plastique*. C'était probablement juste le stress de tout ce qui se passait, mais il fallait que ça s'en aille. Illico.

— Tu chauffes. Mais ce n'est pas comme si je ne voyais pas une douzaine de belles femmes par jour, Sam. Et celle-ci n'est qu'un peu plus du même ordre, mais dans un emballage frustrant et têtu.

Sauf que sa frustration à l'égard du Dr Offerman était en partie due au fait qu'il était sacrément attiré par elle. D'un point de vue médical, avec ses bonnets C effrontés, sa taille fine et ses jambes toniques et galbées, elle était le cauchemar d'un chirurgien esthétique. Il n'y avait rien qu'il proposerait de changer chez elle. Et il appréciait cela avec les parties de lui-même qu'il ne devrait pas écouter présentement.

— D'accord, mais tu en as déjà rencontré une qui pense comme toi ? enchaîna Sam.

— Comment tu sais qu'elle pense comme moi ?

— Pour commencer, j'ai lu l'article. Elle fait la même chose que toi, mais sans se tapir dans l'ombre comme Batman, morose et mal luné.

Owen se renfrogna tandis que son frère poursuivait :

— Et qu'est-ce que tu as dit ? Têtue ? Frustrante ? Ça me dit quelque chose.

— Fais attention, toi. Enfin, assez parlé d'elle. On pourra parler des femmes ce week-end. J'essaierai de venir.

— J'ai déjà entendu ça, alors pardonne-moi si je ne retiens pas mon souffle, grand frère.

— Ouais, ouais. Hé, des nouvelles des parents ?

Il y eut un temps de silence avant que Sam ne reprenne la parole, mais sa voix semblait inhabituellement tendue.

— Ils sont toujours en croisière. La retraite leur convient, je crois. Ils ont demandé de tes nouvelles, tu sais.

— Ah oui ?

Owen ferma les yeux. La moitié du temps, il pensait que Sam inventait ces petits moments où leurs parents se souciaient réellement du fils qui avait presque tué leur plus jeune enfant. Le reste du temps, il essayait d'empêcher l'espoir d'éclore. Sauf que s'il ne les affrontait pas, il n'en saurait rien, et la plupart du temps, cela ne lui posait pas de problème de ne pas savoir. Cela signifiait tenir leurs reproches à distance, ce qui jugulait sa culpabilité, juste assez pour qu'il puisse prétendre qu'elle ne palpitait pas derrière son cœur, telle une tumeur maligne.

— Ils ne t'en veulent pas plus que moi, Owen. Tu leur manques, c'est tout.

Owen réfréna une vague d'émotion qui menaçait tout ce qu'il avait construit pour la contenir. C'était l'inconvénient de garder ses distances. Il ne méritait pas de manquer à des gens dont il avait ruiné la vie.

— Je dois y aller, Sam. Mais je suis content que tu ailles bien. Je viendrai quoi qu'il arrive à la fin du mois pour la conférence de la California Polytechnic University, alors garde-moi du vin, des femmes et des vagues, d'accord ?

— Je ne promets rien pour les femmes. Je ne peux pas les chasser avec un bâton. À plus tard.

Ils mirent fin à l'appel, laissant Owen encore plus frustré qu'avant. Pourquoi Offerman le mettait-elle si mal à l'aise alors que, comme l'avait dit Sam, elle faisait la même chose que lui, mais au grand jour ?

Le carillon qu'il attendait habituellement avec impatience retentit dans sa poche. Au lieu de l'excitation habituelle, il ressentit d'abord une culpabilité qui lui donna la nausée.

Arrête ça. Tu n'es pas en train de tromper une femme que tu n'as jamais rencontrée parce que tu penses à une autre qui est sexy en jupe de tailleur.

Penser à Offerman ne dépréciait pas ce qu'il vivait avec @ladydoc. D'ailleurs, ils n'étaient qu'amis, pas vrai ?

Il ouvrit le forum de discussion et sourit.

Il t'arrive d'avoir une de ces journées maudites ?

Voilà ce que demandait son message, faisant écho à la question qu'il avait posée à Sam. Il répondit :

Tu parles. Ce lundi a commencé avec trop peu de café et se terminera avec trop de tequila.

Mon Dieu, j'aimerais pouvoir me joindre à toi. Super idée, à condition que la tequila soit servie pure dans des petits verres à shot. Sans absurde jus de citron vert inutile.

D'accord, il aimait cette femme. Objectivement, bien sûr.

Tu l'as dit ! Dommage que ma journée de travail ne se termine pas avant… oh, une éternité. Dix heures, si je compte vraiment, mais c'est trop déprimant. Désolé que la tienne soit difficile aussi.

Pendant une fraction de seconde, il faillit lui demander si elle voulait s'épancher, mais il se souvint de la règle qu'ils s'étaient fixée : pas de détails sur leurs postes, les hôpitaux ou le personnel avec lequel ils travaillaient. La communauté médicale était trop petite et la probabilité qu'ils connaissent les mêmes personnes, trop grande.

Pas grave… et c'était prévisible, je suppose. J'aimerais juste pouvoir dire ce que je pense et faire le bien que je comptais faire quand je suis devenue toubib, avant qu'il ne soit enterré sous le protocole, la bureaucratie et les erreurs d'autrui.

Si ce n'était pas la vérité contre laquelle il se battait depuis ces dix dernières années, il ne savait pas ce que c'était. Owen s'approcha de la fenêtre qui offrait une vue pour laquelle l'hôpital payait un prix exorbitant. Les montagnes de Santa Monica se dressaient derrière la ville qu'il considérait comme la sienne depuis la fac de médecine, l'océan Pacifique s'étalait à gauche. Le soleil avait évaporé le brouillard matinal, faisant danser des éclats de lumière sur l'eau. Il adorait cet endroit et ne pouvait pas s'imaginer s'en déraciner. C'était ici qu'il était chez lui.

Comme je te comprends. Ce qui est triste, c'est que je suis davantage le médecin que je voulais être en dehors des murs de cet hôpital. Je donnerais n'importe quoi pour combiner les deux mondes, mais…

Mais quoi ?

Ce n'était pas sans raison que Dex était la seule personne à Mercy au courant de son travail bénévole à la clinique. À moins qu'il ne l'avoue, il était coincé en tant que Dr Owen Rhys, chirurgien plasticien des stars. Et le pire, c'était qu'il avait la possibilité d'avouer *et* de continuer à faire ce travail – mais pas selon ses conditions.

Exactement. J'ai commencé ça pour me prouver quelque chose et peut-être un peu pour me libérer du sentiment de ne pas être assez bien pour mes parents adoptifs, mon ex, tous les autres. Mais à présent… je dois réfléchir à ce que je veux faire de ma vie et de ma carrière. Bref, je dois y aller, mais passe une bonne journée. J'ai l'intuition que ceci sera la meilleure partie de la mienne.

Et pour lui aussi.

Il en eut la confirmation lorsqu'une notification sur son téléphone afficha un mail du Dr Offerman. Il grogna. Elle le mettait au pied du mur et maintenant toute sa stratégie était écrite, ce qui signifiait qu'il ne pouvait pas faire semblant de ne pas l'avoir entendue. *Bien joué, Offerman. 1-0 pour vous.*

Dr Rhys. Voici le mail que vous avez réclamé.

Dans ce document, vous trouverez mon projet pour le centre de traumatologie et votre rôle dans celui-ci, si vous choisissez de rester à Mercy, décrit avec suffisamment de détails pour ne laisser aucune place à une mauvaise interprétation. Toutefois, en tant que médecin chef de l'hôpital Mercy, ma porte est toujours ouverte si vous avez des questions. À moins que vous ne me répondiez sur un aspect spécifique de la stratégie décrite ci-dessous, je considérerai que vous acceptez ce document comme le contrat irrévocable qu'il est censé être.

Owen lut le « contrat » avec un dégoût croissant. Les mots étaient comme de l'acide, d'autant plus qu'il lisait tout le mail avec la voix de la jeune femme, ce qui avait l'étrange effet de l'exciter à moitié et de l'énerver complètement. Au diable les points, elle avait changé toute la donne. Et le laissait sans la moindre idée de ce qu'il devait faire ensuite.

Elle terminait le mail par un calendrier de conférences de presse, de réunions du conseil d'administration de Mercy et par une litanie d'autres tâches qui lui prendraient chaque minute de son temps en dehors des opérations chirurgicales et des consultations de patients.

La colère l'envahit. Elle n'avait rien entendu de ce qu'il avait dit à propos de l'implication de la presse dans sa pratique médicale et, pour aggraver les choses, elle empiétait sur son temps avec les patients de la clinique qui comptaient sur lui pour réparer ce que personne d'autre ne ferait.

À contrecœur, Owen emprunta le couloir presque royal menant à l'aile de chirurgie plastique qu'il avait conçue. Après l'aile d'obstétrique, qui accueillait un grand nombre des mêmes patients qu'Owen, son bureau et les chambres avoisinantes étaient les plus belles pièces du site de Mercy. Et les plus chères – après tout, comment lui et l'hôpital Mercy pourraient recruter certains des plus grands noms de Hollywood avec des chambres qui ne pouvaient rivaliser avec celles d'un hôtel de Hollywood Boulevard ?

Il s'affaissa dans un fauteuil en cuir surdimensionné qu'il n'avait utilisé qu'une seule fois, lorsque son bureau avait été occupé par l'entourage d'une star de la téléréalité qui faisait filmer son opération d'augmentation mammaire dans le cadre de son émission. Il avait détesté cette opération pour de nombreuses raisons, y compris le besoin de la star de montrer sa vie privée au public, et son rôle à lui dans cette imposture. N'était-ce qu'une infime partie de ce qu'il ressentirait si Kris poursuivait son plan de sensibilisation médiatique ?

Son téléphone vibra dans sa poche et bien que ce ne fût pas le carillon révélateur d'une certaine personne à qui il voulait parler, son pouls s'emballa quand même.

@ladydoc était assurément la seule chose réelle dans sa vie. L'ironie du fait qu'ils n'avaient aucun détail sur la vie de l'autre ne lui échappait pas. N'empêche. Une seule pensée vagabonde sur elle et il ne pouvait s'empêcher de sourire. Il était totalement authentique quand il lui parlait, mais ce qui le rendait encore plus heureux, c'était de savoir qu'il pouvait, dans une faible mesure, ajouter de la joie à sa journée à elle.

Mais son sourire retomba après avoir vu la notification. Il s'agissait d'un autre message de Kris, cette fois à l'adresse du noyau dur des praticiens de Mercy.

Vous êtes cordialement invités à notre dîner-réunion de 18 heures avec les autres administrateurs de Mercy. Je suis en train de commander, donc si vous avez des problèmes d'allergie à signaler, n'hésitez pas.

Super. Dîner avec les pontes. La cerise sur le gâteau, c'était le traiteur qu'elle indiquait. Le *Thaï Palace*. Il jura entre ses dents. La nourriture serait bonne, bien sûr, mais il aurait préféré la partager avec @ladydoc, et non pas avec sa boss despote et quelques crétins qui décidaient de son avenir et de celui des patients de sa clinique.

Il tapa fébrilement un message à @ladydoc. Ce n'était peut-être pas la plus fine de ses tactiques mais c'était tout ce qu'il imaginait pour effacer de sa langue le goût âcre de chaque interaction avec Kris.

Owen lut et relut ce qu'il avait écrit, surtout la fin, et bien que ce fût une avancée osée, qu'il ne pourrait pas retirer, il ne trouva pas de raison suffisante pour ne pas l'envoyer.

Alors, qu'en dis-tu, mon amie ? On se retrouve là-bas ? J'attendrai que tu me dises quand. Rien ne presse… ;)

Le léger *whoosh* du message quittant son téléphone agit comme une alarme l'avertissant des conséquences potentielles. Argl. Il avait vraiment demandé à @ladydoc de se rencontrer ? Pourquoi maintenant, alors que leur conversation facile était le seul moment agréable de ses journées ? Ce n'était pas comme s'il pouvait avoir plus que de l'amitié avec elle, de toute façon.

Il se leva et commença à empiler sur son bureau des livres qu'il exposait pour que les gens pensent qu'il les avait lus. Il était temps de faire de la place pour ce qui comptait.

Et ce n'était certainement pas l'image que sa patronne avait de lui. Le fait que Kris ait remué quelque chose dans la poitrine d'Owen n'était que la réaction viscérale de son corps face à une belle femme. Cela ne signifiait pas – ne *pouvait* signifier – quoi que ce soit de plus car la femme elle-même était exaspérante et tout aussi déterminée à le remettre à sa place qu'il l'était à la voir ressortir par la porte qu'elle avait franchie avec aisance. Et puis, c'était sa patronne. Toute appréciation qui ne soit pas juste clinique de son physique était tellement interdite que ça frisait l'illégalité.

Owen essaya de se débarrasser d'un pessimisme qui lui emplissait la poitrine et l'étouffait. S'il gâchait tout maintenant, il ne pourrait s'en prendre qu'à lui-même.

Cette idée en tête, Owen posa son téléphone sur le bureau afin d'être averti à l'instant de la réponse de @ladydoc. L'attente était un aspect de sa vie auquel il ne s'habituerait jamais, mais pour l'instant, cela semblait sa seule option.

4

Kris enfila sa blouse blanche. Elle ne s'habituait toujours pas à voir inscrit *Médecin-chef* sous son nom. Y parviendrait-elle un jour ?

Étant pédiatre traumatologue de profession, elle se sentait un peu étriquée dans son poste d'administratrice – du moins pour l'instant. Aujourd'hui, heureusement, elle pourrait se consacrer à la médecine.

Elle jeta un coup d'œil à son plan en plusieurs étapes pour l'hôpital, dactylographié, imprimé. Alice serait fière.

Cette dernière avait bien formé Kris aux méthodes infaillibles pour rester organisée, ainsi qu'à la façon de contrer quiconque se mettait en travers de son chemin. Le dossier entre ses mains reflétait ces deux aspects.

1 : Se familiariser avec l'éthique/politique de déontologie actuelle et instaurer une culture d'évaluation collégiale.

2 : Mise en œuvre de la première phase du centre de traumatologie.

C'était fait. Le conseil d'administration avait massivement voté en faveur du lancement de la construction du centre lorsqu'elle avait présenté le projet de budget. Sans surprise, Owen était le seul à s'opposer à ce que l'équipe de tournage documente le processus. La plupart des médecins étaient impatients de passer à l'antenne, mais il persistait à refuser catégoriquement.

Ce qui amenait au point 3.

3 : Observer les médecins en charge ; élaborer des plans d'action pour chacun d'entre eux basés sur le comportement auprès des patients, de meilleures pratiques, etc.

C'était l'astérisque sous le point 3 qui la fit grimacer.

**Commencer par la chirurgie plastique, afin de savoir qui conviendra le mieux au centre des grands brûlés.*

Cela signifiait une journée entière aux côtés de ce satané Owen Rhys. La probabilité qu'elle observe des interventions chirurgicales majeures était faible – le planning d'Owen indiquait deux consultations pour liposuccion, une augmentation mammaire et deux rendez-vous pour du Botox.

Toute la journée à le regarder parler aux patients au lieu de pratiquer elle-même. Toute la journée à dire à son corps que sa bouillante appréciation du sien n'était pas la bienvenue. Le seul bon côté était qu'elle ne pouvait pas sortir son téléphone pendant qu'elle observait, donc qu'elle ne pouvait pas relire le message de @makingadifference datant d'une semaine, le disséquer et réfléchir aux conséquences d'accepter ou de décliner son offre.

Hey, @ladydoc. Merci pour les conseils sur mes affaires médicales secrètes. Je crois que j'ai trouvé un moyen de faire les deux, même avec tu-sais-qui sur mon dos.

Elle avait ri. Les mauvais patrons étaient les pires. Elle avait la chance d'avoir eu Alice pour la guider en fac de médecine. D'ordinaire, elle arrivait à ignorer la douleur de la perte de son amie, mais pas aujourd'hui.

Bref, je pensais à notre amitié et j'ai réalisé qu'il manquait quelque chose… Du thé. Tu disais que tu adorais ça, et même si le chaï du Tea Haus est bon, enfin, exceptionnel, même s'il ne m'éloignera pas de ma dépendance au café… ce n'est pas la même chose que d'en boire avec une amie. Alors, qu'en dis-tu, mon amie ? On se retrouve là-bas ? J'attendrai que tu me dises quand. Rien ne presse… ;)

Son premier réflexe avait été de répondre en majuscules un *OUI* franc et massif avec trop de points d'exclamation. Mais le doute familier s'était insinué, cette fois dans la voix d'Alice, venue du fin fond de sa poitrine.

Tu as enfreint beaucoup de tes règles depuis que tu es ici.

La voix n'avait pas tort, mais Kris ne pouvait-elle pas se permettre de montrer un peu d'émotion dans sa vie personnelle, surtout depuis qu'elle avait enfin gagné un siège à la table ? Alice reprit la parole dans son subconscient.

En tant que médecin chef, tu as le pouvoir d'imposer un changement – un vrai changement qui vient de la construction d'un centre de traumatologie de classe mondiale, à but non lucratif. Il pourrait aider trois fois plus de patients, y compris ceux des zones situées en dehors de Hollywood et de Bel Air. Mets @makingadifference en veilleuse pour l'instant. Concentre-toi sur ton travail.

Elle était si près de réaliser son rêve depuis qu'elle avait décidé de devenir médecin à la mort de ses parents. Elle avait observé avec admiration l'équipe dévouée qui s'était occupée d'eux. Son centre apporterait ce type de médecine aux personnes qui en avaient le plus besoin.

Lorsqu'elle aurait mis en place son centre de traumatologie, elle pourrait respirer et avec un peu de chance, @makingadifference aurait la patience d'attendre.

Avec cette pensée qui lui remontait un peu le moral, Kris quitta son bureau et s'engagea dans le long couloir menant à l'aile de chirurgie plastique. Le Dr Rhys l'attendait à l'entrée telle une statue stoïque et contrariée.

Plutôt une magnifique statue à la beauté brute. Ouh là. Elle devait oublier ses sentiments personnels pour cet homme, et vite. Sinon, elle donnerait à son subordonné le pouvoir de saper tout son travail et son abnégation. Comme avec James, sauf que cette fois, en tant que patronne, elle avait le pouvoir de contrôler le résultat.

— Merci de venir m'accueillir, docteur Rhys.

Son regard était perçant, comme d'habitude, mais en s'approchant, elle remarqua que le gris acier s'était adouci en argent pâle, pareil aux nuages juste avant un orage.

— Docteur Offerman, dit-il d'une voix égale en lui tendant la main qu'elle serra fermement.

Sa paume contre la sienne envoya une traînée brûlante dans son bas-ventre, lui mettant les nerfs à cran.

— Bienvenue dans le centre de chirurgie plastique le plus recherché et le plus exclusif de Los Angeles.

— Merci. C'est un beau bâtiment.

Elle choisit de ne pas commenter le fait qu'ils avaient perdu 10 % de leurs opérations non urgentes cette semaine, probablement une retombée résiduelle de l'affaire Emma. Ce n'était pas le sujet aujourd'hui : il s'agissait d'observer la manière de travailler du Dr Rhys.

Owen soutint son regard. Une expression fugace de confusion traversa son visage, mais s'évapora avant qu'elle ne puisse réagir. Finalement, il lui lâcha la main.

Kris s'était déjà rendue dans l'aile de chirurgie plastique, lors de la visite du site qui faisait partie de son processus d'embauche. Mais en étant guidée par l'homme en partie responsable de sa conception, elle remarqua des détails différents. L'éclairage attira d'abord son attention. Il était doux et agréable, à l'opposé des lumières éblouissantes du service des urgences sous lesquelles elle avait l'habitude de travailler. Il n'y avait pas non plus les bips et le cliquetis omniprésents des machines qu'on entendait quotidiennement dans d'autres parties de l'hôpital.

C'était *calme*. Pas de manière anormale, mais suffisamment pour qu'on le remarque. Les machines émettaient un doux ronronnement au lieu d'une alerte stridente, les voix étaient en sourdine. En fait, des murs crème aux œuvres d'art modernes blanches, en passant par les canapés en cuir blanc de la salle d'attente et la musique tranquille diffusée partout, tout l'endroit respirait la sérénité.

Franchement, elle préférait le fracas et la clameur des urgences. Au moins, on avait l'impression d'être dans un hôpital. Ici, c'était quelque chose d'éthéré, un lieu semblable à la maternité que le

Dr Gaines dirigeait à côté, mais sans les cris des nouveau-nés et l'atmosphère familiale.

Toutefois il serait bon que cette ambiance règne dans des salles de réveil du centre de traumatologie ; les patients se sentiraient bien soignés, enveloppés de chaleur. Elle prit des notes mentales, tentant d'ignorer le malaise dans sa poitrine.

Ce n'était pas tant le décor que l'homme ouvrant la marche qui perturbait son équilibre. Car Owen n'était ni doux, ni immaculé, ni même accueillant comme l'espace qu'il occupait. Il était tout en dureté et en force.

— Qu'avez-vous à l'ordre du jour ? demanda-t-elle, même si elle avait une copie imprimée de son emploi du temps.

— J'avais quelques rendez-vous de routine, mais l'un a été annulé, alors j'ai prévu une discussion avec le service des pompiers de la ville.

— Des pompiers ? répéta-t-elle, perplexe à son tour.

— Ils ont appelé pour demander si nous pouvions voir leur capitaine, dit-il en poussant une porte à double battant.

— Pourquoi vous ont-ils appelé ? C'est à cause de l'article dans le journal ?

L'excitation remplaça le malaise. Cela faisait partie de son plan : susciter l'intérêt avant l'ouverture du centre afin que le démarrage officiel se fasse sans heurt.

— Vous voulez dire, pourquoi ont-ils appelé le médecin qui ne s'occupe que de seins et de fesses ?

— Ce n'est pas ce que j'ai dit. Je n'ai jamais eu de problème avec le type d'opérations que vous réalisez.

— Juste la façon dont je passe mon temps quand je ne rapporte pas d'argent à Mercy ?

Kris s'apprêtait à répondre, mais s'arrêta. Il avait raison. Cependant, il ne s'agissait pas que de lui, pas entièrement.

— Je vous prie de m'excuser. Ce n'est pas le message que je voulais faire passer. Je ferai de mon mieux pour laisser mes sentiments à la porte. Je veux juste m'assurer que vous consacrerez au centre le temps et l'énergie qu'il mérite.

Ce qu'elle ne dit pas, c'était que *mes sentiments à votre égard ont en quelque sorte réveillé des émotions que j'ai enfouies derrière d'épais murs dans mon cœur, et je n'arrive pas à comprendre pourquoi. À propos d'Alice, de mes parents. Du fait de faire partie d'une famille...*

S'il y avait autre chose, quelque chose de plus profond que simplement trouver Owen beau, eh bien, elle n'en voulait pas. Ses règles étaient là pour empêcher les hommes comme Owen – sérieux, sûrs d'eux, séduisants, mais également susceptibles de nuire à sa carrière – de changer son cap. Une fois de plus.

Elle était déjà tombée amoureuse d'un collègue qui s'était attribué le mérite de sa réussite. Elle ne laisserait plus jamais cela se produire. La médecine était tout ce qui lui restait et c'était suffisamment épanouissant. Aucune exigence autre que son travail acharné, aucune vulnérabilité autre que celle qu'elle partageait avec ses patients. Aucune perte, si ce n'est ce qu'elle ne pouvait pas empêcher au bloc opératoire.

— Merci. Je sais que j'ai beaucoup à gagner avec vous. Quoi qu'il en soit, aimeriez-vous rencontrer notre patient ?

Kris acquiesça avec un soupçon de sourire. De la vraie médecine ? Un vrai patient ? Oui, elle était partante.

— Avec plaisir. Mais faites comme si je n'étais pas là, d'accord ? Je suis juste ici pour observer.

Owen poussa une grande porte en bois, Kris sur ses talons.

Elle réfréna sa surprise lorsque ses yeux s'adaptèrent à la lumière tamisée de la pièce. L'ambiance générale était la même que dans le reste de l'aile, mais avec un caractère qui n'existait pas à l'extérieur. Les murs étaient tapissés de photos d'hommes et de femmes rieurs, et même de quelques enfants. Ce n'est qu'en regardant de plus près qu'elle put déceler des imperfections sur les clichés.

Un sourire décalé à cause d'une fine cicatrice, presque invisible, le long de la lèvre supérieure d'une jeune femme.

Un rétrécissement autour des yeux d'un homme qui dissimilait de légères cicatrices.

La racine des cheveux d'un enfant un peu plus haute d'un côté que de l'autre.

Tous étaient beaux et pleins d'une vie que Kris n'avait pas vue de ce côté-ci de l'hôpital. Mais elle n'avait pas vraiment regardé, n'est-ce pas ? Elle ressentit une certaine culpabilité.

Peu importait le reste de l'aile de chirurgie plastique, elle voulait que son centre de traumatologie ressemble à *ça*, qu'il donne une impression aussi équivalente d'intimité.

— Bonjour, Chuck. Avant de commencer, je voudrais vous présenter le médecin chef de Mercy, le Dr Kris Offerman. Comment allez-vous aujourd'hui ?

L'homme assis dans le fauteuil médical au centre de la pièce sourit. Kris n'avait pas besoin de regarder de plus près pour voir les cicatrices évidentes le long de son épaule et de son cou, mais d'après la couleur et la texture, elles étaient probablement beaucoup moins graves que celles d'origine.

— Je respire encore, donc c'est bon signe, répondit-il.

Owen lui retourna son sourire. Un sourire inattendu qui ajoutait au malaise qu'elle ressentait en sa présence depuis qu'il l'avait accueillie à l'entrée du service. Était-ce le but de cette journée ? La déstabiliser ? Ou se donnait-elle trop d'importance dans sa vie ? Il y avait de fortes chances que les pensées insistantes qu'elle avait pour lui soient à sens unique.

— Tant mieux. Voyons comment cette cicatrice guérit.

Owen aida son patient à sortir son bras de sa manche, laissant la chemise pendre autour de son cou. Pourquoi ne portait-il pas une blouse d'hôpital ? Kris ouvrit son carnet pour noter sa suggestion au moment où Owen déclarait :

— Et si vous n'êtes pas à l'aise, nous avons toujours une blouse pour vous, Chuck.

— Pas question. Vous savez que je déteste ces trucs.

Puis Chuck porta son attention vers Kris.

— C'est vous la patronne ici, pas vrai ?

— En effet. Que puis-je pour vous, monsieur ?

— Vous pouvez commencer par m'appeler Chuck. De plus, nous sommes au vingt et unième siècle. Dites-moi qu'il existe des blouses d'hôpital moins hideuses et infantilisantes.

Kris se surprit à sourire.

— J'aimerais bien que ce soit le cas, mais si ça existe, une entreprise les garde secrètes. Je vais me renseigner.

— Merci. Ce gars m'en fait porter une pour les interventions, mais je lui suis reconnaissant de ne pas être trop regardant sur les règles lors de visites comme celle-ci. Je ne voudrais pas faire mauvaise impression la première fois que je rencontre une femme aussi magnifique que vous.

Kris rougit au compliment, mais Owen encore plus, et il toussa assez fort pour mettre fin à cet échange.

En réalité, s'agissant de mettre les patients à l'aise, elle était d'accord avec Chuck. Bien que la procédure exigeât de faire porter une blouse aux patients au cas où ils devraient être transportés en chirurgie, pourquoi obliger des patients en consultation comme Chuck à faire quelque chose d'inutile ? Owen avait fait passer son patient en premier, ce qui était une bonne chose, quel que soit le mode opératoire standard.

— Bon, Chuck, continua Owen, sa voix un peu plus bourrue que d'habitude, ça se présente bien. La peau est encore rose et enflammée au milieu de la blessure, mais je pense que nous sommes sur la bonne voie pour l'opération finale. Je vous programme pour la semaine prochaine ?

— Bon sang, Doc. Ce serait super.

Chuck leva à nouveau les yeux vers Kris, mais cette fois-ci, ses yeux semblaient humides et son sourire vacillait.

— Vous savez que ce gars va faire cette opération...

— Bientôt, le coupa Owen. Je la fais bientôt, pour que vous puissiez retourner faire ce que vous aimez.

— Euh, oui. D'accord.

Chuck fit un clin d'œil à Owen. Kris se hérissa. Owen travaillait déjà avec le service des pompiers de la ville ? Pourquoi ne le voyait-elle pas dans son registre de chirurgie ?

— Oh ! et merci de m'avoir permis de ne pas me faire filmer. Je ne suis pas à l'aise avec le fait que le public sache qui je suis, d'autant qu'il ne faudrait pas grand-chose pour savoir de quelle caserne je suis. Je ne veux rien faire qui mette mes hommes en danger. Cette blessure en a assez fait.

— Ne vous inquiétez pas. Merci d'avoir signé la renonciation, cependant, et j'apprécie que vous y ayez pensé.

— De rien. C'est une idée sympa et je parie que beaucoup voudront bien. Je suis juste pas du genre à passer à la télé.

— Moi non plus, répliqua Owen en s'esclaffant. Bougez votre épaule, que je voie l'amplitude de vos mouvements.

Kris l'observait attentivement, tandis qu'il était concentré sur la blessure de Chuck, la mesurant et prenant des notes sur une tablette.

Il ne te trahirait pas comme James.

Elle voulait croire la petite voix puisqu'il avait suivi le protocole qu'elle avait mis en place avec les renonciations et ne lui avait rien dit. Combien de surprises avait-il encore dans sa manche ? Bonnes ou mauvaises, elle ne voulait pas de surprises en ce qui concernait Owen. Il l'inquiétait déjà assez, surtout pour un employé sous sa responsabilité.

— Je passerai en revue le reste des détails de l'intervention avec vous cet après-midi, dit Owen.

Le reste ?

— Mince. Je ne vous ai pas causé d'ennuis avec la patronne, si ?

Owen lança à Kris un regard qui lui bloqua la respiration. Ses yeux gris devaient être enregistrés comme armes mortelles puisqu'ils l'avaient tuée plus d'une fois.

— Pas plus que je n'en ai déjà. Bon, Chuck, pliez votre coude maintenant. Ça fait mal ?

— Non, ça tire, seulement.

— Cela devrait disparaître après la prochaine opération. J'espère que vous retrouverez une mobilité de 90 ou 95 % six semaines après l'intervention.

— C'est tout ce que je voulais, vous le savez.

— Oui, répondit Owen d'une voix grave qui émut Kris.

Chuck toussa comme Owen l'avait fait plus tôt et jeta un regard en coin à Kris.

— Je me fiche de la cicatrice. Je suis trop vieux pour me laisser impressionner par le regard des gens. Mais ce gars me permet de reprendre le travail, et je ne pensais pas que ça arriverait un jour. C'est quelqu'un de bien, Boss.

Une vague d'émotion emplit la poitrine de Kris.

— Je sais, dit-elle en fixant Owen.

— Chuck, quel trophée donnez-vous à un pompier ?

— Oh ! Doc. Vous êtes le meilleur, mais vos blagues sont plus douloureuses que les trois dernières opérations.

— Vous exagérez. Bon, vous pouvez remettre votre chemise. Tout cela paraît bien.

Kris regarda Owen finir avec son patient. La blague nulle lui en rappela une similaire de @makingadifference sur les médecins. C'était sûrement une coïncidence, non ? Après qu'il eut entré ses dernières notes sur la tablette et que l'infirmière fut venue chercher Chuck, elle se retrouva seule avec Owen. Elle lui demanda :

— Qu'est-ce que vous ne vouliez pas qu'il dise ?

Owen sifflota, se balançant sur ses pieds.

— Je couvre moi-même le coût de l'opération de Chuck. Je ne m'attendrais jamais à ce que l'hôpital paie pour sa place dans le service. Mais…

Il s'arrêta, la regardant avec des questions dans les yeux.

— Je travaillais déjà avec lui. Je comprends ce que vous essayez de faire avec le centre, mais j'aimerais garder les patients que j'ai déjà sans les confier à un autre médecin plasticien là-bas.

— Patients, au pluriel ? Vous travaillez avec un autre hôpital ?

— J'aimerais garder cette information pour moi afin de protéger mes patients. Ce n'est pas une rupture de contrat de travailler en dehors de Mercy.

Kris acquiesça. Être d'accord avec Owen était inattendu, mais là, c'était différent. Il redonnait la vie à des gens et elle voulait y participer. La question était de savoir pourquoi il n'avait rien dit plus tôt.

Tu gardes ton travail pour toi. Tu n'es peut-être pas la seule.

Alors qu'elle faisait taire son subconscient, un autre souvenir refit surface. @makingadifference travaillait bénévolement après ses heures de travail afin d'expier la culpabilité qu'il ressentait en raison de son rôle dans les blessures de son frère, et il voulait par conséquent que personne – sauf elle – ne soit au courant. L'estomac de Kris se crispa.

Ce n'était pas possible... n'est-ce pas ?

Elle se racla la gorge.

— Je compenserai les frais des salles d'opération et les chambres de rétablissement si vous voulez bien donner de votre temps. Nous appellerons cela une préfiguration du centre de traumatologie, une sorte de test. Je verrai si je peux accélérer une partie du financement.

— D'accord. Je vous remercie. Je sais que ça comptera beaucoup pour Chuck d'avoir une chambre pour ne pas gêner sa famille.

— Vous... avez beaucoup travaillé pour les pompiers ? demanda-t-elle en hésitant, soucieuse de ne pas effrayer Owen alors qu'ils venaient de tomber dans une paix précaire.

Il acquiesça avec une sorte de... sourire ?

— Un peu. Et oui, puisque je vois que vous brûlez de le demander, j'ai aussi travaillé avec des vétérans et le service de police. Nous n'aurions pas à aller chercher des patients pour mettre en place ce projet, docteur Offerman. Kris.

Le pouls de Kris s'emballa lorsqu'il prononça son nom. Cela eut pour effet de l'électriser et ce n'était pas désagréable. Mais cela n'aidait pas la demande constante qu'elle faisait à son corps d'ignorer l'impact de l'homme sur lui. Ni la question qui la taraudait : *Qui es-tu ?*

Demande-lui la blague. Celle sur les médecins.

Non, elle ne pouvait pas. Elle… elle ne voulait pas savoir. Pas encore.

— Et vous ne faites pas les opérations ici parce que… ?

Il haussa les épaules et fit un geste vers le centre de l'hôpital, où se trouvaient les bureaux du P-DG et du conseil d'administration.

— Ce n'est pas vraiment un public qui emballerait.

Alors tout ce temps… elle s'était trompée sur lui ? Une vague scélérate d'émotion qu'elle n'arrivait pas à nommer – désir ? confusion ? – s'écrasa contre sa poitrine. Elle avait tellement de questions, mais ne voulait surtout pas que cette journée devienne un interrogatoire. Elle s'arma de courage et misa sur l'atmosphère calme entre eux.

— Owen, accepteriez-vous de me laisser parler de l'intervention chirurgicale à la presse ? Pas le nom du patient ni aucun détail, mais du fait que nous progressons sur le centre de traumatologie alors que nous venons à peine de démarrer le chantier. Cela pourrait faire l'affaire pour…

— Non, rétorqua Owen.

Ses yeux virèrent au gris sombre avant de s'éclaircir à nouveau. Ils étaient vraiment aussi capricieux que le climat de Los Angeles, pas vrai ? Son cœur s'emplit de plomb. Non, cela ne ressemblait pas du tout à l'homme qu'elle connaissait en ligne, ces émotions oscillantes qui, si elles n'étaient pas maîtrisées, pouvaient faire dérailler ce pour quoi elle avait travaillé si dur. Au moins, ce point était réglé.

— Absolument pas. Ce n'est pas pour ça que je le fais et Chuck vient de vous le dire, il n'a pas besoin de l'attention des médias alors qu'il vient juste de retrouver sa vie.

Ses yeux lançaient des flammes sous des sourcils froncés. Elle avait touché une corde sensible.

— Faire savoir au public que nous faisons du bon travail nous permet de faire encore plus de bon travail, Owen. Croyez-le ou non, cela n'a rien à voir avec vous, mais avec l'accès aux soins eux-mêmes.

Un éclair de dureté traversa ses traits mais se dissipa rapidement.

— Pas à mon avis. Le bon travail engendre le bon travail, peu importe qui le connaît. Le reste n'est qu'une distraction.

— Bien. Je comprends, répliqua Kris en se renfrognant.

Plus ou moins. Cet homme pouvait aider à catapulter les finances de Mercy avec quelques opérations comme celle de Chuck partagées avec la presse, et il n'allait pas choisir la facilité. Pourquoi, alors qu'il réalisait déjà le travail ?

— Euh... et ces photos ? demanda-t-elle, tournant la conversation vers un territoire bénin. Elles ne correspondent pas exactement à l'esthétique du reste du service.

Owen lâcha un rire sardonique, mais il se dérida.

— Non, en effet. Je les ai mises ici car je ne pense pas que mes patients en chirurgie esthétique apprécieraient d'être confrontés à une quelconque imperfection.

— Qui sont-elles ? Les personnes sur les photos ?

Le regard d'Owen glissa sur chacune des photos avec une attention presque révérencieuse.

— Des patients. Des gens qui ont été blessés mais que j'ai pu aider à retrouver un semblant de normalité. Je ne voulais pas oublier leur joie, alors j'ai commandé cette série au même photographe qui prend les photos des nouveau-nés dans le cabinet du Dr Gaines.

— Elles sont magnifiques. Vous m'avez surprise aujourd'hui, dit Kris, une chaleur soudaine lui picotant la peau.

— Ce ne serait pas le cas si vous aviez appris à me connaître avant de me juger, répliqua-t-il, puis il secoua la tête. Je ne sais pas pourquoi je ne peux pas garder ce genre de pensées pour moi en votre présence.

— Ce n'est pas grave. Je n'ai pas été très cool avec vous non plus. J'aimerais en savoir plus sur votre travail en dehors de la chirurgie esthétique, si vous êtes d'accord.

— Bien sûr. On peut se retrouver après mon service ? Je connais un endroit pas loin.

Quelque chose dans la façon dont il formula sa question, la

partie « on peut se retrouver » troubla Kris. Cela lui avait immédiatement rappelé @makingadifference et, surtout, que son « ami » en ligne avait posé une question similaire à laquelle elle n'avait pas encore répondu.

Accepter de prendre un verre, était-ce s'exposer à la même erreur que celle qu'elle avait commise avec James ? Une erreur qui avait failli lui coûter sa carrière ? Ce ne fut pas la première fois qu'Owen sembla lire dans ses pensées.

— C'est juste une façon de se détendre et de revoir les résultats de votre observation. Je sais qu'il peut être difficile de passer du temps avec la *boss*, mais puisque j'en ai...

Kris réprima un froncement de sourcils. Pourquoi se vexait-elle qu'il lui balance leur relation professionnelle ? Ce n'était pas comme si elle était intéressée par cet homme autrement que professionnellement parlant. Et pas seulement à cause de ses règles. Owen n'était pas son genre. Du tout. Beau, oui. Intrigant, absolument. Mais trop têtu pour son propre bien – et pour celui de l'hôpital, qui serait toujours sa priorité des priorités. Son travail était sa bouée de sauvetage lorsque le reste du monde s'écroulait autour d'elle. Plus d'une fois, sa carrière l'avait maintenue à flot, et même si elle se sentait seule certains soirs, pouvait-elle en dire autant d'une relation ?

Tout cela et le fait qu'elle était, en effet, sa *boss*, constituaient autant de raisons pour lesquelles sortir avec lui ne pourrait jamais se produire.

— Hum, merci pour l'offre. Mais je croule sous le travail. On remet ça à plus tard ? demanda-t-elle.

Le sourire d'Owen faiblit une fraction de seconde, puis redevint aussi éclatant que le soleil de juillet.

— Parfait. Et si on se retrouvait à la cafétéria pour le déjeuner, en ce cas ? C'est assez inoffensif et il faut bien que vous mangiez, non ? En fait, ajouta-t-il en regardant sa montre, je suis affamé et j'ai une pause entre deux patients.

— Oui, d'accord. Je pars devant pour m'assurer que le personnel nous réserve une table.

Elle maîtrisa le flot de chaleur qui montait dans sa poitrine après avoir accepté son invitation.

— Super. Je vous rejoins dans une seconde. Je dois juste aller voir les infirmières.

Il partit dans l'autre sens tandis qu'elle se dirigeait vers la sortie. Avant de quitter l'aile de chirurgie plastique, elle jeta un dernier coup d'œil derrière elle. Elle avait vu plus qu'elle ne s'y attendait aujourd'hui avec l'attention qu'Owen avait portée à son patient... et à elle. Il l'avait traitée comme si elle était spéciale, et le peu qu'elle savait de lui disait que ce n'était pas quelque chose qu'il accordait à tout le monde.

La possibilité d'en savoir encore plus sur son ténébreux chirurgien plasticien la fit sourire. Elle était venue en s'attendant à un désastre ambulant et ne ressentait pas plus qu'une légère appréhension au bout de deux heures. Elle avait été surprise en bien par quelqu'un au travail, ce qui n'arrivait pas souvent.

Seul un petit frisson d'inquiétude parcourait sa peau. Elle poursuivait à fond son projet pour le centre de traumatologie, y compris la présence des médias. Owen travaillait manifestement depuis longtemps dans le domaine de la chirurgie traumatologique, et son expérience serait un atout considérable. Mais Kris, chirurgienne devenue administratrice, savait mieux que quiconque que ce n'était pas uniquement les patients qui faisaient prospérer un hôpital.

Ce qui signifiait que parfois les coupes à faire n'étaient pas dans la chair, mais dans les processus et les zones de confort. Pourrait-il le supporter quand le moment serait venu pour elle de faire les coupes nécessaires pour sauver la vie de l'hôpital ?

Une chose était sûre : d'une manière ou d'une autre, la paix fragile entre eux ne durerait pas longtemps.

5

Owen s'en voulait à mort. Il avait vraiment fait ça ? Demandé à sa nouvelle patronne de sortir avec lui ?

Je suis juste déçu que @ladydoc ne m'ait pas répondu. On était devenus plus proches et ça me manque, c'est tout.

Pourvu que sa conscience ait raison, parce que si c'était autre chose... il était dans le pétrin. Un gros pétrin du genre qu'il avait évité jusque-là.

En y réfléchissant, oui, parler à @ladydoc lui manquait, découvrir sa journée et lui raconter la sienne lui manquait. Ses conseils quand les choses semblaient désespérées. C'était une super amie avec qui échanger des idées, mais comment étaient-ils censés aller plus loin ? Ils avaient convenu de ne pas donner d'infos personnelles, ce qui signifiait pas de photos, pas d'appels téléphoniques.

Pas d'intimité. Pas de vulnérabilité. Indispensable s'ils voulaient que ça marche. D'ailleurs, rien n'indiquait qu'elle s'intéressait à lui de cette façon – elle ne l'avait même pas recontacté pour qu'ils se rencontrent en amis.

Eh bien, il s'attendait à quoi ? S'il se tenait à distance, tout le monde restait épargné. *Rappelle-toi l'affaire Emma.*

Et encore, Emma n'était pas sa patronne. Qu'est-ce qui lui avait pris d'inviter Kris ? Elle l'avait repoussé gentiment, mais ce n'était pas ce qui le rongeait alors qu'il se rendait à la cafétéria.

Pourquoi lui avait-il proposé d'aller prendre un verre ? Elle était mignonne, certes. Bon, d'accord, elle était plus que mignonne ; en fait, elle était superbe, renversante, au point terrifiant qu'il avait rêvé d'elle l'autre nuit. Il se promenait dans Los Angeles, main dans la main avec quelqu'un qu'il ne pouvait pas voir, mais ça semblait si bien, si juste, comme s'il était *censé* être là. Quand il avait tourné les yeux et qu'ils s'étaient posés sur Kris, vêtue d'une robe bleu pâle très sexy, il s'était réveillé en sursaut et… excité comme jamais. Ce qui, bien sûr, l'avait énervé. Qu'est-ce qui prenait à son corps de réagir de la sorte envers sa *patronne* ?

Plus que la réaction de son corps, c'était celle de sa poitrine qui le terrifiait. La façon dont elle se contractait douloureusement quand il pensait à Kris, et qui allait le pousser à faire de grosses bêtises s'il n'y prenait pas garde.

La boutade sur son désir de passer du temps avec « la boss » était une manière de mettre Kris à l'aise avec cette invitation. Mais il avait regretté ces mots ridicules juste après les avoir prononcés. Car… il aurait aimé avoir la liberté d'inviter Kris à sortir pour de vrai. En tant qu'autre chose que son employé.

Encore une fois, *pourquoi* ? Elle s'était un peu décoincée aujourd'hui, mais elle avait toujours le pouvoir de lui mettre des bâtons dans les roues s'il ne jouait pas le jeu des feux des projeteurs avec elle. En outre, dès qu'il se trouvait près d'elle, il avait l'impression de devoir se rattraper.

Mais il lui avait dit la vérité sur ses interventions chirurgicales bénévoles, ou du moins une version de la vérité. Ce qui n'était pas rien. Mais ça ne signifiait pas qu'il était prêt à s'ouvrir et à laisser entrer quelqu'un dans sa vie – quelqu'un qui pourrait le blesser, bien sûr, mais pire ? Quelqu'un d'autre qu'il pourrait faire souffrir, lui.

Même s'il avait été prêt, Kris était la dernière personne à laquelle il devait penser sur le plan romantique. S'il blessait sa patronne… Cela tuerait ses chances de faire le genre de changement qu'il avait décidé de réaliser. Et c'était la seule chose qui comptait – son travail à la clinique ; la seule chose qui l'empêchait de se noyer dans les regrets et la culpabilité.

Bon Dieu…

Ce dont il avait besoin, c'était d'une bonne partie de basket avec Dex pour le remettre dans le droit chemin, mais son ami était en Afrique pour un sommet médical sur la santé mentale. Et il avait rendez-vous avec Kris pour un déjeuner où tous les yeux de l'hôpital seraient braqués sur eux.

Owen poussa la porte de la cafétéria et balaya les tables des yeux. Il vit beaucoup de médecins et d'infirmières avec lesquels il travaillait chaque jour, mais lorsque son regard se posa sur les boucles brunes encadrant un visage qui avait littéralement hanté son sommeil, il lutta pour ne pas sourire. Inutile de rendre évident ce qu'il ressentait pour elle alors qu'il n'en était même pas sûr lui-même.

— J'ai déjà commandé, lui annonça Kris, les joues un peu roses. Désolée, je ne suis pas très gentille quand je n'ai pas mangé. Je sais ce que vous allez dire, Owen Rhys, poursuivit-elle en le voyant sur le point de répliquer, et ne vous avisez pas de le faire. Vous m'avez surprise avec le derrière en l'air alors que vous aviez déjà l'avantage du terrain. J'avais droit à un peu de grossièreté à mon tour.

Il sourit de toutes ses dents. Cette femme lui collait à la peau, et cela ne le dérangeait pas vraiment. Il pouvait l'apprécier et garder ses distances, il était un adulte en pleine possession de ses moyens, après tout.

— C'est vrai. J'aurais aussi pu être un brin plus aimable.

— Un brin ?

— On est quittes, alors ? demanda-t-il en riant. Parfait. Qu'est-ce que vous avez commandé ?

— La salade Waldorf.

— Une salade, hein ? J'avais une blague sur la salade, mais je l'ai trop essorée.

Kris grogna, mais son sourire montra qu'elle appréciait au moins un peu sa blague idiote. Seule une brève lueur de surprise traversa ses traits, mais s'évanouit tout aussi vite.

— Elle est nulle. Heureusement, mon repas compensera.

— Je ne vais pas juger un médecin qui maintient son taux de

fibres, mais un jour, il faudra que vous essayiez le club-sandwich. Rien que les frites gaufrées valent la peine.

Kris simula l'horreur, une main contre sa poitrine, attirant l'attention sur le subtil décolleté en V de sa chemise qui laissait le haut de ses courbes à découvert. Peut-être qu'il commanderait une bouteille d'eau, aussi. Pour une raison quelconque, sa bouche et sa gorge s'étaient asséchées.

— Des frites gaufrées ? Qu'en penseront vos patientes ?

Sa salade fut posée devant elle, une montagne de légumes verts, de noix et de pommes dans une vinaigrette légère.

Il haussa les épaules, et s'approcha pour attraper une tranche de pomme dans son assiette et la porter à sa bouche.

— Que je cours dix kilomètres par jour ?

— Vous savez, ceux d'entre nous qui pourraient courir le marathon de Los Angeles tous les matins tout en devant quand même faire attention à ce qu'ils mangent, vous détestent en ce moment. En plus, j'ai découvert une nouvelle adresse de beignets et je suis désolée de dire que je suis amoureuse de ceux qui sont glacés à la vanille. Alors, c'est salade pour le reste de mes repas. À mon grand dam, hélas.

Son regard était enjoué, mais la manière dont elle tripotait sa serviette cachait une vulnérabilité qu'il n'avait jamais perçue chez elle auparavant. Owen s'assit à côté d'elle après avoir passé sa commande au personnel de la cafétéria.

Parfois, il avait envie de quitter cette ville qui exigeait la perfection de personnes déjà magnifiques. La tragédie de tout ça, c'était qu'en façonnant des corps symétriques et dignes d'Instagram, il réaffirmait la croyance de certains de ses patients qu'ils n'étaient pas assez bien tels qu'ils étaient.

C'était là son épée à double tranchant. Il voulait utiliser ses compétences exclusivement pour aider des fonctionnaires comme Chuck, ou son frère, mais alors, qu'est-ce qui financerait le temps qu'il passait à la clinique gratuite ? Ces opérations ne pouvaient avoir lieu que s'il assumait le travail de plasticien qu'il faisait à

Mercy. Pour l'instant, en tout cas. Le centre de traumatologie de Kris serait la solution idéale si – et seulement si – elle ne le faisait pas travailler avec une équipe de tournage surveillant ses patients très privés.

— Vous devriez essayer DK's, dit-il. Ils font des beignets fourrés à la confiture absolument divins.

Elle le fixa avec le même regard que précédemment. Ce n'était pas seulement la surprise dans ses sourcils froncés ou la façon dont elle se mordillait le coin des lèvres. On aurait dit qu'elle le sondait, tentant d'assembler les pièces d'un puzzle. Il se rendit compte que personne ne l'avait regardé comme ça depuis longtemps. Peut-être même jamais.

— Euh… oui. C'est là que je vais. Un… un ami me l'a recommandé.

Un ami.

Il lui avait si aveuglément demandé de sortir avec lui après une interaction semi-cordiale qu'il ne s'était pas arrêté pour envisager qu'elle pourrait fréquenter quelqu'un.

Mais n'avait-il pas recommandé DK's à une « amie » ?

Une seconde…

Son pouls s'accéléra jusqu'à ce qu'il inspire à fond pour le calmer et ne pas se retrouver aux urgences à cause d'une accusation farfelue que son cerveau avait inventée.

Mais la cohérence le titillait sans relâche.

Elle était nouvelle en ville, tout comme @ladydoc. Elle était allée chez DK's sur la suggestion d'un ami et il avait suggéré DK's à @ladydoc.

Quelques similitudes qu'il pouvait mettre sur le compte d'une simple concordance de faits. Ce qui ne signifiait pas qu'il s'agissait de la même personne, parce que – parce que ce serait bien trop ironique. Tomber amoureux d'une femme qui s'avérait être l'odieuse patronne dont il s'était plaint ?

— Vous savez, je déteste la pression de la perfection que cette maudite ville impose à tout le monde. Pas seulement aux acteurs, d'ailleurs. Vous êtes belle telle que vous êtes, que vous mangiez ou non quelques glucides.

D'où ça sortait, ça ? Il l'ignorait, mais c'était la vérité.

Elle rougit sous le compliment et il souhaita en avoir d'autres dans sa manche si tel était le résultat.

— Merci. J'ai un peu trop pris l'habitude de me dénigrer après..., commença-t-elle, puis elle s'arrêta.

Qui l'avait blessée ? Mais un serveur arriva avec son plat et elle se contenta de hocher la tête en le voyant.

— Vous avez raison. Ça a l'air incroyable.

L'imitant, elle prit une frite dans son assiette, l'enduisit de ketchup et l'engloutit. À présent, il ne pouvait plus détourner son regard de son sourire, surtout après qu'elle eut lentement léché ses lèvres, sa langue les laissant scintillantes.

Où était l'eau qu'il avait commandée ?

— Après... ? insista-t-il malgré lui en lui donnant une autre frite qu'elle mit dans sa bouche.

Elle hésita un instant, puis finit par dire :

— Un ex. Quand j'étais adolescente, j'ai emménagé dans... un foyer où je me sentais une moins-que-rien. Et quand j'étais interne, un titulaire a capitalisé là-dessus.

— Comment ça ? gronda Owen, ulcéré.

— J'étais intelligente, mais il trouvait toujours le moyen de me rabaisser devant mes camarades. Il disait que c'était parce qu'il ne voulait pas qu'ils découvrent qu'on sortait ensemble, mais... Quoi qu'il en soit, il a volé mes recherches et a obtenu une bourse avec, donc il était clair qu'il savait depuis le début que j'étais plus intelligente que lui.

Elle haussa les épaules et lui vola une autre frite, mais le rouge de ses joues était devenu cramoisi. Il était presque sûr que les siennes l'étaient aussi, tant il bouillonnait de colère.

— Quel enfoiré, dit-il. Il ne méritait pas d'être titulaire et il ne vous méritait certainement pas.

Elle sourit, mais secoua la tête d'un air incrédule. Bon sang, si elle n'avait pas été qui elle était et s'il n'avait pas été… qui il était, il aurait aimé essayer de le lui prouver. Mais hélas pour lui, ce serait le rôle d'un homme plus chanceux.

Kris oublia une goutte de ketchup au coin de sa bouche et Owen la fixa, le visage figé. Il avait soudain envie de passer le pouce sur sa lèvre et d'enlever la petite larme rouge.

Non, ce n'était pas sa pensée prédominante. Ce qu'il voulait vraiment, c'était prendre sa lèvre inférieure en entier, ketchup et tout, dans sa bouche et la goûter. Owen ravala un élan écrasant de désir qui n'avait pas sa place au travail, et certainement pas envers sa patronne. Patronne avec laquelle, jusqu'à peu d'instants plus tôt, il n'avait eu que quelques échanges neutres, le reste étant teinté d'animosité.

Et il y avait cette auto-interdiction de relation amoureuse. Il ne pouvait donner ce qu'il ne possédait pas, à savoir son cœur. Ce dernier s'était brisé des années auparavant, quand adolescent, il avait commis la pire erreur de sa vie. Erreur que son frère payait encore. L'intimité, la confiance et les avantages qui en découlaient étaient réservés aux gens qui n'avaient pas déçu tous ceux qu'ils aimaient.

— Hum… vous en avez laissé là.

Il pointa le coin de sa lèvre, et quand sa langue lécha la goutte de ketchup, il regretta sa remarque. Car pour une maudite raison, malgré son veto à toute relation amoureuse, il ne pouvait s'empêcher de la vouloir, elle. Kris.

Qu'elle se soit un peu confiée sur qui elle était en dehors de l'hôpital n'avait pas aidé. Cela l'avait… humanisée, et avait piqué sa curiosité.

Pense à la clinique. À ton métier.

Les deux seuls éléments qui atténuaient un peu sa culpabilité et par conséquent, les seuls qui comptaient.

— Docteur Offerman, dit une voix au-dessus d'eux.

Owen, si focalisé sur la bouche en forme de cœur de Kris, puis s'efforçant d'oublier cette bouche, n'avait pas vu s'approcher Clive Warren, un des urgentistes, de leur table.

— Que puis-je pour vous, docteur Warren ?

— Pardon d'interrompre votre déjeuner, mais j'ai besoin de vous pour une consultation aux urgences.

Owen fronça les sourcils. Clive interrompait un moment agréable, malgré la tension sexuelle qui lui comprimait la poitrine. Il ressentit un pincement de jalousie. Kris souriait à Clive comme elle ne lui avait jamais souri, à lui. Cela dit, que lui importait comment Kris souriait à qui que ce soit ?

— Bien sûr. Quel est le bilan ?

Clive tira une chaise et Owen se renfrogna davantage. Personne n'avait invité ce type à s'asseoir avec eux.

— Dix ans, détresse respiratoire aiguë. La température tourne autour de 39. Pas d'antécédents d'asthme, et scanner thoracique clair.

— Frey t'a donné un avis ? demanda Owen, même si Clive l'avait pratiquement ignoré depuis son apparition.

Le Dr Frey était la cheffe du service de pédiatrie et l'un des chirurgiens pédiatriques les plus reconnus du pays.

— Non, répondit Clive. Elle est au bloc pour une greffe depuis tôt ce matin et il lui reste encore probablement trois heures d'intervention. Docteur Offerman, si nous ne trouvons pas rapidement une solution, je crains que l'enfant n'ait plus ces trois heures devant lui.

Kris se leva, laissant son déjeuner à peine touché.

— Bien. Je vais mettre une blouse et je vous rejoins en bas. Docteur Rhys, ça ne vous dérange pas si je remets les résultats de l'observation à plus tard ?

Owen était sur le point de protester, mais que pouvait-il dire qui ne paraisse pas mesquin par rapport à la possibilité de sauver la vie d'un enfant ?

— Tu devrais venir aussi, lui dit Clive, s'adressant enfin à lui une fois que Kris eut emballé sa salade et filé. Le gamin a des brûlures que j'aimerais que tu vérifies.

— D'accord. Je te suis.

Owen abandonna ses frites, mais emporta le sandwich.

— Hé, lança-t-il en marchant, pourquoi as-tu réclamé une consultation au Dr Offerman ? Elle est la boss, pas le personnel médical.

Clive lui jeta un regard qui indiquait qu'Owen avait manqué un point important.

— Comme elle est l'une des meilleurs médecins en traumatologie pédiatrique du pays, je me suis dit que ça valait la peine d'essayer si ça pouvait sauver le gamin. Il se fiche de son titre actuel. Il veut juste rentrer chez lui avec sa famille.

— Elle est spécialisée en traumatologie pédiatrique ?

— Tu ne le savais pas ? On a dû la faire sortir d'Angola pour pouvoir utiliser ses talents ici. Elle est doublement diplômée en chirurgie traumatologique et en pédiatrie. Le poste de médecin chef était juste un moyen de la faire venir ici pour qu'elle puisse équilibrer les finances, puis elle devait exercer à temps partiel. Qui aurait cru qu'elle construirait le centre de traumatologie en parallèle ?

Owen termina son sandwich, songeur. Kris était chirurgienne pédiatrique ? Pourquoi l'ignorait-il ?

Parce que tu refusais de croire qu'elle était autre chose qu'une administratrice obstinée. Tu fais quoi maintenant que tu es mieux renseigné ?

Son subconscient n'avait pas tort. Il ignorait ce que ces nouvelles informations changeaient à sa perception de Kris, mais cette dernière continuait à le surprendre, et pas dans le mauvais sens du terme.

Owen eut soudain envie d'écrire à @ladydoc pour lui faire savoir que sa patronne n'était pas le monstre qu'il lui avait fait croire, mais sa tête l'emporta sur son cœur.

Elle n'a pas répondu à ta demande de vous rencontrer.

Il soupira. Même si elle l'avait fait, pourquoi cela semblait-il superflu maintenant qu'une partie de l'excitation qu'il avait ressentie en lui parlant avait été redistribuée à sa patronne ? C'était un peu comme tromper @ladydoc, mais d'un autre côté, ce n'était pas lui qui la snobait.

Ils arrivèrent au service des urgences et Owen s'arrêta pour se laver les mains et mettre des gants. Kris les avait devancés et attendait devant les portes. La poitrine d'Owen se serra en la voyant en blouse, les cheveux ramenés en queue-de-cheval. Il ne lui était jamais venu à l'esprit de chercher une relation, même une simple amitié, chez un collègue médecin, jusqu'à ce qu'il rencontre @ladydoc sur le forum. Mais à présent, le manque d'amis et de collègues créait un vide douloureux. De fait, s'il repoussait tout le monde, les gens restaient à distance. Mais peut-être... peut-être pourrait-il lâcher un peu prise. Trouver un équilibre et se faire d'autres amis que Dex.

— Vous auriez pu finir votre déjeuner, lui dit Kris. Je vous aurais appelé pour reprogrammer notre réunion ce soir.

— Je suis aussi ici pour une consultation.

— Oh ! d'accord. Docteur Warren, allons-y, alors.

Owen reconnut une expression familière sur le visage de Kris. La même que chez la plupart des gens lorsqu'ils découvraient qu'il était chirurgien plasticien, celle qui disait « vous n'êtes pas un vrai médecin ». La colère monta, mais puisqu'il en avait l'habitude, il l'ignora. Le gamin avait des brûlures qu'il était le *seul* à pouvoir soigner.

Il n'avait pas besoin du jugement de ses collègues sur son travail, pas plus qu'il n'avait besoin de l'approbation de sa famille sur les raisons de son métier. Sam disait qu'ils ne lui en voulaient pas, mais qu'était-il censé supposer d'autre de leur silence ? Devenir chirurgien traumatologue, bien que spécialisé en esthétique, ne suffisait pas pour qu'ils lui rendent visite, l'appellent, lui pardonnent. Non qu'il le méritât. D'autant qu'il n'arrivait pas à se pardonner lui-même – comment s'attendre à ce que les autres le fassent ?

Alors pourquoi la réaction de Kris me blesse-t-elle ? Parce que je la respecte et que ce n'est pas réciproque. Peu importe à quel point elle apprécie ce que tu fais pour Chuck et les patients comme lui, elle ne te verra jamais comme un égal.

Il chassa ses doutes et se concentra sur son travail. Mais lorsqu'ils furent au chevet de l'enfant, toutes les raisons qui l'avaient poussé à se former à la reconstruction des brûlures l'assaillirent de souvenirs. Le patient – Remy Young – avait de courts cheveux bruns qui tombaient sur ses yeux, d'un bleu glacial et remplis de douleur. Des brûlures recouvraient sa poitrine et son épaule, et la roseur combinée à la légère boursouflure indiquait qu'elles étaient récentes.

Une boule se forma dans la gorge d'Owen. *Sam.* Il ressemblait tellement à Sam pendant les premiers mois qui avaient suivi sa blessure. Il avait déjà vu des enfants blessés, mais aucun ne ressemblant autant à son frère.

Kris vérifia la respiration de Remy pendant qu'Owen examinait les blessures qui couvraient plus d'un cinquième de la poitrine et du dos du garçon. Il leva la tête et échangea avec Kris un regard pessimiste. Elle acquiesça et se tourna vers les parents.

— Sa respiration est superficielle, limitée sur sa droite. Je pourrais craindre que les brûlures soient la cause du rétrécissement des voies respiratoires, mais elles ne sont pas du même côté. Cela dure depuis combien de temps ?

Les parents énumérèrent les symptômes de Remy, qui s'étaient détériorés au cours des dix dernières heures, jusqu'à ce qu'ils se sentent obligés de l'amener à l'hôpital.

— Hum. Je veux un BiPAP et deux millièmes de cortisone dexaméthasone et un scanner toutes les deux heures.

— Vous pensez à une acidose ? demanda Owen.

— Oui.

— C'est rare chez les enfants, n'est-ce pas ?

Elle hocha la tête mais avant qu'elle puisse répondre, les moniteurs et les alarmes s'affolèrent tous en même temps.

— Il a une faible oxygénation et un pouls bradycardique. Oubliez le BiPAP. Installez un masque et un respirateur, et poussez la cortisone, illico.

Une équipe d'infirmières se précipita auprès de Remy pendant qu'Owen s'occupait du respirateur. Remy perdit conscience au milieu de l'intubation, ce qui était probablement mieux pour lui, mais ses parents se tenaient à l'écart, les yeux humides et écarquillés de terreur. Jusqu'à présent, Owen n'avait pas remarqué les deux jeunes enfants à leurs pieds. Le frère et la sœur de Remy regardaient leur frère faire un arrêt cardiaque sur la table. *Oh, bon Dieu, non !*

— Que quelqu'un emmène sa famille dans la salle d'attente, ordonna-t-il. Tout de suite.

Une infirmière s'exécuta, juste à temps alors que les moniteurs émirent à nouveau, cette fois avec une ligne plate.

— Asystolie. Commencez le massage cardiaque, dit Owen sans attendre Kris – ils *devaient* sauver cet enfant.

Après la deuxième série de compressions et l'injection d'adrénaline dans l'intraveineuse de Remy, la plainte incessante des moniteurs ralentit jusqu'à devenir un bip régulier. Owen relâcha son souffle.

— Nous avons un rythme sinusal, annonça Kris. Bon travail, ajouta-t-elle à l'intention d'Owen.

La fierté l'envahit, mais fut suivie d'un retour à la réalité. Il s'en était fallu de peu. Trop peu. Et ils n'étaient pas encore sortis d'affaire. Il ne pouvait pas s'occuper des blessures tant que Remy était encore si fragile, mais il espérait que les médicaments feraient leur effet et qu'il pourrait élaborer un plan chirurgical pour enlever les cicatrices les plus lourdes d'ici une semaine ou deux.

Il ôta ses gants et sortit de la pièce, se rua dans la cage d'escalier où il s'effondra sur la dernière marche. Sa tête s'enfonça dans ses mains tandis que des images de Sam bombardaient l'arrière de ses paupières. Si une seule chose s'était passée différemment, son frère n'aurait peut-être pas survécu. Il s'en était fallu de très peu aussi à l'époque.

Seigneur, l'inquiétude qui rongeait Owen ne disparaîtrait-elle jamais ? Ni le passage de deux décennies, ni la guérison miraculeuse de Sam n'avaient réussi à atténuer la peur qu'Owen ressentait pour son frère. Ou sa culpabilité.

Le temps lui échappa jusqu'à ce qu'une main stabilisante se pose doucement sur le bas de son dos.

— Prenez votre temps, murmura Kris.

Sa voix l'enveloppa tel un baume et son pouls ralentit. Enfin, il se mit debout, face à elle. Son regard, bienveillant et apaisant, déclencha une énergie qui irradia de sa poitrine vers l'extérieur. L'intimité de l'instant le déstabilisa. Il ne bougea cependant pas, s'installant plutôt dans le réconfort offert par Kris. Ce faisant, la couche de pierre qui entourait son cœur s'effrita. Une petite fissure laissa passer un peu de fierté et de pardon de soi-même. Mais il ne pouvait permettre plus.

Et pourtant, quand elle murmura : « C'était dur », il se surprit à être d'accord.

— C'est pour cela que je n'ai pas choisi la pédiatrie. Je ne supporte pas de voir des enfants comme ça…

Il s'arrêta avant d'en dire trop. Il n'avait jamais dit à personne qu'il aurait aimé faire de la pédiatrie comme elle, mais qu'il n'en avait pas eu le courage. Pas après Sam. Qu'est-ce que cette femme avait de si particulier pour lui soutirer ses vérités inavouées comme une drogue ?

— Je sais ce que vous voulez dire. Il y a des jours dans ma carrière qui sont gravés sous mes paupières et parfois je ne sais pas comment je vais réussir à continuer.

— Ce gamin…, dit Owen. Il est si…

— Blessé, oui. Mais il s'en remettra. Nous avons une sacrée bonne équipe qui va s'occuper de lui et quand il sera stable, vous soignerez ses cicatrices.

Kris continuait à le fixer, de ses yeux doux et chaleureux. Il pourrait si facilement tomber dans leurs profondeurs et s'y perdre, mais ce n'était pas une option, aussi tentant que ce fût. Il hocha la tête.

— Bien sûr que je le ferai.

Après tout, cela faisait partie de sa pénitence, pas vrai ? Réparer les erreurs qu'il avait commises jusqu'à ce que le regret s'estompe ?

— Je ne dis pas que ce sera facile, mais il y arrivera.

Owen acquiesça. Non, ce ne serait pas facile du tout pour le garçon, il le savait. Une fois sorti de l'hôpital, Remy aurait des rendez-vous médicaux toutes les semaines. Cela signifiait des opérations chirurgicales pour corriger les cicatrices et s'assurer que les dommages internes n'étaient pas trop importants. La vie de son frère et de sa sœur serait gâchée par sa maladie et son rétablissement ; même si l'accident n'était pas de leur faute comme Owen était responsable du malheur de son frère, les besoins des autres enfants passeraient au second plan pour que les parents puissent se concentrer sur le secours de celui-là.

Ce n'était pas juste, mais c'était nécessaire. Owen le savait et tout reproche qu'il aurait pu faire pour avoir été ignoré durant sa propre enfance était éclipsé par la culpabilité qui le rongeait d'avoir causé l'accident en premier lieu.

— Oui, vous avez raison, répondit-il.

Car que dire d'autre ? Même s'ils avaient partagé un moment de compréhension, Kris n'était pas son amie.

Si seulement son parfum – jasmin et pamplemousse réchauffés d'épices – ne s'enroulait pas autour de son bon sens, l'étranglant. Elle s'était rapprochée, au point qu'il lui suffisait de baisser le menton pour s'emparer de sa bouche. La tentation de céder à ce désir pulsait furieusement en lui.

Mais son esprit y mit un terme, lui rappelant la promesse qu'il s'était faite à lui-même. *Pas de rendez-vous galants, pas de romance et certainement pas d'amour.*

@ladydoc avait commencé à se faufiler à travers ses défenses, mais il avait pu se cacher derrière leur anonymat et leur résolution de rester amis. Mais il ne pouvait pas se cacher de ce qu'il commençait à ressentir pour Kris. Pas avec elle qui envahissait son espace et le désir qu'elle suscitait en lui.

Son corps et son cœur faisaient la guerre à son esprit, arguant qu'il pouvait baisser la garde avec elle, que leur connexion – même si elle n'était que physique – signifiait quelque chose. Qu'*il* signifiait quelque chose.

Vraiment ? Serait-ce vrai si tu lui disais d'abandonner son plan média ? Il ravala un gémissement.

Son attirance pour Kris Offerman aggravait toutes les raisons pour lesquelles il devait rester loin d'elle. Heureusement, le week-end à venir lui donnait deux jours de répit.

Il recula d'un pas et Kris en fit autant. L'espace entre eux s'ouvrit comme une crevasse prête à l'engloutir tout entier. Son corps bourdonnait là où elle l'avait touché. Si elle fut surprise de son changement d'attitude, elle n'en montra rien. Au contraire, elle lui adressa un demi-sourire teinté d'inquiétude, qui lui pinça le cœur.

— Owen ? demanda-t-elle. Ça va ?

Non. Mais il acquiesça, la remercia, la salua de la tête et se détourna. Il entreprit de remonter vers le service de chirurgie plastique, les jambes lourdes, l'esprit encombré. Kris et @ladydoc ne faisaient qu'ajouter à ses blessures familiales.

Et s'il profitait de ces deux jours pour réparer ces dernières, comme il l'avait presque promis à Sam ? Il était plus que temps. Mais l'idée lui donnait des frissons. Toute sa vie d'adulte, il avait senti couver sous sa carapace de pierre la culpabilité et une douleur infinie liée aux dommages qu'il avait infligés ; que faudrait-il faire pour mettre cela de côté ? Et qu'est-ce qui pourrait bien prendre sa place ?

Peut-être quelque chose de mieux, quelque chose de beau.

Mais... était-il prêt pour cela ? Sa famille l'était-elle ?

Même s'il ne se rendait pas à San Luis, il devait réfléchir à la façon dont ces deux femmes avaient franchi la barrière interdisant ses émotions, le laissant avec des questions auxquelles il n'avait pas de réponse. Parce que s'il ne trouvait pas un moyen de consolider la fissure par laquelle elles s'étaient glissées, il avait le sentiment que tout ce maudit mur s'écroulerait, l'ensevelissant dans les décombres.

6

Kris se tenait au bout de la longue table de conférence, les épaules détendues même si le reste de son corps ne l'était pas. Les trois semaines écoulées depuis ses débuts à Mercy étaient les plus longues de sa carrière et le pire était qu'une infime partie avait été consacrée à pratiquer la médecine. Faire une visite des travaux de construction qui étaient – miraculeusement – achevés à 60 %, oui. Monter l'équipe de traumatologie, oui. Mais les soins aux patients ? Hormis pour Remy, pas une seule fois.

La sensation de la main d'un patient dans la sienne, le regard suppliant qui s'apaisait quand elle promettait de l'aider à n'importe quel prix, lui manquaient. Aider à maîtriser l'infection de Remy lui avait rappelé à quel point la médecine comptait pour elle. Elle avait fait du bon travail dans sa carrière, un travail dont elle pouvait être fière, qui changeait les vies qu'elle aidait. Et maintenant ?

Eh bien, maintenant, elle était seule dans la salle de conférences après une énième réunion avec les services financiers sur le budget de fonctionnement, au cours de laquelle ils avaient proféré une menace non voilée sur les conséquences pour l'hôpital en cas d'échec du centre de traumatologie. Ils feraient faillite, purement et simplement. Et tous les plans de Kris n'auraient servi à rien.

Que lui resterait-il alors ? À force de s'ensevelir dans le travail, elle avait obtenu des succès incommensurables dans sa vie professionnelle, mais à un prix si élevé. Si tout cela disparaissait, qu'aurait-elle à montrer pour toutes ces années passées à écarter tout le monde sauf Alice ? Elle serait seule et ne pourrait s'en prendre qu'à elle-même.

Elle laissa échapper un petit rire sans humour. Car elle se plongeait dans le travail pour éviter la solitude de toutes les pertes qui étouffaient son cœur. Elle avait supposé qu'elle menait une vie bien remplie et dévouée, mais où était l'équilibre, le sentiment de ce à quoi tout cela servait ?

Son ami en ligne faisait légèrement pencher la balance. Son amitié facile, sans la crainte familière que cela l'expose à un risque, montrait combien elle avait besoin de connexion humaine – non qu'elle l'eût admis en dehors du monde virtuel qu'elle partageait avec @makingadifference.

Elle soupira, les yeux sur la ligne d'horizon de Los Angeles derrière les vastes baies vitrées de la salle de conférences. Pour l'instant, le seul homme auquel elle pensait – et c'était frustrant car il était inaccessible – était le Dr Rhys. Si périlleux pour son cœur.

Le seul aussi qui avait paru si peu enthousiaste de participer à cette réunion. Le jour où Remy avait failli mourir, il avait été gentil et même amical avec elle. Elle avait même craint un moment qu'il ne se penche pour l'embrasser.

Non qu'elle eût été contre, mais c'était précisément pour cela qu'elle avait paniqué. Elle avait trop baissé sa garde. Comme si elle avait à nouveau vingt-six ans, de retour en première année d'internat. Elle avait eu la malchance de tomber amoureuse de James Finnick, un titulaire de chirurgie plastique qui affectionnait en secret les étudiantes en médecine. Elle faisait partie d'une longue série de liaisons vaines auxquelles il s'était livré, alors qu'elle y croyait. Pour couronner le tout, ce saligaud lui avait volé ses recherches.

Sans Alice, Kris aurait mis fin à sa carrière. Alice lui avait appris à taire ses sentiments pendant qu'elle travaillait, puis l'avait prise sous son aile durant son internat à l'hôpital général de Minneapolis. La chère amie de Kris était devenue son mentor, scellant son rôle comme la seule personne dans sa vie qui comptait en dehors de son travail.

Jusqu'à ce qu'Alice perde son combat contre le cancer du pancréas, alors que Kris se trouvait en Angola. Bien qu'elle fût partie trop tôt, les leçons d'Alice restaient, et avaient permis à Kris de traverser de nombreuses périodes difficiles.

Et voilà qu'Owen Rhys entrait en scène. Kris n'était plus qu'un faisceau d'émotions indésirables, dont la frustration. Ça, elle l'aurait géré en une nanoseconde. Mais le reste ? L'attirance, le désir… cela devenait trop lourd à porter. Plus que jamais, elle aurait eu besoin de la sagesse d'Alice.

Owen était revenu ce matin-là avec un mur dressé autour de lui. Il était passé devant elle en lui offrant à peine un sourire avant de s'asseoir à l'autre bout de la table. L'amabilité ténue entre eux avant le week-end avait disparu.

Son regard d'ordinaire pénétrant était morne et, oserait-elle ajouter, distrait ? Cela l'inquiétait plus que tout. James était devenu froid comme ça juste avant de voler ses recherches et de s'en servir pour obtenir un prix Lasker et une bourse de deux millions de dollars.

Owen attendait-il de pouvoir transférer ses patients dans son centre de traumatologie et de revendiquer, sinon l'idée, du moins le mérite de se joindre au projet à la dernière minute pour s'assurer que tout se passait sans problème ? Si tel était le cas, elle ne savait pas ce qu'elle ferait.

Elle était « la Dépanneuse », mais il était impossible de gérer un homme acharné à la détruire, surtout un homme qu'elle en était venue à respecter, voire à apprécier.

Au moins, le déjeuner qu'elle avait commandé pour la réunion avait été bon. @makingadifference avait raison à cent pour cent : c'était de loin la meilleure nourriture thaïe qu'elle avait mangée en dehors de la Thaïlande. Hélas, elle ne pouvait même pas le lui dire, car elle devrait alors ignorer sa demande de rendez-vous ou y répondre, et les deux semblaient impossibles sans plus de clarté.

Elle sortit son téléphone et relut son message pour la centième fois avant de le remettre dans la poche de son tailleur et de faire comme s'il ne fredonnait pas contre son cœur. C'était peut-être ce qui la dérangeait – sans la possibilité d'écrire à @makingadifference comme elle le souhaitait, son esprit était libre de vagabonder vers d'autres sujets, moins désirables.

Comme le fait qu'un Owen taciturne la troublait plus souvent qu'un Owen gentil et calme. Ou qu'elle brûlait de lui demander ce qui n'allait pas, jusqu'à ce que son esprit lui rappelle que ce n'était pas son rôle en tant que sa patronne. Pas de sentiments personnels ! Ce mantra ressemblait désormais davantage à une punition...

Kris réprima l'envie de hurler dans le vide de la salle de conférences. Il était temps de se reprendre, nom d'une pipe.

Lorsque la porte s'ouvrit, elle leva les yeux, s'attendant à voir un membre du conseil d'administration ou un interne.

Au lieu de quoi, son souffle se bloqua alors qu'elle contemplait l'homme le plus ridiculement beau qu'elle ait jamais vu. Et Dieu sait qu'au cours de ses voyages, elle avait vu des hommes magnifiques.

Owen se tenait là, les bras croisés, sans veste, ses manches de chemise retroussées révélant ses avant-bras si solides. Elle déglutit, ravalant une vague malvenue de concupiscence.

— En quoi puis-je vous aider, docteur Rhys ? lança-t-elle.

Il paraissait partagé sur ce qu'il voulait dire.

— Je voulais savoir si vous aimeriez visiter ma clinique. Je m'y rends pour quelques consultations et j'ai pensé que vous voudriez m'accompagner. Si vous n'êtes pas occupée.

— Non. Pas du tout, je veux dire... j'adorerais y aller et non, je ne suis pas occupée.

Elle sortit son téléphone et essaya de cacher la façon dont ses mains tremblaient avec lui si près, sa senteur imprégnée d'air marin serpentant autour d'elle.

— Laissez-moi juste envoyer un mail.

— On peut le faire un autre jour...

— Non, répliqua-t-elle précipitamment. Je veux venir.

— D'accord. J'attends.

Dans un geste qui ne lui ressemblait pas, il s'assit sur la chaise à côté d'elle. *Juste* à côté d'elle. Son corps en bourdonna de reconnaissance, un effet qu'elle connaissait en tant que médecin, mais qu'elle n'avait jamais expérimenté en tant que femme. Eh bien, c'était fort gênant.

Elle n'osa pas laisser son regard se perdre le long de son corps, mais même dans sa vision périphérique, elle enregistra la tension qu'il portait dans chacune de ses cellules. Elle envoya son mail et rangea son téléphone.

— Voilà. Allons-y.

Ils se levèrent tous deux en même temps et leurs poitrines se heurtèrent. Il se déporta sur la gauche pour la laisser passer, mais elle alla dans la même direction et ils restèrent plantés, indécis et affreusement proches. Finalement, il posa une main sur sa hanche et la poussa dans la direction opposée à la sienne. Sa peau brûla à son contact, ce qui était ironique puisqu'il gagnait sa vie en sauvant des victimes de brûlures.

— Ça vous dérange si on prend ma voiture ? demanda-t-il.

— Pas de problème.

Alors qu'ils se dirigeaient vers le parking, la curiosité à propos de l'homme l'envahit. Ce qu'il conduisait, où il travaillait après ses heures à Mercy, comment il vivait... Mangeait-il debout devant le plan de travail ? Dormait-il nu ? Sa peau avait-elle le même goût que son odeur, celle du savon frais et des agrumes ?

Un frisson la parcourut, entre fièvre et frayeur. Ces questions étaient celles que se poserait une femme ayant plus qu'un intérêt professionnel. Et pourtant, elle ne pouvait refréner le désir de tout savoir sur Owen Rhys, du point de vue professionnel et autrement. Il avait mentionné éviter la pédiatrie, et cette invitation à pénétrer dans la psyché d'un homme qui la fascinait avait suffi pour engranger un millier d'autres questions. Seigneur, comme Alice lui manquait...

Le trajet fut court, deux pâtés de maisons seulement. Deux pâtés de maisons qui la transportèrent dans un monde dont elle ignorait l'existence. Lorsqu'ils entrèrent, Kris resta bouche bée. Owen ayant utilisé le mot « clinique », elle s'attendait à une sorte de dispensaire sous-financé, surpeuplé et vétuste où Owen risquait sa santé pour celle de ses patients. La vérité était loin de ça. Ce bâtiment, avec ses grandes fenêtres offrant une lumière naturelle, ses plantes vertes éclatantes dans des caisses en bois teinté suspendues à la mezzanine et sa fontaine au centre du hall d'entrée, était... parfait. Tout l'agencement était de bon goût et accueillant, tout en étant d'une élégance discrète. Un peu comme la salle de consultation d'Owen où il avait examiné Chuck.

— C'est incroyable. C'est...

Exactement ce à quoi je veux que mon centre de traumatologie ressemble, ce que je veux qu'on y ressente.

Et c'était en bonne voie, grâce à la conception d'Owen. Y avait-il participé ici aussi ? Ou avait-il emprunté des plans ?

— Merci.

— Pourquoi je ne savais pas que ce lieu existait ?

Owen haussa les épaules et lui prit la main comme s'il faisait ça tous les jours. Ses doigts s'enlacèrent aux siens. Son sourire était plus doux, ses yeux plus brillants qu'elle ne les avait jamais vus. Il semblait chez lui ici.

— Venez, je vais vous faire visiter et vous pourrez poser toutes les questions que vous voulez. Mais déjà, nous ne faisons pas de publicité. Nous travaillons avec des associations à but non lucratif pour faire venir des patients et des donateurs qui les orientent au besoin. À moins d'être un patient, vous n'auriez pas entendu parler de nous.

— Mais..., commença-t-elle – comment le formuler sans passer pour une idiote ? Mais comment obtenez-vous des fonds si vous ne faites pas de publicité ?

Car c'était le seul aspect avec lequel elle avait du mal à Mercy et qui pourrait la couler si elle n'y prenait pas garde.

— Nous demandons des subventions, nous nous adressons à de riches donateurs intéressés par le type de médecine que nous pratiquons et je fais don de mon temps avec l'argent que je gagne à Mercy.

Elle lui pressa la main, pour le moins impressionnée.

— Combien de patients par jour ?

— Environ quatre, mais il arrive que tous les lits soient occupés entre le préopératoire, la chirurgie, puis le postopératoire et la convalescence.

— Combien de lits ?

— Vingt.

— Vingt ? s'écria-t-elle. Ce n'est pas une clinique, Owen. C'est un petit hôpital !

— Dédié uniquement aux patients qui n'ont pas les moyens d'avoir recours à la chirurgie esthétique pour soigner leurs blessures et leurs déformations. Donc... plus ou moins.

Elle émit un sifflement d'excitation tandis qu'ils montaient les marches, mains toujours liées. Cela faisait longtemps qu'elle n'avait pas tenu la main d'un homme.

Pas depuis l'autre chirurgien esthétique. James.

Elle chassa cette pensée de sa tête parce que Owen n'était pas comme James, mais d'autres la remplirent.

Tu travailles mieux seule. Seule, ça veut dire que personne ne peut te laisser tomber.

Un soupir s'éleva dans ses poumons. Elle savait pourquoi elle avait choisi de tenir tout le monde à distance, mais bon sang, elle se sentait seule parfois, surtout quand quelque chose de simple comme tenir la main d'un homme – un homme auquel elle commençait à penser avec plus d'affection – lui apportait tant de joie.

C'est pour cela que tu as @makingadifference. Pour que tu puisses avoir la camaraderie sans le risque.

Certes, répliqua son cœur. *Mais existe-t-il une véritable camaraderie sans risque ?*

— C'est merveilleux ce que vous faites, Owen. Vraiment. Depuis combien de temps exercez-vous ici en plus ?

— Je peux répondre comme si vous étiez une collègue curieuse et non ma patronne ?

Elle sourit. Cela faisait longtemps qu'elle ne s'était pas autorisée à être une amie ou une collègue. Que quelqu'un la considère ainsi – quelqu'un dont l'opinion commençait à compter pour elle – était agréable.

— Oui. Allez-y.

— C'est plutôt Mercy que je considère comme mon deuxième travail. Je garde cet emploi pour financer mon temps de chirurgie ici, afin de ne pas avoir à le facturer à mes donateurs, mais c'est ma clinique, elle m'appartient et je la gère. Je suis ici dès que j'en ai l'occasion pour m'assurer que les patients reçoivent les soins dont ils ont besoin.

La similitude frappante entre Owen et elle fit vibrer son cœur. Durant tout ce temps, elle s'était inquiétée de la réputation qu'il traînait. Qu'il travaille aussi dur qu'elle, qu'il s'investisse dans son métier comme elle le faisait, l'estomaquait littéralement. C'était incroyable, mais cela lui rappelait aussi ce qu'ils risquaient tous les deux si elle tombait amoureuse de son subordonné. Il pourrait se rabattre sur sa clinique, mais elle, qu'est-ce qui lui resterait ?

— Donc vous ne traînez pas vraiment dans les bars ou sur les sites de rencontres en quête de femmes ?

Il avait laissé les rumeurs enfler pour garder secrets sa clinique et le travail qu'il y faisait. *Pourquoi ?*

— Pas exactement, non, répondit-il avec un sourire ténu.

— Alors pourquoi avez-vous laissé les gens croire ça à votre sujet, surtout quand la vérité est tellement plus belle ?

Owen les conduisit dans une chambre de convalescence vide. Le lit était doté d'une tête et d'un pied de lit en cuir et d'épais draps en satin. La salle de bains était équipée d'une douche et d'une baignoire accessibles aux fauteuils roulants, d'un placard et même d'un canapé dépliant pour que les proches puissent rester avec leurs malades. Le hall était déjà impressionnant, mais la chambre l'était encore plus.

— Je pense que vous savez maintenant qu'attirer l'attention ne m'intéresse pas, Kris. Ce que les gens pensent n'a pas d'importance pour moi. Ce qui compte, c'est que mes patients soient bien soignés.

Son message était clair : *Je n'approuve pas votre stratégie pour le centre de traumatologie.*

— Oui, mais vous pouvez faire les deux, vous savez. Parler de votre réussite *et* offrir une éthique de soins exceptionnelle. C'est d'ailleurs ce que font la plupart des meilleurs médecins et chirurgiens.

— Vous avez peut-être raison, admit-il à sa grande surprise. Mais il était important que je garde ce projet particulier pour moi. Trop de chirurgiens prennent votre idée et en font des tonnes, exhibant le moindre petit truc pour gonfler leur ego surdimensionné. Je ne voulais pas que ce projet soit passé au crible de la sorte.

— Pourquoi ? demanda-t-elle, de plus en plus médusée. Vous pensez que cela minimise le bien que vous faites si vous vous en attribuez le mérite ?

— Quoi... ? Je... hum... je suppose, oui. La médecine n'est pas censée être vantée, mais quelque part, c'est devenu le cas. J'exerce pour des raisons personnelles, et oui, revendiquer le mérite de mes succès les minimiserait.

— Pas du tout. Le bien est fait, dans les deux cas.

Owen se contenta de hausser les épaules. Elle changea de sujet, ajoutant temporairement l'autre à ce qu'elle savait de cet homme. Il était tellement plus qu'elle ne l'avait imaginé.

— Quoi qu'il en soit, cette clinique est à but non lucratif ?

Il acquiesça, les mains dans les poches de son pantalon.

— À part le partenariat avec les médias, ce n'est pas très différent de ce que vous avez prévu pour Mercy, dit-il.

— Vous avez commencé tout ça quand ? demanda-t-elle.

Le lieu était stupéfiant – petit, mais plus en termes de rendement que par manque d'espace. Le moindre centimètre carré était utilisé à bon escient, depuis les plateaux chirurgicaux rétractables jusqu'au canapé convertible.

— Nous avons ouvert nos portes il y a dix ans, mais j'y travaillais depuis que j'ai l'autorisation d'exercer.

Elle passa un doigt sur le pied de lit en cuir, s'émerveillant de l'attention portée aux détails. Elle poursuivit :

— C'est vous qui avez conçu l'aménagement ?

— Oui. Avec l'aide de… mon frère. Nous deux, donc.

Son frère. Une prise de conscience résonna dans une partie de sa tête restée silencieuse depuis quelque temps.

— Il est médecin ?

C'était une question assez innocente, qu'une collègue curieuse aurait posée. Pourtant, ses intentions ne l'étaient pas du tout. Elle posait la question en tant que @ladydoc.

— Vétérinaire, en fait. Mais il a un intérêt personnel dans mon travail.

Kris se mordit la lèvre pour l'empêcher de trembler et de trahir ce qu'elle pensait savoir, malgré cette réponse vague. À moins qu'elle se trompe complètement, Owen était @makingadifference, l'homme dont elle s'était entichée, message après message au cours des six derniers mois. Il l'était forcément. Entre les blagues, le travail bénévole en parallèle… son frère… Tout s'additionnait, mais l'équation la bloquait autant qu'elle la terrifiait.

Car elle s'était aussi entichée du désir qui palpitait entre Owen et elle. La principale chose qui l'empêchait d'agir selon ce désir – à part sa peur de le perdre, en même temps qu'elle perdrait son meilleur chirurgien pour le centre de traumatologie –, c'était sa conviction qu'ils ne pourraient jamais partager des valeurs, ou être amis en dehors de l'attirance physique.

Mais si Owen et @makingadifference n'étaient qu'une seule et même personne…

Bon sang, qu'était-elle censée faire si elle avait raison ? Comment était-elle censée garder ses distances maintenant ? Et elle devait le faire, n'est-ce pas ? Bien sûr que oui.

Donc, accepte de rencontrer @makingadifference.

Cela prouverait ou démentirait ce qu'elle soupçonnait, mais ne répondait pas à la question. Que voudrait-elle qu'il sorte de cette rencontre ? Honnêtement, elle n'en savait rien.

Elle ferait mieux d'être sûre avant de se décider. Parce que ça changerait tout. Et pourtant... Un infime frisson d'excitation dansait sur sa peau. *Imagine...*

Elle avait succombé à l'amitié facile, au soutien et à l'écoute de @makingadifference. Qu'est-ce que cela deviendrait avec en plus l'attirance physique volcanique qui bouillonnait juste sous la surface lorsqu'elle était près d'Owen ? Séparément, elle pouvait tempérer la tentation, mais s'il s'agissait bien du même homme...

Seigneur, ce serait irrésistible. Un bouleversement. Passion *et* amitié. Travail acharné *et* désir physique.

Mais elle n'était pas près de vouloir que sa vie change de cette manière. Elle restait sa patronne. Et il restait le médecin plasticien qui avait le pouvoir de faire échouer son précieux projet pour Mercy. D'ailleurs, s'il savait, si elle lui disait ce qu'elle soupçonnait, qui pouvait dire qu'il le voudrait ?

Il avait été d'une franchise brutale sur ses sentiments à l'égard de sa nouvelle boss en tant que @makingadifference. Si elle lui révélait qu'elle était à la fois la confidente et l'infernale patronne dont il avait parlé, il y avait fort à parier que la nouvelle serait moins excitante pour lui. Il serait déçu et ses pires craintes se réaliseraient : elle perdrait encore une autre personne à laquelle elle tenait.

Lorsqu'il croisa son regard, avec une question dans les yeux, elle ne fut pas sûre que ce soit vrai. Mais il y avait trop de risques pour un « peut-être ».

— Pourquoi avez-vous accepté un travail où vous agissez plus comme agent de relations publiques que comme médecin chef ? Je veux dire... je vous ai vue aux urgences et vous étiez... brillante. Ce travail est indigne de vous.

Kris étudia Owen, son regard qui ne faiblissait pas. Il n'était pas suffisant ou arrogant, il était juste curieux.

— J'ai perdu une personne proche et c'était notre rêve – ouvrir un centre de traumatologie pour des patients comme ceux que nous soignions en Angola. Un peu comme ce que vous faites :

des gens sans système de santé, sans moyens ou sans accès aux soins. Des gens qui servent leur pays ou leur ville, ou même des enfants victimes collatérales de la guerre de quelqu'un d'autre. Nous voulions simplement aider et c'était notre projet.

— Et l'émission de télévision ?

Kris soupira tandis qu'il s'asseyait en face d'elle.

— C'était son idée. Nous avons fait des simulations chiffrées et cela semblait le seul moyen de maintenir l'intérêt pour le financement avec l'augmentation des coûts médicaux aujourd'hui.

Il s'inclina en avant, les coudes sur ses genoux. Si près d'elle qu'elle retint son souffle. Elle se sentait vulnérable.

— Je ne suis pas en désaccord avec ce que vous faites. Je sais juste que vous êtes capable de plus. Comme ici, ajouta-t-il avec un geste englobant les lieux où ils se trouvaient.

Dans un effort pour rétablir l'équilibre entre eux, elle dévia la discussion sur un sujet qui la turlupinait.

— Que s'est-il passé avec Remy pour que vous soyez si abattu ? C'était votre premier patient en pédiatrie ?

Le regard d'Owen était de nouveau à mille lieues de là.

— Ce n'est pas important. Ça ne se reproduira pas.

— Je sais. Je vous fais confiance, Owen.

Le fait de le dire à voix haute parut les surprendre tous les deux. Son genou dériva et se colla contre le sien. Elle essaya de reprendre son souffle lorsqu'ils se touchèrent.

— Je vous fais confiance aussi. Vous êtes la seule, à part mon frère et mon... amie, à connaître cet endroit. Enfin, Dex le sait aussi. Mais il ne compte pas.

Kris rit et se demanda s'il remarquerait qu'elle laisse négligemment retomber sa main pour effleurer sa cuisse. Elle était aussi soudain curieuse de savoir quelle impression donnerait la mâchoire désespérément crispée d'Owen sous sa paume.

Elle refoula cette envie, se remémorant qu'elle était sa patronne. Et, le poussant un peu du genou, elle le taquina :

— Votre *amie* ? Si vous avez une amie, pourquoi me demander de sortir boire un pot avec vous le jour où nous avons rencontré Chuck ?

Cela, elle le demandait en tant que Kris, et non en tant que @ladydoc. Il noua son petit doigt au sien, et balbutia :

— Il y a une personne avec qui je discute en ligne, mais ce n'est qu'une amie. Et j'aurais sans doute dû préciser les choses, car je ne voulais pas que vous pensiez que j'attendais plus de vous ce jour-là.

Elle se pencha pour que leurs épaules se touchent. Et rangea l'aveu de l'amie en ligne avec le reste de la concordance des faits.

— Juste ce jour-là ?

Sa voix était lourde d'envie. Pour la première fois depuis son internat, sa tête se mit en retrait et laissa place à son cœur.

— Cela ne me dérangerait pas si vous pensiez que j'en veux plus maintenant. En dépit de tout bon sens, je...

Il leva son menton du doigt et plongea les yeux dans les siens. Elle sentit son pouls s'emballer et ses lèvres trembler, mais elle s'en fichait. Tout ce qui comptait, c'était l'espace infinitésimal qui les séparait et qui se réduisait peu à peu.

Au moment où ses lèvres frôlaient les siennes, la porte de la chambre s'ouvrit. Owen bondit en arrière.

— Qu'est-ce qu'il y a, Paul ?

Kris s'efforça de reprendre son souffle tandis que Paul, tout aussi essoufflé, lança :

— Il y a un incendie dans les collines de Malibu et une équipe de pompiers est prise au piège. Les ambulanciers ont déjà amené quatre gars avec des brûlures et des blessures par écrasement. D'autres arrivent.

— Ici ? demanda Owen, soudain livide.

— Oui, ce sont les hommes de Chuck. Il a appelé.

— Bon sang, grommela Owen. Cet endroit n'est pas prévu pour des traumatismes massifs. Des brûlures, oui, mais pas le genre de choses dont ils auront besoin. Mercy est le plus proche, mais ils n'ont pas de service dédié...

— Et le centre de traumatologie ? suggéra Kris. Il est terminé à 60 % depuis ce matin.

— C'est suffisant ?

— Il le faudra bien, répondit-elle d'un ton pressé. On pourra utiliser vos salles d'opération pour le surplus, et les salles déjà terminées seront testées.

— D'accord. Oui. Ça va marcher. Mais...

— Je n'appellerai pas les médias, dit-elle alors qu'ils se précipitaient vers la sortie. Je le promets.

— Merci.

Elle acquiesça. Leur présence ne serait pas du tout appropriée ; en fait, imaginer un journaliste face à des pompiers gravement, voire mortellement blessés, lui donnait la nausée. Mais si ce n'était pas approprié maintenant, quand est-ce que ce le serait ?

Ce n'était ni le moment ni le lieu pour faire part à Owen de l'aveu qu'elle sentait grandir dans son cœur, mais elle ne pensait plus que la série documentaire était le seul moyen de surmonter cette restructuration.

Quoi qu'il en soit, cette visite de la clinique d'Owen lui avait montré qu'il devait y avoir un autre moyen. Il fallait qu'il y en ait un. Et si ce n'était pas le cas, peut-être qu'elle n'était pas autant faite pour ce travail qu'elle et Alice l'avaient espéré.

7

Owen arracha la bâche qui séparait la zone en construction des chambres entièrement prêtes et alluma toutes les lumières. Kris avait appelé à l'avance et s'était assurée que tout le monde était à pied d'œuvre pour accueillir et orienter les blessés. Tout le personnel disponible était réquisitionné, les infirmières et médecins en congé, rappelés en urgence. La communauté durement frappée nécessitait la mobilisation de toutes les personnes présentes et prêtes à s'impliquer.

Kris était concentrée et calme. Elle était de nouveau en blouse – ce qu'il se donnerait le temps d'apprécier une fois la crise passée. En plus de se demander pourquoi il avait cru qu'embrasser sa patronne était une bonne idée. Dieu merci, Paul avait interrompu ce qui aurait été une catastrophe.

— Je peux opérer si on a besoin de moi, dit-elle.

Sans trop réfléchir, il l'entraîna derrière une étagère remplie de bandages, de kits de débridement et d'autres articles dont ils seraient probablement à court d'ici la fin de la journée. Il lui frotta les bras, son sourire chaleureux attisant son désir. Elle avait été têtue et peut-être un peu autoritaire et inflexible lorsqu'il l'avait rencontrée, mais elle était la patronne, alors bien sûr, c'était logique. Toutefois, au moment crucial, elle avait assuré.

Elle n'avait pas été indiscrète, n'avait pas jugé. Elle avait juste écouté. À l'instar de @ladydoc.

Dire qu'il se pensait intouchable sur le plan émotionnel.

Égoïstement, il voulait voir à quoi cela pouvait ressembler de lâcher prise et de s'ouvrir à quelqu'un. Mais cela signifiait abandonner certaines croyances de longue date sur le monde, son rôle dedans et ce que son avenir pouvait être – et le sourire mutin de Kris ne suffirait pas.

Il regarda autour de lui, mais personne n'était assez près pour leur prêter attention. Alors il l'embrassa, sans se soucier des conséquences. Juste une fois, et rien de plus qu'un baiser bouche fermée, mais cela envoya quand même une onde de choc dans ses veines. Elle avait un tel effet viscéral sur lui.

— C'était pour quoi, ça ? demanda-t-elle.

La même onde semblait s'être abattue sur elle aussi.

— Je voulais juste que tu saches que tu es formidable et que tu mérites tout après ce que tu as accompli ici – des roses sur ton chemin et un tapis rouge déroulé, aussi. Ce centre va sauver beaucoup de vies ce soir.

— Merci, Owen. Et pour info, je suis plus fleurs sauvages et marguerites que roses.

— C'est bon à savoir, chuchota-t-il à son oreille.

Elle sourit et tourna la tête afin que ses lèvres rencontrent les siennes. Il inspira brusquement, mais lorsqu'elle ouvrit la bouche juste assez pour qu'il puisse goûter son haleine mentholée, le halètement se transforma en gémissement.

— Hum… oui. Alors, on devrait y aller, dit-elle en reculant et en se mordant la lèvre inférieure.

Ses yeux brillaient et son sourire aurait pu alimenter en électricité la nouvelle aile à lui seul. Le désir enflamma la poitrine d'Owen, mais il le repoussa.

— Je suis d'accord. Je vais aller voir les familles pour savoir à quoi nous avons affaire et je te tiendrai au courant.

— Non, je m'en occupe déjà. Tu devrais faire le tour des salles de traumatologie et voir ce dont nous avons besoin.

Owen soupira. Ils perdaient du temps avec la sémantique. Il pouvait faire les deux.

— J'ai travaillé avec ces pompiers, Kris. Ils me connaissent et me font confiance, alors je devrais passer les voir. Ça ne prendra qu'une minute.

Il lui pressa l'épaule et tourna les talons, mais elle lança :

— Docteur Rhys, arrêtez.

Il s'exécuta, ne s'attendant pas à la femme sévère, aux lèvres pincées, à la place de celle, confiante et souriante, qu'il avait embrassée quelques instants plus tôt.

— Je suis le médecin chef de Mercy, je serai donc le visage de cet hôpital et du nouveau centre. C'est clair ?

— Bien. Mais Kris...

— Et c'est Dr Offerman pendant qu'on travaille. C'est clair aussi ?

Quoi ? Ils avaient tellement progressé. Il... il l'avait *embrassée*. Et elle l'avait embrassé en retour. D'où venait ce changement soudain ?

Et puis cela le frappa comme une décharge d'adrénaline.

— Attends. Tu as peur que je te vole la vedette ?

Elle hésita, mais son regard baissé répondit à la question.

— Ou que je vole des patients.

Elle se mordit la lèvre. D'où lui venait cette méfiance à l'égard de tout le monde ? De son ex ?

— Kris, je suis peut-être un abruti têtu parfois, mais je crois en ce que tu fais. Regarde cet endroit. Il fait ce que le mien n'a pas pu faire. J'espère qu'une fois que les choses se seront calmées, on pourra parler d'un partenariat, où les opérations auront lieu ici et où ceux qui ont besoin de soins prolongés pourront les obtenir à la clinique. Mais non, je ne saboterai pas ton projet. Seuls les patients comptent, et ils ont besoin de nous deux.

— On en discutera plus tard, d'accord ?

— Kri... Docteur Offerman. Je suis désolé. Mais tu dois savoir que je ne suis pas ce type.

— Quel type ? demanda-t-elle.

Ses bras étaient croisés sur sa poitrine, créant un mur là où il y avait de l'ouverture cinq minutes plus tôt.

— L'autre médecin qui t'a fait du mal et fait sentir que tu n'étais pas assez bien. Je ne suis pas lui et je ne vais pas faire quoi que ce soit pour t'entuber. Je veux juste...

Les portes s'ouvrirent en sifflant, le coupant dans son élan. Kris mit un terme à la discussion.

— Tu devrais... *nous* devrions nous mettre au travail. On pourra parler quand on aura fini.

Owen acquiesça, ne sachant comment s'excuser. Il n'essayait pas de lui marcher sur les pieds, mais elle devait lui faire confiance s'ils voulaient progresser en tant que collègues. Ou amis, ce qu'il espérait.

Foutaises. Tu veux plus que ça.

Attrapant une planchette à pince, elle se dirigea vers le poste des infirmières. Owen l'entendit assigner des tâches et ordonner des tests, mais sa voix était aimable et ferme. Exactement ce qu'un leader devrait être. Si seulement elle pouvait le voir. Ce serait bien aussi si elle voyait qu'il ne cherchait pas à obtenir son poste. Il voulait juste la soutenir.

Alors montre-lui. C'est le seul moyen pour qu'elle se sente suffisamment en sécurité pour te faire confiance.

Quelque chose à l'intérieur de sa poitrine s'ouvrit, laissant entrer la lumière. Une petite voix, qu'il n'avait pas entendue depuis longtemps, murmura : *Ça va aller. Tu vas t'en sortir.*

Il n'était pas sûr d'y croire, mais il verrait plus tard.

Ce fut la dernière fois qu'il pensa à Kris pendant les quatre heures qui suivirent. Son esprit était entièrement concentré sur le débridement des brûlures au deuxième et au troisième degré, la remise en place d'os et l'intubation des patients souffrant d'inhalation de fumée. Enfin, peut-être pas entièrement. Il se demanda à quoi ressemblerait la fusion de sa clinique avec le centre de traumatologie de Kris. Ce serait bien d'avoir le soutien d'un grand hôpital, mais d'un autre côté, il serait redevable à son conseil d'administration. Cela donnait beaucoup à réfléchir, mais à mesure que les chambres se remplissaient, il y avait un réel besoin à prendre en compte.

Après avoir envoyé le dernier patient de son aile au scanner, il passa dans la salle d'attente. Comme il s'y attendait, Chuck était là, penché sur une chaise et se tordant les mains. Owen aurait dû venir plus tôt.

— Chuck, dit-il en posant une main sur son épaule.

— J'aurais dû être là, gémit Chuck.

— Mais non, répliqua Owen en s'asseyant près de lui. Vous y étiez la dernière fois que quelque chose d'aussi grave s'est produit et vous en payez encore le prix.

— Mais ce sont *mes* hommes. Je suis la seule famille de certains d'entre eux. Je suis le parrain des enfants de Jones. Et il est si... Il ne marchera plus jamais, pas vrai ? demanda Chuck, lâchant un sanglot.

Owen était lié par la loi HIPAA qui l'empêchait de dire quoi que ce soit sur un patient sans son autorisation.

— Comme vous l'avez dit, c'est votre gars. Ce qui veut dire qu'il est sacrément fort et quand les patients sont aussi forts, ils ont une bien meilleure chance de guérir.

— Mon Dieu, je l'espère, murmura Chuck.

Il renifla et sortit un mouchoir qui portait le logo de Médecins sans frontières (MSF) sur un imprimé africain.

— Où vous avez eu ça ? demanda Owen, son pouls s'accélérant.

— La nouvelle patronne que j'ai rencontrée l'autre jour dans votre bureau. Elle est passée me voir il y a un petit moment et a pris des pizzas pour les familles et les autres gars venus attendre. Bien sûr, je pleurais comme un nouveau-né, alors elle m'a donné son mouchoir.

Owen rayonnait. Elle avait épaulé Chuck et son équipe d'une manière à laquelle il n'aurait même pas pensé s'il avait été à sa place. Elle était faite pour ce boulot, aussi compétente fût-elle en salle d'opération. Heureusement pour Mercy, ils l'auraient pour les deux rôles.

Et toi ? Qu'est-ce que tu auras d'elle ?

— C'est super. Je suis content qu'elle soit passée.

— Moi aussi. C'est bien, ce qu'elle fait.

— Exact, dit Owen, le cœur battant fort.

— J'aime bien ce que vous faites dans votre clinique, mais ici c'est une sacrée bonne installation et le fait que ce sera gratuit est tout ce qu'on peut demander. Je ne dis pas que les gens sont ravis d'être filmés, mais pour une aide médicale comme celle-ci ? Ça peut valoir le coup.

Owen regarda autour de lui. Son centre chirurgical était conçu pour les fentes palatines, les brûlures et autres chirurgies plastiques reconstructives, mais il ne pouvait répondre aux besoins du segment d'habitants de Los Angeles nécessitant des soins traumatologiques de qualité et gratuits. La présence des médias valait-elle la peine de disposer de tout ce que Mercy offrait ?

— Vous n'avez pas tort, concéda-t-il.

Chuck lui tapota le bras et se leva.

— Je vais manger un bout de pizza. Merci d'avoir pris soin de mes gars.

— C'est normal.

Owen soupira. Il était peut-être temps qu'il cède un peu. Il ne pensait pas qu'une caméra devait s'approcher de ses patients, surtout ceux comme Chuck ou Remy, mais il pouvait peut-être mettre ses propres complexes de côté et proposer une interview pour le documentaire. Il n'y avait pas de mal à raconter un peu ce qu'il faisait pour Mercy, si ? Surtout si cela aidait le centre de traumatologie à rester solvable, ce qui permettait en retour à Kris de rester à Mercy.

Tu prétends vraiment que c'est une démarche altruiste ? voulut savoir son subconscient. *Parce qu'à mon avis, tu fais ça parce que tu veux coucher avec la boss.*

Peut-être. À condition qu'elle soit intéressée. Son baiser indiquait qu'elle était au moins attirée par lui, mais... il devrait de toute façon réparer le gâchis qu'il avait provoqué ce soir, à la fois avec le baiser, puis en marchant par inadvertance sur une ligne qu'elle avait tracée dans le sable.

Mais même s'il le faisait et qu'elle le rejetait malgré tout, sa clinique était en danger. Et quoi qu'il arrive, cela *devait* être sa priorité. Pas le sexe, pas les femmes, pas même...

Il grimaça. Kris le déstabilisait tellement qu'il oubliait ce qui se passait avec @ladydoc. Elle n'avait pas répondu et il devait le respecter. Mais il était peut-être temps de tendre la main. Car pour la première fois depuis qu'ils discutaient en ligne, il ne s'était pas couché en pensant à elle, il n'avait pas rêvé d'elle et ne s'était pas réveillé en pensant à elle. Pendant près d'une semaine, c'était comme si elle s'était volatilisée.

Remplaçant l'espace qu'occupait @ladydoc dans son cœur et ses pensées, il avait imaginé ce que serait la peau de Kris s'il passait ses doigts le long de son corps et quels secrets il pourrait trouver cachés sous le tissu de son tailleur.

Il jeta un coup d'œil à travers la porte vitrée de la salle d'attente et vit Kris traverser les urgences, sa blouse tachée, ce qui signifiait qu'elle avait assumé une partie du travail elle-même. Elle était vraiment incroyable, n'est-ce pas ?

Depuis la rencontre deux semaines plus tôt avec Chuck, leur détestation mutuelle s'était muée en quelque chose de moins... antagoniste. Ce matin, ils étaient allés encore plus loin. D'une manière ou d'une autre, cela l'avait amené à embrasser sa patronne. Et à en vouloir plus, tellement plus.

Ce qui, encore une fois, était un problème pour de nombreuses raisons.

Owen saisit son téléphone, et se dirigea vers la cuisine du personnel pour la dose de café dont il aurait besoin pour survivre le reste de la journée. Son travail ici était terminé, mais il avait encore deux opérations ce soir à la clinique.

Il envoya un message rapide à @ladydoc. De toute façon, il n'y avait aucune garantie qu'elle réponde. Il commença par quelque chose d'aimable, mais vague. Après tout, elle avait été sa première véritable amie en dehors de Sam et Dex, tous deux coincés avec Owen pour le meilleur et pour le pire.

J'ai pensé à toi. J'ai eu une journée de travail assez chouette – enfin, très satisfaisante – et je n'y serais pas arrivé si tu ne m'avais pas incité à tâter le terrain à l'hôpital sur ce que je fais à la clinique. Alors, merci. J'espère que tu vas bien…

L'ellipse était peut-être de trop, comme une invitation qu'il n'était pas prêt à assumer. Mais tant pis.

Lorsqu'il entendit la notification par-dessus le bruit de la machine à café, il sourit. Elle avait répondu, et son cœur battit la chamade. Il avait oublié l'effet que lui faisait le carillon indiquant l'arrivée de ses messages.

Salut, bel inconnu ! Pardon d'avoir tardé à te répondre. Je blâmerais le travail, vu que je suis débordée, mais la vérité est que j'étudie toujours ton offre. Non que je ne veuille pas te rencontrer, mais je me demande ce que cela pourrait faire à la formidable amitié que nous avons construite. Je ne sais pas ce que tu en penses, mais parler avec toi était le meilleur moment de chaque journée. Je ne veux pas perdre ça.

Le sourire d'Owen s'effaça. Son message confirmait qu'ils ne pouvaient être qu'amis. Pour lui, du moins. Parce que si avant, le meilleur moment de sa journée était de lui parler ; maintenant, il avait hâte de voir et de parler à la femme brillante, éblouissante, en chair et en os, qui se trouvait juste à quelques pièces de là.

Mais pour l'instant, cela n'avait pas d'importance. Il ne pouvait avoir personne qui soit plus qu'une amie.

Il envoya un autre message.

J'ai apprécié ton amitié plus que tu ne le penses. Mais de toute façon, je ne peux plus te rencontrer. Je ne peux pas dire pourquoi, mais j'accorde une grande importance au fait d'avoir quelqu'un auprès de qui je peux m'épancher en toute confiance. Je ne veux pas perdre cela.

Son téléphone vibra dans ses mains.

Je suis d'accord. Je suis heureuse que tu puisses me faire confiance.

Le poids du stress trop longtemps contenu s'évapora.

En parlant de confiance, je peux te demander un conseil ? Pas de détails, promis.

Bien sûr. Vas-y.

Il réfléchit à la manière de formuler sa question sans trop en dire sur son lieu de travail ou son service. Il n'y avait qu'une poignée de médecins plasticiens dans le comté de Los Angeles qui travaillaient autant que lui à Mercy et à la clinique. Il ne serait pas difficile de le situer avec un ou deux détails donnés au hasard.

Ma diabolique patronne s'est avérée être plus – meilleure ? que je ne le pensais. Elle lance une initiative sur notre lieu de travail qui répondra à un besoin assez mal desservi dans la communauté et j'ai la possibilité d'en faire partie. Seulement, si je le fais, je devrai abandonner certains de mes principes les plus importants. Mais cela aiderait un grand nombre de personnes. Qu'en penses-tu ?

Owen sirota son café pendant que @ladydoc tapait sa réponse. Il ne voyait plus Kris, mais c'était normal. Elle avait bien plus à faire que lui aujourd'hui. Comme d'habitude, la réponse de @ladydoc était pile ce qu'il avait besoin de lire.

Purée. Je regrette ce pacte « pas de détails ». Je sais pourquoi on l'a fait, et je pense que c'est important, mais j'ai un million de questions, comme : « Pourquoi tes principes ne sont pas alignés sur quelque chose qui pourrait aider beaucoup de gens ? » Voici mon conseil : utilise tes points forts au mieux de tes capacités. C'est tout ce que tu peux maîtriser et au final, cela fera passer les besoins de tes patients au premier plan. Tu sauras quoi faire quand ce sera le plus important.

Hum. Pas bête. Un autre message arriva.

Ça te dérange si je fais aussi appel à tes lumières ?

Il sourit. Ils revenaient à une amitié normale et cela faisait du bien.

Pose ta question. Je te préviens, je pourrais te donner des

conseils non sollicités, comme m'assurer que tu essaieras le nouveau glacier sur la 4e Rue. Crois-moi, les calories en valent la peine.

Le message suivant fusa.

Ça tombe à pic, la journée a été torride, haha. J'ai… Comment dire ? J'ai des sentiments pour quelqu'un au travail, un membre de mon équipe. J'espère que ce n'est pas grave de le dire. J'ai tenu bon quand j'ai senti qu'il avait dépassé les bornes, mais j'ai aussi suivi son conseil et je me suis mise à la place du patient. J'ai même donné en guise de mouchoir mon bandana préféré que mon mentor m'avait offert. J'ai juste peur que si je passe à l'action, il parte en courant, car avant aujourd'hui, on s'agaçait mutuellement. Et je suis sa boss. Tu sortirais avec quelqu'un avec qui tu as un écart de pouvoir ? Un conseil ?

Owen se frotta la nuque, qui commençait à transpirer.

Est-ce que… ? Kris ?

Il s'en était déjà douté, mais ses soupçons étaient restés infondés pendant qu'il décortiquait d'autres sentiments pour cette femme. Mais maintenant, il ne pouvait plus le nier.

Il posa le téléphone, comme si cela pouvait changer les mots qui clignotaient comme une sorte d'avertissement. Qu'était-il censé faire ? Dire ? Tant de prises de conscience dégringolaient sur lui, le terrassant de leur poids.

Primo : Kris et @ladydoc étaient la même personne. Ce qui signifiait… qu'il avait de l'amitié et du désir pour une seule personne depuis tout ce temps et qu'il ne le savait pas.

Secundo, peut-être plus important : il plaisait à Kris. Du moins, après leur baiser d'il y a quelques heures, il supposait que c'était à propos de lui qu'elle demandait conseil.

Enfin, sous forme d'une question : savait-elle qui il était ? Et si ce n'était pas le cas, devait-il lui dire qu'il savait ?

Il fourragea dans ses cheveux. Bon sang. Quel bazar…

Owen reprit son téléphone et envoya une réponse.

Ça t'ennuie si j'y réfléchis ? Je dois aller travailler et je veux y consacrer la réflexion nécessaire.

Ce qui n'était pas vraiment un mensonge, si ? Il avait besoin de temps pour y réfléchir. Elle répondit aussitôt :

Bien sûr. Passe une bonne soirée et merci de m'avoir contactée.

Owen se versa un nouveau café et quitta la salle du personnel. Le bruit et le chaos de l'hôpital n'étaient plus qu'un doux bourdonnement des infirmières de nuit et des derniers médecins qui rédigeaient leurs rapports.

Ils avaient réussi ; ils avaient sauvé tous les pompiers qui avaient été amenés, et avec une capacité de 60 %, en plus. Le centre, hormis quelques petits pépins, avait fonctionné comme il le devait et il ne doutait pas que leur succès était dû en grande partie à l'ingéniosité de Kris. Qu'il ait contribué, ne serait-ce qu'un peu, à la conception le remplissait d'une fierté qu'il ne s'accordait pas d'ordinaire.

Si Sam pouvait le voir maintenant… Cela le fit penser à ses parents, et il n'avait pas besoin de ce genre de pensées négatives s'il voulait faire les progrès dont il avait besoin.

À petits pas.

Parler à Sam, puis à ses parents, puis décrypter les sentiments compliqués qu'il éprouvait pour sa patronne. Car d'un côté, il mourait d'envie de la voir, de la prendre dans ses bras, de la féliciter et de reprendre là où ils s'étaient arrêtés avant l'arrivée du premier patient. Mais d'un autre côté, il y avait tant de choses à faire avant. À commencer par trouver un moyen de se pardonner pleinement les péchés de son passé, afin de pouvoir avoir un avenir débarrassé de la culpabilité et des regrets qu'il portait depuis ce temps-là.

En attendant, il pouvait au moins lui offrir un peu de son café et une accolade pour lui dire qu'elle s'était bien débrouillée, non ? Peut-être lui affirmer qu'il ne s'attribuerait *jamais* le mérite d'une seule de ses réussites et voir si elle avait envie de parler ? Il n'y avait pas de mal à cela…

Mais où était-elle ? Il avait vérifié tous les espaces communs – les postes des infirmiers, les salles de pause, même l'extérieur des toilettes – et elle n'était nulle part. Il sortit, appréciant la rare fraîcheur de la soirée à L.A.

Un peu fébrile, il scruta les alentours en quête de Kris.

Il se dirigea vers le parking au cas où elle serait partie, mais sa voiture était toujours là. Lorsqu'il se retourna vers l'entrée des urgences, une lumière clignotante attira son attention. Il fronça les sourcils. Est-ce que c'étaient… des *caméras* ? Il s'approcha, mais resta caché dans l'ombre.

Oui, il y avait bien une caméra – six, en fait – et une bonne demi-douzaine de journalistes. Au bout de leurs micros se trouvait Kris. La colère l'envahit, brûlante, acide.

Elle avait rompu sa promesse. Un seul jour et sa parole était annihilée.

Tu ne viens pas de dire qu'il faudrait peut-être que tu cèdes un peu ?

Oui, mais ça ? C'était plus qu'un peu.

Bien qu'il ne puisse entendre ce qu'elle disait, elle pointait du doigt avec animation l'entrée de l'hôpital. Il s'apprêtait à interrompre l'entretien, à lui signifier à quel point elle était à côté de la plaque, quand il se figea. Chuck était à côté d'elle, l'air solennel, les bras croisés. Il ne parlait pas, se contentant de hocher la tête de temps à autre.

Owen se moquait de savoir qui était Kris en ligne ou à l'hôpital. Elle avait brisé sa confiance, juste au moment où il avait enfin accepté qu'ils puissent avoir une chance de construire un partenariat médical, voire plus, ensemble.

Mais comment était-il censé le faire quand la femme à laquelle il s'était attaché lui avait menti ?

8

Owen avait le regard dur et… concentré lorsqu'il franchit la porte de l'hôpital le lendemain matin. C'était samedi, mais tout le monde était encore sur le pont après la situation d'urgence subie par leur communauté la veille. Et elle, elle continuait d'être obnubilée par l'allure de cet homme. La réaction dangereuse de son corps face à lui la rendait fébrile. Tandis qu'Owen saluait le personnel de sécurité de l'hôpital et l'infirmière en chef, Kris laissa son regard le balayer.

Il portait un costume gris ardoise avec une cravate gris clair, ses yeux par conséquent encadrés de tons assortis, ce qui mettait leur intensité en évidence. Lorsqu'il se tourna vers elle, sa respiration s'arrêta. La pochette bleu azur qu'avait choisie Owen était la petite touche de couleur nécessaire pour faire ressortir les mouchetures bleu pâle dans ses yeux, leur ajoutant une profondeur inutile. Il incarnait… le mot lui échappa alors qu'il la clouait de son regard pénétrant.

La force.

Voilà. Owen personnifiait la force et l'exsudait avec une aisance toute naturelle. Pourquoi avait-elle l'impression que c'était lui qui commandait aujourd'hui, et qu'elle n'était qu'une intruse en blouse blanche avec le mauvais titre ?

Elle lui fit signe, mais il se contenta d'un hochement de tête sec, puis monta quatre à quatre l'escalier menant au service de chirurgie plastique.

Hum… Pourquoi ne la rejoignait-il pas dans son bureau ?

Et pourquoi ne l'avait-il pas attendue après en avoir terminé avec leurs patients la veille ? Elle avait au moins compté sur des congratulations mutuelles, mais elle n'aurait pas été contre l'idée de voir où ce baiser qu'ils avaient échangé pouvait mener. Même si c'était une très mauvaise idée, Owen étant son subordonné, donc dangereux pour sa carrière, elle ne le savait que trop bien.

Pourtant, ce baiser avait été torride. Certes, vu de l'extérieur, il aurait été qualifié de doux, de tendre même. Mais elle ne s'en était pas remise. Depuis, elle flottait dans un état de lévitation permanent et avait pratiquement oublié les règles d'Alice. Car comment ce qu'elle ressentait pour Owen pouvait-il être une mauvaise chose ? Même savoir qu'elle risquait sa carrière en éprouvant cela n'y changeait rien.

Et ce n'était pas seulement physique. Sachant à présent qui il était – en ligne et hors ligne – et comment leur amitié s'était développée sans que l'hystérie du travail ne la complique, elle était certaine d'avoir trouvé un partenaire capable de lui permettre de mettre de côté sa peur de la perte.

Alors oui, au diable les émotions à écarter. Cet homme lui plaisait beaucoup. En fait, elle l'avait laissé entendre lors de son interaction avec @makingadifference la veille, tâtant le terrain pour voir s'il serait d'accord pour sortir avec quelqu'un qui occupait un poste plus élevé au travail.

Mais elle ne s'attendait pas du tout à sa réaction ce matin. Était-ce la conséquence d'avoir revendiqué son rôle à Mercy ? L'inquiétude remplaça l'excitation qu'elle avait ressentie avant qu'il entre à l'hôpital. Elle prit la même direction que lui, et frappa à la porte de son bureau. Sa voix bourrue lui cria d'entrer.

— Hé, fit-elle en franchissant le seuil. Qu'est-ce qu'il y a, Owen ? J'ai fait quelque chose ?

Il ne croisa pas son regard et sa mâchoire se figea.

— Tu as fait ton travail à la lettre hier soir. En fait, je dirais que tu as fait exactement ce que tu as dit que tu ferais depuis que tu es ici.

Ses paroles étaient aimables, à la limite de la déférence, mais la lueur sombre dans ses yeux la dérouta.

— Owen, reprit-elle – et s'il se retourna pour lui faire face, son regard resta fixé au-dessus de sa tête. Dis-moi ce qui ne va pas. Toi et moi, on était très bien hier soir et ce matin, c'est comme si on était revenus au premier jour. C'est parce que j'ai parlé aux pompiers ou tu regrettes le baiser...

— Oui, répondit-il sans hésiter.

Elle sentit son cœur faire des ratés. Seigneur, quelle erreur avait-elle commise ? Elle était un bourreau de travail sans aucune relation personnelle et soudain, elle embrassait son employé.

— Mais pas pour la raison que tu penses, ajouta-t-il.

— Alors, pourquoi ?

Il émit un faible grognement, aplatit ses paumes sur le bureau d'acajou, tous les muscles de ses avant-bras tendus.

— Tu as rompu ta promesse hier soir, Kris. Sous mes yeux, et pire, tu as entraîné Chuck là-dedans alors qu'il avait expressément dit qu'il ne voulait pas parler à la presse.

— Oh.

— Oui. Comme tu dis, *oh*.

Elle fronça les sourcils. Il avait dû la voir parler aux journalistes qui avaient eu vent de l'endroit où avaient été amenés les pompiers. Mais il n'avait pas entendu ce qu'elle avait dit, clairement. Elle commença à protester.

— Écoute, quoi que tu penses...

— J'ai compris, la coupa Owen d'une voix aussi tranchante que son regard. Tu ne peux pas aller contre ta nature, pas plus que moi. Mais ça ne veut pas dire non plus que je dois l'accepter. J'ai été clair et tu as mis notre communauté en danger. Maintenant, si tu veux bien m'excuser, j'ai une consultation avec un patient que je ne peux pas annuler.

Un frisson la parcourut tandis qu'Owen prenait une grande inspiration et que son visage devenait atrocement solennel. Elle se répéta la règle numéro un d'Alice : *Ne te mets pas en colère. Cela ne te mènera nulle part avec lui.*

Jamais son amie ne lui avait autant manqué. Elle donnerait n'importe quoi pour avoir un éclairage ou un conseil... Et un câlin. Quelque chose qui l'empêche de céder à la peur qui tenaillait son cœur. Elle devait prendre sur elle et faire bonne figure, malgré ses sentiments pour Owen. Il refuserait de l'entendre, quelle que soit la façon dont elle énoncerait la vérité

— Owen, dit-elle. Il y aura toujours de la bonne et de la mauvaise presse dans ce métier. Oui, j'ai parlé aux journalistes, mais tu n'as même pas demandé ce que j'ai dit.

Elle leur avait parlé, mais seulement parce que si elle ne l'avait pas fait, qui sait qui ils auraient accosté pour obtenir les informations et alors, où en seraient-ils ? Au moins, elle avait limité les dégâts, grâce à Chuck, qui s'était porté volontaire pour l'aider à donner le strict minimum de détails.

— Parce que je me fiche de ce que tu as dit. Tu as promis que tu ne le ferais pas et Chuck ne voulait pas y participer, jamais. Tu ne peux pas faire fi de ce qui est le mieux pour toi et l'hôpital, hein ? Même si c'est mieux pour nos patients ?

Il soupira, ses épaules s'affaissèrent en même temps et Kris réalisa quelque chose. Owen n'était pas James – il ne la trahirait pas comme ce dernier l'avait fait – mais comme lui, il faisait peu cas d'elle. Et là résidait le problème contre lequel Alice l'avait mise en garde. En tant que femme cadre, si elle voulait exiger des changements, elle devait garder *toutes* ses émotions en dehors de l'équation. Non seulement la colère, mais aussi le désir et l'amour. Surtout ces deux-là.

Elle se sentirait seule, mais n'était-ce pas ainsi depuis son adolescence ?

Le café et l'odeur trop sucrée des pâtisseries de la salle d'attente des patients toute proche, se mêlèrent à sa nervosité et lui donnèrent la nausée.

— Bon. Je vois que tu es contrarié, alors je te laisse tranquille. Mais j'aimerais qu'on en parle à un moment.

Peut-être quand tu auras eu le loisir de lire l'article dans les journaux et de te calmer.

— Je ne sais pas si j'aurai le temps. J'ai une réunion avec les services de police et de pompiers pour discuter de l'utilisation de la clinique comme centre de convalescence post-traumatique et de ce que je devrai rénover pour cela.

D'accord, il ressemblait peut-être plus à James qu'elle ne le pensait. *C'est mon boulot*, avait-elle envie de crier. *De quel droit tu m'enlèves ça ? Tu l'enlèves à Mercy ?*

La colère monta. Alice lui aurait conseillé de se calmer, mais à côté d'Owen, c'était impossible.

Owen, qui se tenait là, déterminé à la faire payer alors qu'il avait l'air d'un péché irrésistible. Quelque chose de dangereux couvait sous son apparence glaciale. Et pourtant... Son cœur battait la chamade lorsqu'elle imaginait ce qui se passerait si elle caressait son menton du doigt, si elle utilisait ses lèvres pour relâcher la pression qu'elle y voyait.

Kris bouillonnait d'émotions. Elle avait parlé à la presse, oui. Mais méritait-elle ceci ? Absolument pas.

Le pire, toutefois, c'était que l'attirance l'emportait sur tous ses sentiments, même sur la colère. Mais cela n'avait pas d'importance. Il se mettait en travers du chemin de ce qu'elle désirait le plus : le centre de traumatologie.

— Et qu'est-ce que tu comptes faire ? Voler tous les patients qui viennent à Mercy par dépit ?

— Non. J'ai l'intention d'ouvrir mes portes aux patients qui ont besoin d'accéder à des soins de qualité et qui tiennent à leur vie privée. Je n'y peux rien si personne ne veut participer à ta série documentaire.

La série documentaire ? Elle avait annoncé sa fin la veille au soir, mais Owen ne lui laissait pas l'occasion de lui expliquer tout cela. Cela aurait nui à la crise qu'il piquait.

S'il pense que tu lui as menti à ce sujet, imagine ce qu'il ressentira quand tu lui diras qui tu es en ligne.

Son subconscient avait raison : Owen faisait clairement comprendre qu'il n'apprécierait pas ce qu'elle avait découvert et gardé pour elle. Elle réprima un soupir.

— On est dans la même équipe, Owen, et quand tu t'en rendras compte, ma porte sera ouverte pour qu'on puisse discuter de la meilleure façon d'aider la communauté dans laquelle nous vivons sans nous étriper. Il y a plus d'une façon d'être au service de nos patients et oui, tu as raison, beaucoup ne veulent pas que leur histoire soit filmée et partagée. Mais il y a des gens qui veulent s'assurer que d'autres n'auront pas à vivre ce qu'ils ont vécu et si le fait de raconter leurs difficultés peut aider quelqu'un d'autre, ils le feront volontiers.

Le regard d'Owen était indéchiffrable, mais sa mâchoire se crispa. Elle poursuivit :

— Je ne suis pas la méchante. Je suis désolée si je t'ai blessé et tout aussi désolée si j'ai franchi une ligne en t'embrassant. Mais je ne m'excuserai pas de faire les choses différemment de toi. Et si tu veux parler à Chuck de son implication, je pense qu'il serait prêt à en discuter avec toi.

Sur ce, Kris sortit du bureau. Elle était profondément déçue de perdre son ami @makingadifference en perdant Owen. Car elle ne pouvait pas feindre d'être en phase avec un homme qui aimait la version en ligne d'elle, mais méprisait la version réelle. Elle était les deux – la femme en besoin de camaraderie et celle dédiée à sa carrière.

Si Owen Rhys ne pouvait pas le voir, tant pis pour lui.

9

Owen réussit à se jeter à corps perdu dans le travail pendant près d'une semaine, mais il restait tourmenté par les mots de Kris : « Il y a plus d'une façon d'être au service de nos patients. » Devant chaque patient qu'il voyait, lors de chaque opération qu'il pratiquait, ces mots – indiquant que sa façon de faire n'était pas la seule acceptable – le hantaient.

Il le savait, bien sûr. Mais à un moment donné, il était devenu inflexible. Et à ce stade, il devait choisir : il fallait qu'il s'aligne ou qu'il quitte le navire. Non parce que Kris l'exigeait, mais parce qu'il ne pouvait pas continuer ainsi.

Car en outre, force était d'admettre que Kris lui manquait, quelle que soit la promesse qu'elle avait rompue.

Owen se pencha pour rattacher sa chaussure de course, le souffle court après les kilomètres qu'il venait de s'infliger.

Maudit Dex, parti pour quatre mois en Afrique au moment où il avait le plus besoin de lui. Son ami était le seul, à part Sam, à qui Owen pouvait parler de son travail à la clinique et de sa patronne qui avait franchi ses défenses et l'avait forcé à sortir de sa zone de confort. Il faisait froid et venteux là-dehors et il voulait juste retrouver le confort du familier.

Tu t'es caché depuis longtemps dans le familier.

Oui, à cause de ce qui était arrivé à Sam. Comment Owen pourrait-il faire subir ça à ses patients ? Ils n'obtiendraient pas la même compensation financière que Sam.

Son frère avait convaincu Owen qu'il voulait utiliser cet argent pour investir dans sa clinique en tant que bailleur de fonds caché car il ne voulait pas que l'on sache d'où venait l'argent. Owen avait gardé le secret et développé la clinique grâce à d'autres dons de patients aux histoires similaires.

Et au fil du temps, il avait adopté ce mantra – préserver la vie privée des patients équivaut à la plus haute éthique de soins – sans se rendre compte de la vérité, qui était bien plus proche du discours de Kris la semaine précédente.

Ce n'était pas la seule façon de faire les choses. Et supposer crânement que sa conception du métier – dont il n'aurait su dire si elle reposait sur de réelles convictions ou sur un dogme qu'il avait adopté pour se tenir à distance émotionnellement – était la seule façon de faire les choses signifiait qu'il ignorait une grande partie de la communauté qu'il prétendait vouloir servir.

Owen reprit sa course le long de la plage. Ses pieds frappaient la promenade en bois, faisant écho à sa déception envers lui-même. Il avait exclu Kris sans autre raison que sa propre perception de ce qui s'était passé, et ce faisant, il avait perdu les deux femmes – ou les deux facettes d'une femme complexe et séduisante – auxquelles il tenait le plus.

@ladydoc gardait le silence, confirmant ses soupçons sur son identité. Cela signifiait-il qu'elle avait compris qui il était aussi ? En ce cas, pourquoi n'avait-elle rien dit ?

Toi non plus, tu n'as rien dit.

Non, et il le regrettait. Pourquoi ? Parce qu'il se retenait encore, coincé dans une ornière qu'il avait lui-même creusée. Si seulement il pouvait tendre la main, parler à ses parents et tourner la page… Mais c'était terrifiant. Impossible.

Alors, habitue-toi à vivre seul.

Quelque chose d'autre le tracassait aussi. Le matin suivant sa dispute avec Kris, il avait évité de lire l'article sur l'incendie ou de l'écouter aux nouvelles parce qu'il aimait son travail à Mercy et craignait de démissionner sur-le-champ. Depuis lors, il n'avait pas cherché à en savoir plus par peur que ce soit un gros désaveu public. Ralentissant le pas, il attendit de reprendre son souffle, puis composa le numéro de Chuck.

— Bonjour, Doc. Je parlais justement de vous.

— Ah oui ? En bien, j'espère.

— Évidemment. Je suis avec le Dr Offerman dans la chambre de Jones. Pendant qu'on lui fait sa toilette à l'éponge, ce veinard, elle et moi discutons de la façon d'amener certains de nos gars dans vos chambres de convalescence pour des soins à plus long terme.

Ah bon ? Kris voulait encore utiliser sa clinique après tout ce qu'il avait fait ?

— C'est génial. Et je suis content que Jones aille mieux.

— Il ne pourra peut-être pas reprendre du service actif, mais il verra son fils grandir, alors il faut s'en réjouir.

— C'est sûr. Vous pouvez dire à Kris que je l'appellerai dans les prochains jours pour lui faire une proposition ?

— Ça marche. Bon, qu'est-ce que je peux faire d'autre pour vous, Doc ?

— Juste une question rapide, Chuck, puis je vous laisse à vos hommes. Mais vous pouvez sortir dans le couloir ? J'aimerais que cela reste privé.

Owen entendit la porte se fermer derrière Chuck puis :

— OK, qu'est-ce qu'il y a ?

— Que s'est-il passé ce soir-là à l'extérieur de l'hôpital après que je vous ai vu ? Je croyais que vous ne vouliez pas parler à la presse ?

— Oui, souffla Chuck, c'est ce que je pensais, jusqu'à ce que je les voie essayer de se faufiler par une porte arrière. Bref, j'ai trouvé le Dr Offerman et je lui ai dit que j'aimerais faire une déclaration qui les éloigne de mes hommes. Ah, fit-il en gloussant, elle n'était pas très enthousiaste à cette idée. Elle a dit qu'elle avait promis de ne pas parler à la presse, mais quand elle m'a écouté, elle a reconnu qu'il fallait le faire et qu'il y avait un moyen pour que ce soit bénéfique à la fois pour les familles et pour son hôpital. Vous n'avez pas lu l'article ? J'étais assez fier de nous.

— Non, pas encore. Mais je vais le faire tout de suite. Merci, Chuck. Dites à Jones que je le verrai à la clinique cette semaine pour programmer une chirurgie gratuite afin de minimiser ses cicatrices.

— Pour sûr, Doc. À bientôt.

Owen trouva un banc et s'assit. Il ouvrit l'interview de la chaîne locale sur l'incendie. La voix de Kris dans le haut-parleur du téléphone le nimba de chaleur.

— *Nous vous demandons que vous fassiez une priorité des besoins des pompiers et de leurs familles, qui sont en train de se remettre d'un profond traumatisme.*

— *Et qu'en est-il de la série documentaire ?* demanda un journaliste.

— *Il n'y en aura plus. Nous nous engageons à partager les histoires des patients qui veulent que leur guérison aide les autres, mais nous ne pouvons pas demander à toute une communauté de soutenir ce qui était un plan initial de financement de ce centre gratuit.*

— *Alors, qu'allez-vous faire ? Fermer vos portes ?*

— *Non. Pas si nous pouvons l'éviter. Je m'engage à trouver d'autres sources de financement pour cette entreprise importante et je lance un appel public au gouverneur et au maire de Los Angeles pour qu'ils nous apportent le soutien de l'État. Los Angeles est une ville qui héberge Hollywood et des contes de fées pour de nombreuses personnes, mais pour d'autres, elle est chère, dangereuse et ne permet pas l'accès aux besoins de base. Nous devons faire mieux pour nos pompiers, nos policiers, nos vétérans et nos enfants. Mercy fait sa part. Que ferez-vous ?*

Le commentateur spécula ensuite sur la décision des fonctionnaires. Owen s'affaissa sur le banc, réalisant ce qu'elle avait fait. Elle avait profité de sa position et des médias pour lancer un appel public à l'action afin de soutenir les patients auxquels Owen tenait le plus.

Et il l'avait accusée de mal faire au lieu de l'écouter.

Mais le pire dans tout cela – ce communiqué de presse, qui visait à soutenir le travail de ses rêves au lieu de l'empêcher –, c'était ce qu'il voulait encore plus.

Kris Offerman. @ladydoc. Qui qu'elle soit, il la voulait.

Ses mains sur son corps nu, sa bouche sur la sienne, la passion entre les draps. Il voulait ça tous les jours. Mais il voulait aussi le genre de conversations stimulantes qu'il avait eues avec son personnage en ligne. Elle était une femme entière, complète, et il l'avait envisagée sous une forme morcelée.

Au diable le gouverneur. *Lui* devait faire mieux.

Son téléphone sonna et il décrocha sans regarder.

— Oui ? fit-il d'un ton absent.

— Eh bien, bonjour à toi aussi. Je te dérange à un mauvais moment ?

— Hé, Sam. Excuse-moi. Je me suis juste comporté comme un imbécile, mais ça peut attendre. Je t'écoute.

Owen s'adossa au banc et contempla les vagues s'écraser sur le rivage jaune pâle parsemé de ramasseurs de coquillages, de surfeurs et d'enfants construisant des espoirs dans des châteaux de sable qui ne s'effaceraient qu'avec la marée. La plupart du temps, la voix de Sam était peut-être la seule chose au monde qui l'empêchait de sombrer.

— Je voulais juste te parler de ce week-end. Maman et papa sont ravis de te voir, alors j'ai pensé qu'il fallait que je vérifie si tu venais toujours.

Owen grimaça. Était-il si prévisible que Sam soit certain qu'il se défilerait à la dernière minute ? Le fait est qu'Owen n'avait pas eu l'intention de manquer le dîner d'anniversaire qu'il avait sollicité un mois plus tôt. Il était plus que temps, et cela s'avérait nécessaire pour qu'il puisse envisager d'aller de l'avant dans n'importe quel domaine de sa vie. Aujourd'hui, plus que jamais. Mais Kris avait lâché cette… cette bombe qu'il fallait désamorcer. Sam sembla percevoir son silence.

— Tu viens, n'est-ce pas ?

— Je veux venir, répondit Owen d'une voix étranglée.

Bon Dieu, combien de personnes pouvait-il décevoir en l'espace d'une journée ? D'une semaine ? De toute sa vie ? Le nombre devenait trop élevé pour qu'il puisse en faire le compte, et celui des blessés qu'il sauvait ne le réduisait pas.

— Écoute, frérot. Parce que tu as besoin de l'entendre.

— Je sais déjà ce que tu vas dire. Que ce n'est pas ma faute et toutes ces âneries, mais ça n'a pas empêché la façon dont maman et papa ont réagi. Je ne sais pas comment ils pourront me regarder autrement que comme le gars qui t'a fait du mal. Et ils n'ont pas tort pour ça.

— Tu as fini ? demanda Sam après un petit silence.

— Ouais, fit Owen, dûment châtié.

— Tant mieux. Parce que ce n'est pas ce que j'allais dire. Mais ta réplique se tient. Ce n'est pas ta faute, mais pas pour les raisons que tu crois. Oui, le gamin qui a laissé l'eau bouillir pendant qu'il filait parler à une fille aurait dû me surveiller. Mais il n'est plus là. En fait, je suis presque sûr qu'il a disparu ce jour-là et n'est jamais revenu. J'ai raison ?

Owen acquiesça, même si Sam ne pouvait pas le voir.

— Je prends ça pour un oui. Ce qui m'amène à ce que je voulais dire avant que tu m'interrompes si grossièrement.

La voix de Sam était légère, mais son ton était sérieux.

— Tu mérites d'être heureux, Owen. Genre, bêtement, amoureux de la vie, heureux. Tu as fait une erreur quand tu étais adolescent ? Et alors ? Qui n'en a pas fait ?

— Sauf que mon erreur a failli te tuer et même si ça n'a pas été le cas, elle a mutilé toute ton épaule et ton torse.

— Et ? J'ai troqué une peau qui aurait probablement eu les problèmes d'acné juvénile de papa contre une certaine philosophie. Pour être honnête, je suis presque sûr que j'ai gagné au change. Alors regarde bien ce qui compte vraiment dans la vie et écoute-moi.

— D'accord, murmura Owen entre ses dents.

— Pardonne-leur. Je sais que tu penses qu'ils doivent te pardonner, mais ils l'ont déjà fait. Ce jour-là. Maman m'a dit quand je me suis réveillé qu'elle craignait d'avoir perdu ses deux fils ce soir-là, mais je suis revenu à elle. Tu ne l'as jamais fait. Et mon pote, il est temps.

Des larmes brûlantes glissèrent sur le visage d'Owen avant qu'il enregistre une chaleur semblable dans sa gorge.

— Alors pourquoi m'ont-ils dit qu'ils étaient déçus de la manière dont je vivais ma vie ?

— Ils n'ont pas dit ça. Ils t'ont dit qu'ils étaient inquiets de ton mode de vie et de tes choix, non pas parce qu'ils étaient déçus, mais parce qu'ils s'en souciaient et tenaient à toi. Rien à voir avec l'accident. Tu débloquais tous azimuts et ils t'ont toujours soutenu. Tu te souviens de la fois où tu es rentré ivre mort et où maman t'a frotté le dos pendant que tu vomissais ?

— Non, murmura-t-il – ce qui était vrai.

— Moi, si. Et je les ai regardés te voir changer ta vie pour le mieux et commencer enfin à se détendre.

— Parce que je ne suis plus un raté ?

— Non, parce que tu arrêtes de culpabiliser et que tu fais un travail que tu aimes. Tout ce qu'ils ont toujours voulu, c'est que tu sois heureux et ils savaient que tu ne l'étais pas quand tu buvais tous les soirs et que tu dormais toute la journée. Mais je sais quelque chose qu'ils ignorent.

— Qui donc ?

— Tu fais un travail que tu aimes, mais tu n'as pas du tout arrêté de culpabiliser, n'est-ce pas ?

— Non, murmura-t-il encore – comment le pourrait-il ?

— Eh bien, tu me dois bien ça. Tu m'entends ? Si tu te sacrifies pour un peu de mon ancienne peau, je me sentirai comment, à ton avis ? Tu crois que je peux vivre avec ça ?

Owen inspira profondément l'air salé et le laissa nettoyer les parties nécrosées de son cœur depuis l'accident de Sam. Son frère avait raison. Combien d'années avait-il perdues ?

— Et un dernier truc. Tu t'es détourné si longtemps de choses aussi importantes que ta carrière pour te donner une vie dont tu peux être fier. Et elles valent la peine que tu t'ouvres à elles, Owen. Tu les mérites. Toutes.

— Comme ?

— C'est à toi de décider. Je suis juste là pour que tu te bouges les fesses et que tu y réfléchisses.

— Merci ? dit Owen.

— Tout le plaisir est pour moi, répliqua Sam en riant. Alors, réfléchis un peu au dîner avec les parents et rappelle-moi dans l'heure qui vient. D'accord ?

— Oui, je t'envoie un message quand je suis rentré. Et Sam ? Merci.

Sam ne dit même pas au revoir, il raccrocha, laissant Owen se débattre avec plus qu'il n'était prêt à affronter. Ses parents, mais aussi la manière d'approcher Kris avec mieux que de faibles excuses. Car elle n'avait rien fait d'autre que ce qui était bon pour l'hôpital, alors que c'était lui qui avait agi comme un gros imbécile égocentrique.

Il rentra chez lui en courant, se doucha et se retrouva devant le bureau de Kris en à peine une demi-heure. Il frappa et entra lorsqu'elle annonça que la porte était ouverte.

— Owen, lança-t-elle.

Elle semblait nerveuse. C'était la première fois qu'ils se retrouvaient seuls depuis sa colère contre elle. Tant de choses avaient changé. Tant de choses qu'il avait besoin de dire.

— Kris.

Mais à présent, elle était à un mètre de lui et il était forcé de tenir compte de ce qu'elle lui faisait ressentir.

Une passion incontrôlable, folle, animale.

Mais surtout, il était plein d'espoir pour la première fois de sa vie d'adulte. Il ferait en sorte que le partenariat avec la clinique fonctionne, même s'il devait renoncer au reste de ce qu'il voulait. Car si le discours de Sam avait réveillé Owen, cela ne changeait rien au fait que Kris était sa patronne.

— Docteur Rhys, dit-elle, secouant la tête sans parvenir à réprimer l'émotion de sa voix. Comment puis-je vous aider ?

En temps normal, Kris était calme, méthodique à l'excès. Pourtant, elle haletait presque, trahissant une émotion qu'il ne lui avait jamais vue avant. La peau exposée de sa poitrine était rosie et un peu moite. Bon sang, il n'aurait jamais cru qu'elle pouvait être plus attirante, mais savoir qu'il était la cause de la fougue qui couvait sous sa surface lui donnait envie de la plaquer contre le mur et de laisser leurs émotions se heurter l'une contre l'autre.

— Je suis désolé, déclara-t-il simplement en faisant un pas autour du bureau et en se rapprochant d'elle.

Ses lèvres s'entrouvrirent sous l'effet de la surprise.

— Oh. Désolé de quoi ?

De ne pas t'avoir embrassée à la seconde où nous nous sommes regardés avec envie aux urgences. De t'avoir repoussée au lieu de t'attirer à moi. De t'avoir donné l'impression que tu avais besoin d'être deux parties d'une même personne pour être pleinement vue.

Mais il ne pouvait pas dire cela. Pas encore.

— De nous avoir ridiculisés tous les deux samedi dernier, alors que j'ignorais quelle était ma place ici. Et d'avoir pris sur moi d'essayer de faire de mon positionnement la seule méthode alors qu'il est clair que ce n'était pas la meilleure.

Il réduisit encore plus l'espace qui les séparait. Elle ne bougea pas, mais ses épaules se tendirent et elle mordilla sa lèvre inférieure. Avait-elle la moindre idée de l'effet qu'elle produisait sur lui ? Son corps perdait la bataille consistant à la maintenir à distance.

— Merci. C'est juste que… je ne comprends pas pourquoi tu n'as pas écouté mes explications. On avançait bien et je t'ai fait une promesse. Je ne les romps pas, Owen.

Owen enfonça ses mains dans les poches de son pantalon. Et il fit un pas de plus vers Kris, comme s'ils étaient engagés dans une partie sexy de *Un, deux, trois, soleil*.

— Je sais. Je crois que je voulais juste avoir raison. Je voulais vous rendre fiers, toi et mon frère, et je me suis perdu en chemin. J'ai eu tort.

Elle fit un demi-pas dans sa direction et, pour la première fois depuis leur rencontre, il sembla qu'ils se dirigeaient vers le même but. Si seulement il pouvait remplacer la tension du stress qu'il lui avait causé par une tension d'une autre nature.

— Alors dis-moi, lança-t-elle. À propos de ton frère.

L'élément qui l'empêchait d'avancer, le secret qu'il portait comme un bagage surdimensionné depuis son adolescence. Était-ce vraiment aussi simple de le partager avec quelqu'un dont il était amoureux ? Il prit une grande inspiration et lui raconta l'accident de Sam. Sa grande faute impardonnable. Même après tout ce temps, il pouvait encore repérer le moment exact où il avait su qu'il avait tout bousillé, que tout avait déraillé. Et depuis, ça le hantait.

Une prise de conscience lui monta à la gorge comme de la bile. Il n'avait pas tenu tout le monde à distance parce qu'il ne voulait pas être pardonné ; il les avait repoussés pour ne pas avoir à se pardonner à lui-même. Les murs intérieurs qu'il s'était construits s'ébranlèrent sur leurs fondations.

— Sam voulait juste aider, je suppose. Mais il a fait tomber la casserole d'eau bouillante sur lui. Voilà, maintenant, tu sais pourquoi je fais ce que je fais et pourquoi je ne peux pas arrêter mon travail à la clinique.

Elle acquiesça et se rapprocha encore.

— Je suis désolée de ce qui vous est arrivé à tous les deux.

Tous les deux ? Non. C'est arrivé à Sam.

— Et j'ai moi-même mes raisons pour les positions fermes que je fixe au travail.

— Le médecin dont tu m'as parlé ?

— James ? Oui. Et aussi mes parents et mon mentor, Alice. Mais on en parlera une autre fois. Je n'ai pas vécu ce que tu as traversé, mais je comprends et je te suis reconnaissante de me l'avoir dit

Son corps était attiré vers le sien comme un aimant. S'il avait craint qu'elle le rejette après avoir appris la pire chose qu'il ait jamais faite, il ressentait maintenant le besoin d'être plus proche d'elle. Oui, elle restait sa patronne, donc intouchable. Mais son cerveau lui souffla une meilleure raison, une raison que son *cœur* aurait dû lui dicter.

Sortir avec elle saperait ce qu'elle fait pour le centre de traumatologie.

Elle a besoin d'être considérée comme une professionnelle pour obtenir son financement.

Pour la première fois de sa vie d'adulte, il prenait une décision qui n'était pas guidée par la culpabilité ou la peur, mais par les besoins d'une personne à laquelle il tenait. Mais cela suffisait-il à l'emporter sur le désir irrésistible qu'il avait de la toucher, de l'embrasser, d'être avec elle ? Son ventre fit une pirouette, ce qui ne lui était jamais arrivé, pas une fois. Ce n'était pas inconfortable, plutôt nouveau et inattendu.

— Bon. Qu'est-ce qu'on fait maintenant ?

— Je t'offre des fleurs et je t'invite à dîner pour m'excuser.

Apparemment, le désir prima. La boucle folle qui encadrait son visage était assez tentante pour qu'il la remette derrière son oreille, mais s'il le faisait, serait-il capable de s'arrêter là ? Toucher une quelconque partie d'elle serait céder à la tentation qui pulsait dans ses muscles dès qu'il se trouvait près d'elle. Même quand il ne l'était pas, d'ailleurs...

Les joues de Kris s'empourprèrent.

— Je...

— N'aime pas les roses, je sais. Tu es plutôt du genre marguerites et fleurs sauvages.

— Je suis contente que tu t'en souviennes, dit-elle en riant. Mais j'allais dire que je ne sais pas si nous devrions aller dîner. Pas encore. Tu dois apprendre à lâcher prise, Owen. Tu dois laisser les gens tenir à toi et à leur travail en même temps, sans les mettre dans des cases.

Il comprenait. Oh oui. Mais... lâcher prise au point de céder à l'envie de prendre sa joue en coupe, de l'attirer à lui et la goûter comme il en rêvait ? Titillant l'idée, il avança de quelques centimètres. L'odeur du jasmin le tenait captif, le privant de la possibilité de résister à cette femme désespérément envoûtante. L'espoir se joignit à la lutte contre la logique lorsqu'elle ne recula pas.

— Lâcher complètement prise ? Sur *tout* ?

Elle respirait vite, son pouls battait sur sa gorge.

— Pas... *tout*. Juste sur ce qui t'attire des ennuis.

— Et si j'aime ça ? Je te veux, Kris.

— On ne peut vraiment pas, murmura-t-elle en regardant leurs pieds qui se touchaient. Je veux dire, j'en ai envie, mais toi et moi devons d'abord établir quelques règles de base, et ensuite parler de...

Il lui releva le menton pour qu'elle croise son regard.

Elle ouvrit et ferma la bouche et lorsqu'elle s'humecta les lèvres, il ne put arrêter son corps ni le manque de contrôle qu'il avait sur lui. Il se pencha et captura sa bouche avec la sienne. Elle ne recula pas et, au contraire, elle passa la main derrière sa nuque pour le rapprocher encore plus. L'un d'eux gémit de plaisir, mais il n'était pas certain de savoir qui. En fait, la seule chose dont il pouvait être sûr était le sentiment d'absolue justesse qui l'envahit lorsque les lèvres de Kris, aussi douces que dans son souvenir, se pressèrent sur les siennes. C'était bon. Mieux que bon.

C'était ce qu'il n'avait jamais su avoir mais toujours voulu.

Comme rentrer à la maison après une trop longue absence.

Mais elle a raison, tu...

Son subconscient essaya de parler, mais Owen le fit taire. Il n'avait pas besoin de ce genre de négativité alors qu'il explorait la bouche de Kris et que ses mains se posaient sur des hanches dont il avait envie de connaître la sensation à chaque fois qu'elles chaloupaient devant lui.

Lorsque la langue de Kris se mêla à la sienne, il eut droit à la satisfaction d'un autre désir anticipé ; il savait enfin quel était le goût de cette femme infernale – menthe et vanille. Il grogna de désir. Bon Dieu, il n'y avait plus de retour en arrière possible. Il voulait que ce goût soit gravé à jamais sur sa langue et dans son cœur. Il voulait que tout ce qu'il consommait ait le goût de menthe et de vanille.

Lorsqu'il remonta ses mains le long de son dos, la force de ses épaules le surprit, mais cela n'aurait pas dû. Elle était la femme la plus forte qu'il connaissait depuis le jour où elle s'était immiscée dans ses pensées, alors pourquoi son corps serait-il différent ? Le baiser s'intensifia tandis qu'il entourait son crâne de ses mains. Elle ronronna lorsque ses doigts se faufilèrent dans les douces mèches de ses cheveux et il sourit à ce son si différent de la femme dure qui l'émettait.

Le sourire fut juste suffisant pour briser le vide temporel et spatial créé par leurs lèvres jointes.

— Waouh, fit-elle, sa bouche gonflée et ses boucles en vrac. C'était…

— Ça l'était, oui.

Mais il n'était pas sûr de savoir quoi. Incroyable ? Oui. Grisant ? Oui. Le meilleur baiser de sa vie ? Absolument.

— Mais je devrais… Tu sais, me remettre au travail, dit-elle en désignant son bureau, bien qu'il fût vide.

Il acquiesça, acceptant cela aussi. Son esprit était flou, il revivait encore les effets du baiser sur lui.

— Crois-le ou non, ce n'est pas pour ça que je suis venu.

Elle rit doucement, comme il s'y attendait pour une piètre tentative de plaisanterie telle que celle-là.

— Je suis heureuse que tu l'aies fait, dit-elle.

Mais elle était alors derrière son bureau, qui pouvait tout aussi bien se trouver à des milliers de kilomètres de lui.

— D'accord, alors je te parle plus tard ?

— J'aimerais bien, oui.

Elle mordilla sa lèvre inférieure, et un désir irrésistible de s'emparer de cette lèvre monta, mais il l'ignora. Lorsqu'elle sortit un ordinateur portable, il comprit qu'il devait partir. Mais tant de choses n'avaient pas été dites, pas résolues…

Dès que la porte du bureau se referma derrière lui, le brouillard se dissipa et son pouls s'accéléra. Bon sang, qu'est-ce qu'il avait fait ?

Il avait embrassé sa patronne. C'était problématique à bien des égards, mais un seul lui sautait aux yeux.

J'ai embrassé @ladydoc.

Avant de réfléchir à ce qu'il ferait ensuite – s'excuser et supplier de garder son travail ou l'embrasser à nouveau et ne jamais s'arrêter jusqu'à ce qu'elle le lui demande –, il devait lui faire savoir ce qu'il savait. Car pour l'instant, elle ne voulait que la moitié de lui, et il ne se lancerait pas dans une entreprise aussi risquée que de lui ouvrir son cœur sans qu'elle sache exactement qui il était.

Salut, toi. Désolé pour le retard, mais j'avais des choses à prendre en compte et à régler avant de répondre. J'ai quelques idées à propos de la situation délicate dans laquelle tu es avec ton employé. Tu peux toujours m'en parler, c'est à ça que servent les amis. Mais… j'aimerais le faire en personne. Que dirais-tu de samedi ? 16 heures au Lake Hollywood ? Si tu n'y es jamais allée, c'est un bon restaurant, très cool, avec une *happy hour* du tonnerre.

Lorsque les trois petits points clignotèrent longuement, il ne put s'empêcher de s'inquiéter. Kris, alias @ladydoc, était partagée. Parce qu'elle avait changé d'avis sur le fait d'apprécier son « collègue » ? Enfin, le message apparut.

Bonne idée. J'ai hâte. À bientôt, alors.

Le reste de la semaine allait être le plus long de sa vie, en attendant que samedi arrive.

10

Kris effleura sa lèvre inférieure gonflée, sensible...

Ce baiser...

Elle secoua la tête. Il avait été tout ce qu'elle avait imaginé – torride, passionné et suffisant pour lui faire repenser sa vie. Il faisait passer James pour un béguin d'adolescente. C'était exactement la raison pour laquelle cela ne devait pas se reproduire. Elle était la patronne d'Owen, bon sang de bonsoir. L'embrasser n'était pas seulement irresponsable, c'était dangereux pour sa réputation et pouvait tout faire dérailler.

Elle avait donc fait la seule chose qui lui venait à l'esprit après qu'il avait quitté son bureau : elle avait accepté le message de @ makingadifference lui demandant de la rencontrer. Elle pourrait ainsi dire à Owen en personne qui elle était – à la fois médecin, femme, administratrice d'hôpital et orpheline.

Pourquoi as-tu fait ça ? Tu espères qu'il sera furieux que tu aies gardé si longtemps le secret sur ton identité et sur le fait que tu savais qui il était ?

Bien sûr que non. Ce serait idiot. Qu'est-ce qu'elle gagnerait à mettre Owen ou @makingadifference en colère ?

S'il est blessé ou déçu, je n'aurai pas à décider ce que je dois suivre – mon cœur ou ma tête.

Elle censurait ses émotions comme Alice le lui avait appris, mais ce faisant, n'était-elle pas en train de négocier son pouvoir de décision ? Car son cœur voulait Owen, dans ses deux versions. Mais sa tête lui rappelait constamment ce qu'elle avait à perdre si elle suivait cette ligne de pensée. S'en remettre à lui était plus facile, mais la rendait faible.

Alors choisis. Dis-lui qui tu es maintenant et décide de ce que tu veux qu'il se passe. Et bats-toi pour cela.

Ce n'était pas si simple. Quelque chose la tenaillait, qu'elle essayait d'ignorer, mais en vain : il voulait sa version en ligne, pas juste elle. Owen l'avait embrassée, mais il voulait toujours rencontrer @ladydoc. Voilà pourquoi ce que voulait Kris n'avait pas d'importance. Ça ne marcherait pas entre Owen et elle parce qu'elle était les deux à la fois et qu'il ne voulait que la moitié d'elle.

Eh bien, il semblait que le travail demeurait la seule solution pour elle. Alice serait au moins fière.

Son biper sonna, l'appelant aux urgences. Pas de répit pour les braves. Ou pour ceux perpétuellement excités par un collègue auquel ils ne devraient absolument *pas* penser.

Au moins, quelle que soit l'urgence, elle ne penserait plus à Owen… ni au contact de ses lèvres sur les siennes. Ou à la fermeté de ses mains sur sa taille, laissant une chaleur qui pulsait encore à l'endroit où ses doigts s'étaient posés.

Oh ! et la douceur acidulée du café qu'elle avait goûté sur sa langue, qui, même maintenant, laissait une envie de café dont elle savait pertinemment qu'une tasse de ce breuvage ne la satisferait pas. Elle le voulait. Elle voulait son goût, son toucher, sa chaleur… Son cas était sans espoir.

Elle s'élança dans le couloir, reconnaissante de pouvoir courir avec ses escarpins. Le fait d'être une patronne et de laisser ses émotions à la porte était étouffant, mais au moins, elle pouvait jouer avec l'aspect vestimentaire de son travail. Maintenant qu'elle était de retour aux États-Unis et qu'elle disposait d'un bon revenu pour la première fois de sa vie, c'était agréable de se sentir accomplie et féminine.

Lorsqu'elle arriva aux urgences, les bips incessants, les cris et le sprint constant du personnel entre les salles créèrent un chaos qui lui remit les idées en place.

Kris s'adressa à l'infirmière en chef de garde :

— Kelly. Qu'est-ce qu'il se passe ?

Qu'on l'appelle signifiait que l'urgence concernait l'un des patients qu'elle supervisait pour des raisons spécifiques. Sans cesser de donner des ordres, Kelly répondit :

— Haley vous a bipée en trauma 1. C'est Remy.

— Remy ? Mais il a été autorisé à sortir.

— Il est de retour. Infection et fièvre.

Kris se précipita et arriva dans la chambre en même temps qu'Owen. Sa peau se couvrit de chair de poule en le revoyant si peu de temps après avoir été dans ses bras. Mon Dieu, travailler ensemble allait être impossible, pas vrai ?

— Docteur Rhys, ils vous ont bipé aussi ? demanda-t-elle en enfilant des gants.

Il hocha la tête en enfilant les siens, le regard concentré et la mâchoire crispée. Elle reconnut dans ses yeux la lutte qu'il menait pour garder la tête froide, car elle ressentait la même gageure sous ses côtes, dans la poussée d'énergie qui déferlait entre leurs corps et qu'ils essayaient tous deux – en vain – d'ignorer. Leur baiser avait été trop intense pour s'en débarrasser comme s'il n'avait pas eu lieu.

— Oui. L'état de Remy s'est détérioré quand il est rentré chez lui. Qui l'a fait sortir ? Il a besoin d'une attention constante avec ces blessures ou elles vont s'infecter. C'est sans doute pour ça qu'il est revenu.

Kris fronça les sourcils en consultant le dossier de Remy. Sa température avait grimpé à 39,5 et son rythme cardiaque explosait. Elle poussa un juron entre ses dents.

— Le Dr Magnusen l'a laissé sortir hier soir.

Owen se renfrogna, puis passa devant les infirmières qui branchaient Remy, jusqu'à l'endroit où se tenaient ses parents. Il s'adressa à eux d'une voix douce mais ferme :

— Monsieur et Madame Young, il faut que vous attendiez dehors. Nous prendrons soin de Remy du mieux que nous pourrons, et un membre du personnel vous tiendra au courant, mais vous ne pouvez pas rester ici.

Mme Young lui jeta un regard suppliant, les yeux remplis de larmes prêtes à couler. Kris savait par expérience qu'une fois qu'elles commençaient, elles ne s'arrêtaient jamais.

— Madame Young, dit-elle, venez avec moi. Je vais vous présenter Kelly, notre infirmière en chef. Elle vous informera de tout ce qui se passe ici à mesure, d'accord ?

— Vous êtes entre de bonnes mains avec le docteur Offerman, ajouta Owen.

Kris lui lança un sourire qui, elle l'espérait, traduisait sa gratitude et le fait qu'elle avait laissé le baiser derrière elle. Il restait professionnel, et c'était l'essentiel. Elle amena les Young au poste d'infirmières et revint en hâte dans la salle.

Lorsque l'équipe fut seule avec Remy, Kris entreprit d'installer une intraveineuse pendant qu'il gémissait de douleur. Pauvre enfant. Il avait un long chemin à parcourir.

— Owen, je te laisse prendre la tête. Je suis pédiatre, mais c'est un cas chirurgical dans ton domaine de compétence.

Owen resta concentré sur les brûlures de Remy.

— Son épaule est infectée et ça s'est probablement propagé à son système sanguin. Donne-lui deux grammes de vancomycine. On va l'anesthésier. Je ne veux pas qu'il ressente la moindre douleur.

— D'accord. Je m'en occupe.

Il acquiesça mais ne croisa pas son regard. Elle l'observa en douce, notant l'intensité de ses mouvements, la tension de ses épaules mais la fluidité de ses mains, signe du chirurgien de classe mondiale qu'il était. Mais que faudrait-il pour qu'il se détende complètement ? Le regard d'Owen rencontra enfin le sien et elle y vit la douleur dont elle avait été témoin la dernière fois qu'ils avaient travaillé sur Remy, mais avec des vestiges de la façon dont il l'avait fixée dans son bureau.

— Il va s'en sortir, dit-elle. On ne laissera rien lui arriver.

— Je sais.

Ensemble, ils entreprirent de prélever les tissus nécrotiques des plaies, cernant les zones d'inflammation. *Pauvre enfant*, songea-t-elle encore. Owen se détendit à mesure qu'ils procédaient, lançant de brefs ordres aux infirmières, et son attitude devint très concentrée. Cela lui allait bien, comme tout ce qu'elle avait vu jusqu'à présent.

Elle se demanda, pas pour la première fois, comment cela aurait été de le rencontrer en dehors de Mercy. Elle ne serait pas sa patronne et son centre de traumatologie ne dépendrait pas de ses compétences. Mais elle aurait alors manqué des moments comme celui-ci, entourée de son brio et de son calme. Avoir le Dr Owen Rhys dans son équipe était une arme à double tranchant.

Grâce à la perfusion et aux antibiotiques, le pouls de Remy revint en moins d'une heure à la normale, et sa température baissa un peu. Mais il devrait encore endurer des mois, voire des années de traitements curatifs. Sans compter le regard des autres enfants, parfois cruels face à des cicatrices ou des difformités.

— Il aura des cicatrices importantes, dit-elle bêtement.

— Au moins, il pourra en cacher la plupart sous une chemise. Certains enfants n'ont pas cette chance.

Ce n'était pas une remarque désinvolte de la part d'Owen, mais liée à son frère ; elle sentit son cœur se serrer.

Un silence plaisant s'installa entre eux pendant qu'ils travaillaient. Ce qui s'était passé dans son bureau s'était estompé, laissant place au calme. C'était... agréable.

— Je peux faire venir quelqu'un pour te remplacer, dit Owen, rompant le silence après un certain temps.

— Non, ça va. Le travail ne me dérange pas, et je préfère garder les yeux sur Remy cette fois.

Il hocha la tête. Quelques secondes s'écoulèrent alors qu'il semblait envisager de dire quelque chose d'autre.

— J'aime travailler à tes côtés, Kris, finit-il par lâcher.

— Tu... tu es différent avec lui. C'est le premier enfant dont tu t'occupes depuis l'accident de Sam ?

— Oui, admit-il. Mais je vais m'habituer. Pas de souci.

La chair exposée de Remy, débarrassée de sa peau nécrosée, si affreuse à voir, était à peine plus alarmante que le cas de son chirurgien, au traumatisme non guéri.

— Tu veux en parler ?

— Ne le prends pas mal, mais non, merci.

Il ne lui faisait pas confiance. Il faisait confiance à @ladydoc mais ne voulait rien lui confier à elle. Rien de privé. Tout ce temps, il l'avait tenue à distance. Certes, sur le papier, c'était ce qu'elle souhaitait. Cela lui permettait de rester professionnelle en sa présence, sans se préoccuper des émotions qu'il lui suscitait. Mais…

Elle ne s'attendait pas à ce que cette distance lui fasse si mal. Une douleur physique dans sa poitrine, qu'elle n'avait pas prévue. Parce qu'elle tenait à lui. Évidemment.

Au moins, elle refermerait ce chapitre samedi, lorsqu'elle rencontrerait @makingadifference, alias Owen. La vie n'était-elle pas tellement plus simple quand les deux n'étaient pas confondus, quand l'écran qui les séparait agissait comme une barrière protectrice pour son cœur ?

Oh ! Alice, que dois-je faire ?

Mais Kris devait désormais se débrouiller seule et espérer qu'un jour elle apprendrait à ne pas se laisser séduire par des hommes qui lui prendraient tout ce qu'elle avait sans rien lui donner en retour.

11

Une journée entière en traumatologie était une sacrée façon de passer son trente-huitième anniversaire. Non qu'il ait grand-chose à fêter, de toute manière.

Owen travailla sans relâche durant les quatre heures qui suivirent. C'était abrutissant de retirer des tissus morts et infectés d'une plaie et de la nettoyer. Heureusement, il avait la tête assez farcie pour que ses mains puissent se concentrer.

Ce n'était pas la première fois de sa vie qu'il gâchait tout. C'était même une de ses spécialités. Mais il avait eu l'occasion de tout avouer à Kris aujourd'hui, et il avait paniqué. Il savait pourquoi. Il en avait déjà trop dit et il voulait parler à ses parents avant de lui confier quoi que ce soit d'autre. Ce qui signifiait... les appeler.

Pourquoi sa main se paralysait-elle chaque fois qu'il prenait son téléphone pour le faire ? La réponse était simple : le traumatisme non résolu lié à son passé gâchait son avenir, c'est-à-dire Kris. Tout ce qu'il avait à faire – et c'était justement la partie impossible –, c'était de le résoudre.

Le bip régulier du moniteur de Remy lui rappelait où il était et pourquoi il était nécessaire d'arranger les choses avec Kris. Il ne voulait pas seulement la femme. Il voulait être son collègue, son partenaire dans l'apport d'idées novatrices pour le centre de traumatologie et sa clinique. Mais en gâchant tout avec la femme, il avait aussi gâché ses autres chances.

Owen retira le dernier lambeau de peau infectée de l'épaule de

Remy. Il ne restait plus qu'à nettoyer la chair à vif et à la panser pour que le garçon puisse commencer à guérir. Si tout se passait bien, il aurait des cicatrices, certes, mais rien qu'un T-shirt d'été ne puisse cacher.

Si seulement extraire Kris de ses pensées était aussi simple par la chirurgie. Au lieu de cela, sa façon nécrotique de percer ses murs de chagrin le rendait vulnérable et susceptible de faire des trucs idiots comme il l'avait fait. Elle était aussi efficace. Sinon, il ne l'aurait pas embrassée.

Son esprit repensa à ce moment, à la seconde précise où ses lèvres s'étaient posées sur les siennes et l'avaient marqué de leur goût et de leur sensation uniques. Le pire, c'était que repenser à ce baiser lui donnait envie de recommencer. Un seul de ces baisers avait fait basculer son monde et, bon sang, il avait aimé ça. Pourquoi se sentait-il aussi mal, alors ?

Parce que ce baiser avait changé les choses. Kris lui plaisait, mais il voulait faire les choses bien, pour eux deux. Il devrait attendre samedi pour voir s'il avait réellement tout gâché.

Owen positionna le dernier bandage sur l'épaule de Remy. L'enfant semblait paisible dans son sommeil, inconscient du chaos qui entourait son lit d'hôpital ou de la difficulté qui le suivrait à la maison. Que ne donnerait pas Owen pour être anesthésié jusqu'à son rendez-vous avec @ladydoc et y arriver avec toute la clarté dont il avait besoin.

Une infirmière entra pour changer la poche de sérum physiologique suspendue à côté du lit de Remy.

— Il s'en sort bien, dit-elle.

— Il va bien, oui. C'est un battant, c'est certain.

— Comme vous, docteur. Je ne connais pas beaucoup de chirurgiens plasticiens qui feraient autant pour aider un enfant que vous l'avez fait avec lui. On a besoin de plus de médecins attentionnés comme vous.

Owen sourit et la remercia, mais la vérité s'imposa à lui. Il était attentionné, oui, mais cela provenait plus de la culpabilité que d'autre chose. L'un des nombreux secrets qu'il cachait à Kris. Car si elle savait désormais que son frère était un de ces secrets, que dirait-elle si elle connaissait sa plus grande blessure ? Que dirait-elle quand elle connaîtrait la raison pour laquelle il persistait à la repousser, elle et tous les autres : parce qu'un homme avec autant de défauts ne méritait pas d'être heureux et qu'elle le rendait *heureux*, justement.

Mais il y avait autre chose. Elle était sa patronne et puisqu'il tenait désormais à elle, il voulait qu'elle réussisse. Jamais il ne lui ferait la même crasse que son ex, qui s'était servi d'elle, même par inadvertance en poursuivant un objectif qu'il savait ne pas pouvoir atteindre.

Owen remonta dans son bureau, la tête pleine de pensées de Kris. Si seulement il pouvait séparer la femme de son poste. Ce serait tellement plus facile s'il avait pu la rencontrer en dehors de Mercy, comme avec @ladydoc.

Une fois dans son bureau, il vérifia son agenda. Il avait encore deux consultations, puis le reste de la soirée et le week-end libres. Owen sortit son téléphone au cas où Kris aurait essayé de le contacter. Rien. Mais il vit trois appels manqués et deux textos de Sam. Que diable se passait-il ?

Le premier texto expliqua pareille frénésie.

Très bien. Tu veux m'ignorer ? Souviens-toi que je suis beaucoup plus tenace que toi.

Il avait complètement zappé de répondre à Sam à propos de ce week-end. Le second texto était plus inquiétant.

Si tu ne viens pas à nous, alors nous viendrons à toi. À bientôt, frangin.

Ben voyons. Pourquoi viendraient-ils jusqu'à lui ? Il composa le numéro de Sam mais tomba sur la messagerie.

— Sam. Désolé de ne pas t'avoir rappelé. Tu ne croirais pas le cirque que j'affronte ici. Bref, rappelle-moi quand tu auras ce message. Je… Hum. Je ne suis pas sûr de venir ce week-end, alors dis-le à maman et papa, s'il te plaît. Et explique-moi ton dernier texto. Parce que faire semblant de venir ici avec eux et m'ignorer ensuite serait une blague foireuse. Je t'aime quand même.

Il raccrocha, et se promit d'aller voir sa famille le week-end suivant. Puis il consacra deux heures à ses consultations, concernant de simples augmentations mammaires. Elles ne lui apportaient aucune satisfaction, mais au moins, elles n'étaient pas non plus truffées d'émotion.

Enfin, rattrapé par l'épuisement de la semaine, il prit l'ascenseur pour descendre dans le hall. Anniversaire ou pas, tout ce qu'il voulait, c'était une bière, son canapé et peut-être une série criminelle à la télévision pour oublier le mois écoulé. Voire l'année entière.

Alors que les portes de l'ascenseur étaient sur le point de se refermer, une main se glissa et les rouvrit. Kris apparut et le rejoignit. Un éclair de surprise traversa ses yeux avant de revenir à l'indifférence, mais le rose flagrant sur ses joues mit plus de temps à s'estomper.

Le petit espace de la cabine s'emplit de son parfum et Owen retint son souffle. Il lui suffisait de tendre un doigt pour toucher le sien. Un pas vers la droite mettrait leurs bras côte à côte. Un demi-tour et il serait face à elle, suffisamment proche pour reprendre là où leur baiser s'était arrêté plus tôt.

Bière. Canapé. TV. Bière. Canapé. TV, se répéta Owen.

— Je n'aurais pas dû t'embrasser, dit-elle. Je suis désolée.

— Tu n'as pas à t'excuser. J'ai envie de te parler, et encore plus de t'embrasser, mais il faut que je mette certaines choses au clair avec mes parents avant d'en dire plus sur Sam. Après, je te dirai tout ce que tu veux savoir, d'accord ?

Kris se tourna vers lui et sa gorge s'assécha. Tant de beauté, l'attraction qu'elle exerçait sur lui était irrésistible.

— Bien sûr. Sache juste que tu peux me parler. Je suis peut-être ta boss, mais je peux aussi être une amie.

Son corps s'était-il rapproché d'elle ? Elle semblait à un souffle de lui – assez près pour que leurs lèvres entrent en collision à la moindre inclinaison de sa tête.

— Merci, répliqua-t-il.

Maintenant il en était sûr. D'une manière ou d'une autre, un autre centimètre d'espace se referma entre eux. Inhaler son parfum le paralysait. Le figeait sur place, restreignant ses pensées à elle seule. L'impression qu'elle ferait sous lui, sans la barrière de leurs vêtements. Alors qu'ils se réclamaient l'un l'autre pour leur plaisir égoïste...

Soudain elle le regarda, et l'anesthésiant qui le retenait se dissipa assez pour que sa main repousse une boucle de cheveux derrière son oreille. La douceur de sa peau le réveilla complètement et avant de laisser son esprit lui donner une raison de ne pas le faire, sa bouche trouva la sienne. Sa main glissa sous sa nuque. Elle gémit et il avala le son en approfondissant le baiser. L'électricité qui avait fait des chassés-croisés entre eux toute la journée – à la fois en charges positives et négatives – jaillit quand leurs langues se rencontrèrent. Au moment où les mains de Kris agrippaient la taille d'Owen, un *ding* sonore les interrompit. Ils reculèrent comme si l'afflux d'énergie les avait séparés.

Les portes de l'ascenseur s'ouvrirent sur les lumières vives du hall et Owen plissa les yeux, désorienté.

— Je... excuse-moi, réussit-il à dire, le souffle saccadé.

Car, quelle que soit la logique avec laquelle il envisageait la situation, tout ce qu'il voulait vraiment, c'était prendre Kris dans ses bras et la ramener à la maison.

— Ce n'est pas grave. Tu as raison, on ne peut pas...

— Voilà l'homme que je cherchais, lança une voix familière au milieu du hall.

— Sam ? s'exclama Owen, incrédule et désarçonné.

En effet, son frère – et ses parents – marchaient vers lui. Ces derniers s'arrêtèrent à mi-chemin, comme s'ils ne savaient pas quoi faire. Depuis dix ans qu'il travaillait à Mercy, jamais ses parents n'avaient franchi le seuil de l'hôpital. Mais... ils étaient là. Ses yeux le brûlèrent soudain.

— Je t'ai dit que si tu ne venais pas à nous, nous viendrions à toi, grand frère.

Il ne l'avait pas cru, mais Sam faisait toujours l'impossible et le rendait facile. Son frère s'approcha et lui tapa dans le dos. Owen ne put s'empêcher de sourire. Même si c'était étrange de voir Sam dans ce contexte au lieu d'être en train de surfer sur une vague de la côte ensoleillée de la Californie centrale, c'était si bon de l'avoir là. Et Sam avait raison ; Owen n'aurait pas été capable de le demander, mais le fait qu'ils fassent le voyage lui forçait la main. Il ne pouvait pas les repousser s'ils étaient devant lui. Son cœur s'emballa et sa peau se glaça sous l'effet de la nervosité.

Le sourire de Sam était plein de malice et de joie. Son frère avait enduré tant de choses et trouvait néanmoins toujours le moyen de sourire à la vie. Sauf qu'il lui fallut une seconde pour voir que le sourire de Sam était destiné à Kris, qui n'avait pas bougé depuis qu'ils avaient quitté l'ascenseur.

— Salut. Vu que mon grand frère est trop impoli pour nous présenter, permettez-moi, dit-il en lui tendant la main, qu'elle prit. Je suis Sam, le plus séduisant des frères Rhys.

Il porta la main de Kris à ses lèvres et la baisa. Owen grogna, mais Kris laissa échapper un rire.

— Pardon. Kris, voici Sam. Sam, voici ma patronne, le docteur Offerman.

— Appelez-moi Kris. Je suis ravie de rencontrer enfin un membre de la famille d'Owen. Peut-être que vous pourrez m'éclairer sur les raisons pour lesquelles ce type est comme il est, répliqua-t-elle sur le ton de la plaisanterie.

Owen se raidit. La présence de Sam et de ses parents signifiait que la vérité sur son passé lointain et récent était sur le point d'être révélée. Et ensuite ? Kris ne le regarderait plus jamais de la même façon.

— Oh ! ce serait un plaisir.

Sam considéra Owen et Kris tour à tour et son regard s'aiguisa. Il avait toujours eu le don de comprendre ce qui se passait sans grande difficulté. Le sourire complice qu'il lança à Kris indiqua qu'il avait perçu l'attirance mutuelle entre elle et Owen. Celui-ci se crispa.

— Pourquoi ne vous joindriez-vous pas à nous, Kris ? On emmène dîner ce type car c'est son anniversaire.

— Oh ! elle ne veut pas..., tenta Owen, au désespoir.

— J'en serais ravie. Merci pour l'invitation. Et joyeux anniversaire, Docteur Rhys, dit-elle en se tournant vers lui.

Malgré l'afflux d'émotions qui le tétanisaient, il fut à nouveau frappé par sa beauté. La façon dont elle prononçait son nom, même accompagné du titre honorifique, était empreinte de sexe et de luxure, et oh, qu'il avait envie de l'emmener dans son lit.

— Super. Allons chercher les parents. J'ai entendu dire que « Chez Penelope » était toujours ouvert. Ça te va ?

Owen acquiesça. Il risqua un regard vers leurs parents. Le visage de son père était indéchiffrable, mais celui de sa mère était un livre ouvert, comme toujours. Elle semblait bouleversée, et la pression monta dans sa poitrine.

Non seulement c'était la première fois qu'il les voyait depuis des années, mais Kris savait maintenant que c'était son anniversaire et ce qu'il attendait, espérait, de ce moment. Mon Dieu, pourquoi lui avait-il confié cela ?

Lorsqu'ils parvinrent tous les trois à l'endroit où se tenaient Roger et Rebecca, un flot d'émotions s'écrasa contre le mur qui entourait le cœur d'Owen, menaçant sa stabilité.

— Bonjour, mon fils. C'est bon de te voir, dit son père en tendant les deux bras pour l'enlacer.

La poitrine d'Owen gronda, secouant les gravats du mur. Il étreignit à son tour son père pour la première fois depuis une décennie ou plus. Trop longtemps, en tout cas. Et c'était si bon que cela lui sembla d'abord faux, immérité. Mais il s'y abandonna comme Sam le lui avait demandé. Et, mon Dieu, c'était... parfait. *Nécessaire.*

Lorsqu'il recula, sa mère, les joues déjà mouillées de larmes, vint se jeter dans ses bras. En la tenant contre lui, Owen fut frappé par sa petite taille. Sa fragilité.

Alors il se laissa aller, et ses larmes coulèrent, du chagrin et des années de culpabilité et de souffrance pour tout le temps qu'il avait raté avec eux. Sa famille. Les siens. Sa raison de vivre et de travailler comme il le faisait.

— Je suis tellement désolé. Tellement désolé.

— Chut, fit sa mère. Tu m'as manqué. Tellement manqué.

Après un petit silence, Sam intervint :

— Eh bien, ne restons pas plantés là. C'est quoi, frérot, ton trente-sixième anniversaire ? Trente-septième ?

— Trente-huitième, rectifia son père.

— Exact. Allons-y, alors. Il est temps de fêter ça.

Sam les entraîna dehors et dès que l'air chaud du soir les atteignit, Owen put enfin respirer. Kris l'observait, mais son visage était chaleureux, son sourire doux.

Fêter. À quand remontait la dernière fois qu'il avait eu envie de le faire ? À trop longtemps, c'était certain. Aujourd'hui, cependant, un sentiment inhabituel de paix s'installa dans sa poitrine, parmi les débris du mur qui s'était effondré, laissant son cœur libre et exposé.

Oui, ça allait être un anniversaire dont il se souviendrait.

12

Kris suivit Sam Rhys et ses parents jusqu'au restaurant. Bien sûr, Sam avait insisté pour que son frère monte dans sa voiture à elle, alors Owen était là, sur le siège passager, et elle ne pouvait en aucun cas nier l'impression qu'il était à sa place. Si seulement elle pouvait faire taire son cerveau.

Arrête d'être sa patronne et peut-être que je le ferai, répliqua ce dernier.

Elle grogna intérieurement. Cette situation était trop bizarre. Deux mois plus tôt, elle avait accepté le poste à Mercy en pensant que le Dr Owen Rhys se mettrait en travers de ses objectifs pour l'hôpital et qu'il faudrait le gérer. À présent, quelques semaines après son entrée en fonction, elle allait dîner avec lui et sa famille après avoir partagé non pas un, mais deux baisers ce jour-là. Des baisers qui avaient mis à mal son bon sens. Sans compter l'étrangeté totale de le voir pleurer dans le hall de l'hôpital.

Seigneur, comment allait-elle tenir jusqu'à samedi sans dire qui elle était ? Cela changerait tout, c'était certain. Mais comment, et qu'est-ce qui changerait ? Il appréciait son amitié en ligne et ils avaient une connexion physique évidente en chair et en os. Mais voudrait-il d'*elle* sous toutes ses formes ? Et si c'était le cas, que voulait-elle ? Le cœur de Kris battit la chamade. S'était-elle déjà posé cette question ?

Le médecin à ta droite remplit tous tes critères, répondit son cœur. Et elle n'en disconvint pas.

— Alors, c'est ton anniversaire ? demanda-t-elle, se maudissant aussitôt de cette question aussi stupide. Pourquoi tu n'as rien dit ?

Il lui adressa un sourire en coin et son ventre fit une pirouette. Il lui fallut toutes ses cellules disponibles de détermination pour garder les yeux fixés sur la route. Elle sentait son regard et sut à quel moment il s'éloignait d'elle.

— Le jour de ma naissance n'est pas vraiment une raison pour sabler le champagne.

Quelque chose se fissura dans sa poitrine. Qu'est-ce qui avait bien pu se passer après l'accident de Sam pour qu'il ressente cela ? Elle risqua un coup d'œil vers Owen.

— Est-ce que ça a un rapport avec la réaction de tes parents quand ils t'ont vu ?

Elle attendit, l'atmosphère pesante mais pas tendue.

— Tu le croirais si je te disais qu'on ne s'est pas parlé – vraiment parlé – depuis l'accident ? lâcha-t-il enfin.

— Jamais ?

— Pas une seule fois. Je ne leur en veux pas – ce que j'ai fait est horrible.

— Oh ! mon Dieu.

De petits éléments se mirent en place, certains venant d'Owen, d'autres de @makingadifference. Kris fut soulagée de voir la voiture devant elle ralentir et mettre son clignotant, indiquant qu'ils étaient arrivés au restaurant. Elle se gara aussi vite que possible et détacha sa ceinture de sécurité avant de prendre les mains d'Owen dans les siennes.

— Owen, je suis vraiment désolée. Pour vous tous. Mais demande-leur peut-être pourquoi ils ont gardé de la distance de leur côté au lieu de te livrer à des conjectures.

— Oui, c'est maintenant ou jamais, hein ? Le fait qu'ils soient là signifie que ça ne peut au moins que s'améliorer à partir de maintenant.

— Je le pense. Ils sont venus pour ton anniversaire, ça doit vouloir dire quelque chose. Je ne peux pas imaginer que tes parents aient voulu passer ne serait-ce qu'une journée loin de toi, sans parler de ton anniversaire. Peut-être qu'ils ne pouvaient pas venir avant aujourd'hui.

Le petit sourire d'Owen donnait l'impression qu'il était à l'autre bout du monde, perdu dans ses souvenirs.

— Oui, ils faisaient toujours les choses en grand pour les anniversaires.

— Mes parents faisaient aussi de mon anniversaire un événement, dit-elle, soudain nostalgique de son enfance.

— Qu'est-ce qui leur est arrivé ? demanda-t-il doucement.

— Ils sont morts quand j'étais adolescente. Un accident de voiture en rentrant de vacances. Quand ils sont partis, j'ai...

Elle ravala sa peur de partager cette douleur avec qui que ce soit. Mais elle tenait à Owen, donc elle devait le faire. Il méritait de savoir, maintenant qu'il se confiait à elle.

— Je ne pensais pas que c'était la dernière fois qu'on se parlait. J'avais piqué une crise pour un truc, sans doute voir mes amis ou une broutille aussi vaine. Ce que je ne donnerais pas pour avoir une chance de me réconcilier avec eux !

— Oh ! Kris. Je suis vraiment désolé. C'est à ce moment-là que tu as été placée en famille d'accueil ?

Elle hocha la tête, la gorge nouée.

— Merci de me l'avoir dit, Kris. Ça compte beaucoup. Et je veux tout savoir de cette époque. Tu me raconteras ?

— Bien sûr, répondit-elle, en toute sincérité.

Owen laissa échapper un rire qui détendit l'atmosphère.

— Sam va être impossible maintenant qu'il a enfin obtenu ce qu'il voulait. Ça fait des années qu'il nous supplie de nous revoir tous ensemble. Mais j'espère qu'il ne les a pas forcés, ajouta-t-il, redevenant terriblement sérieux.

— Ils n'avaient pas l'air d'avoir été forcés de venir, Owen. Mais ça ne doit pas être facile pour eux non plus.

— Ça ne veut pas dire qu'ils me pardonnent.

— Tu leur as demandé ?

Il haussa les épaules sans répondre.

— C'est logique maintenant, dit-elle.

— Quoi donc ?

— Remy, ton besoin de garder tes patients hors des médias, ton désir de travailler au centre de traumatologie, tout ça.

— Peut-être. Mais mon refus de partager l'histoire de mes patients n'est pas dû à ma propre honte, mais au fait qu'un journaliste a harcelé Sam après son accident – il s'est même glissé dans sa chambre d'hôpital pour prendre une photo pendant que mes parents m'emmenaient à l'école. Nous avons dû le poursuivre en justice. Hélas, l'argent que j'ai reçu pour créer la clinique provenait de l'indemnité versée à Sam quand le journaliste a été licencié.

— Oh Seigneur... Je l'ignorais.

— C'est ma faute, pas la tienne. Je veux tout te dire, mais je dois d'abord surmonter ce dîner. Et j'aimerais en savoir plus sur tes parents. Tu me parleras d'eux ?

— Ils étaient formidables. J'aurais aimé pouvoir le leur dire. Combien j'apprécie tout ce qu'ils ont fait pour moi.

— Je suis sûr qu'ils savaient ce que tu ressentais. Une seule dispute ne peut pas avoir ruiné toute votre relation.

Elle haussa les sourcils et indiqua le restaurant du menton.

— Touché, admit Owen en souriant.

— Tu sais, après avoir vu ce que tu as fait pour Remy aujourd'hui, je suis convaincue que tu pourrais aider ton frère à minimiser ses cicatrices. Même après tout ce temps. Tu es l'un des meilleurs chirurgiens plasticiens de l'État, non ?

Son compliment fit naître un demi-sourire sur les lèvres d'Owen, et elle eut l'impression d'avoir gagné la médaille Edison.

— Je suis sûr que tu voulais dire du *pays*, ironisa-t-il.

— Ah bon ? J'ai dû te confondre avec quelqu'un d'autre.

Il rit et elle lutta pour ne pas se pencher et l'embrasser.

Encore une fois.

— Quoi qu'il en soit, qu'en penses-tu ? Sam pourrait être notre premier patient du nouveau centre de traumatologie ?

Le sourire d'Owen retomba.

— Non, je ne pense pas. Pour être honnête, Sam ne me laisserait pas faire si j'essayais. Je le regrette, car alors, peut-être qu'un peu de cette satanée culpabilité disparaîtrait.

— Oh ! Owen...

Kris avait été guidée par ses propres fantômes pendant la plus grande partie de sa vie et ils n'étaient pas près de la laisser tranquille. C'est pourquoi elle enroula ses mains autour du cou d'Owen, et l'attira dans un baiser qui se distinguait des deux précédents par sa tendresse. Il eut cependant le même effet sur elle, l'embrasant de désir. Elle était peut-être sa patronne, et ce désir était dangereux à plus d'un titre, mais ils étaient avant tout des êtres humains. Et en tant que femme, elle voulait que l'homme en face d'elle sache ce qu'elle ressentait pour lui.

Puis il s'écarta, le regard brûlant noué au sien.

— On devrait y aller.

— Oui, c'est vrai. Ta famille...

— Peut attendre. Mais si on fait ça, je veux qu'on le fasse bien.

Sur ce, il sortit de la voiture et vint lui ouvrir la portière.

S'ils le faisaient...

Cela signifiait-il qu'ils allaient le faire ? Que se passerait-il samedi, quand il découvrirait qui elle était ?

— Je vais me laver rapidement les mains. Si le serveur arrive, tu peux me commander un verre de malbec ?

— Bien sûr. Mais je ne suis pas à ton service, tu sais.

Il sourit et elle secoua la tête. Dans les toilettes, elle se lava les mains mais se regarda aussi dans le miroir. Si elle faisait cela, le dîner en famille, les baisers, raconter sa propre famille, elle s'engageait envers cet homme. Ce n'était pas comme s'ils allaient se marier le mois prochain ou quoi que ce soit d'autre, mais elle disait : « Je suis partante. »

Qu'il fasse de même en retour n'était pas de son ressort et cela devait lui convenir si elle continuait. C'était d'accord. Elle était prête désormais à laisser entrer quelqu'un dans sa vie. Petit à petit, Owen et @makingadifference avaient entamé sa détermination à tenir tout le monde à distance. Il valait la peine de prendre le risque.

Kris se dirigea vers la table où était installée la famille d'Owen. Un silence s'abattit sur ce qui semblait une conversation guindée lorsqu'elle s'assit entre les deux frères. Le regard d'Owen croisa le sien pendant une brève seconde, et la douleur avait tourné au gris d'orage dans ses yeux.

— S'il te plaît, dis-moi que tu as des blagues ou autre chose pour égayer l'ambiance, Owen, chuchota Sam par-dessus Kris.

— Je t'avais dit qu'ils n'étaient pas prêts pour ça, siffla Owen derrière son verre d'eau.

— Hé, qu'est-ce que tu veux, une médaille pour avoir eu raison ? J'ai contribué en les faisant venir ici.

Owen lança un regard noir à son frère, puis se tourna vers ses parents, qui n'avaient pas paru remarquer l'échange et commentaient le menu. Kris lui serra la main sous la table, pour lui donner un peu de force.

— Vous êtes en ville jusqu'à quand ? demanda-t-il.

— Dimanche, répondit sa mère, tripotant son verre de vin.

— Alors, docteur Offerman, depuis combien de temps travaillez-vous à Mercy ? demanda Roger.

— Environ deux mois.

— Vous devez être encore en train de vous installer, alors. D'où venez-vous ?

— Du Midwest, en passant par l'Angola. J'ai travaillé deux ans dans un centre de traumatologie là-bas.

— Impressionnant, dit Roger. J'ai toujours pensé qu'Owen se lancerait dans ce genre de médecine, mais je suppose que la vie change parfois nos plans, n'est-ce pas ?

— Papa, en fait, il..., commença Sam.

— Je suis d'accord, le coupa Owen. C'est pourquoi je travaille depuis dix ans dans une clinique que Sam et moi avons créée pour aider les enfants atteints de brûlures ou de malformations congénitales. Je sais que ça ne résout pas ce que j'ai fait, mais...

Kris ferma les yeux face à la douleur qui vibrait au sein de cette famille. Elle avait vu cela trop souvent aux urgences : des familles qui se disputent ou s'ignorent au lieu de laisser leur douleur reposer sur les épaules de ceux qu'ils aiment le plus. Le chagrin faisait des choses horribles aux gens. Mais en Angola, ils l'assumaient au grand jour, jusqu'à ce que tout le monde soit guéri. Cela faisait partie de la pratique qu'elle espérait instaurer à Mercy – un centre de thérapie des traumatismes familiaux rattaché au service.

— Vous travaillez ensemble ? demanda Rebecca.

— Oui, répondit Kris. Et maintenant, Owen utilise ses compétences pour m'aider à ouvrir un nouveau centre de traumatologie de classe mondiale à Mercy. Il permettra à des jeunes et des fonctionnaires d'obtenir les soins dont ils ont besoin et que l'assurance médicale ne couvre pas toujours. Nous pourrons aider des jeunes hommes comme toi, Sam.

La table tomba dans un silence feutré et tendu.

— Qu'est-ce que tu fais ? gronda Owen entre ses dents.

— Chut. Laisse-la parler. Il faut que tout ceci se produise, frérot.

— En fait, poursuivit Kris, il a sauvé la vie d'un enfant aujourd'hui en débridant ses brûlures et en le débarrassant de l'infection dessous. Vous devriez être fiers de lui, c'est l'un des meilleurs médecins que j'ai rencontrés.

— Nous *sommes* fiers de lui, déclara Roger, ajoutant à l'intention d'Owen : Nous voulions simplement faire partie de tout ça. Tout ce que nous savons sur ton travail, c'est par Sam, sauf la clinique, et nous ne savions même pas que tu voyais quelqu'un. Ça nous brise le cœur que tu ne veuilles pas nous parler, mon fils.

Rebecca acquiesça, des larmes glissant sur ses joues.

— Je..., commença Owen, dont la voix se brisa.

Kris lui serra à nouveau la main, lui faisant comprendre qu'elle était là. Peu importait ce qu'elle était pour lui en dehors de cet endroit, elle était de son côté en ce moment.

— Je croyais que vous me haïssiez, lâcha-t-il.

— Jamais je ne pourrais te haïr, répliqua Rebecca dans un sanglot. Jamais, tu m'entends.

— Mais tu ne m'as jamais pardonné, murmura Owen.

— Si, bien sûr que si… la minute après que c'est arrivé. C'est juste que je ne savais pas comment te parler. Comment t'encourager alors que tu étais si mal en point, mais je n'aurais pas dû renoncer à essayer. Je suis désolée, Owen. Je suis vraiment désolée de ne pas avoir été là pour toi aussi.

— Tu n'avais pas à être là pour moi. Tu devais être là pour Sam, et tu l'as été.

— Nous devions être là pour vous deux, dit Roger.

Ses yeux étaient également humides et il s'accrochait à la main de sa femme avec une férocité qui rendit Kris jalouse. Peu importait ce qu'ils avaient traversé en tant que couple, en tant que famille, ils pouvaient compter l'un sur l'autre.

— J'étais terrifiée à l'idée de perdre un fils ce jour-là et… je l'ai perdu. Mais pas celui qui était aux urgences. Mais ce qui me brise le plus le cœur, c'est que tu penses nous avoir perdus. Owen, je suis ta mère. Tu auras toujours mon amour et tu n'as jamais eu besoin de mon pardon parce que tu n'as rien fait qui doive être pardonné. C'était un accident, et ton père et moi l'avons accepté.

Pour des regards extérieurs, cette tablée ne ressemblerait pas du tout à une fête, mais Kris voyait que les liens ténus qui unissaient cette famille se renforçaient de minute en minute. Ce n'était peut-être pas le cadeau d'anniversaire qu'Owen attendait, mais c'était ce dont il avait besoin.

— Moi aussi, et tu le sais, assura Sam en tapant sur l'épaule de son frère. De plus, cette cicatrice attire plus de femmes que ma personnalité pétillante, alors…

Toute la tablée renifla en même temps, puis éclata de rire. Le soulagement de chacun était palpable.

— Bon, reprit Sam. Je sais que cet endroit est censé être chic, mais je pense qu'il nous faut des photos d'anniversaire.

— Je crois que ça devra attendre, objecta Owen. Je dois ramener

Kris. Mais on pourrait peut-être se retrouver demain. J'aimerais qu'on passe plus de temps ensemble.

Tout le monde fut d'accord et après avoir pris des dispositions pour le lendemain et fait leurs adieux, Owen et Kris se dirigèrent vers la sortie.

— Merci, dit Owen quand ils furent dehors. Tu as rendu ça supportable. Hé, je me suis même amusé.

Il prit Kris dans ses bras et, même s'il ne l'embrassa pas, la façon dont il la tint contre sa poitrine lui donna l'impression que son monde était en feu et qu'il partait en vrille. Elle ne perdait jamais le contrôle, mais là, c'était… bien. Mieux que bien. C'était exactement ce qu'elle avait évité, mais pour toutes les mauvaises raisons.

— De rien. Je suis contente d'avoir été là.

— Moi aussi. Mais partons d'ici. J'ai des projets pour toi.

Elle frissonna et lui emboîta le pas, sa main serrée dans la sienne. Ils arrivèrent à la voiture de Kris et Owen ouvrit la portière côté passager, tendant la main pour avoir les clés.

— J'aimerais conduire, dit-il.

Ses yeux étaient toujours gris ardoise, toujours sombres mais n'étaient plus remplis de tristesse ou de chagrin. Au contraire, ils contenaient une chaleur semblable à du mercure liquide. Si elle les regardait trop, elle tomberait dans leurs profondeurs et ne pourrait plus être sauvée.

— J'aurais aimé savoir que c'était ton anniversaire, je t'aurais apporté un cadeau.

— Tu es le seul cadeau que je veuille, Kris.

Elle déglutit, tandis que sa libido affamée l'enhardissait.

— On va où ?

— Chez moi.

Il démarra en trombe, puis posa une main sur sa cuisse, remontant l'ourlet de sa jupe pour que sa paume touche sa chair nue. Elle écarta suffisamment les jambes pour laisser place au désir qui montait entre eux et Owen en profita pour se rapprocher de la partie d'elle qui palpitait de désir.

Elle se contenta de hocher la tête, incapable de formuler la myriade de questions qui l'assaillait. Juste la vibration de leurs corps et le besoin qui les animait tous les deux.

Alors qu'ils roulaient en direction de Playa del Rey, une petite voix au fond de l'esprit de Kris lui rappela qu'elle devait encore dire à Owen qu'elle savait que lui et @makingadifference n'étaient qu'une seule et même personne.

Avec les doigts d'Owen glissant le long de la dentelle de sa culotte, elle ne s'en souciait pas autant qu'elle l'aurait dû. Tout ce qu'elle voulait dans l'immédiat – et au diable les conséquences –, c'était l'homme à sa gauche, qui qu'il soit.

13

Owen gara la voiture et fut à la portière de Kris en un clin d'œil. Il la souleva et la porta jusqu'à la porte d'entrée.

— Tu me penses chevaleresque, mais c'est purement égoïste. Je suis juste hyper-pressé de t'avoir dans mon lit.

Elle rougit, mordillant sa lèvre. Bon sang, elle était sexy.

Et brillante et gentille et motivée et…

Il coupa son cerveau avant qu'il n'évoque le fait qu'elle était aussi sa boss, ou qu'il ne réfléchisse trop à ce qu'ils étaient sur le point de faire, et qu'il voulait *vraiment* faire.

Une fois à l'intérieur, il appuya Kris au mur et s'empara de sa bouche, essayant de lutter contre l'insatiable envie qu'il avait de la prendre là, sur-le-champ. Il avait envie d'elle, mais plus encore, il voulait que ce soit bon pour elle.

Elle le regarda avec de grands yeux remplis de désir.

— Je ne veux pas parler de ce que cela signifie, ni de sujets aussi sérieux, mais promets-moi qu'on pourra encore travailler ensemble après ce soir.

— Je le promets, murmura-t-il dans la courbe de son cou.

Savoir qu'elle lui appartenait au moins pour la nuit le remplissait de désir et d'un sentiment de propriété qu'il n'avait jamais connu. Il embrassa sa peau brûlante, juste sous l'oreille, et elle gémit, glissant ses doigts dans ses cheveux.

— Les choses que je veux te faire, Offerman, tu n'as pas idée, chuchota-t-il, rendu plus excité encore par sa fougue.

— Fais-les. Fais-les toutes, dit-elle en cambrant le dos.

Il l'allongea sur le canapé, fit glisser les bretelles de sa blouse sur ses épaules, révélant des seins, ronds, parfaits.

— Tu es magnifique.

Elle secoua la tête, alors il les libéra, lécha leur peau recouverte de chair de poule et effleura le bourgeon de diamant avec sa langue, avant de le prendre dans sa bouche. Elle ne croyait peut-être pas qu'elle était aussi sexy, mais il pouvait lui montrer ce qu'il ressentait, ce qu'il désirait.

Elle hoqueta, gémit encore et noua ses jambes autour de sa taille afin d'attirer ses hanches contre les siennes.

— Bon sang, Offerman. Si tu continues comme ça, je ne vais pas pouvoir me retenir longtemps.

— On a le temps. Je veux te sentir en moi maintenant.

On a le temps.

Voulait-elle dire ce soir, ou quelque chose de plus long, de plus permanent ? Le désir le submergea, mais il déconnecta son cerveau. Il avait encore tant à découvrir sur elle.

Kris se pressa contre lui, leurs langues s'emmêlèrent, leurs bouches s'explorèrent, et sous leurs souffles confondus, le reste de ses défenses fut neutralisé. Il oublia tout ce qui n'était pas elle. Bon sang, cette femme lui plaisait. Beaucoup. Il la désirait d'une manière telle qu'il démolissait toutes les règles qu'il s'était imposées en matière de relations, de sexe et… d'amour.

Une chaleur se répandit dans sa poitrine tandis que ce mot tourbillonnait dans son cœur, approfondissant le baiser et les sentiments qui couvaient depuis un certain temps. Leur amitié en ligne avait débordé sur ce qu'ils étaient en train de faire en cet instant, brouillant encore plus les pistes.

Kris se leva, ôta sa blouse et dégrafa sa jupe. Il voulait lui dire de se dépêcher et en même temps de ralentir. Il se déshabilla à son tour. Quand elle ne porta plus que ses talons et ses sous-vêtements en dentelle noire, et qu'il ne porta plus que son boxer, elle le désigna du doigt, l'invitant à s'approcher. Il s'exécuta sans hésiter, la prit dans ses bras, sentant enfin sa chair contre la sienne. La sensation était aussi parfaite qu'il l'espérait.

Ils s'accordaient… à plus d'un titre.

À partir de ce moment-là, la nuit se déroula devant lui comme une abondance d'amour et de passion qui se traduisit par de riches émotions. Le goût de sa bouche, la chaleur humide de la sienne lorsqu'elle avait pris son sexe entre ses lèvres, la saveur de sel et de miel de ses seins, l'aisance exquise avec laquelle il s'était glissé en elle et s'y était trouvé chez lui et au paradis en même temps.

Il avait joui très vite la première fois mais comme elle l'avait promis, ils avaient des heures pour se rattraper et il avait l'intention de prendre son temps la fois suivante.

Et c'est ce qu'il fit. Explorant lentement son corps jusqu'à ce qu'elle crie son nom, et qu'ils partagent un orgasme foudroyant. Il avait voulu peu de choses dans sa vie, mais celles qu'il avait désirées, il les avait poursuivies avec acharnement. Aimer Kris ne faisait pas exception.

Ils passèrent les trois heures suivantes à tantôt faire l'amour, tantôt s'accorder de courtes périodes de sommeil, jusqu'à ce que, inévitablement, l'un d'eux se blottisse contre l'autre. Dès que leurs corps se touchaient, c'était comme si une mèche s'allumait. Ils repartaient en quête de plaisir.

Enfin, assez rassasié pour la laisser dormir, Owen sortit du lit pour aller chercher de l'eau. Et la vérité s'abattit sur lui.

Il… tenait à elle. Peut-être même qu'il… l'aimait. Pas peut-être, d'ailleurs. Il l'aimait, tout simplement. Fort de son amitié de plusieurs mois avec @ladydoc et confronté aux défis qu'elle représentait, il avait appris à la respecter, puis à se lier d'amitié avec elle, mais tout du long, il l'avait désirée.

Comment vais-je cesser d'aimer Kris maintenant que j'ai commencé ?

Si elle le repoussait samedi, il aurait le cœur brisé. Pourquoi lui avait-il caché ce qu'il savait ? Maintenant qu'ils avaient tous deux révélé leur passé, qu'ils pouvaient se voir pleinement tels qu'ils étaient, était-il trop tard ? Ou cette nouvelle confiance suffirait-elle ?

Quand il revint dans la chambre, il fut à nouveau frappé par l'envie qu'il avait d'elle, dans tous les sens du terme.

Dieu, qu'elle était belle. Et intelligente. Et sexy. Et l'une des personnes les plus motivées qu'il ait jamais rencontrées.

Il se laissa apprécier tout ce qu'elle était, la somme de ses parties, sachant que c'était la seule façon de l'aimer.

Au risque de la réveiller, Owen se pencha pour embrasser l'épaule de Kris. Un petit sourire se dessina sur ses lèvres, mais elle ne se réveilla pas. Il soupira. Comment réagirait la femme qui l'attendrait cet après-midi-là, une femme à laquelle il avait confié une grande partie de sa vie, de ses rêves et de ses inquiétudes. Une femme qui connaissait son frère, son travail à la clinique, tout. @ladydoc. Le fait qu'elle et Kris soient la même personne lui donnait l'impression que l'univers lui faisait un sacré pied de nez. Quel gâchis…

Dans quelques heures, il était censé la rencontrer, lui dire qui il était et lui demander du temps pour fusionner les deux versions d'eux-mêmes et apprendre à se connaître en tant que personnes à part entière. Des personnes à part entière qui tenaient l'une à l'autre et qui voulaient voir à quoi pourrait ressembler un avenir ensemble.

En rédigeant une note expliquant qu'il devait voir sa famille, puis retrouver quelqu'un à 16 heures, il sentit le poids familier de l'attente peser à nouveau sur lui.

Ses patients, son frère, ses parents, même Kris – tout le monde attendait quelque chose de lui et s'il laissait encore entrer la vulnérabilité dans sa vie, il était sûr de décevoir quelqu'un. Mais s'il apprenait à ne pas laisser cela l'empêcher de grandir, de s'améliorer, tout irait bien.

Si seulement il avait trouvé les réponses à ces questions existentielles avant de tomber amoureux d'elle.

14

Kris rentra chez elle d'un pas léger. Son week-end commençait... bien.

D'abord, il y avait eu Le Baiser. Puis elle avait rencontré la famille d'Owen, et appris à connaître ce qui faisait d'Owen... *Owen.* Le dîner avait suffi pour qu'elle réévalue sa règle lui défendant de montrer ses émotions et de laisser entrer dans son cœur un homme qui pourrait influencer sa carrière. Cela combiné au fait qu'il était celui qui se cachait derrière l'avatar en ligne @makingadifference, elle était impuissante face à la floraison de sentiments dans sa poitrine.

Et ensuite Owen l'avait ramenée chez elle...

Elle rougit au souvenir de leurs séances d'amour qui avaient duré jusqu'à l'aube, jusqu'à ce qu'ils s'écroulent tous les deux d'épuisement. Tout avait été parfait, mais...

Mais ce matin, les choses avaient changé. Elle s'était réveillée seule, et avait trouvé un mot d'Owen disant qu'il devait aller quelque part après avoir déjeuné avec ses parents, et qu'il la reverrait au travail lundi. Mais il n'était que 10 heures, et il avait rendez-vous avec sa famille à midi.

De plus, pourquoi n'avait-il pas annulé sa rencontre avec @ ladydoc en disant qu'il avait une relation avec quelqu'un ?

Parce qu'il n'y croit pas, souffla son cœur. Mais cela ne pouvait être vrai. Ce qu'ils avaient partagé cette nuit allait au-delà d'une simple passion physique.

Une fois chez elle, Kris travailla sur les derniers détails de la demande de financement qu'elle avait reçue du bureau du gouverneur. Lorsque son alarme sonna à 15 heures, elle leva les yeux, hébétée. Il était déjà l'heure de se préparer et de se rendre à son rendez-vous avec @makingadifference. Elle enfila un short et des tongs et opta pour la marche.

Elle espérait que cela dissiperait le doute qui s'était installé comme un brouillard dans son esprit. Dès que le soleil de l'après-midi se posa sur ses épaules, elle sourit. Il fallait qu'elle fasse plus de choses comme ça. Depuis son arrivée à Los Angeles, elle n'avait fait que travailler. Elle n'avait pas encore exploré la ville et ses alentours. Tout en descendant San Vicente en direction de l'océan, elle songea que si Owen ne voulait pas plus que son avatar en ligne, il n'aurait rien d'elle. En fait, si elle maintenait le rendez-vous, c'était seulement pour le lui dire en personne. Elle voulait tout ou rien. Quelle que soit la raison pour laquelle il l'avait laissée seule ce matin, le fait de le connaître et de l'aimer lui avait permis d'éprouver des émotions, bonnes ou mauvaises. Elle se soucierait toujours de sa carrière, mais elle désirait une vie bien remplie avec un amour et une amitié sur lesquels elle pouvait compter, et elle remercierait toujours Owen pour ça.

Kris accéléra le pas. La brise de l'océan ébouriffait ses cheveux, et ses pensées se calmaient. Devant elle, à l'entrée du chemin de la plage, se trouvait le restaurant. Elle inspira pour se donner de la force. C'était maintenant ou jamais.

Elle s'approcha. Aucun signe d'Owen. Il était 16 heures et une minute. Hum... Il était en retard. Et ni lui ni @makingadifference ne lui avaient envoyé de message.

Elle s'assit et commanda un thé glacé. Sa nervosité s'intensifia à mesure que le temps passait. Avait-il posé un lapin à @ladydoc ? Que ferait-elle alors ?

Onze minutes s'écoulèrent. Elle composa le numéro d'Owen, mais tomba sur la messagerie vocale. Elle ferma ses yeux qui commençaient à la brûler.

— Owen, dit-elle après le bip. Peux-tu m'appeler dès que tu as ce message ? Même si ce n'était qu'une… passade entre nous, je veux qu'on trouve un moyen de travailler ensemble sur le centre de traumatologie.

Elle raccrocha et sirota son verre, observant les enfants qui riaient et s'éclaboussaient dans le ressac. Une incarnation de l'innocence pure et simple. Vision joyeuse, et un peu douloureuse aussi. Kris n'avait jamais vraiment eu la capacité de se laisser aller et d'embrasser le monde comme cela. Pas même lorsqu'elle était enfant. Elle frissonna. Son téléphone annonça un texto. La secrétaire du conseil d'administration l'informait que le gouverneur signait le document de subvention.

Kris soupira. Un mois plus tôt, c'était la seule nouvelle qu'elle aurait voulue – savoir que son rêve se réalisait et qu'il serait financé pour dix ans, avec une option de renouvellement après évaluation. Mais maintenant… tout ce qu'elle voulait, c'était quelque chose de la part d'Owen, même si ce n'était qu'une fin. Non, elle se mentait. Elle aimait Owen et le désirait, mais en l'absence de ce miracle, elle voulait passer à autre chose. Elle consulta à nouveau sa montre. 16 h 35.

Il ne viendra pas.

Elle sortit un billet de son sac à main, le laissa sur la table et se leva pour partir. Au bout de cinq minutes de marche, des larmes brûlantes commencèrent à couler en même temps que son téléphone sonnait. Owen.

— Allô ? demanda-t-elle, le cœur battant la chamade.

— Kris. Kris. Où es-tu en ce moment ?

— Sur la promenade de la plage. Pourquoi ?

— À quelle distance du restaurant, Kris ?

Des mouettes criaient en arrière-plan au bout de la ligne en même temps qu'elles le faisaient au-dessus de sa tête. Elle se figea. Il n'était pas loin. Et elle avait failli ne pas remarquer qu'il n'avait pas mentionné *quel* restaurant.

Son souffle se bloqua dans sa gorge.

— Je viens de partir. Un ami m'a posé un lapin.

— Dans quelle direction es-tu partie ?

— Vers le nord. Qu'est-ce que ça peut te faire ?

Des pas précipités se firent entendre derrière elle. Elle se retourna, et bien qu'elle reconnût le corps fort et délectable, son visage était partiellement caché par les fleurs.

Elles étaient magnifiques – exactement ce qu'elle aurait acheté pour elle-même. Des marguerites parsemées sur un lit de lupins et de lys mariposa, la flore locale qu'elle avait appréciée en se rendant à Mercy tous les matins.

— Parce qu'on ne t'a pas posé de lapin.

Il raccrocha et reprit son souffle tandis qu'elle perdait le sien. Il tendit les fleurs qui, à y regarder de plus près, étaient un peu froissées et ébouriffées, comme si elles avaient dû batailler pour arriver jusqu'à elle. Une carte y était jointe.

Ce que nous appelons rose sous un tout autre nom...

— Elles sont magnifiques, mais la carte est un peu énigmatique.

Il sourit sans rien dire, son souffle se calmant tandis qu'il s'avançait vers elle. Et soudain, elle comprit. Elle leva des yeux emplis de larmes vers lui.

Des marguerites et des fleurs sauvages. Pas de roses.

Elle n'avait jamais parlé de ses fleurs préférées qu'à une seule personne. Et ce n'était ni James, ni Alice. Pas même @makingadifference, qu'elle était censée rencontrer.

Il sait que c'est moi. Que je suis @ladydoc.

— Je suis désolé de ne pas avoir été là à temps, Kris, dit-il avant qu'elle ne puisse comprendre ce que cela signifiait. La voiture de location de ma famille a crevé au jardin botanique, et mon téléphone m'a lâché.

Il sortit de sa poche un autre appareil à l'écran éclaté.

— J'ai dû l'apporter chez un réparateur pour transférer tes coordonnées sur le nouveau, ajouta-t-il avec un sourire timide, brandissant les deux téléphones.

Elle avait du mal à respirer. Son pouls s'emballait.

— Depuis combien de temps ? murmura-t-elle enfin.

— Depuis combien de temps je le sais ? Depuis un moment. Mais tu ne parais pas très choquée non plus.

— Il se pourrait que je l'aie su aussi, répliqua-t-elle. Qu'est-ce que ça veut dire, qu'on le savait tous les deux ?

— Eh bien, j'ai appris de ma bonne amie @ladydoc qu'on ne doit pas renoncer à ce en quoi on croit, et je crois en toi, Kris. Alors je me fiche de savoir ce que ça veut dire que je sois tombé amoureux de toi deux fois, je sais juste que je ne veux pas vivre sans aucune de vous deux.

Il lui prit les fleurs des mains pour les poser sur le banc à côté d'eux. C'était une bonne chose, car elle ne pouvait se concentrer sur rien d'autre que lui.

— Tu es vraiment tombé amoureux de moi deux fois ?

Il se pencha et effleura doucement ses lèvres.

— Je suis d'abord tombé amoureux de ton cerveau, puis de ton énergie. En cours de route, j'ai appris à quel point ton corps est addictif, mais c'est ton cœur qui m'a attiré tout du long. Ton unique et magnifique cœur, qui est assez grand pour abriter Dr Kris Offerman et @ladydoc dans le même corps époustouflant. En gros, ça a toujours été toi, sous toutes tes formes.

Sur ce, il l'embrassa à nouveau, cette fois avec toute la passion qu'ils partageaient. Le monde continuait à tourner autour d'eux, les nombreux promeneurs contournant le couple amoureux et les fleurs sur le banc. Cela faisait partie de la magie de leur ville, qu'ils en possèdent un petit coin, ainsi que toutes les autres personnes qu'ils allaient aider au centre de traumatologie et à la clinique.

— Je voudrais que tu me fasses une promesse, dit-il ensuite, lorsqu'ils furent à bout de souffle. Quand ça marchera, et ça marchera, est-ce que tu – toutes les facettes de toi – seras à moi ? Pour toujours ?

Kris laissa ces mots – pour toujours – danser sur sa langue. Elle n'avait jamais eu *pour toujours* avec personne et elle devait admettre qu'une vie entière avec un amour comme Owen serait vraiment géniale.

— Banco, dit-elle en se hissant sur la pointe des pieds pour l'embrasser à son tour.

Il la souleva dans ses bras et la fit tourner sur la promenade bondée tandis qu'elle criait de joie.

Je t'avais dit que tu trouverais le bonheur à Los Angeles.

Oui, Alice, pensa Kris. *Et je te remercie d'avoir fait en sorte que tout se soit bien terminé.*

Épilogue

Deux ans plus tard

Kris gara la voiture et prit la main d'Owen dans la sienne. Il sourit et la porta à ses lèvres pour l'embrasser.

— Mes chéries sont prêtes à aller travailler ? demanda-t-il.

Elle acquiesça en frottant son ventre bombé. Encore un mois et leur petite fille viendrait au monde. Heureusement qu'ils avaient une équipe de choc, dirigée par le Dr Kelsey Gaines, pour l'accouchement, car depuis que Kris avait découvert qu'elle était enceinte, son mari ne l'avait pas lâchée. Owen s'occupait de ses moindres besoins et n'avait accepté de la laisser retourner à Mercy à ce stade de sa grossesse que parce que l'inauguration du centre de traumatologie et convalescence était prévue cet après-midi.

— Nous le sommes. Tu t'habitueras à ça un jour ? ajouta-t-elle en montrant le panneau au-dessus de l'entrée.

Le *Samuel R. Rhys Trauma and Recovery Center*, pouvait-on y lire. Un petit groupe de journalistes s'était formé devant, mais cela ne la gênait pas. C'était une histoire qu'ils étaient tous heureux de partager.

— Jamais. Mais je suis reconnaissant à l'hôpital d'avoir accepté de le faire.

— Ma foi, quand tu as fusionné ta clinique de chirurgie plastique avec le centre et décidé d'en financer une partie, ils n'ont pas pu faire autrement.

— Que Sam se soit montré aussi persuasif auprès de Keith n'a pas nui, renchérit-il.

— Non, loin de là, dit-elle en riant. Oh ! Owen. Est-ce que je t'ai dit à quel point tu me rends folle ?

Ses mots étaient légers et remplis de l'amour qu'elle ressentait pour cet homme.

— Est-ce que je t'ai dit à quel point je t'aime ? lui renvoya-t-il.

— Oui, toutes les dix minutes.

Il l'embrassa, et comme la première fois qu'ils s'étaient embrassés, et comme chaque fois depuis, son cœur fit la pirouette et se consuma de désir.

— Et je le ferai toujours. Chaque jour, tout le restant de notre vie.

Sur ce, le couple – bientôt une famille – entra main dans la main dans l'endroit qu'il avait bâti de toutes pièces, déterminé à partager cet amour avec tous ceux qui en franchiraient les portes.

MARGARET McDONAGH

Un mystérieux chirurgien

Traduction française de
JEAN-LOUIS LASSERE

BLANCHE

HARLEQUIN

Titre original :
AN ITALIAN AFFAIR

Ce titre a déjà été publié en 2019.

Prologue

Un terrifiant cri de femme déchira le silence de la cité endormie.

Sebastiano Adriani, qui rentrait chez lui, ralentit le pas, scrutant les rues étroites et sombres, ne sachant d'où venait ce qui ressemblait fort à un appel de détresse. Imaginant le calvaire de l'inconnue, il revint sur ses pas, résolu à lui porter secours.

Comme toutes les villes du monde aux premières lueurs du jour, Florence était encore engourdie dans la torpeur de la nuit. Seuls les balayeurs étaient au travail et quelques couples enlacés échangeaient un dernier baiser après une flânerie romantique dans la cité des Médicis. Dans la chaleur suffocante de juillet, Seb avait dénoué sa cravate, ouvert les premiers boutons de sa chemise et ôté la veste de son costume Armani qu'il portait sur l'épaule. Malgré sa hâte à aller dormir, il avait décidé de regagner à pied son luxueux appartement proche de l'hôpital. En fait, il avait surtout besoin d'être seul et de marcher un peu.

Seb n'était pas mécontent du moment passé en compagnie de Lidia di Napoli. Après un succulent dîner dans l'un des meilleurs restaurants de Florence – trois étoiles au guide Michelin – ils avaient assisté à un concert classique en plein air. Seb n'aimait guère ce genre de musique, mais cette jeune et séduisante actrice l'avait supplié avec une moue si charmante qu'il avait fini par céder. Hélas, au cours de la soirée, il avait été appelé d'urgence à l'hôpital pour opérer un jeune homme défiguré par un accident de la route, aussi, la moue de Lidia s'était brusquement muée en grimace.

Furieuse d'être abandonnée de façon si soudaine, la comédienne avait manifesté sa colère par des éclats de voix et avait dû payer un taxi pour rentrer chez elle… seule. Seb se disait que, si elle souhaitait le revoir, elle devrait admettre que rien ni personne n'était plus important que son métier de chirurgien. De toute façon, il n'aurait pas consenti à passer la nuit avec Lidia en dépit de son insistance à le retenir. D'ailleurs, il ne partageait jamais le lit d'une femme pour toute une nuit et n'en admettait aucune dans le sien !

Par bonheur, en raison d'un scandale politique qui secouait toute la ville, pas un paparazzi ne s'était montré au restaurant où ils avaient dîné en tête à tête. Ces enragés du « scoop » avaient sans doute mieux à faire ailleurs et Seb s'en réjouissait. Il n'avait en effet aucune envie d'être vu dans les journaux au bras d'une beauté qui ne cherchait qu'à associer son nom au sien pour asseoir sa célébrité.

Comme les hurlements de la malheureuse inconnue reprenaient, Seb accéléra le pas, traversa une *piazza*, puis s'engagea dans un dédale de ruelles. Les cris s'intensifiaient de façon inquiétante et semblaient maintenant très proches. Au détour d'une rue, il aperçut un homme tout habillé de noir qui frappait une femme à coups redoublés et tentait de l'entraîner vers une porte cochère.

— *Arresto !* cria Seb en s'élançant au secours de la victime. *Lasci il sua solo !*

Repoussant violemment la femme en pleurs, l'agresseur se tourna vers le nouveau venu. Seb lui fit face, courageux mais prudent, soucieux de se protéger. Il mesurait parfaitement les risques de ce genre de situation. Chez le praticien de chirurgie plastique qu'il était devenu, subsistait le gamin des rues qui devait sa réussite à sa pugnacité, à son intelligence et… à son charme.

Bien campé sur ses jambes, Seb s'interposa entre l'homme et sa victime pour protéger celle-ci. Il était prêt à en découdre, bien décidé à mettre un terme aux brutalités de cet individu qui risquait fort de la tuer. Dans le jour naissant, il distinguait assez bien le visage de son adversaire. Celui-ci portait une balafre au menton et un rang de « piercings » dorés à une oreille. Il devinait des tatouages en lettres rouges aux jointures de ses doigts et au dos de ses mains. Autant de détails qui permettraient de l'identifier par la suite.

Sans le quitter des yeux, Seb lança son téléphone portable à la femme réfugiée sous le porche en lui conseillant d'appeler la police. Persuadé que cela suffirait à mettre l'agresseur en fuite, il relâchait un peu sa vigilance quand il vit une lame de couteau briller comme un éclair dans la pénombre.

Une brusque montée d'adrénaline assaillit Seb. Attentif au moindre geste de son adversaire, il fit un écart de côté voyant que l'homme fondait sur lui. Sa veste enroulée sur son bras pour se protéger de la lame, il essuya plusieurs coups, heureusement sans autres dommages que pour le précieux tissu.

Derrière lui, il entendait la malheureuse hurler au téléphone, suppliant qu'on vienne la secourir au plus vite. L'homme se jeta alors sur lui, et cette fois Seb sentit la lame lui déchirer le poignet droit. Le sang gicla instantanément, inondant les lambeaux de sa veste et coulant le long de ses doigts. Il entendit au loin la sirène d'une voiture de police, espérant en secret que cela ferait fuir son agresseur. Hélas, il n'en fut rien. Celui-ci tenta de l'éloigner en le menaçant de son couteau pour se ruer sur la femme dont les cris de frayeur redoublaient.

Soucieux de la protéger, Seb esquiva tant bien que mal les coups de couteau tout en essayant de raisonner l'individu.

— *Rinunziare. La polizia sta venendo !* lui cria-t-il.

Comme il tentait de protéger son visage, la lame lui déchira le bras gauche au niveau du coude puis, presque aussitôt, lui trancha la paume de la main droite avec une surprenante précision.

Malgré la douleur, Seb eut la force de frapper son adversaire au visage et le déstabilisa. L'homme proféra un chapelet de jurons, puis disparut dans la rue obscure alors qu'une voiture de police arrivait enfin.

Sans trop se soucier de ses propres blessures, Seb se tourna vers la femme.

— *Signora, come sta ?* questionna-t-il.

— *Bene. Grazie signor... mille grazie*, balbutia-t-elle entre deux sanglots.

Elle montra du doigt le bras ensanglanté de son protecteur en ajoutant, épouvantée :

— *Dio ! Siete sanguinando !*

Sachant qu'elle était hors de danger, Seb s'occupa de ses propres blessures. Il enveloppa soigneusement sa main – son précieux outil de travail – dans les restes de sa veste. Comme il levait le bras pour ralentir l'hémorragie, il ressentit une sorte d'engourdissement de mauvais augure. Son bras semblait peser des tonnes et sa main n'obéissait plus aux ordres du cerveau. Il ne pouvait même pas saisir le tissu que lui tendait celle qu'il venait de secourir.

Si jusque-là il n'avait pas eu peur, il mesurait soudain les redoutables conséquences de sa blessure !

1

— Je crois que nous avons trouvé ce que nous cherchions, Gina. Oui, c'est bien cet endroit inoubliable où j'allais si souvent avec Matteo.

Gina McNaught perçut une vive émotion dans la voix teintée d'accent italien de Maria, sa grand-mère. Un mélange de nostalgie, d'anxiété et d'impatience, bien éloigné de l'étonnante détermination qu'affichait d'habitude la vieille dame d'aspect si frêle. Les cheveux d'ébène de Maria, autrefois longs et soyeux, étaient aujourd'hui bien gris, signe évident de la fuite irréversible du temps. Sachant que les années étaient désormais comptées, Gina lui sourit et lui prit tendrement la main. La jeune femme prenait conscience de ce que ce voyage représentait pour sa grand-mère... Gina savait combien il lui importait de revoir les lieux où elle avait été heureuse, de les reconnaître à l'aide de la vieille photo jaunie posée devant elles.

Cette photo et l'histoire qu'elle racontait avaient toujours intrigué et enchanté Gina dans son enfance. Elle ne se lassait jamais d'entendre le récit de la rencontre de sa grand-mère Italienne et de son grand père écossais sur cette plage déserte où ils s'étaient aimés. Maria Tesotto et Matthew McNaught s'étaient mariés pour ne plus jamais se quitter, jusqu'à ce que la mort de Matthew les sépare.

— En ce temps-là, cette villa n'existait pas, reprit Maria, égarée dans ses souvenirs. Mais l'endroit semble toujours isolé et protégé, Dieu merci. Autrefois, les gens appelaient ce rocher qui émerge de la mer la « Lancia del Nettuno », le Trident de Neptune. Tu vois, on le distingue très bien sur la photo. D'ailleurs, la villa qui domine la crique s'appelle la villa du Rocher de Neptune. Donc, il n'y a pas de doute, Gina, c'est bien l'endroit que nous cherchons.

— Je vais m'en assurer, Nonna, c'est promis.

— Tu es si bonne avec moi, *ragazza mia*.

La vieille dame lui sourit en ajoutant :

— Trop bonne, parfois. Tu ne crois pas ?

— C'est bien normal. Tu es tout pour moi, Nonna chérie.

D'une main déformée par l'arthrite, Maria caressa la joue de sa petite fille en murmurant :

— Toi aussi tu es tout pour moi, ma jolie. Ce qui me chagrine un peu, c'est que tu as sacrifié ta jeunesse pour nous. Depuis que nous avons quitté notre modeste appartement de Glasgow pour venir vivre avec toi dans ton cottage de Strathlochan, tu n'as pas cessé de t'occuper de nous. Tu as toujours été aux petits soins pour ton grand-père et pour moi-même. Entre nous et ton travail à l'hôpital tu n'as guère profité de la vie, reconnais-le.

— Nonna...

— Je sais, interrompit la vieille dame. Tu vois quelques amis et tu aimes passionnément ton métier, mais la vie c'est autre chose, Gina. Tiens, par exemple... nous n'avons jamais pu admettre que tu rompes avec Malcolm à cause de nous.

Gina baissa les yeux. Comment aurait-elle pu avouer à sa grand-mère que Malcolm avait eu pour elle des paroles blessantes ?

— Ce n'était pas votre faute, Nonna. Entre Malcolm et moi les relations se sont peu à peu dégradées, c'est tout.

En vérité, la discorde était apparue entre eux dès le jour où Gina avait compris que Malcolm avait un sens de la famille très différent du sien.

— Mais cela fait déjà quatre ans, Gina, et depuis tu es toujours seule, souligna Nonna. Je veux que tu sois heureuse, aussi heureuse que je l'ai été pendant toutes ces années avec mon Matteo. J'aimerais tant que tu rencontres un homme qui te convienne ! Tu devrais sortir plus souvent, te distraire, penser un peu à toi.

Un sourire naquit sur les lèvres de Gina. Elle se dit que sa grand-mère était dans d'étranges dispositions depuis qu'elles avaient atterri sur l'île d'Elbe. Elle y avait connu l'amour avec Matteo, et c'était sans doute ce qui lui mettait en tête ces idées de mariage.

— Ne t'en fais pas pour moi, Nonna, je suis très bien toute seule, conclut la jeune femme.

Il y avait bien longtemps que Gina ne se souciait plus de sa vie sentimentale et ne rêvait plus à un bonheur à deux. Pourquoi s'encombrer d'un homme puisque la vie en avait décidé autrement ? Le fait d'avoir grandi avec ses grands-parents qui avaient vécu un grand amour la rendait sans doute plus exigeante. Jamais elle ne connaîtrait un conte de fées semblable au leur, elle le savait. Gina avait fait certains choix et elle ne les regrettait pas... même si elle en avait un peu oublié le plaisir d'être désirée.

— Et maintenant, voilà que tu sacrifies tes vacances au caprice d'une vieille dame ! insista Maria.

— Ce n'est pas vrai, et tu le sais bien, Nonna, s'insurgea-t-elle. D'ailleurs, il y a longtemps que je rêve de découvrir l'île d'Elbe. Vous m'en avez tant parlé. Y a-t-il un endroit plus merveilleux pour passer quelques jours ensemble ?

Gina sourit à sa grand-mère dont les yeux se voilaient de tristesse. Ce voyage évoquait pour Nonna des jours heureux à jamais enfuis, et Gina ressentait cruellement sa peine en dépit de la magie des paysages qu'elle découvrait.

— C'est vrai, admit son aïeule, l'air songeur. Ce pays est un véritable paradis. Et je savais que tu m'y ramènerais un jour comme tu l'avais promis à ton grand-père. Tu sais ce que ce voyage représente pour moi, n'est-ce pas ?

— Bien sûr, Nonna.

Gina serra la main de sa grand-mère dans la sienne pour cacher sa propre angoisse. Elle pressentait l'émoi que causerait à cette vieille dame le fait de revoir les lieux où elle avait connu et aimé l'homme de sa vie. Matteo venait de mourir après cinquante ans d'affection sans nuage, laissant un vide immense dans la vie de Maria.

— Nonna, je vais te laisser seule un moment pour aller voir si la villa du Rocher de Neptune est habitée. Tu m'attends bien sagement ici, n'est-ce pas ?

— Bien sûr, ma chérie. D'ailleurs, je suis si fatiguée que je vais en profiter pour me reposer un peu.

Leur voyage avait commencé par un vol Glasgow-Pise. Ensuite, elles avaient pris le train pour le port italien de Piombino, et enfin le ferry pour Portoferraio, capitale de l'île d'Elbe. Mais là, il restait encore à faire la route jusqu'à l'extrémité ouest de l'île où Gina avait réservé une chambre dans une modeste maison d'hôtes tenue par la signora Mancini.

Là, elles étaient à deux pas du Cap Sant'Andrea, un nom qui demeurait associé au bonheur de Maria. Grâce au chauffeur de taxi qui connaissait bien les lieux, elles avaient repéré l'anse au centre de laquelle se dressait le Trident de Neptune.

Gina n'espérait qu'une chose : que Nonna y retrouve intacts les souvenirs qu'elle était venue y chercher.

— Je vais faire ma petite enquête, déclara la jeune femme en prenant son sac. Si tu dois m'appeler, mon numéro de portable est sur le bloc-notes. D'ailleurs, je l'ai déjà donné à Mme Mancini qui veillera sur toi en mon absence.

Elle déposa un tendre baiser sur la joue de Maria en lui promettant de revenir avec des renseignements précis.

— Je ferai de mon mieux, Nonna, sois sans crainte.

— Comme tu l'as toujours fait, *ragazza mia*. Que Dieu te bénisse !

Au lieu de prendre un taxi, Gina préféra louer une bicyclette et partit sur les chemins sinueux en direction du cap coiffé de la villa du Rocher de Neptune. Vêtue d'un short en jean et d'un T-shirt qui lui découvrait la taille, elle pédalait avec délice, offrant son visage au vent léger venu de la mer.

Elle fit halte devant le portail d'entrée qui ouvrait sur la demeure à demi cachée sous les châtaigniers. Emerveillée par le paysage idyllique de la baie, elle prit le temps de souffler un peu avant de pénétrer dans la propriété. Tout était calme et paisible alentour.

Gina s'attarda un instant devant la plaque indiquant *Villa alla roccia del Nettuno*, puis poussa le portail et s'engagea dans l'allée. Elle songea aussitôt à sa grand-mère, espérant que la plage chère à ses souvenirs se trouvait effectivement au pied de cette demeure. Mais le propriétaire des lieux comprendrait-il le sens de sa démarche pour le moins singulière ?

Elle poussa son vélo pour grimper vers l'imposante villa ancrée sur son piton rocheux.

Gina s'inquiéta soudain. N'était-elle pas trop court vêtue pour se présenter à l'occupant de la maison ?

— Oh !

Elle ne put réprimer une exclamation devant le véritable palais qui s'offrait à ses yeux. À l'évidence, les gens qui vivaient là n'avaient pas de soucis d'argent. Cette vaste bâtisse de plain-pied couverte de tuiles traditionnelles scintillait comme un joyau sous le soleil. Le jardin luxuriant lui offrait un écrin somptueux avec ses innombrables variétés de plantes méditerranéennes. Seuls les chants d'oiseaux et le murmure du vent dans les frondaisons troublaient la quiétude de ce lieu hors du temps.

Gina se sentait apaisée et, de façon étrange, il lui semblait qu'elle appartenait un peu à cet endroit. Peut-être parce qu'elle partageait ce que ses grands-parents avaient vécu sur cette côte ?

Jugeant cette idée un peu sotte, elle haussa les épaules, puis accéléra le pas vers la maison. Arrivée là, elle posa sa bicyclette contre un muret, mit son sac à l'épaule et s'avança vers la porte.

Personne ne répondit au tintement de la cloche, de sorte que Gina se sentit comme désemparée. Elle était venue de loin pour ce pèlerinage sentimental, si important pour sa grand-mère. Dès lors, il lui était impossible de devoir renoncer à l'accomplir.

Elle ne savait que faire. Allait-elle sonner de nouveau et attendre que quelqu'un vienne ? Devait-elle laisser un mot avec son numéro de portable en exposant le motif de sa visite ? Non. Mieux valait qu'elle s'explique de vive voix avec le propriétaire. Mais, pour cela, encore fallait-il le trouver.

Au risque d'être chassée comme une intruse, elle contourna la maison. Là, elle découvrit une terrasse spacieuse meublée de fauteuils confortables et de transats. Dans le fond, près d'une longue table, elle remarqua un chevalet sur lequel trônait une toile inachevée.

Avant de descendre les premières marches vers la crique, elle fit halte un instant, saisie par la beauté du paysage qui s'offrait à ses yeux. Gina n'avait jamais rien vu d'aussi grandiose. Même le point de vue que l'on découvrait depuis son cottage de Strathlochan semblait quelconque auprès de ces rochers d'albâtre plongeant dans une mer turquoise.

Au mépris de l'interdit, elle suivit le sentier escarpé à travers les buissons vers la petite plage située tout en bas. Sans doute était-ce là que Maria et Matthew s'étaient rencontrés cinquante ans auparavant. Elle n'en doutait pas un instant.

Soudain, son cœur se mit à battre très fort. Bientôt, elle foulerait le sable doré de cette plage et pourrait contempler le Trident de Neptune, témoin du premier amour de ses grands-parents.

Hélas, le parcours d'accès était plein d'embûches. Gina se dit à regret que jamais Maria ne pourrait descendre par ce sentier escarpé hérissé de pierres.

Enfin, Gina posa le pied sur le croissant de sable cerné par les falaises qui surplombaient la plage. De là, elle put contempler à loisir le rocher qui émergeait des eaux, non loin de la côte. De forme irrégulière, entouré de rocs plus petits et très acérés, le Trident de Neptune faisait effectivement songer à l'arme du dieu de la mer. Il était fidèle à l'image que ses grands-parents en avaient gardée et qu'ils évoquaient si souvent, les yeux humectés de larmes.

Gina s'imprégna de l'atmosphère de ce lieu solitaire, de sa beauté naturelle, fascinée par la limpidité des eaux aux tons d'émeraude et de turquoise. Elle s'assit sur le sable et replia ses jambes, entourant ses genoux de ses bras. Le soleil de septembre était doux sur sa peau, aussi, elle renversa la tête en arrière et lui offrit son visage. En fermant les yeux, elle imagina aisément la première rencontre de Maria et de Matthew, leur rendez-vous romantique avec les rochers et la mer pour seuls témoins. Résolus à se marier en dépit de l'opposition des parents de Maria, ils avaient surmonté toutes les embûches. Alors, leur amour naissant s'était mué en une passion sans faille. Ainsi, toute leur vie, avaient-ils béni le hasard qui les avait réunis sur cette île d'Elbe inondée de soleil.

Elbe… Il y avait quelque chose de magique dans ce nom. Et cette magie avait illuminé toute la jeunesse de Gina, nourrie des récits de sa grand-mère. Aussi, elle ne pouvait oublier l'émoi ressenti la veille en découvrant pour la première fois cette île bien réelle qui avait longtemps alimenté son imagination. Cette silhouette rocheuse surgie du bleu de la mer s'était cependant imposée à elle comme un paysage étrangement familier. Toute sa vie, Gina avait été captivée par ce conte romantique, par le récit de ses grands-parents qui en avaient été les acteurs. Chaque fois qu'ils évoquaient le Trident de Neptune, leurs yeux brillaient d'un tel éclat qu'elle s'était juré de venir le contempler un jour.

Et, aujourd'hui, elle y était !

Elle comprenait maintenant l'émoi de sa grand-mère, et à aucun prix elle n'aurait renoncé à sa promesse de l'accompagner jusqu'ici.

Bercée par le bruit de vagues et le souffle du vent, elle s'abandonna volontiers, délivrée du fardeau de ses responsabilités quotidiennes. Les yeux fixés sur le symbole mythique du Trident de Neptune, il lui sembla tout à coup que le dieu des profondeurs surgissait de la mer et nageait vers la plage avec une aisance stupéfiante. Bientôt, il sortit de l'eau et lui apparut dans toute sa majesté.

Véritablement médusée, Gina ne savait plus où était la limite entre rêve et réalité.

Cet être mi-homme, mi-dieu lui parut pourtant bien réel quand il ôta son masque de plongée et foula de ses pieds le sable humide. Il ne semblait pas l'avoir remarquée, de sorte qu'elle put l'observer à loisir tandis qu'il glissait ses doigts dans sa chevelure d'un noir de jais. Son visage d'une perfection absolue semblait sculpté dans le granit par une main divine. Néanmoins, cet inconnu était assurément fait de chair et d'os. Il était humain et... de sexe masculin. Aucun doute sur ce point.

Gina ne parvenait pas à quitter des yeux cette silhouette athlétique qui aurait pu inspirer Polyclète en son temps. Larges épaules, taille bien marquée, cuisses et bras robustes, torse de guerrier aux muscles bien dessinés.

À l'instant où il leva les yeux vers elle, Gina sentit un souffle brûlant monter en elle, comme si elle allait fondre sur place. Le dieu de la mer marchait maintenant droit sur elle et son regard avait l'étrange pouvoir de la tétaniser. Rassemblant ses forces, elle se leva d'un bond pour constater, hélas, que ses jambes ne la portaient plus.

— *Buongiorno, signorina.*

Sa voix tout à la fois grave et suave donnait le frisson. Gina tenta de recouvrer son équilibre et esquissa un sourire maladroit. Cet inconnu était encore plus beau de près et sa présence avait quelque chose de terriblement déstabilisant.

Oh, mon Dieu ! songea-t-elle, saisie d'un vertige indicible.

L'homme était grand et pouvait avoir environ trente ans. Une barbe naissante ombrait ses joues. La mâchoire volontaire, la bouche aux lèvres bien dessinées invitaient à d'ardents baisers. Ses yeux couleur noisette ourlés de cils soyeux recelaient un soupçon de malice qui ajoutait à son charme.

Les gouttelettes qui glissaient sur sa poitrine luisaient comme des perles sur sa peau ambrée. Ce trésor inestimable échoué sur cette plage fascinait Gina au point de la laisser muette. Il était maintenant si près d'elle qu'elle sentait son souffle sur sa joue, ce qui ne faisait qu'accentuer son émoi. L'envie de le toucher devenait si pressante qu'elle eut bien du mal à y résister.

Animée d'un désir insoutenable, Gina recula d'un pas comme pour se soustraire au pouvoir de séduction de cet inconnu. Elle commençait à perdre tous ses repères. Son souffle s'accélérait, son cœur battait à tout rompre et sa peau s'enflammait comme si le diable lui-même avait posé ses mains sur elle.

Elle recula encore d'un pas. Depuis combien de temps n'avait-elle pas vu un tel athlète ? Depuis quand ne croyait-elle plus être capable de séduire ?

— Vous êtes sur une plage privée, *signorina*.

Le ton velouté de sa voix dissimulait à peine l'accusation qui perçait sous les mots.

— Je... je suis désolée, murmura-t-elle dans un italien approximatif.

— Comment êtes-vous arrivée ici ? reprit-il en croisant les bras sur sa poitrine.

— Hum...

Gina hésita, distraite par la protubérance des muscles du torse sous la pression des bras.

— Cette plage appartient-elle aux propriétaires de la villa ? questionna-t-elle enfin.

— Qu'est-ce que cela peut bien vous faire ? rétorqua l'inconnu, l'air soupçonneux.

— Il faut que je parle au propriétaire.

— La villa n'est pas à vendre.

— Non, ce n'est pas ce qui m'intéresse, se défendit-elle.

— Cette maison appartient à une famille de Florence, précisa-t-il d'un ton abrupt comme pour couper court à cette conversation. Ils sont absents pour le moment et j'ignore quand ils viendront.

— Donc... vous gardez la maison en leur absence ? reprit-elle, voyant avec angoisse s'éloigner ses chances d'amener sa grand-mère sur les lieux.

Une lueur de curiosité apparut dans les yeux de l'homme.

— Pourquoi tenez-vous tant à leur parler ?

— C'est personnel.

— Peut-être puis-je vous aider ?

— Si vous me dites où je peux les joindre, cela m'aidera, en effet.

— Venez, montons à la villa. Nous y serons plus à l'aise pour bavarder. Ainsi, je verrai si je dois ou non vous renseigner comme vous le souhaitez.

Gina songea à sa grand-mère et à la promesse qu'elle lui avait faite. Dès lors, elle ne pouvait faire autrement que suivre cet inconnu. Mais était-ce bien raisonnable ?

— D'accord, conclut-elle après une brève hésitation. Mais je ne m'attarderai pas. Quelqu'un m'attend.

— Un homme ? questionna machinalement Seb, comme si ce détail n'avait guère d'importance pour lui.

Toutefois, cette belle inconnue l'intriguait avec ses airs mystérieux qui ajoutaient indubitablement à son charme. Trouver une si jolie fille sur la plage en sortant de l'eau constituait pour lui une surprise… plutôt agréable. Aussi, il entendait bien satisfaire sa curiosité. Cependant, l'intruse éveillait chez lui quelques soupçons. Il faudrait bien qu'elle lui explique comment elle avait découvert la villa, ce qu'elle cherchait sur la plage, et pourquoi elle tenait tant à rencontrer les propriétaires.

Seb scruta longuement les yeux bruns de la jeune femme, cherchant à cerner ses véritables intentions. Peut-être était-ce une journaliste prête à user de son charme pour l'amadouer et obtenir de lui quelques confidences ? Il avait déjà été pris à ce piège, mais cette fois il ne baisserait pas la garde avant de savoir qui était cette visiteuse et ce qu'elle cherchait.

Il l'observa plus attentivement. Elle avait à peine trente ans, peut-être moins. Plutôt grande et élancée, ses yeux d'un brun chaud brillaient d'un éclat singulier. Une peau délicate et de longs cheveux bruns aux reflets auburn tressés à partir de la nuque évoquaient quelque déesse antique. Il avait envie de dénouer cette natte pour les voir s'étaler en cascades dans la lumière blonde de septembre. Un visage aux traits affirmés et néanmoins très féminins, une mâchoire ferme, un menton volontaire et des pommettes hautes, étaient autant d'atouts pour séduire. Mais ce qui captivait le plus Sebastiano, c'était cette bouche sensuelle offerte à sa convoitise, esquissant une moue délicieuse.

Seb était las des beautés artificielles qui peuplaient naguère son univers, aussi le naturel de cette inconnue sans affectation apparente éveillait-il en lui bien plus que de la curiosité. Et que dire de sa silhouette ! Il la trouvait parfaite avec ses courbes généreuses qui titillaient l'imagination. Ce corps de femme n'avait pas été façonné sur une table d'opération comme ceux de ses patientes. Cette inconnue était tout à la fois voluptueuse, fraîche et authentique, très à l'aise dans sa démarche et ses attitudes. Elle ne portait ni alliance ni bague de fiançailles, un détail non négligeable pour un homme libre tel que lui. Son seul bijou était une montre-bracelet d'argent qui scintillait à son poignet droit.

Cette féminité sans fard fascinait Seb. Il n'avait jamais rien éprouvé de tel en présence d'une autre femme. Mais... avait-il raison de se fier aux apparences ? Pouvait-il faire confiance à cette créature de rêve échouée sur la plage ? L'avenir le lui dirait. Pour le moment, il comptait bien ne pas la laisser s'échapper. Tout au moins, pas avant de savoir qui elle était et ce qu'elle cherchait précisément. Il restait fidèle à cette maxime :

« Garde tes amis auprès de toi et tes ennemis plus près encore ! »

Il se serait volontiers attardé sur cette ravissante silhouette, mais l'inconnue rajusta la bretelle de son sac et poursuivit son ascension vers la villa. Comme elle gravissait les marches devant lui, il admit volontiers que les mouvements de ses hanches offraient un spectacle tout aussi attrayant que ses yeux. Son short de jean délavé découvrait la naissance des fesses formant un calice perché sur de longues jambes divinement modelées.

Malgré lui, Seb accéléra le pas, réduisant ainsi la distance qui le séparait d'elle. Attiré comme la limaille par l'aimant, il fut tenté un instant d'effleurer de sa main cette peau cuivrée qui appelait la caresse. Bien sûr, il n'en fit rien. Tandis que son « invitée » montait les dernières marches, il remarqua à la limite du T-shirt et du short un dauphin tatoué. Soudain, elle heurta une pierre et perdit l'équilibre, de sorte qu'il la recueillit dans ses bras, lui évitant ainsi de basculer dans le vide. Comme elle s'agrippait à lui, il resserra son étreinte et sentit battre le cœur de l'inconnue sous le coton léger.

— Merci, murmura-t-elle, le souffle court.

— Tout va bien ?

— Tout va bien, oui.

Curieusement, la belle ne fit rien pour s'arracher à ses bras et, comme il n'était pas pressé de lui rendre la liberté, ils restèrent ainsi enlacés quelques instants.

Sous son bras, Seb sentait l'exquise rondeur d'un sein sous lequel palpitait un cœur ardent. Une odeur de vanille émanait de ce corps juvénile. L'inconnue était vive et athlétique, ce qui n'ôtait rien à sa féminité. À la fois frêle et forte, elle vibrait de toutes les fibres de son corps entre ses bras.

De sa main gauche, il effleura par mégarde le nombril de la belle qui ne manifesta aucune surprise. Aussi, il prit cela pour un encouragement. Leurs regards se croisèrent et restèrent rivés l'un à l'autre. Ce fut comme si le temps s'était arrêté. Leurs lèvres étaient si proches qu'il sentait le souffle chaud de la jolie captive sur les siennes. Le baiser semblait imminent, presque inévitable. Seb se ressaisit cependant, cédant à son esprit soupçonneux. Il n'était pas sûr de pouvoir faire confiance à cette femme, et c'est à regret qu'il la libéra.

— Continuons, dit-il en désignant la plus haute marche d'un mouvement de tête.

— Oui, vous... vous avez raison, admit-elle sans oser lever les yeux vers lui.

— Prenez garde où vous posez les pieds.

Se détournant de son hôte, Gina reprit l'ascension des dernières marches résolue à tenir compte de cette mise en garde. Et pas seulement pour de strictes raisons de sécurité.

Elle était encore troublée par sa propre réaction au contact de cet homme. Son cœur battait toujours très fort et toutes les fibres de son corps frémissaient d'étrange façon. La force de ses bras et l'odeur mâle de son corps mêlée d'effluves d'iode se combinaient de façon magique. Le contact de ses doigts sur sa peau nue avait allumé le feu en elle. Et, à l'instant où il avait plongé ses yeux dans les siens, elle avait cru qu'il allait prendre ses lèvres. Elle appelait ce baiser de ses vœux, mais hélas il était resté à l'état de désir.

Depuis combien temps n'avait-elle pas été embrassée par un homme ?

Plus elle approchait de la villa, plus elle ressentait la présence physique de celui qui avait surgi des eaux de façon si surprenante. Son émoi s'accentua alors qu'il la prenait par l'épaule pour la guider vers la terrasse d'où l'on découvrait une vue splendide.

— Installez-vous confortablement, *signorina*, proposa-t-il en lui indiquant un fauteuil. Veuillez m'excuser quelques instants, je vais me changer. Ensuite, nous parlerons de ce qui nous occupe.

— Etes-vous prêt à m'aider à prendre contact avec les propriétaires ? questionna-t-elle sans dissimuler son impatience.

— Nous verrons, murmura-t-il en esquissant un sourire énigmatique.

Gina comprit à demi-mot qu'elle devrait lui confier quelques secrets de famille si elle voulait obtenir satisfaction.

Elle le suivit du regard tandis qu'il traversait la terrasse avant de disparaître dans l'encadrement d'une porte. Elle se sentait nerveuse, mal à l'aise, en partie à cause de la délicate mission qui était la sienne, mais aussi en raison du désir qui l'habitait depuis sa rencontre avec cet hôte énigmatique. Elle ne pouvait nier l'attrait qu'elle éprouvait pour lui, ni la convoitise qu'elle lisait dans ses yeux quand il l'observait. Ce qui la troublait le plus, c'était que cette attirance réciproque avait ouvert en elle une brèche qu'elle croyait refermée. Elle réveillait des sentiments enfouis au plus profond de son être depuis qu'elle avait décidé de consacrer sa vie à ses grands-parents. Mais ce conte de fées resterait peut-être à l'état de rêve et son engouement passager pour cet homme s'évanouirait comme il était venu…

Incapable de garder son calme, Gina posa son sac sur la table puis s'avança vers la balustrade pour admirer la côte rocheuse qui bordait la mer. Sa curiosité la poussa ensuite à s'approcher du chevalet aperçu à son arrivée et d'examiner la toile en cours d'exécution. Si cette représentation abstraite du paysage maritime l'intriguait, elle ne lui déplaisait pas, bien au contraire. Elle se demanda si l'artiste était l'hôte des lieux, ou si quelqu'un d'autre occupait la maison. Une femme, peut-être ?

Soudain, un bruit la fit sursauter et, par crainte d'être surprise en train de fureter, elle retourna vers son fauteuil. L'homme était de retour, plus séduisant que jamais. Ainsi, une évidence s'imposa à elle : ce qu'elle prenait tout à l'heure pour un léger flirt était bel et bien un coup de foudre. Vêtu d'un jean moulant et d'un T-shirt noir, il était encore plus attirant qu'en short de bain. Il avait pris le temps de se raser, ce qui révélait la perfection de ses traits et la lueur d'animal indomptable qui brillait dans ses yeux.

Portant deux verres de jus d'orange, il en posa un sur la table, puis changea de main pour lui tendre l'autre. C'est alors que Gina remarqua une longue cicatrice qui allait du poignet à la paume de sa main droite et une autre sur l'avant-bras gauche. Comme elle s'avançait vers lui pour le débarrasser du verre au plus vite, l'agacement qu'elle lut dans ses yeux l'en dissuada. Elle se garda aussi de poser la moindre question sur l'origine de cette blessure.

— Merci pour ce verre, *signore*, murmura-t-elle en esquissant un sourire. Mmm… comme c'est rafraîchissant par cette chaleur.

Il la pria alors de s'asseoir et rapprocha son fauteuil du sien.

— Votre plaisir est aussi le mien, *signorina*. Maintenant que vous êtes mon invitée, et puisque je suis là pour vous aider, il serait temps que nous nous présentions l'un à l'autre.

— Oh oui, bien sûr, dit elle en posant son verre pour lui tendre la main. Je m'appelle Gina McNaught.

— Ravi de vous connaître, Gina.

Le ton sur lequel il prononça son nom procura à Gina un frisson de plaisir et le contact de sa main réveilla en elle ce sursaut de désir qu'elle croyait éteint. Ce fut à la fois doux comme une caresse et brûlant comme un feu d'enfer. C'est à peine si elle sentit la ligne de sa cicatrice, mais elle songea malgré elle à ses souffrances passées.

Que lui était-il donc arrivé ?

Cette fois encore elle retint sa langue en dépit de la curiosité qui la dévorait.

— Et votre nom..., questionna-t-elle comme il demeurait silencieux.

Ses yeux brillèrent soudain d'une lueur d'orgueil et de défi comme il répondait :

— Mon nom est Sebastiano Adriani.

2

Seb nota que la belle Gina n'avait pas réagi en entendant son nom, alors qu'il était mondialement connu. Après tout, peut-être ignorait-elle réellement qui était Sebastiano Adriani ou était-elle assez bonne comédienne pour dissimuler ses réactions ? De toute façon il comptait bien rester discret sur son passé. Encore une fois, sa méfiance à l'égard des *paparazzis* lui imposait le silence. Cette fille pouvait être une journaliste venue lui soutirer quelques confidences pour des lecteurs friands de potins. Ou encore, une intrigante cherchant à utiliser son nom ou sa fortune pour servir ses propres ambitions ?

Tout en se changeant, Seb avait jeté un coup d'œil par la fenêtre de sa chambre, espérant apercevoir la voiture dans laquelle Gina McNaught était venue. Un indice tel que la plaque d'immatriculation, par exemple, lui aurait permis de connaître sa provenance. Peine perdue. Tout ce qu'il avait vu, c'était une bicyclette contre le mur d'enceinte du jardin, et cela ne faisait qu'ajouter au mystère qui entourait son « invitée ». En fait, ce vélo n'était peut-être qu'un artifice pour dissiper sa méfiance ? La vie lui avait appris à ne faire confiance à personne.

Décidément, Gina McNaught était à ses yeux une énigme. Rien dans son apparence, ou dans le fait de se hasarder sur une plage privée, ne permettait de cerner ses occupations. De plus, elle n'avait pas réagi en voyant ses cicatrices, ni même posé la moindre question, et cela l'intriguait. En effet, la plupart de ses amis n'osaient plus lui serrer la main depuis son opération. Certains se gardaient de faire allusion à l'agression dont il avait été victime, les autres le prenaient en pitié comme on plaint un handicapé. Mais, avec Gina, rien de tel. Elle n'avait apparemment ressenti aucun embarras quand il lui avait tendu la main.

Seb s'interrogea. Comment allait-il poursuivre cet entretien avec elle sans livrer ses secrets ?

Mais alors qu'il allait saisir son verre, sa main se crispa soudain, comme cela lui arrivait parfois. Il détestait ce genre de situation, surtout quand il n'était pas seul, et répugnait à donner le spectacle de sa maladresse.

Il ne put réprimer un juron tandis que Gina retenait le verre. Elle eut alors un geste inattendu : elle prit sa main dans les siennes et, comme il tentait de la retirer, elle insista pour la retenir.

— Depuis quand avez-vous cette blessure, Sebastiano ? questionna-t-elle en effleurant la cicatrice.

— Seb ! corrigea-t-il, un rien agacé. Cela fait… sept semaines.

— Que vous est-il arrivé ?

Peu disposé à donner des détails, il éluda la question des blessures et raconta simplement qu'il avait secouru une femme victime de brutalités. Dès lors, Gina mit un frein à sa curiosité et le laissa parler sans poser plus de questions.

Les images de cette nuit tragique lui revinrent à la mémoire. Il se souvint avoir esquivé les coups de poing de son agresseur et revit cette lame fatale luire dans la pénombre. Abandonné sur le pavé de cette rue sombre, une évidence s'était aussitôt imposée à lui : la perte de sensations et de motricité le priverait à jamais de son métier de chirurgien !

Pourtant, tout au long de sa convalescence, ses proches et ses collègues s'étaient montrés rassurants, répétant à l'envi qu'il recouvrerait l'usage de ses mains et opérerait de nouveau. Mais Seb n'avait jamais été dupe. Pour sauver cette malheureuse des mains de son bourreau, il avait sacrifié sans en avoir conscience ce qui comptait le plus à ses yeux : sa carrière. Celle-ci était bel et bien finie, et tant d'autres choses avec elle. Ainsi, ceux qui se disaient ses amis lui tournaient le dos. Ses patients les plus fidèles ne l'appelaient plus puisqu'il n'était plus d'aucune utilité pour eux. Combien de femmes futiles comme Lidia di Napoli, si soucieuses d'êtres vues à son bras, le fuyaient comme la peste ? Non, Sebastiano Adriani n'était plus l'enfant chéri de la société florentine. Seuls les journalistes assoiffés de sensationnel le pourchassaient encore pour témoigner de sa chute vertigineuse.

Après les nombreuses séances de rééducation, Seb avait quitté Florence pour se réfugier dans cette villa de l'île d'Elbe qui appartenait à son oncle et à sa tante. Ici, il échappait au harcèlement de la presse et prenait le temps de réfléchir à ce qu'il allait faire de sa vie. Sur cette île, il était libre d'aller et venir à sa guise. Personne ne le tourmentait. Les autochtones avaient de l'estime pour la famille Linardi et respectaient sa solitude. Dieu merci, jusqu'à présent, pas un journaliste n'était venu le dénicher ici. Mais qu'en était-il de cette inconnue découverte sur la plage ?

— Vous avez dû vivre des moments difficiles, Seb.

La voix de la jeune femme interrompit ses pensées et raviva soudain ses soupçons.

— Oui, on peut dire les choses ainsi, soupira-t-il.

Le regard de Gina s'attarda de nouveau sur la blessure comme elle reprenait :

— Les nerfs et les tendons ont été touchés, n'est-ce pas ?

— Oui.

Comme elle effleurait d'un doigt la cicatrice de son avant-bras, elle ajouta :

— Cela doit vous causer bien des problèmes ? Est-ce que l'os a été atteint ?

Qui était-elle pour poser pareilles questions ? Que voulait-elle savoir de plus ?

— En quoi cela vous intéresse-t-il ?

— Pardonnez-moi, je suis sans doute trop curieuse. Je ne voulais pas vous importuner. En fait… je suis infirmière, et tout récemment je travaillais dans un service d'urgence des accidentés.

Seb demeura songeur. Voilà donc ce qui expliquait la pertinence des questions de Gina et le vocabulaire dont elle usait. Peut-être en savait-elle un peu plus sur lui, sur son séjour à l'hôpital, sa rééducation ? Était-elle là pour s'occuper de lui ? Espérait-elle trouver du travail dans son équipe ? Pas de chance ! Il n'avait plus d'équipe.

Il ouvrait la bouche pour lui expliquer qu'elle perdait son temps quand elle reprit :

— Faites-vous de la kiné ? C'est important pour la mobilité et pour recouvrer les sensations.

Elle leva les yeux vers lui et lui sourit tout en effleurant sa blessure.

— Je suis sûre que le chirurgien vous a déjà dit tout cela. De telles blessures n'étaient pas rares dans le service où j'exerçais, aussi, je sais combien il est frustrant de perdre l'usage d'une main. Mais il faut garder espoir. Vous allez faire des progrès, j'en suis sûre.

Elle tourna alors la tête vers la toile inachevée et s'enquit :

— Est-ce vous l'artiste ?

— Pardon ?

La question de Gina l'amusait et l'irritait tout à la fois.

— Je voulais dire… est-ce que cette peinture est de vous ?

— Oui. Je tenais à m'assurer que j'étais encore capable de tenir les pinceaux. Malheureusement, la préhension est imparfaite, aussi j'ai dû changer de style, et…

Il s'interrompit, estimant qu'il en avait déjà trop dit. Assurément, cette fine mouche était habile à le faire parler. Comment diable s'y prenait-elle ? Elle avait l'art de lui soutirer des confidences qu'il n'aurait jamais faites à personne.

Soudain, Seb se rendit compte qu'elle tenait encore sa main et il la retira brusquement. Il s'aperçut alors qu'il s'était habitué à ce contact, et cela l'irrita plus encore.

Visiblement indifférente à son geste, Gina prit son verre et avala une gorgée de jus de fruits.

— Votre style est assez singulier, Seb, mais au bon sens du mot. Intéressant, dirais-je. Il s'en dégage une atmosphère étrange.

— Ce tableau vous plaît ?

— Il est assez surprenant, je l'avoue. Ces zones de couleurs juxtaposées comme des blocs sont intéressantes. Ce n'est pas dénué d'habileté. Vous avez su saisir la vivacité de la lumière et les tons de ce paysage. Vendez-vous aux touristes ?

— Non.

— Vous devriez. Je suis persuadée que votre travail serait très apprécié. Vous pourriez devenir célèbre.

Seb la considéra d'un œil dubitatif. Cherchait-elle à le flatter ? Peut-être le prenait-elle pour le gardien de cette villa qui arrondissait ses fins de mois en vendant quelques toiles aux touristes ? Après tout, elle était peut-être sincère ? Il admit cette hypothèse en attendant de découvrir qui elle était vraiment et ce qu'elle faisait là. Il s'était parfois trompé sur les femmes, aussi, il entendait bien ne prendre aucun risque avec celle-ci.

Seb décida de reprendre le contrôle de la situation en posant à son tour quelques questions pertinentes.

— Vous me disiez tout à l'heure que vous aviez travaillé en traumatologie. Cherchez-vous du travail dans le secteur hospitalier ?

— Non, pas du tout, répondit-elle tout en rejetant sa longue tresse sur son épaule. Je dois prendre un nouveau poste dès mon retour chez moi.

Tout en l'écoutant, Seb se demandait s'il n'avait pas rêvé. Cette ravissante jeune femme surgie de nulle part n'était-elle pas le fruit de son imagination ?

— Et... où est votre chez-vous ? questionna-t-il en s'accoudant à la table.

— Strathlochan.

Il ne put réprimer un sourire.

— C'est en Écosse, précisa-t-elle.

Curieusement, le nom de cette ville ne lui était pas vraiment inconnu. Strathlochan lui semblait même familier. Pourquoi ?

Pourtant, il n'avait jamais mis les pieds en Écosse. En revanche, son cousin Ricardo y avait séjourné. Il se promit d'approfondir ce point avec lui un peu plus tard.

D'autres questions lui vinrent alors à l'esprit. Le nom de famille de Gina, par exemple, son type latin, son parfait accent italien, tout cela aurait dû l'alerter. Il fallait absolument qu'il découvre les secrets de son énigmatique « invitée » découverte sur *sa* plage.

— Donc, vous n'habitez pas sur l'île ? reprit-il en soutenant son regard.

— Non. J'ai toujours vécu en Écosse, confirma-t-elle. Je suis ici pour quelques jours de vacances.

— Votre italien est irréprochable, remarqua-t-il dans son meilleur anglais.

— Tout comme votre anglais. À vrai dire, j'ai des ancêtres italiens mais je n'étais jamais venue ici.

Seb captura de nouveau son regard et s'enquit :

— Vous aimez l'île d'Elbe. C'est un endroit magnifique, n'est-ce pas ?

— Splendide, en effet.

De façon étrange, Gina ne parvenait pas à détacher son regard de celui de son hôte. Sa rencontre avec cet homme la troublait au point d'enflammer le sang qui courait dans ses veines. C'était bien ce qu'elle avait ressenti en le voyant sortir de l'eau. Elle songeait aux blessures de sa main et de son bras en se disant qu'elles n'étaient pas le fait du hasard. Peut-être le résultat d'une bagarre ? Une rixe qui avait mal tourné et dont il s'efforçait de cacher l'origine ? Parfois, son regard laissait deviner les souffrances qu'il avait dû endurer et le regret d'avoir perdu le plein usage de sa main.

Comme ce doit être cruel pour un artiste, songea-t-elle.

Gina aurait aimé le rassurer, mais il se dérobait dès qu'elle abordait le sujet de sa guérison. L'orgueil, sans doute ? À l'évidence, il n'était pas homme à faire partager sa douleur ni les tourments qu'elle provoquait en lui. Mais au fond, quelle importance pour elle ? Tout cela ne la regardait pas et elle ne le reverrait peut-être jamais. Cette idée lui serra le cœur, malgré elle.

— Et maintenant, chère Gina, vous allez me dire ce que vous faites ici.

— Euh… oui, bredouilla-t-elle, incapable de dissimuler son émoi.

— Pourquoi êtes-vous descendue précisément sur cette plage ? On ne la voit pas de la route. Comment saviez-vous qu'elle se trouvait là ?

Si le ton de sa voix était calme, Gina y décelait une pointe d'agressivité. L'affrontement semblait inévitable.

— J'étais à la recherche de ce rocher que l'on appelle le Trident de Neptune, confessa-t-elle. J'ai frappé à la porte de la villa, et, comme personne ne répondait, j'ai attendu un moment. Mais, en découvrant la plage depuis cette terrasse, je n'ai pas pu résister à la tentation de descendre.

Elle croisa alors le regard de son hôte et y devina un brin de méfiance.

— Comment connaissiez-vous l'existence de ce rocher, et pourquoi tenez-vous tant à entrer en contact avec le propriétaire de cette villa ?

— Oh, c'est une longue et vieille histoire, confessa-t-elle dans un soupir. Une histoire personnelle, en tout cas.

Elle hésita un instant, ne sachant trop comment présenter les choses.

— À dire vrai, ce n'est pas à moi de vous la conter.

— À qui, alors ? J'ai cru comprendre que vous n'étiez pas venue seule sur cette île.

— Je suis ici avec ma grand-mère.

La surprise fit place à la suspicion dans le regard de Sebastiano.

— Votre grand-mère ?

— Oui, confirma-t-elle tout en se demandant à quoi il s'attendait.

Il parut soulagé par sa réponse. Peut-être avait-il cru qu'elle était accompagnée d'un époux ou d'un fiancé ?

Gina chassa aussitôt cette idée de son esprit et continua :

— Nonna Maria, ma grand-mère, est italienne, voyez-vous. Elle est très attachée à l'île d'Elbe, et plus particulièrement à ce Trident de Neptune. Nonna n'est pas venue ici depuis cinquante ans, c'est dire qu'elle rêvait depuis longtemps de ce voyage.

— Cinquante ans ? reprit-il en hochant la tête.

— Oui. Elle n'a pas pu revenir plus tôt, et cela pour diverses raisons.

Gina se garda bien d'énumérer ces raisons et ne dit mot de leurs difficultés financières. Elle était résolue à ne se confier qu'au propriétaire des lieux… si elle parvenait à le rencontrer. À ses yeux, lui seul avait le pouvoir de faire en sorte que le rêve de Nonna se réalise. Ainsi, elles n'auraient pas fait ce voyage en vain.

— Que s'est-il passé de si important pour votre grand-mère voici cinquante ans ? questionna Sebastiano.

Gina hésita, mais finit par admettre qu'elle ne pouvait pas tout lui cacher.

— En ce temps-là, Nonna vivait à Sienne avec sa famille et ils venaient tous les ans en vacances à l'île d'Elbe. Matthew Mc Naught, mon grand-père, avait alors vingt et un ans et il était mécanicien de marine. Il passait quelques jours sur l'île avec ses camarades pendant que leur bateau était à l'entretien dans un port du continent. Maria et Matthew se sont rencontrés par hasard et ils ont fait une escapade sur cette plage. L'amour a fait le reste. Ils s'y sont aimés avec une telle passion qu'ils n'ont jamais oublié le Trident de Neptune.

— Sur cette plage, précisément ?

— Oui. Mais en ce temps-là elle était déserte et la villa n'existait pas, bien sûr.

— Alors, que s'est-il passé ensuite ?

— Matthew a supplié Maria de le suivre en Écosse et de l'épouser. La famille de ma grand-mère était farouchement opposée à ce mariage, aussi, ils ont exigé qu'elle rentre à Sienne avec eux.

— Et… qu'a-t-elle décidé ?

Seb la fixait si intensément de ses yeux noisette que Gina se troubla au point de ne pas trouver les mots pour continuer.

Quel étrange pouvoir avait donc cet homme sur elle ?

— Elle a choisi Matthew, confessa-t-elle enfin. Bien sûr, rompre avec sa famille était un déchirement pour elle, mais elle n'a jamais regretté sa décision. Ils se sont aimés très fort pendant cinquante ans, en dépit des aléas de l'existence. Une vie entière de passion...

— Je vous trouve délicieusement romantique, murmura-t-il avec un rien de cynisme.

— Vraiment ? En tout cas, Matthew et Maria ont toujours été un exemple pour moi. Pourtant, je savais combien Maria souffrait de sa rupture avec les siens et avec son pays. Elle ne parlait pas l'anglais et son mari était en mer pendant des mois. Imaginez sa solitude. Ce n'est que bien des années plus tard que mon grand-père a trouvé un travail sédentaire à Glasgow sur un chantier naval. Malgré cela, leur amour a survécu à toutes les épreuves, simplement parce qu'ils étaient faits l'un pour l'autre.

En effet, l'histoire d'amour de ses grands-parents avait été pour Gina le conte de fées de sa jeunesse. Hélas, le rêve s'était brisé le jour où elle avait compris qu'elle ne connaîtrait jamais pareil destin. Elevée dans un monde d'adultes, elle gardait au cœur l'idée de vivre un jour une passion semblable à celle des deux amants du Trident de Neptune. Plus tard, elle avait dû se rendre à l'évidence. Après avoir longtemps vécu dans l'exemple de cet amour idéal, elle en avait oublié ses propres désirs. Ainsi avait-elle peu à peu perdu tout espoir de rencontrer l'homme que Matthew avait été pour Maria.

— Et votre grand-père n'est pas venu avec vous ? s'enquit Sebastiano.

Cette question raviva en elle une douleur insoutenable.

— Gina ?

— Non, répondit-elle au terme d'un long silence. Il est mort voici quelques mois.

— Oh, pardonnez-moi, *cara*, dit-il en lui prenant la main.

— Ce n'est rien. Je finirai par m'habituer à son absence, même si ce n'est pas facile. C'est encore plus dur pour Nonna Maria. Cette séparation brutale l'a véritablement anéantie, aussi, il fallait qu'elle revienne ici, sur les lieux de leur premier amour.

Au contact de la main de Seb, Gina sentit un souffle chaud l'envahir. Elle fit en sorte de l'ignorer, de combattre ce qui tendait à réveiller en elle une sensualité trop longtemps étouffée. Mais curieusement, quand il la libéra, elle éprouva un mélange de déception et de soulagement.

Oh mon Dieu, que m'arrive-t-il ? songea-t-elle, désemparée.

— J'aimerais connaître votre grand-mère, intervint Sebastiano.

— Vraiment ? Pourquoi ?

— Je voudrais l'entendre raconter ses souvenirs de l'île et savoir pourquoi elle tient tant à rencontrer le propriétaire de cette villa.

Il s'interrompit un instant, puis reprit :

— À moins que vous n'y soyez opposée, bien sûr.

Gina crut comprendre qu'il ne croyait pas à son récit et voulait la mettre à l'épreuve. Cependant, elle décida d'accéder à sa demande par égard pour Nonna qui désirait tant revoir cette plage.

— Je n'y vois pas d'inconvénient, Seb. Je suis sûre que Nonna sera ravie de bavarder avec vous. N'oubliez pas qu'en l'accompagnant ici j'ai éveillé en elle un espoir, aussi, ne la décevez pas en lui refusant votre aide. C'est une vieille dame fragile.

— Gina...

— Si je suis venue seule aujourd'hui, c'est pour lui permettre de se reposer après ce long voyage, précisa-t-elle. Dès demain elle sera en état de se déplacer et je souhaite que ce ne soit pas en vain. Nous ne sommes ici que pour quelques jours et je tiens à ce qu'elle reparte d'un cœur léger après avoir revu la plage.

De nouveau, Seb lui prit la main et l'étreignit avec ferveur en plongeant ses yeux dans les siens.

— Gina, je vous promets d'écouter votre grand-mère et de faire tout ce qui est en mon pouvoir pour que son rêve se réalise.

— Je vous remercie, murmura-t-elle sans douter de sa sincérité.

Elle sentait sa main s'échauffer au contact de la sienne tandis que son cœur battait à tout rompre. Seb posait sur elle un regard plutôt attendri, mais il y avait dans ses yeux un soupçon de désir.

Alors, Gina prit conscience de son propre pouvoir de séduction, de ce souci de plaire dont elle se moquait jusque-là. Devait-elle céder à l'attrait que lui inspirait son hôte ? N'était-ce pas une folie ? Elle n'était sur cette île que pour quelques jours, et ce voyage sentimental était celui de sa grand-mère et non le sien. En outre, elle avait trop de choses en tête en ce moment pour s'attacher à un homme.

Mais était-elle assez forte pour s'en tenir à ses résolutions ? Après une longue traversée du désert affectif, elle avait un réel désir de séduire et ne pouvait présumer de ses forces pour y renoncer.

— Vous me permettrez de vous inviter toutes deux à découvrir l'île d'Elbe, j'espère ? questionna Seb tout en traçant une ligne imaginaire dans la paume de sa main.

— Je... je ne sais pas.

Troublée par cette caresse, Gina sombrait peu à peu dans une redoutable léthargie. Craignant que les choses n'aillent trop vite, elle retira brusquement sa main. Ne lui avait-on pas dit et répété que les Italiens brûlaient les étapes ? Pourtant, ses résolutions vacillaient déjà sous le pouvoir de ces yeux enjôleurs.

Encore quelques minutes en compagnie de ce séducteur et elle fondrait comme une glace au soleil !

— Je vous emmène dîner toutes les deux, proposa-t-il soudain. Ainsi, nous pourrons parler tranquillement de ce qui vous préoccupe et je verrai de quelle façon je peux aider votre chère Nonna.

Il avait gagné.

Gina savait à quel point ce voyage comptait pour sa grand-mère et Seb venait d'abattre sa carte maîtresse. Dès lors, comment refuser son invitation ?

Cet homme était le seul obstacle entre elles et le propriétaire de la villa, et cet obstacle il fallait le franchir à tout prix.

— Avant tout, il faut que j'en parle à Nonna Maria, expliqua-t-elle dans un sursaut de lucidité.

— Bien sûr...

— Maintenant, je dois rentrer, ajouta-t-elle pour se soustraire à la tentation qui la menaçait.

Avant de perdre complètement la tête et de faire une bêtise, Gina prit son sac et s'avança de quelques pas.

— Je ne peux pas laisser Maria seule trop longtemps, argua-t-elle. Et puis... elle attend des nouvelles de la plage et du Trident de Neptune.

Elle crut lire la déception sur le visage de Seb, mais celui-ci fut assez habile pour la dissimuler prestement sous un sourire.

— Je vous raccompagne, proposa-t-il en lui emboîtant le pas. Ainsi, je pourrai inviter votre grand-mère de vive voix.

— C'est inutile. J'ai mon vélo et je ne veux pas vous déranger.

— Vous ne me dérangez pas, rétorqua Seb en la prenant par l'épaule pour la guider vers les marches de pierre. Cela me fait très plaisir, au contraire.

Gina sentit de nouveau le feu de sa main se propager à tout son corps et accéléra le pas malgré elle.

En dépit des attentions que son hôte avait pour elle, Gina se demanda s'il avait véritablement cru à son histoire. S'il proposait de la raccompagner, n'était-ce pas pour s'assurer qu'elle disait vrai ?

Quoi qu'il en soit, elle devait tout mettre en œuvre afin que sa grand-mère puisse revoir les lieux de son premier amour. Même au prix de quelques concessions à cet Italien. Et c'était bien là ce qui tourmentait Gina. Il suffisait qu'il effleure sa main ou cherche son regard et elle en perdait aussitôt ses résolutions.

— Soit. Puisque vous insistez..., conclut-elle.

Sans lui laisser le temps de changer d'avis, le beau Sebastiano sortit son propre vélo du garage et se mit en selle.

— Voilà, je suis prêt, dit-il, l'air triomphant. En route.

Consciente du risque qu'elle prenait, Gina se demanda comment sa grand-mère accueillerait celui qu'elle osait ramener chez elles. À dire vrai elle ne se sentait pas très à l'aise. Après tout cet homme était un parfait inconnu, terriblement attirant certes, mais un inconnu tout de même. Et, de plus, il avait tous les atouts pour conquérir le cœur de Maria.

Tandis qu'ils pédalaient avec entrain vers le village, une question ne cessait de hanter Gina : Seb allait-il les aider comme il s'y était engagé, ou retourneraient-elles en Écosse sans avoir accompli leur pèlerinage sentimental ?

3

Tout en prenant sa douche, Seb songeait à l'après-midi qui venait de s'écouler. Sa première rencontre avec Nonna Maria l'avait ravi. Cette vieille dame avait su le conquérir, tout comme sa petite-fille d'ailleurs, mais pas avec les mêmes armes, bien sûr. Plutôt circonspect de nature, il avait été profondément ému par l'histoire d'amour de Maria et fasciné par les souvenirs qu'elle gardait de l'île d'Elbe. Ce petit paradis qu'il connaissait si bien.

Il ignorait encore pourquoi Maria désirait rencontrer les propriétaires de la villa, mais en l'écoutant il avait compris combien ce retour sur son passé comptait pour elle. C'était comme un ultime pèlerinage qu'elle s'était promis d'accomplir. Seb avait un désir sincère d'aider cette vieille dame, mais aussi d'apprendre à mieux connaître Gina. Dieu merci, Maria avait accepté qu'il les invite toutes les deux au restaurant, et il s'en réjouissait.

Seb noua le drap de bain autour de sa taille, s'assit sur son lit et prit son téléphone pour appeler son cousin Rico. Celui-ci avait trente-trois ans comme lui, et à peine quelques mois de plus. Même s'ils s'entendaient à merveille, ils étaient différents sur bien des points. Rico était plus ouvert, plus intrépide que Seb. Ils avaient fait les mêmes études et comme Seb il avait consacré à vie à sa carrière. Allergologue de renom, Rico dirigeait à Florence une clinique très réputée.

Seb lui conta en quelques mots l'histoire de Maria, son attachement à la plage du Trident de Neptune, puis l'informa du désir de la jeune femme de rencontrer les propriétaires de la villa.

— Tu as de la chance que maman soit très prise par ses associations de charité, commenta le cousin, sans quoi elle serait déjà sur l'île pour enquêter sur ta protégée.

Seb savait qu'en dépit de sa gentillesse sa tante Sofia avait une fâcheuse tendance à se mêler de tout. Or, il tenait à s'occuper lui-même de cette affaire, c'est pourquoi il avait appelé Rico, son meilleur complice.

— Est-ce que le nom de Strathlochan te rappelle quelque chose ? questionna Seb. J'ai l'impression de l'avoir déjà entendu.

— Oui. C'est la ville voisine du village dans lequel vit Nic di Angelis, indiqua le cousin. J'ai travaillé avec Nic à Milan voici quelques années et je suis allé en Écosse pour son mariage quand il a épousé Hannah, son associée.

— Quelle étrange coïncidence...

— Ces deux femmes sont-elles originaires de Strathlochan ?

— Je ne crois pas. Elles venaient de Glasgow quand elles s'y sont installées. Gina travaillait dans le service de traumatologie de l'hôpital de Strathlochan.

Seb hésita un instant, puis s'enquit :

— Es-tu toujours en relation avec Nic ?

— Oui, bien sûr.

— Pourrais-tu obtenir de lui quelques renseignements ?

— Dis-moi ce que tu veux savoir et je l'appelle dès ce soir.

— Merci, cousin. Je tiens à m'assurer que Maria et sa petite-fille jouent cartes sur table. Pour le moment, elles ignorent qui je suis et ce que je fais dans cette villa.

— Que cherches-tu exactement, Seb ?

— Je veux savoir s'il n'y a pas d'arrière-pensée dans leur démarche. J'ai promis de les aider, mais à condition d'y voir clair dans leurs intentions.

— Soit. Je vais en parler à Nic, mais d'après ce que tu m'as raconté, j'aurais tendance à faire confiance à ces deux femmes. Elles me semblent sincères.

Rico s'interrompit un instant, puis reprit :

— Bien sûr, je comprends ta méfiance après ce que tu as vécu avec Antonella, mon vieux. Je sais combien tu as souffert quand la presse s'est mêlée de ton affaire. Mais, de mon point de vue, Maria et Gina ne sont pas des journalistes à la recherche d'un scoop. À mon avis, tu devrais leur dire qui tu es.

Seb soupira, s'étendit sur le lit et ferma les yeux. L'évocation d'Antonella, de sa trahison, de l'acharnement de la presse, tout cela se mêlait confusément dans sa tête. Comment expliquer à Rico qu'il était heureux d'être considéré désormais comme un citoyen lambda et non comme un chirurgien célèbre ? Il n'avait aucune envie que Maria et Gina le jugent sur des critères qui n'avaient plus cours.

— Je leur parlerai en temps utile, répondit-il enfin.

— Dis-leur qui tu es vraiment et ne tarde pas trop, insista Rico, visiblement impatient. J'en profite pour te dire qu'ici, à Florence, les *paparazzis* tournent toujours autour de chez toi. Deux d'entre eux sont même venus à la clinique et papa est furieux depuis qu'un photographe a tenté de forcer sa porte.

Seb se mordit la lèvre en apprenant que la presse harcelait maintenant sa famille.

— Je suis désolé, murmura-t-il.

— Ne t'en fais pas, nous saurons les éloigner. J'en profite pour te donner la version officielle concernant ta disparition.

— Quelle est-elle ?

— Que tu es à l'étranger. Au-delà des mers. C'est un peu vrai en quelque sorte, n'est-ce pas ?

— Si l'on veut. Merci, en tout cas.

— De rien, *cugino*. Reste dans ton île, c'est mieux ainsi. Je dois te laisser à présent, mais je te rappellerai. Bonne soirée avec tes deux charmantes compagnes et… n'oublie pas de leur dire que tu n'es pas le gardien de la villa !

Seb raccrocha le téléphone et se leva pour aller se préparer, s'efforçant d'oublier l'ultime recommandation de son cousin. Il songea plutôt au dîner de ce soir, à Gina et à Maria avec qui il partagerait ce moment.

Il songea à la petite chambre meublée qu'elles occupaient chez leur logeuse et se dit qu'elles ne devaient pas être bien riches. Pour elles, ce voyage à l'île d'Elbe avait été sans nul doute un sacrifice financier. Malgré sa brillante carrière, Seb n'avait jamais oublié combien il était dur de manquer d'argent. Toutefois, si sa garde-robe était encore pleine de costumes des grands couturiers, il leur préférait les jeans et les T-shirts qu'il portait ici. Ce soir, il s'habillerait simplement pour ne pas froisser ses invitées.

Sachant qu'elles aimaient les fruits de mer et le poisson, il avait choisi un restaurant bon marché mais d'excellente réputation. C'était la première fois qu'il y allait, aussi espérait-il que nul ne le reconnaîtrait. Certes, il n'avait pas oublié le conseil de Rico, mais ne se sentait pas encore prêt à révéler à Gina et Maria sa véritable identité.

Gina... l'idée de la revoir suffit à le troubler. Jamais encore il n'avait éprouvé un attrait aussi soudain pour une femme. Malheureusement, elle n'était sur l'île que pour quelques jours. Dès lors, était-il bien raisonnable de céder au désir qu'elle lui inspirait ? Néanmoins, il était fou d'elle et n'était pas très sûr de pouvoir lui résister, quelles qu'en soient les conséquences.

Seb prit les clés de la petite voiture que son oncle conduisait sur l'île et se dirigea vers la porte, impatient de rejoindre la séduisante Écossaise.

Gina s'habilla pour la soirée, surprise par son souci inhabituel de coquetterie et le soin qu'elle apportait au moindre détail. Il y avait si longtemps qu'elle ne s'était pas sentie désirée comme une jolie femme mérite de l'être. Si longtemps qu'elle n'osait même plus rêver d'une simple aventure. Sa rencontre de l'après-midi avec ce dieu de la mer, l'indicible attrait qu'elle avait ressenti pour lui, lui donnaient l'impression de s'éveiller d'un long sommeil. Peut-être en était-ce fini de cette sorte d'hibernation qu'elle s'était imposée au lendemain de sa rupture avec Malcolm. Depuis, elle n'avait jamais dérogé à cette règle d'abstinence et avait su résister à toutes les tentations... jusqu'à sa rencontre avec Seb.

Il est vrai qu'entre son travail et ses grands-parents dont elle avait la charge il restait peu de temps pour un rendez-vous amoureux. En outre, depuis qu'elle avait rompu avec Malcolm, elle s'était promis de ne plus jamais introduire un homme chez elle. Ainsi, Gina avait fait une croix définitive sur ses désirs de femme.

Sebastiano était à ses yeux l'être le plus sexy de tous ceux qu'elle avait connus. Il était aussi le plus capable de la faire changer d'avis sur les hommes, de mettre un terme à son renoncement. Il lui suffisait d'être auprès de lui pour que son désir resurgisse telle la lave d'un volcan trop longtemps en sommeil. Elle avait beau se dire que ce voyage sentimental était celui de sa grand-mère et non le sien, rien n'y faisait. En vérité, le bel Italien avait sur elle un redoutable pouvoir de séduction. Or, comme elle avait besoin de lui pour leur ouvrir l'accès à la plage, elle disposait de tous les atouts pour l'en convaincre.

Après le bain, Gina enduisit son corps d'un lait au parfum suave, colora ses cils d'une touche de mascara et ses lèvres de rouge carmin. Elle lâcha ensuite ses cheveux puis déposa une goutte d'eau de vanille derrière le lobe de l'oreille. Elle enfila enfin sa plus belle robe au décolleté audacieux dont le tissu soyeux soulignait les courbes de son corps et découvrait les genoux. Un rapide coup d'œil dans le miroir suffit à la rassurer sur la sensualité qui émanait de sa silhouette. Des ballerines, un châle de soie noire et un sac à main dernier cri complétaient sa toilette.

Elle était prête pour le rendez-vous avec l'homme le plus séduisant du monde !

Incapable de dominer sa nervosité, Gina sentit son cœur s'affoler et un frisson inédit parcourir sa colonne vertébrale. Autant de signes d'alerte qui venaient hélas bien trop tard. Ce soir, plus que jamais, son désir l'inquiétait par sa soudaineté et son caractère irréversible.

— *Che bellezza!* s'exclama Maria dont les applaudissements saluèrent l'entrée de Gina dans la chambre. Tu es vraiment ravissante, ma chérie.

— Merci, Nonna.

— Seb va faire des jaloux, ce soir.

— C'est pour toi qu'il nous invite, et je me demande si ce n'est pas à moi d'être jalouse!

— Allons, allons. Comment une vieille femme telle que moi pourrait rivaliser avec une beauté d'un tel éclat? Seb ressent autant d'attirance pour toi que tu en ressens pour lui. C'est une évidence, ma belle. Je vous ai observés tous les deux et, malgré mon âge, j'y vois encore très clair, tu sais.

— Grand-mère, nous ne sommes ici que pour quelques jours, et tout ce qui importe pour moi c'est que tu puisses revoir ta plage.

— *Ragazza mia*...

— Nonna, écoute-moi...

— Gina, je n'oublie pas tout ce que tu as fait pour ton grand-père et pour moi, et, même si telle n'était pas notre intention, nous t'avons privée d'une partie de ta jeunesse.

— Pas du tout, Nonna! s'insurgea-t-elle.

Pour la première fois, Gina eut le sentiment que cette protestation sonnait faux. En effet, était-elle encore capable de séduire un homme?

Sa grand-mère prit ses mains dans les siennes et lui sourit tendrement.

— Gina, tu es une jeune femme ravissante, mais je crois que tu l'as oublié. Je ne t'avais pas vue aussi épanouie depuis bien longtemps, et j'en ressens une joie immense.

— Nous sommes ici pour une raison précise, Nonna, et...

— Peu importe. Cela ne t'empêche pas de te distraire, ma petite. Amuse-toi, profite de ta liberté. Qui sait où te mènera ton attrait pour ce séduisant Italien?

— Nonna...

— Chut ! Vis ta vie, *bella ragazza*. Si j'avais cédé à mes doutes, je n'aurais jamais vécu un amour aussi fort avec ton grand-père. Je veux que tu obéisses à ce que te dicte ton cœur. C'est la clé du bonheur, je t'assure.

Gina ne dit mot. Pouvait-elle avoir confiance en son cœur meurtri par une rupture récente ? Comment croire en un réel attachement pour Seb alors qu'ils se connaissaient à peine ? N'était-ce pas un simple sursaut de désir ?

Mais après tout, quelle importance ? Ils étaient adultes l'un et l'autre et tous deux libres comme l'air.

Cependant, rien de tout cela ne lui semblait facile et mille obstacles lui venaient sans cesse à l'esprit.

— Nonna, je viens tout juste de faire la connaissance de cet homme. De plus, nous vivons dans deux pays très éloignés l'un de l'autre...

— C'est à moi que tu dis cela ? ricana la vieille dame. En fait, c'est exactement ce à quoi j'ai pensé en voyant Matthew McNaught pour la première fois, et tu connais la suite ! Le temps et les distances ne font rien à l'affaire, Gina. L'amour se moque des frontières. Si tu croises l'homme de ta vie, garde-toi de mettre des barrières entre vous. Et ne te soucie pas de moi. Mon bonheur est aussi le tien, alors ne le sacrifie pas à tes devoirs et fais ce que bon te semble.

Emue par les propos de Nonna, Gina ne put retenir ses larmes. Elle l'encourageait à persévérer dans la complicité qu'elle avait ressentie avec Seb dès leur première rencontre sur la plage. Cependant, elle restait prudente malgré elle. Rien de tel ne lui était arrivé jusque-là. Jamais elle n'avait approché un homme tel que lui. Jamais elle n'avait rien ressenti d'aussi fort avec ses anciens flirts.

— J'aime bien ce garçon, Gina, lui confia sa grand-mère. Et crois-moi, je me trompe rarement sur les gens. Je crois en lui et je sens qu'il mérite ta confiance. Il faut que je lui dise pourquoi nous sommes ici.

— En es-tu bien sûre, Nonna ? N'oublie pas qu'il nous faut avant tout la permission des propriétaires de la villa.

— Peut-être pas. Seb n'a-t-il pas dit que ces gens ne reviendraient pas de sitôt dans l'île ? Nous ne disposons que de quelques jours, *cara mia*, et je crois que nous pouvons compter sur Seb pour nous aider.

Gina n'eut pas le temps d'argumenter sur ce point. Elle préparait sa repartie quand on frappa à la porte. Son cœur bondit dans sa poitrine et elle ressentit un étrange frisson. Ce fut comme si des milliers de papillons voletaient dans son estomac.

— Va ouvrir ma petite, conseilla sa grand-mère dans un murmure. Et surtout, ne renie pas la femme qui est en toi. *Que sera sera !*

Tout à la fois tétanisée et excitée à l'idée de revoir Seb, Gina s'avança vers la porte et actionna la poignée d'une main tremblante. Le bel Italien se tenait devant elle, vêtu d'un pantalon gris sombre et d'une chemisette blanche. Il lui parut dangereusement séduisant. Leurs regards restèrent un instant rivés l'un à l'autre par un étrange magnétisme. Ceux de Seb, d'un brun caramel en fusion, enflammèrent son corps tout entier.

Aucun doute, il la tenait à sa merci !

Mais le charmeur qu'il était lui sourit et en un instant tout s'éclaira en elle.

— Bonsoir, Gina, murmura-t-il de sa voix grave dans un anglais parfait.

Une bouffée de chaleur envahit de nouveau Gina tandis qu'il parcourait des yeux les reliefs de sa robe rouge, s'attardant volontiers sur la naissance de sa gorge.

— Vous êtes éblouissante.

— Merci.

Sa voix n'était plus qu'un souffle à peine perceptible.

Gina l'invita à entrer dans leur modeste logis et se sentit quelque peu apaisée quand Seb s'adressa à sa grand-mère.

— Ravi de vous revoir, Maria.

Il tendit à la vieille dame le bouquet qu'il dissimulait derrière son dos, et ajouta :

— Voici quelques fleurs pour vous, *cara*. Je suppose que la *signora* Mancini dispose d'un vase ?

— Elles sont magnifiques, dit-elle en rougissant un peu. Je ne sais comment vous remercier.

— *Prego.* C'est avec grand plaisir.

Il se tourna alors vers Gina et lui offrit une rose blanche qui embaumait.

— Et ceci est pour vous, *cara*.

— Je vous… remercie, balbutia-t-elle tandis qu'une larme perlait sous sa paupière.

Gina avait oublié qu'un homme pouvait être capable de courtoisie. Elle mesurait soudain l'isolement dans lequel elle avait vécu pendant si longtemps.

Elle joignit sa rose au bouquet de sa grand-mère et s'adressa à la vieille dame comme pour faire diversion.

— Tout va bien, Nonna ?

— Très bien, ma chérie, mais je me sens encore un peu fatiguée. Si tu n'y vois pas d'inconvénient, je ne me joindrai pas à vous pour ce dîner. La *signora* Mancini et moi sommes devenues très amies, aussi je passerai la soirée avec elle. Nous allons faire une partie d'échecs après le petit plat de raviolis qu'elle a confectionné à mon intention. Amusez-vous, ma belle, et ne vous souciez pas de moi. N'oublie pas que tu es en vacances, toi aussi.

— Mais enfin, Nonna…

— Va vite, *ragazza mia*. Ne fais pas attendre notre ami.

Gina hésita, regardant tour à tour Seb et sa grand-mère. À l'évidence, celle-ci jouait les entremetteuses, et de la façon la moins discrète.

Certes, Gina était ravie de passer un moment en tête à tête avec le dieu de la mer, mais abandonner Nonna l'inquiétait, d'autant que celle-ci toussait de plus en plus depuis quelques jours.

— Je promets de vous ramener Gina avant minuit, Maria, assura Seb.

Il tira de sa poche un petit bloc de papier et en déchira une feuille qu'il lui tendit.

— Tenez, voici le nom et l'adresse du restaurant où nous allons dîner, ajouta-t-il en y inscrivant les coordonnées de l'établissement. J'y joins mon numéro de portable, ainsi vous pourrez m'appeler à tout moment, si nécessaire.

Alors, il se tourna vers Gina et conclut avec un franc sourire :

— Etes-vous prête, *ragazza* ?

— O.K.

— Souviens-toi de ce que je t'ai dit, *cara mia*, lui confia Nonna à l'oreille. Pense un peu à toi pour une fois, et fais confiance à Seb pour notre requête.

Le bel Italien prit la main de Gina et l'entraîna au-dehors où les attendait la petite Fiat 500.

— Vous me gâtez beaucoup trop…, commença-t-elle. Ce dîner au restaurant n'était pas indispensable.

— Peut-être pas, mais tant pis, plaisanta-t-il. J'aurais aimé que Maria se joigne à nous comme prévu, mais j'avoue que je ne suis pas fâché de vous avoir pour moi seul.

— Si vous le dites…, murmura-t-elle, troublée par le parfum qui émanait de sa chemise entrouverte.

— Je suis sincère, Gina.

Le ton de sa voix faisait écho au désir qui brillait dans ses yeux. Gina en ressentait physiquement les effets. Ce frisson qui courait sur sa peau était un signe qui ne trompait pas. Assurément, cet homme l'avait séduite et elle en éprouvait une exaltation difficile à contenir.

Seb lui ouvrit galamment la portière côté passager, la pria de s'asseoir, puis contourna la voiture pour s'installer au volant.

Elle se demanda combien de temps durerait le trajet. À en juger par les dimensions de l'île – vingt-huit kilomètres sur toute sa longueur – elle se dit que ce ne serait pas bien long.

— Où allons-nous ? questionna-t-elle comme ils prenaient la route de la côte.

— J'ai réservé une table dans un restaurant du bord de mer à Marciana Marina. C'est un petit port très pittoresque avec sa vieille tour de guet qui domine la plage de galets. Le village est ancien. C'est la plus petite commune de Toscane, et l'une des plus charmantes. Le vieux quartier de Cotone est parfaitement restauré.

— Ce doit être merveilleux de vivre ici. J'ai tellement lu sur l'île d'Elbe et son histoire qu'il me semble déjà la connaître. Avez-vous toujours vécu ici ?

— Non.

Un peu surprise par la brièveté de la réponse, Gina observa Seb du coin de l'œil. Ils entraient déjà dans le village, de sorte qu'elle n'eut pas le temps de poser d'autres questions.

Après avoir garé la voiture entre deux pins maritimes, il vint lui ouvrir la portière, toujours aussi courtois et souriant.

— Venez, Gina. Le restaurant est à deux pas, dit-il en lui tendant la main.

Elle la prit sans réticence et de nouveau cet étrange frisson l'envahit.

Après avoir longé la promenade du bord de mer, ils descendirent par un sentier vers une modeste maison de pêcheurs à l'écart des bars de touristes et des boutiques de souvenirs.

Le patron de l'établissement, accueillant et jovial, les conduisit sur la terrasse et les installa à une table faiblement éclairée. L'endroit était romantique à souhait : les reflets de la lune sur les eaux, le ciel constellé de myriades d'étoiles et le clapotis des vagues, tout annonçait une soirée exquise.

— Comme c'est beau, murmura-t-elle en parcourant du regard la plage en contrebas. Etes-vous déjà venu ici ?

— Jamais. C'est un ami qui m'a recommandé ce restaurant. Voyons le menu. Mmm... il y a le choix, on dirait. Qu'aimeriez-vous ?

— Je crois que j'ai un petit faible pour le rouget aux tomates, dit-elle après avoir parcouru la liste des plats.

— Pour moi ce sera le risotto aux fruits de mer, conclut Seb en tendant le menu au serveur. Si vous me permettez ce conseil,

Gina, vous devriez goûter au vin de l'île. Vous ne serez pas déçue, croyez-moi.

— Je m'en remets à vous.

Tandis que Seb vantait les qualités des vins de l'île et de la Toscane, Gina suivait les mouvements de ses lèvres, grisée par le ton de sa voix grave et veloutée. Il était vraiment l'homme le plus séduisant que l'on puisse imaginer. Elle n'osait imaginer comment s'achèverait leur tête-à-tête après ce repas qui s'annonçait succulent et ce vin capiteux.

— Gina ?

— Oh, pardonnez-moi. J'étais ailleurs, confessa-t-elle, les joues en feu. Que disiez-vous ?

— Donc, vous êtes d'accord pour le vin ?

— Oui, bien sûr. Je vous fais confiance.

Il commanda une bouteille de blanc sec et également de l'eau minérale.

— Votre grand-mère est une femme délicieuse, reprit-il tandis que le serveur déposait sur la table une assiette d'*antipasti*.

— Oui, c'est vrai, admit-elle avec un tendre sourire.

— Vous semblez très attachée à elle.

— C'est vrai. Tout comme je l'étais à mon grand-père.

— Il doit vous manquer cruellement ? s'enquit Sebastiano tout en effleurant de la main le bras de son invitée.

— Cruellement, c'est le mot. Mais Maria a souffert plus que moi de sa disparition.

— Elle doit être heureuse de vous avoir auprès d'elle ?

— Très heureuse, en effet.

Le contact de la main de Seb sur son bras la troublait plus encore que l'évocation de ses rapports avec Nonna. Il paraissait sincère en évoquant Nonna, et Gina en était profondément touchée.

— Si vous me parliez un peu de Strathlochan, proposa-t-il tandis que des senteurs de thym et de romarin montaient de l'assiette déposée devant eux.

— Si vous voulez.

— Vous aimez l'Écosse ?

— Beaucoup. C'est mon pays. J'ai grandi à Glasgow, mais je suis très heureuse de vivre dans les lochs, parmi les collines et les forêts. C'est une région splendide, et même si la ville nouvelle de Strathlochan ne cesse de s'étendre, elle n'a rien perdu de son charme. On s'y sent toujours comme dans un village.

Était-ce le vin, l'atmosphère des lieux, ou ce tête-à-tête avec Seb, Gina se trouvait étonnamment bavarde. Elle se sentait capable de lui révéler certains détails qu'elle aurait tus en d'autres circonstances. Seb paraissait très attentif à ses propos, tour à tour drôles, chaleureux, et intelligents. Il avait une façon bien à lui de la mettre en valeur, comme si elle seule comptait à ses yeux. C'était presque trop pour Gina, pour la jeune femme solitaire qu'elle était encore.

Tout en savourant leur plat, ils parlèrent de livres, de musique, de cinéma et même de politique. Ils avaient des goûts communs sur bien des points et en vérité peu de divergences. Seb la taquinait parfois, usant volontiers d'un léger humour. Gina se plaisait en sa compagnie et ne s'était jamais sentie aussi femme depuis longtemps.

Comme Seb l'encourageait à se confier, elle lui parla de ses rapports avec sa grand-mère, de leur maison, de son métier d'infirmière ainsi que de ses collègues de travail. Elle cita la charmante Holly Tait, si douce et si studieuse, et même Ruth Baxter, qui ne vivait que pour son travail.

— Ruth s'occupe de Montgomery en notre absence, précisa-t-elle.

— Montgomery ?

— Oui. Oh, pas le défunt maréchal ! prévint-elle en riant. Montgomery est mon labrador noir.

— Vous aimez les chiens ?

— J'aime tous les animaux. Notre maison abriterait toute une ménagerie si elle était plus vaste qu'elle n'est. En fait, il faudrait pour cela non seulement de la place, mais du temps... et de l'argent. Monty était un chien abandonné. Il avait environ six mois quand je l'ai recueilli, et j'étais heureuse de lui offrir un toit. Il a un an aujourd'hui et il est pour ma grand-mère un fidèle compagnon quand je suis à mon travail. Comme moi, Nonna aime les films des années 50, et c'est en pensant à Montgomery Clift que nous avons choisi le nom de notre chien. Nonna dit souvent que Monty est à l'image du célèbre acteur : un beau ténébreux.

— Ne m'avez-vous pas dit que vous alliez prendre un nouvel emploi dès votre retour en Écosse ?

— Oui, en effet, confirma-t-elle en reposant sa fourchette dans son assiette. Je vais travailler au centre multiservice de Strathlochan. Les soins en traumatologie me passionnaient, mais c'était le stress permanent avec des horaires difficiles. J'aspire à une vie plus calme qui me permette de consacrer plus de temps à Nonna. Bien sûr, j'aurais pu monter en grade à l'hôpital, mais au détriment du contact avec les patients, tout ce que j'aimais dans ce travail. Je crois que, pour être heureux dans son job, il faut faire des choix et ne jamais déroger à ses principes. N'est-ce pas votre avis ?

Seb gardait le silence. À l'inverse de Gina, il avait mordu à tous les appâts, cédé à toutes les tentations, souvent au mépris de ses convictions. L'idée même d'être fidèle à soi-même et à ses racines lui était insupportable. Il avait envisagé de se confier à Gina, d'évoquer sa carrière de chirurgien, mais après l'avoir entendue parler de sa passion pour son travail, il se ravisait. Assurément, elle ne lui pardonnerait pas son ambition démesurée, son désir absolu de réussite, envers et contre tous.

— Mais je vous ennuie probablement avec mes histoires, soupira-t-elle. Je n'ai que trop, parlé de moi.

— Je ne me lasse jamais de vous écouter, Gina, avoua-t-il en plongeant ses yeux dans les siens. Vous semblez si loyale, si dévouée à votre famille, si fidèle en amitié... Mais en fait vous ne m'avez pas vraiment parlé de vous.

— De moi ? s'étonna-t-elle en haussant les sourcils.

— Oui. Je ne sais rien de vos sentiments, de vos désirs, de vos rêves...

— Que vous dire ? murmura-t-elle en soulignant de l'index le bord de son verre. Il y a si longtemps que je ne songe plus à tout cela. Je me suis accomplie dans mon travail et dans ma famille, voilà tout. Ce sont les seules choses qui comptent à mes yeux.

En lui prenant la main, Seb sentit un trouble ineffable l'envahir au contact de cette peau si douce.

— Je vous comprends, Gina. Ce sont là des choses essentielles, en effet, mais il importe aussi que vous soyez heureuse, satisfaite, comblée.

Tout en prononçant ces mots, Seb se rendit compte qu'ils s'appliquaient aussi à la vie dont il rêvait désormais. Jusque-là, s'était-il vraiment préoccupé de lui-même ? Il s'était jeté à corps perdu dans son métier, animé d'un désir impérieux de réussir, oubliant volontiers le peu de satisfaction que lui procurait son travail. Cette conversation avec Gina lui ouvrait enfin les yeux et l'esprit. Elle lui donnait l'occasion de réfléchir à son avenir.

— Et... je suppose qu'un homme vous attend en Écosse ? questionna-t-il tout à trac.

Il se rendit compte que ce point le tourmentait un peu. En fait, les moments passés avec Gina avaient attisé son attrait pour elle. Il ne se souvenait pas avoir pris un tel plaisir à bavarder avec une femme authentique et sincère. Gina était si différente de celles dont le seul souci était de plaire, de devenir célèbres, ou simplement de se faire gâter.

— Personne ne m'attend, confessa-t-elle. Je...

— Dites-moi tout, supplia-t-il en étreignant sa main.

— Ma dernière histoire d'amour ne date pas d'hier, lâcha-t-elle en baissant les paupières.

— De quand date-t-elle, alors ?

— Environ quatre ans.

— Quatre ans ? C'est long...

— Il n'y avait pas de place dans ma vie pour une aventure. J'étais très occupée avec mes grands-parents, très prise par mon travail. Il y avait bien quelqu'un mais...

— Mais ?

Elle hésita et se mordit la lèvre de façon exquise, ce qui raviva chez Seb un désir latent.

— Notre liaison n'a pas résisté à la cohabitation avec mes grands-parents. Dès lors, j'ai donné priorité à ma famille, et depuis, aucun homme n'a croisé ma route.

Pour Seb, les choses étaient claires : celui qu'elle aimait alors avait refusé de partager avec quiconque l'affection que Gina était capable de donner. Elle était si soucieuse de se dévouer aux siens qu'elle en avait oublié ses désirs de femme. Malgré lui, il admirait son abnégation et sa loyauté. Elle n'en avait que plus d'attrait à ses yeux, et il comptait bien lui rappeler qu'elle était belle et désirable.

Mais le serveur revint à eux pour leur proposer un dessert sans lui laisser le temps de s'exprimer. C'est à regret qu'il abandonna la main de Gina qui accepta de consulter la carte qu'on lui présentait.

— Je prendrai cette glace maison qui me semble délicieuse, dit-elle.

Elle leva alors les yeux vers Seb en ajoutant :

— Vous devez me trouver bien gourmande, n'est-ce pas ?

— Pas du tout. C'est un plaisir de voir son invitée se laisser tenter par tous ces délices. En ce qui me concerne, je prendrai un *espresso*.

Il songea alors à Lidia qu'il invitait dans de prestigieux restaurants où elle grignotait à peine un brin de salade. Elle était de ces femmes outrageusement gâtées n'ayant que du mépris pour ceux qui préparaient les plats avec amour. Leur égoïsme les rendait aussi détestables que leur ridicule maigreur. Gina, en revanche, était femme jusqu'au bout des ongles, d'une beauté pulpeuse, et son péché de gourmandise ajoutait à sa sensualité. Elle était naturelle, authentique, aux antipodes de la mode qui fabriquait des mannequins anorexiques. En un mot, elle était rafraîchissante.

Seb l'observa tandis qu'elle achevait sa glace et se délecta du plaisir qu'elle y prenait. Gina n'était pas d'une beauté classique, mais son charme était indicible. Elle était bien éloignée de la sophistication des anciennes patientes du Dr Adriani ou des « canons » qui se pendaient à son cou. Auprès de Gina, Seb les trouvait insignifiantes.

D'une beauté sans artifices, la jeune Écossaise était en accord avec elle-même, ne trichait pas, ne cherchait pas à séduire. Et cependant, elle séduisait à sa façon et contribuait innocemment à accroître le désir.

En fait, peu de femmes avaient compté aux yeux de Seb. Certes, il avait été séduit par Antonella, mais il n'avait pas tardé à découvrir qu'elle était journaliste pour un magazine « people ». Le seul but de cette madone des potins était en fait d'explorer la vie privée d'un grand chirurgien et d'augmenter ainsi les tirages. Dès lors, il s'était juré de ne plus entretenir de liaison durable avec une femme. La plupart de ses autres conquêtes n'avaient pour ambition que d'être vues en sa compagnie pour se faire un nom et décrocher un job dans la publicité ou l'audiovisuel. Jamais aucune d'elles n'avait eu de véritable attachement pour lui, et il en avait cruellement souffert. Cependant, comme sa carrière comptait avant tout, il ne consacrait que très peu de temps à ses loisirs, à ses relations et... à ses amours.

Naguère, le Dr Adriani aurait probablement fui une fille comme Gina, mais maintenant qu'il avait les pieds sur terre il voyait les femmes tout autrement.

En dépit de sa méfiance à l'égard des femmes, Seb avait tout de suite compris que miss McNaught était différente des autres. Jamais il n'avait été à ce point captivé par un regard, un sourire, une attitude. Tout en elle le séduisait : son rire, son humour, son calme et son dévouement envers les autres. Sa loyauté à l'égard de ses amis, de ses collègues, et son affection pour sa grand-mère plaidaient en sa faveur.

Seb aurait passé des heures avec elle. Il désirait connaître tous ses secrets, et par-dessus tout lui faire l'amour. Il devinait en elle des passions en sommeil, une sensualité à fleur de peau sous une sagesse apparente. En un mot, Gina était le feu sous la cendre.

Il rêvait de l'éveiller au plaisir, de lui faire oublier ses années de solitude, son sens du devoir et des responsabilités.

Hélas, le séjour de la belle Écossaise sur l'île s'annonçait bien court, mais il l'avait déjà à moitié conquise et se promettait de faire d'elle une nouvelle Gina !

4

C'est à regret que Seb vit approcher le moment où ils allaient se séparer. Il avait rêvé de prolonger ce moment avec Gina, de flâner avec elle sur le quai bordé de tamaris, et même de rentrer à la villa pour bavarder plus longuement avec elle. Cependant, il savait qu'elle avait hâte de retrouver Maria, aussi renonça-t-il à regret à la retenir.

— Seb, vous n'êtes pas fâché que je rentre, n'est-ce pas ? murmura-t-elle avec une moue charmante.

— Non, Gina. Je sais que votre grand-mère peut difficilement se passer de vous. Vous êtes si dévouée...

Comme elle fouillait dans son sac, il l'interrompit en lui prenant la main.

— Que faites-vous ?

— Je paie ma part, c'est bien normal.

— Vous plaisantez ? Il n'en est pas question.

— C'est dans mes habitudes. Même quand je dîne avec un homme.

— Je vous en prie, laissez-moi le plaisir de vous inviter, dit-il en effleurant ses doigts d'une caresse. C'était entendu ainsi.

— O.K.

Seb porta la main de Gina à ses lèvres et y déposa un baiser.

— Vous êtes vraiment généreuse, dit-il.

L'addition réglée ils quittèrent le restaurant et reprirent la voiture. Sur le chemin du retour, Seb se rendit compte qu'il n'avait même pas demandé à Gina pour quelle raison précise elle était venue sur l'île avec Maria.

— Vous ne m'avez toujours pas dit pourquoi votre grand-mère tient à rencontrer le propriétaire de la villa. Elle voudrait revoir la plage de sa jeunesse, je présume ?

— C'est exact. Je vois que je n'ai plus rien à vous apprendre.

— Gina, vous vous rendez compte qu'emprunter les marches de pierre n'est pas sans danger pour elle, je suppose ?

— Je sais. C'est exactement ce que je me suis dit en les descendant, admit-elle, résignée.

Bientôt, la voiture fit halte devant la maison endormie de la logeuse. Seb descendit pour ouvrir la portière côté passager et prit Gina par la main pour l'aider à descendre.

Il n'avait pas envie de la quitter, et comme il l'accompagnait jusqu'à la porte il fut tenté de la prendre dans ses bras.

— N'y a-t-il pas d'autre accès à la plage que ces marches de pierre ? questionna-t-elle tout à coup.

Un peu désarçonné par cette question, il hésita à répondre.

— Je... Je crains que non.

— Alors, tant pis, soupira-t-elle.

Seb la prit par le menton. Sous la clarté de la lune, il crut voir des larmes briller dans ses yeux.

— Est-ce donc si important pour Maria de descendre jusqu'à la plage ?

— Mes grands parents y ont fait le serment de s'aimer toute leur vie.

— Allons, dites-moi tout.

— Ils se sont connus près du Rocher de Neptune, c'est dire à quel point ce pèlerinage sentimental compte pour Nonna.

Le silence s'installa entre eux, et dans la fraîcheur de la nuit Gina referma son châle sur sa poitrine.

— Nonna ne voulait en parler à personne d'autre qu'au propriétaire de la villa, confessa-t-elle.

— Pourquoi ?

— Parce que... ce qu'elle compte faire est probablement illégal.

— Illégal ? Que voulez-vous dire ?

— Elle a promis à son mari de disperser ses cendres à l'endroit même où ils se sont connus. Je me suis renseignée... Jusqu'à présent, la loi italienne interdisait cette pratique, mais les choses ont changé. Il faut maintenant une autorisation officielle qui n'est pas délivrée par toutes les communes. Bien sûr, nous n'avons pas cette autorisation, aussi, nous ne pouvons pas disperser les cendres sans en parler au propriétaire de la plage. Nonna ne tient pas à lui causer des ennuis, c'est évident. Voilà pourquoi elle tient à le rencontrer.

Gina s'interrompit un instant, puis ajouta dans un souffle :

— Elle m'a fait promettre de disperser aussi ses propres cendres le moment venu.

Au tremblement de sa lèvre, Seb comprit à quel point ses grands-parents comptaient pour elle et combien la requête de Maria lui coûtait.

Touché par son dévouement, il la prit dans ses bras et la serra très fort contre lui. Il était résolu à faire tout ce qui était en son pouvoir pour l'aider à tenir la promesse faite à Maria. Il enfouit ses lèvres dans son abondante chevelure, humant ce parfum voluptueux qui n'appartenait qu'à elle.

— Nous ferons tout pour que Maria soit heureuse, *tesoro*, lui murmura-t-il à l'oreille.

— Mais comment ? Vous savez bien qu'elle ne pourra pas descendre ces marches.

— C'est vrai, mais je connais un autre moyen.

Il vit alors une lueur d'espoir briller dans les yeux de Gina et s'en réjouit.

— Vraiment ? Et quel est-il ?

— Nous pourrons emmener votre grand-mère en bateau dans la crique. Un de mes amis possède une embarcation pour les touristes et les plongeurs. Il sera ravi de me rendre ce service, j'en suis sûr. Et si Maria accepte cette solution, nous l'accompagnerons tous les deux.

— Mais qu'en est-il du propriétaire de la villa et de l'autorisation de répandre les cendres ? Le temps passe et nous n'avons toujours rien.

— Les propriétaires de la villa se nomment Linardi. Je les connais bien et je ne doute pas un instant qu'ils seront heureux de vous aider. Tout ira bien, soyez sans crainte.

— En êtes-vous sûr ?

— Certain à cent pour cent, assura-t-il en essuyant une larme qui glissait sur la joue de Gina.

— Merci, Seb.

Elle l'enlaça alors spontanément et déposa un baiser furtif sur ses lèvres. Trop furtif à son goût. Seb l'attira à lui, mais elle s'arracha à son étreinte sans lui laisser le temps de l'embrasser.

— Pardonnez-moi, je... je suis désolée, expliqua-t-elle d'une voix tremblante.

— Pas plus que moi, plaisanta-t-il, remarquant la lueur que ce baiser volé avait allumée dans les yeux de Gina.

Le regard fixé sur ses lèvres, il ajouta :

— Essayons de nous dire au revoir, voulez-vous ? Ensemble, cette fois-ci.

Sans se donner l'un ou l'autre le temps de réfléchir, ils s'enlacèrent étroitement et leurs lèvres s'unirent dans un indicible élan de passion. Seb se laissa emporter au contact de ce corps de femme aux senteurs de vanille qui s'abandonnait à lui. Gina émit un murmure de plaisir tout en butinant ses lèvres avec délice comme pour l'inviter à reprendre les siennes encore et encore. Elle les entrouvrit et Seb céda à l'invitation de titiller sa langue dans un nouveau sursaut de désir. Pareille chose ne lui était jamais arrivée. Aucune femme ne lui avait fait perdre la tête à ce point dès le premier soir. Ce qu'il partageait en cet instant avec Gina, ce contact si soudain avec ce corps de femme, réveillait brusquement son désir.

Madre del Dio !

Seb en oubliait où ils étaient. Ses mains avides se glissaient sous la jupe de Gina et ils étaient l'un et l'autre à tel point embrasés de désir que désormais rien ne pouvait briser leur étreinte.

« Non, pas ici... pas maintenant », se dit-il, essayant de se raisonner.

Bien sûr, il avait rêvé de tenir Gina dans ses bras, mais pas sur un pas de porte. Plutôt dans un lit, le jour où elle consentirait à se donner à lui. Alors, il prendrait le temps de savourer le parfum de sa peau, la tiédeur de ses lèvres, et de lui faire l'amour comme elle le méritait. Et cela jusqu'à ce que s'apaise cette tempête de désir qu'elle avait soulevée en lui. Si elle devait s'apaiser...

Il tenta de faire taire cette petite voix affirmant que leur passion ne ferait que croître au fil des jours. Mais Gina repartirait bientôt, ils n'avaient guère de temps à perdre.

Seb mit fin à leur étreinte et leva les yeux vers elle. Les lèvres humides de Gina palpitaient encore sous l'effet de leurs baisers ardents. Elles tremblaient de façon à peine perceptible, exhalant un souffle court qui trahissait son émoi. Elle avait les joues en feu et ses yeux bruns avaient viré au noir dans cet accès de passion.

— Peut-être avons-nous été trop sages jusqu'à présent, murmura-t-il en soulignant d'une caresse le contour de ses lèvres. Nous avons encore quelques jours devant nous pour nous abandonner à nos désirs, n'est-ce pas ? Prenons le temps de nous aimer, Gina.

— Seb...

Il ne put résister au plaisir de reprendre ses lèvres. Gina savoura les siennes avec délice. Elle embrassait comme un ange, ou plutôt... comme une sorcière qui lui avait jeté un sort dont il ne se remettrait pas.

Assurément, il avait perdu son âme dès l'instant où il l'avait vue sur la plage.

Au plus fort de l'étreinte, Gina ressentit le souffle du désir qui montait en elle. Les baisers de Seb la consumaient par leur ardeur, ne lui laissant aucun répit. Et cependant elle reprenait sans cesse ses lèvres, telle une abeille gourmande qui revient inlassablement à la source des délices. Elle ne lui refusait rien et, quand elle sentait darder la pointe de sa langue, elle lui offrait sa bouche sans retenue.

La magie de sa rencontre la tirait enfin de sa torpeur, d'un trop long sommeil des sens. Seb lui rappelait qu'elle avait un corps, et que celui-ci avait des désirs. Il y avait quatre ans qu'elle avait oublié le goût des lèvres d'un homme sur les siennes, mais elle ne se souvenait pas avoir échangé de tels baisers avec quiconque. Ceux de Seb avaient le pouvoir de lui donner le frisson et d'enflammer le sang qui coulait dans ses veines. Elle s'enivrait de lui, de son parfum, de son haleine brûlante, de ses étreintes, de ce vertige qui naissait de ses caresses intimes. Elle aurait aimé se fondre en lui pour tout oublier, s'offrir sans réserve en échange du bonheur qu'il lui donnait.

De nouveau ils se séparèrent, le cœur battant, le souffle court. Gina tentait en vain de rassembler ses idées, encore troublée par la force de leur enlacement.

— Seb...

— Gina, êtes-vous heureuse ?

— Bien sûr, Seb. Mais je ne suis ici que de passage, vous le savez bien.

— Tout comme l'étaient Maria et Matthew, remarqua-t-il tout en jouant avec une mèche égarée sur le front de la jeune femme. Nous devrions réfléchir à notre avenir...

Gina demeura silencieuse, ne sachant que répondre à cela. Elle ne savait trop ce qui leur arrivait mais une chose était sûre : Seb avait réveillé en elle ses désirs de femme. Il avait fallu qu'elle rencontre cet homme sur cette plage paradisiaque pour revenir à la vie. Personne d'autre n'avait accompli ce miracle avant lui. Nul ne l'avait embrassée comme Seb, nul n'avait allumé ce feu en elle par ses caresses. Il avait le don de la rendre sensuelle, féminine, forte, capable d'affronter sans entraves les plaisirs de la vie.

— Seb, il y a Nonna...

— Je sais combien elle compte pour vous. Demain nous irons

visiter l'île avec elle, ainsi nous pourrons parler de notre projet... et de notre avenir.

Gina était désorientée. Elle ne savait où les mènerait leur aventure. Il lui suffit de regarder Seb dans les yeux pour se convaincre que de toute sa vie elle n'avait désiré un homme de cette façon.

— Avouez que vous auriez tort de ne pas goûter à tous les plaisirs que vous offre l'île d'Elbe, Gina.

— Seb, je...

— Vous n'avez pas répondu à ma proposition. Voulez-vous que nous emmenions Maria faire le tour de l'île dès demain ?

— Bien sûr. Ce sera une joie pour elle... et pour moi. Je vous promets de lui en parler au petit déjeuner.

— Je passerai vous prendre dans la matinée. D'accord ?

— D'accord. Encore merci pour cette soirée. J'ai passé un moment merveilleux avec vous.

— Moi aussi.

Seb prit sa main dans la sienne et ce contact suffit à réveiller en elle le désir à peine assoupi. Un frisson la parcourut quand il effleura ses doigts de ses lèvres. Il y avait tant de sensualité dans la caresse de son souffle qu'elle se serait volontiers abandonnée de nouveau. Comment lui résister ?

Une fois encore, Seb enfouit ses doigts dans sa chevelure, insatiable dans son désir de la toucher, de la posséder. Gina le tenait enlacé à hauteur de la taille et sentait sous ses mains toute la puissance de ce corps vibrant de désir. Il y avait si longtemps qu'elle n'avait pas été caressée de la sorte. Jamais elle n'avait éprouvé un contact physique aussi intense avec un homme.

— Il faut nous dire au revoir, Gina, chuchota-t-il en titillant sa lèvre encore brûlante de leurs baisers.

— Oui. Il le faut, répondit-elle dans un souffle.

Mais, en fait, ni l'un ni l'autre ne songeait à cette séparation. Ils demeuraient silencieux, les yeux dans les yeux, comme si le temps ne comptait plus. Seb finit par céder au désir qu'éveillait en lui cette interminable étreinte et prit de nouveau les lèvres de

Gina. Elles s'entrouvrirent avec délice au contact des siennes. Ils ignoraient ce que serait leur avenir, mais ils ne parvenaient pas à rompre ce nouvel élan qui les poussait l'un vers l'autre.

Comme Seb tentait de s'arracher à cette étreinte, Gina émit une plainte.

— Seb... restez encore un peu.

— Je dois rentrer, *tesoro*. Ne me tentez pas car je n'aurai plus le courage de vous libérer.

Elle n'avait qu'une envie : se blottir de nouveau dans ses bras et oublier tout le reste, l'heure tardive, Maria qui l'attendait peut-être...

Alors, pour l'encourager à rentrer, Seb ouvrit lui-même la porte.

— À demain matin, Gina, murmura-t-il en effleurant sa joue d'une caresse. Rêvez de moi comme je vais rêver de vous.

Sans trop savoir comment, elle eut la force de le quitter et se retrouva dans l'entrée, seule et désemparée. Alors, elle s'adossa à la porte qui s'était refermée sur lui. Le souffle court, prise de tremblements, elle porta la main à sa poitrine en entendant les pas de Seb s'éloigner. Un instant, elle fut tentée de rouvrir la porte pour le rejoindre, mais déjà sa voiture s'éloignait.

Le parfum de cet homme lui collait à la peau et le goût de ses baisers flottait encore sur ses lèvres. Comment pourrait-elle s'endormir ?

Enfin, elle sortit de sa torpeur et s'avança sur la pointe des pieds vers la chambre qu'elle partageait avec sa grand-mère. Elle était impatiente d'annoncer à Maria la bonne nouvelle : Seb allait faire en sorte qu'elles puissent disperser les cendres de Matthew dans la crique du Trident de Neptune. Mais la vieille dame dormait, et Gina en fut presque heureuse, estimant qu'elle était trop excitée pour avoir ce genre de conversation avec elle.

Alors, elle se déshabilla sans bruit et se glissa sous les draps. Sous la clarté de la lune, elle vit la rose offerte par Seb dans un soliflore sur sa table de chevet. Sans doute une délicate attention de la *signora* Mancini, leur logeuse. Elle se pencha pour humer le parfum de la fleur et du bout des doigts caressa ses pétales veloutés. Seb occupait encore ses pensées.

« Rêvez de moi », lui avait-il dit.

Éveillée ou endormie, elle savait qu'elle ne pourrait chasser l'image de l'homme qui l'avait troublée comme aucun autre avant lui.

Un murmure provenant de l'autre lit attira son attention. Sans doute sa grand-mère rêvait-elle dans son sommeil ? Rassurée, Gina se retourna et enlaça son oreiller, ne pensant qu'à celui qui venait de la quitter. Elle le reverrait demain matin, mais d'ici là il fallait dormir, et cela lui semblait impossible.

Seb s'engagea dans le couloir de l'hôpital de Portoferraio, bouleversé par ce qu'il venait d'apprendre.

Ce matin-là, en arrivant chez la *signora* Mancini, il espérait, comme prévu, emmener Gina et sa grand-mère faire le tour de l'île. Malheureusement, c'était sans compter avec l'incident survenu à l'aube. Maria avait été prise d'un malaise et conduite d'urgence à l'hôpital de l'île.

Gina était maintenant auprès d'elle, et Seb imaginait aisément l'inquiétude qu'elle éprouvait. Certes, elle était infirmière, chaque jour au contact des malades, mais la souffrance d'un proche n'en était pas moins difficile à supporter. Seb regrettait que Gina n'ait pas fait appel à lui ou qu'elle ne l'ait pas averti de ce contretemps. Bien sûr, elle ignorait encore qu'il était médecin, et dans l'urgence elle avait tout simplement fait conduire Maria à l'hôpital. Rien de plus normal. Néanmoins, il éprouvait un brin d'amertume d'avoir été oublié après ce qu'ils avaient partagé la veille.

S'arracher aux bras de Gina avait été pour lui une rude épreuve. De retour à la villa, il la désirait encore si fort qu'il n'avait pu trouver le sommeil. Sur son répondeur, il y avait un message de Rico. Son cousin l'informait qu'il avait obtenu à son intention les renseignements qu'il souhaitait sur l'Écosse. Alors, malgré l'heure tardive, Seb l'avait rappelé.

— J'ai tout vérifié, avait confirmé Rico. Nic connaît effectivement les McNaught et ils habitent bien Strathlochan. Il dit que ce sont des gens tout à fait respectables.

Seb n'en était pas surpris. En effet, sa première rencontre avec Maria lui avait fait excellente impression. Et que dire de Gina qu'il trouvait adorable ! Après sa fâcheuse aventure avec Antonella, il n'avait qu'à se louer de sa nouvelle conquête. Gina était si ouverte, si généreuse qu'il se reprochait un peu d'avoir douté d'elle au premier abord.

— Comment s'est passée votre soirée ? avait demandé Rico.

— Merveilleusement bien. Gina est une fille parfaite, et je peux t'assurer qu'oncle Roberto et tante Sofia n'auront aucun problème si je l'autorise à accéder à la crique.

— Ils y sont tout à fait favorables, indiqua Rico. Après tout, il s'agit de notre plage, et mes parents sont libres de permettre à cette vieille dame d'y accomplir son pèlerinage sentimental. C'est une histoire très touchante, vraiment.

— Très touchante, en effet. J'en suis moi-même très ému.

— Dis-moi, cousin, comment est-elle ?

— Un peu fragile, mais encore très alerte pour ses soixante-dix ans. Bien sûr, comme la plupart des femmes de son âge, elle a de l'arthrite et se plaint un peu, mais elle est charmante.

Rico ne put réprimer un éclat de rire.

— Je parle de sa petite-fille, Sebastiano !

— Oh, elle est...

Encore sous le coup de la fascination que Gina exerçait sur lui, Seb fut bien incapable de préciser sa pensée.

— Je vois ! conclut son cousin en riant. Si elle est telle que je l'imagine, c'est-à-dire blonde et superbe, je viendrai moi-même sur l'île lui délivrer l'autorisation de mes parents.

— Gina n'est pas blonde, mon vieux, dès lors tu peux rester où tu es ! rétorqua Seb, piqué au vif.

Il aimait bien Rico et s'entendait à merveille avec lui, mais il ne tenait pas à ce que ce coureur de jupons vienne exercer son charme sur Gina.

En un mot, il était jaloux.

— Message bien reçu, cousin, mais je t'avoue que ta nouvelle conquête n'en est que plus mystérieuse à mes yeux. Faut-il qu'elle soit exceptionnelle pour t'avoir pris au piège, toi qui es d'habitude si méfiant à l'égard des filles !

— Mais... je ne suis pas pris au piège, se défendit Seb, sans réelle conviction.

— Je ne te trouve pas très convaincant, mon vieux, mais peu m'importe, après tout. Et, bien entendu, vous avez dîné en tête à tête, je présume ? Peut-être même lui as-tu avoué que tu étais le célèbre *dottore Adriani* ?

— Imbécile ! Nous n'en sommes pas encore là.

— En fait, tu te demandes comment la belle Gina va réagir en apprenant que tu es riche et célèbre, avait ricané son cousin.

— Ce dîner avec elle m'a permis de me rendre compte que je haïssais l'homme que j'ai été pendant des années. Je ne pourrai peut-être jamais me faire à l'idée de devoir abandonner la chirurgie, mais ce qui est sûr c'est que je suis un autre, désormais.

— Visiblement, cette fille a une grande influence sur toi.

— Je ne la connais que depuis quelques heures.

— Ce n'est pas une question de temps, Seb, commenta Rico. Ces choses-là arrivent parfois plus vite qu'on ne le croit. Si je peux me permettre un conseil, ne la laisse pas trop longtemps dans l'ignorance de ton passé. Tu risquerais de la perdre.

— Je vais y réfléchir, Rico, avait-il conclu, touché malgré lui par la sollicitude que lui témoignait son cousin.

Il admit malgré tout que révéler à Gina la vérité sur son passé pourrait changer radicalement la perception qu'elle avait de lui.

À l'hôpital, Seb trouva aisément la chambre de Maria. Ici, tout le monde le connaissait, aussi craignait-il que Gina découvre brusquement son passé. Certes, il pouvait le lui révéler lui-même, mais il estimait que ce n'était ni le moment ni l'endroit. En effet, Gina était suffisamment bouleversée par ce qui arrivait à sa grand-mère. Il lui dirait tout dès qu'elle serait dans de meilleures dispositions.

Pour le moment, il lui fallait affronter ses anciens collègues et s'assurer que Maria était hors de danger.

Au détour d'un corridor, il aperçut Gina, seule sur un banc, vêtue d'un jean délavé et d'un chemisier rouge à manches courtes. Les mains croisées sur son giron, elle agitait nerveusement sa jambe droite, un signe d'inquiétude évident. En la voyant ainsi, Seb ressentit un flot de tendresse mêlée de compassion. Comme il approchait d'elle, Gina leva vers lui des yeux sombres, puis son visage s'éclaira soudain.

— Seb ! Comme je suis heureuse de vous voir, dit-elle en se levant d'un bond.

— Comment va Maria ? questionna-t-il tout en relevant une mèche qui tombait sur l'œil de la jeune femme.

— Mieux, j'espère. Merci d'être venu.

— Vous auriez dû m'appeler.

— Tout a été si soudain, Seb. L'état de Nonna s'est aggravé subitement, aussi, pour ne pas perdre de temps la *signora* Mancini a appelé son voisin qui est chauffeur de taxi. Une chance. Et puis… je ne voulais pas vous déranger en pleine nuit.

— Vous avez agi comme il fallait, Gina, mais je regrette de ne pas avoir été là.

Ils s'assirent l'un près de l'autre et Seb lui prit la main en signe de réconfort.

— Dites-moi comment cela s'est passé.

— Hier soir, quand nous étions devant la porte, peut-être avez-vous entendu ma grand-mère tousser ?

— En effet. Mais ce n'était pas une toux persistante.

— Elle a commencé à tousser dès notre arrivée sur l'île, mais elle ne s'en est pas inquiétée, assurant que c'était dû au changement de climat. Quand je me suis couchée, elle dormait, mais d'un sommeil agité. Elle semblait avoir du mal à respirer. La toux s'est aggravée dans la nuit, de même que la sensation d'étouffement.

— Et que vous ont dit les médecins ? questionna Seb en la prenant par l'épaule pour tenter d'apaiser ses craintes.

— Rien. Ils ne m'ont rien dit.

Elle eut un sourire amer puis ajouta :

— Je connais trop les médecins, et cette fois-ci je suis du côté des patients.

Seb en avait lui-même fait l'expérience au cours des mois passés à l'hôpital où il était soigné pour ses blessures.

— Je vais aller aux nouvelles, Gina. Je sais que ce n'est peut-être pas de nature à vous rassurer, mais Maria est en de bonnes mains ici. Ne vous inquiétez pas.

Seb déposa un baiser sur ses lèvres et l'invita à patienter quelques minutes. Il pouvait encore user de son influence auprès de ses anciens collègues et obtenir des renseignements précis sur l'état de santé de la vieille dame. Ce qui comptait à ses yeux, c'était de rassurer Gina au plus vite.

Celle-ci se reprochait de ne pas avoir fait appel plus tôt à Seb. En outre, elle n'avait même pas songé à annuler le rendez-vous qu'ils s'étaient fixé pour la visite de l'île. Pourtant, ce n'était pas faute d'avoir pensé à lui malgré son angoisse. Elle espérait en secret qu'il passerait à l'hôpital de Portoferraio, et elle ne s'était pas trompée.

Dieu sait qu'elle était heureuse de le revoir, même en ces circonstances. Sa présence lui faisait du bien, et retrouver la chaleur de ses bras était une bénédiction du ciel. Si le langage n'était pas véritablement un obstacle pour elle, Seb serait un précieux allié au sein de l'hôpital. Enfin, elle n'était plus seule et se sentait beaucoup mieux depuis qu'il était là.

Il revint un moment plus tard au terme d'une absence qui lui parut interminable. Rassurée par le sourire qu'il arborait, elle s'avança vers lui et éprouva un indicible réconfort quand il prit ses mains dans les siennes.

— La santé de Maria s'améliore, Gina, lui confia-t-il sans détour. Vous pouvez être rassurée. C'est une infection des bronches. Ils sont en train de faire des radios et des tests pour déterminer si l'atteinte est virale ou bactérienne, et si elle doit être ou non placée sous antibiotiques. Pour le moment on lui fait une perfusion pour la réhydrater et on lui administre du paracétamol pour faire tomber la fièvre.

— Et le cœur ? s'empressa de questionner Gina qui demeurait inquiète.

— Tout va bien de ce côté-là, assura-t-il. Le cœur est solide, croyez-moi.

— J'ai eu si peur, Seb. Je ne supporterais pas de la perdre, vous savez.

— Je comprends, *tesoro*.

Gina se réfugia dans ses bras et il l'enlaça d'un geste protecteur et tendre à la fois. C'était si bon pour elle d'être enfin soutenue par quelqu'un. Jusque-là, elle assumait seule tous les aléas de l'existence, endossait toutes les responsabilités malgré un travail très prenant. Elle avait été si déçue par la trahison de Malcolm qu'elle n'envisageait plus de partager sa vie avec un homme. Avec Seb, tout s'était passé très vite, mais il lui inspirait confiance et son attrait pour lui ne faiblissait pas. Un lien à la fois physique et émotionnel les unissait. Elle était touchée par sa bonté et ressentait ses caresses comme autant de preuves d'affection. Quant au désir qu'il lui inspirait, elle n'en avait jamais éprouvé de pareil pour aucun homme.

— Venez, Gina, murmura-t-il en la prenant par l'épaule. Le médecin veut vous parler.

— Je vous remercie de tout ce que vous faites pour nous, Seb.

— C'est bien normal.

En prenant son sac, elle se demanda comment elle n'avait pas perçu les signes de cette infection chez sa grand-mère. Maintenant, elle se reprochait d'avoir consenti à ce long voyage qui l'avait beaucoup fatiguée et sans doute affaiblie.

— Nous n'aurions pas dû venir, je le savais…

— Gina, je vous en prie. Ne vous culpabilisez pas ainsi. Ce n'est pas votre faute, voyons.

— Mais je suis infirmière, Seb ! Je m'occupais d'elle tous les jours, j'aurais dû me rendre compte qu'elle n'allait pas bien.

— Maria n'a pas voulu vous inquiéter, j'en suis sûr. De plus, ce voyage comptait beaucoup à ses yeux, et je suppose qu'elle a tenu à vous cacher son indisposition.

— Vous l'a-t-elle dit ?

— Oui. Et maintenant elle se sent coupable de vous causer tant de soucis.

Il l'entraîna dans le corridor, et ajouta en la prenant par la taille :

— D'ailleurs, elle va vous le confirmer elle-même.

Comme ils entraient dans la petite chambre qu'occupait la grand-mère, le regard de Gina se porta aussitôt sur la frêle silhouette qu'elle devinait à peine sous les draps. Si Maria semblait fragile, elle la trouva beaucoup mieux qu'au moment de son malaise.

Oubliant les recommandations de l'infirmière, la jeune femme se précipita vers le lit et prit le visage de sa chère Nonna dans ses mains. En cet instant, elle éprouvait un curieux mélange de culpabilité et d'affection, tout comme la petite fille qu'elle n'était plus.

— Pardonne-moi, *ragazza mia*, balbutia la vieille dame. Je suis désolée de te causer des soucis. Je voulais tant faire ce voyage pour mon cher Matteo sans songer un instant aux conséquences de cette folie. Me voilà bien punie à présent.

— Nonna, ne dis pas de bêtises, voyons, repartit Gina en esquissant un sourire. Tout ce que je souhaite, c'est que tu te rétablisses vite.

Comme Seb s'approchait du lit à son tour, Gina le prit par la main et leurs doigts s'entremêlèrent. Il l'aidait à se montrer plus forte, à retenir ses larmes, et c'était sa façon à elle de le remercier.

— Gina, voici le médecin qui a pris soin de Maria, dit-il en désignant le petit homme à cheveux gris qui venait d'entrer. Je vous présente le Dr Franco Vasari.

Elle serra la main du praticien qui lui inspira immédiatement confiance et lui demanda en italien ce qu'il pensait de l'état de sa grand-mère.

— Comme vous le voyez, Mme McNaught va beaucoup mieux que ce matin à son arrivée, répondit le Dr Vasari, l'air confiant. Nous aurons bientôt les résultats de ses tests et pourrons ainsi connaître la nature exacte de l'infection. Ensuite, nous déciderons du traitement à suivre, et nous verrons si les antibiotiques sont ou non nécessaires.

Le médecin s'assit au pied du lit et poursuivit :

— Nous lui laissons sa perfusion pour le moment, mais j'aimerais la garder vingt-quatre heures en observation. Ainsi, elle pourra aussi se reposer.

— Faites comme vous l'entendez, docteur, mais nous n'avons loué notre chambre d'hôtes que pour deux jours de plus, et...

Elle sentit alors la main de Seb se resserrer sur la sienne. Voulait-il ainsi lui faire comprendre qu'il trouverait une solution pour les reloger ?

— Mademoiselle McNaught, il serait préférable que votre grand-mère ne reprenne pas l'avion dans deux jours, indiqua le médecin. Elle est encore fragile et si vous pouviez prolonger un peu votre séjour sur l'île, ce ne serait que mieux. Je vais rédiger un mot à l'intention de votre médecin traitant afin qu'elle poursuive le traitement chez elle.

Le médecin se leva en ajoutant :

— Je vous laisse décider entre vous de la façon de vous organiser, *signorina*, et je viendrai régulièrement prendre des nouvelles de Mme McNaught. Normalement, elle devrait sortir demain à midi. Si vous avez des questions à me poser, n'hésitez pas à venir me voir à mon bureau.

— Je vous remercie, docteur, conclut Gina en lui tendant la main.

Le médecin se tourna alors vers Seb et le salua avec une déférence qui la surprit. Mais, comme sa grand-mère la réclamait auprès d'elle, Gina n'y songea plus.

— Gina, si je dois garder la chambre jusqu'à demain, je ne veux pas te retenir plus longtemps, intervint Maria. Tu as toujours rêvé de visiter l'île d'Elbe, alors ne te prive pas de ce plaisir. Maintenant que tu es rassurée sur mon état, tu peux aller faire le tour de l'île sans moi. Ici, je ne risque plus rien. Va vite, *cara mia*.

— Mais, Nonna...

— Va, te dis-je. Fais-moi ce plaisir. D'ailleurs, tu dois aussi t'occuper de prolonger la location de notre chambre, ne l'oublie pas.

Gina avait déjà réfléchi à ce problème. Il fallait qu'elle trouve un cybercafé pour modifier la date de leur billet de retour. De plus, elle devait prendre contact avec la compagnie d'assurances qui couvrait les risques de maladie, et enfin avertir leurs amis de Strahlochan par e-mail. Dieu merci, Gina ne prenait son nouvel emploi au centre multiservice que dans une semaine, ce qui lui laissait un peu de temps.

— Je m'occupe de tout, Nonna, sois sans inquiétude.

— Il faudra trouver une autre chambre à louer, Gina, reprit la vieille dame. La *signora* Mancini m'a dit que la nôtre était déjà louée à des touristes dès le lendemain de notre départ. Elle n'a plus rien de libre pour nous, alors...

— Je t'en prie, Nonna, cesse de te tourmenter pour si peu. Je trouverai de quoi nous loger.

Sans oser l'avouer, la jeune femme s'inquiétait un peu des dépenses à prévoir pour la prolongation de leur séjour. En effet, leur budget vacances avait été calculé au plus juste.

C'est alors que Seb proposa une solution.

— *Scusi, donna Maria*, dit-il en s'approchant du lit. J'ai une solution pour vous délivrer de ce souci. Pourquoi ne pas vous installer à la villa jusqu'à votre départ ? Il y a de la place pour vingt personnes.

— Mais que vont dire les propriétaires ? s'inquiéta Gina, par ailleurs ravie de passer quelques jours auprès de Seb.

— Les Linardi sont toujours heureux de rendre service, assura-t-il. Il n'y aura aucun problème, croyez-moi, Gina.

Avec le peu d'argent dont elle disposait, cette solution lui permettrait de réaliser une économie substantielle sur la fin de leur séjour dans l'île. Toutefois, elle entendait contribuer aux frais qu'allait occasionner leur hébergement, quoi qu'en dise leur nouveau logeur.

Gina se dit que vivre jour et nuit auprès de Seb risquait d'éveiller des tentations. D'étranges pensées lui vinrent soudain à l'esprit tandis qu'un frisson de sensualité parcourait tout son corps.

— C'est merveilleux, murmura la grand-mère en reprenant des couleurs. Ainsi, je serai tout près de cette plage où j'ai connu mon Matteo.

— J'en suis heureux pour vous, *donna Maria*, dit Seb en lui prenant la main. Et dès que vous irez mieux, nous vous aiderons à accomplir le vœu si cher à votre cœur.

— Comme vous êtes aimable...

Elle leva les yeux vers sa petite-fille et ajouta :

— Vous êtes si bons avec moi, tous les deux.

— Donc, c'est entendu, *signora*. Gina et moi, nous allons préparer votre chambre dès aujourd'hui. Ainsi, tout sera prêt pour vous recevoir.

— Je suis confuse de vous donner tant de travail, mes enfants.

— C'est un plaisir, au contraire, assura Seb en souriant à Gina.

La lueur qu'elle surprit alors dans ses yeux mit le feu à ses sens. Leur future cohabitation s'annonçait pleine de promesses.

— Cet après-midi, j'emmène Gina faire le tour de l'île, ensuite nous reviendrons prendre de vos nouvelles, proposa Seb. Qu'en pensez-vous, Maria ?

— Parfait. Prenez du bon temps, mes enfants.

Voyant que la vieille dame commençait à somnoler, ils se retirèrent sans bruit pour la laisser se reposer.

Rassurée sur le sort de Maria, Gina se réjouit en secret de passer l'après-midi en compagnie de Seb. Une seule chose la tourmentait : saurait-elle résister à l'attrait qu'il exerçait sur elle quand ils seraient sous le même toit ? Essaierait-elle seulement ?

Au dehors, un soleil ardent inondait la ville d'une vive clarté. La journée s'annonçait radieuse. Gina prit Seb par la main et, comme ils marchaient vers la voiture garée sur le parking, elle resserra son étreinte.

— Gina, il faut que vous compreniez une chose, intervint Seb en la prenant par les épaules.

— Quoi donc ? questionna-t-elle le cœur battant.

— C'est en tout bien tout honneur que je vous invite à vous installer à la villa. N'y voyez aucune arrière-pensée de ma part. Quoi qu'il arrive entre nous, mon seul but est de vous rendre service, à vous et à Maria.

Il s'interrompit un instant, puis murmura d'une voix envoûtante :

— Pourtant, je vous désire, *ragazza mia*. Je n'ai jamais désiré une autre femme autant que vous. C'est à vous de décider de la suite à donner à notre rencontre. Vous êtes libre de votre choix.

L'honnêteté de Seb, le respect qu'il lui témoignait, la toucha plus encore et le rendit plus désirable à ses yeux. Gina se sentait forte, déterminée, animée d'un désir intense. Elle ressentait son pouvoir de femme comme jamais. De nouveau elle était capable de plaire et d'éveiller la passion chez un homme. Seb avait le pouvoir de la transformer, de lui donner confiance en elle. Son désir trouvait en elle un écho surprenant. En fait, Gina ne songeait même pas à leur avenir. Tout ce qu'elle voulait, c'était s'abandonner à lui, lui donner de l'amour, saisir cette chance inouïe qui s'offrait à elle. Jamais elle ne connaîtrait rien de semblable. Elle ne passerait peut être que deux ou trois jours avec son dieu des mers, mais ce serait un moment inoubliable dans sa vie de femme amoureuse.

Elle se hissa sur la pointe des pieds et déposa un baiser sur les lèvres de Seb. Une passion soudaine l'animait, mais il y avait quelque chose de plus profond : ce lien très fort qui les unissait renforçait d'heure en heure leur attachement l'un à l'autre.

— Merci, Seb, murmura-t-elle, les yeux brillant de larmes.

Dissimulant son émoi, il ouvrit la portière et l'invita à monter en voiture.

— Allons préparer la chambre de Maria, et ensuite... à nous l'île d'Elbe et ses trésors !

5

— Je vous remercie, mais je suis rassasiée, soupira Gina en refusant le fruit que lui tendait Seb.

— C'est le meilleur pique-nique de toute ma vie, assura-t-il en s'allongeant sur l'herbe.

En sortant de l'hôpital, il avait fait des provisions à Portoferraio tandis que Gina modifiait la date de ses réservations dans un cybercafé de la ville. Elle en avait profité pour lire ses courriels et adresser un message à sa compagnie d'assurance-maladie. Ensuite, ils avaient flâné dans les rues de la capitale, puis Seb l'avait emmenée dans ce coin de paradis pour un pique-nique au bord de la mer.

Etendu auprès de Gina, Seb chercha sa main et mêla ses doigts aux siens dans une fervente étreinte.

— Que faites-vous pour vous détendre quand vous êtes chez vous? questionna-t-il.

— Le plus souvent je lis. Mais j'aime aussi faire de la marche, du vélo et de la natation. Parfois je vais au bowling ou au cinéma avec mes amis. Il nous arrive aussi de passer un moment à bavarder dans une pizzeria devant un verre de vin.

— Pas de balades en amoureux?

Il n'y eut pas de réponse. Gina gardait les yeux fermés et il ne se lassait pas de contempler ses longs cils soyeux. Le soleil jouait dans les feuilles des arbres, dessinant sur le visage de Gina des taches de lumière changeantes.

Il la trouvait belle à ravir.

— Que s'est-il passé voici quatre ans, avec cet homme ?

— Malcolm travaillait à la direction de l'hôpital. Il était charmant et... très amoureux. J'en étais flattée. Nous étions ensemble depuis plus d'un an et je n'imaginais pas que cela ne puisse par durer.

— Vous étiez très amoureuse, vous aussi ?

Elle rouvrit les paupières, révélant ses beaux yeux bruns dans l'éclat d'un rayon de soleil.

— Je tenais à lui. Et, avant que les choses se gâtent entre nous, je me disais que je finirais par l'aimer vraiment. Plus tard, j'ai éprouvé du dégoût pour la façon dont il s'était conduit, mais je n'ai pas été vraiment brisée par notre rupture. Alors, je me suis rendu compte que je n'aurais jamais pu aimer un homme tel que lui et partager sa vie. Quand il s'est montré sous son vrai jour, j'enrageais de m'être trompée sur sa personnalité. Il n'était pas celui que j'espérais.

— Je comprends.

Après cette confession, Seb se sentit coupable d'avoir caché à Gina une partie de son propre passé. Que penserait-elle de lui quand elle découvrirait qui il était ? Un débat s'engagea alors avec sa conscience... S'il l'aimait vraiment, s'il voulait être aimé d'elle, il fallait qu'il se confie. Et cependant, il n'arrivait pas à s'y résoudre.

— Mes grands-parents vieillissaient, reprit-elle. Ils étaient de plus en plus fragiles, je leur ai donc proposé de quitter leur maison de Glasgow pour venir s'installer chez moi. Malcolm n'y était pas favorable. Dès lors, il est devenu maussade, bougon, et franchement insupportable, autant avec eux qu'avec moi.

— La cohabitation devait être difficile.

— Elle l'est devenue de plus en plus. Un jour, Malcolm a posé un ultimatum. Il s'était renseigné à mon insu sur les conditions d'admission en maison de retraite, et...

— Je vois, commenta Seb en hochant la tête.

— Il a commencé à traiter mes grands-parents de tous les noms, appelant Nonna « la vieille taupe ». Alors, je me suis fâchée en le priant de les respecter ou de quitter les lieux au plus vite.

Outré par le comportement de cet homme, Seb ne put réprimer un juron.

— *Bastardo !*

— Je me souviens avoir usé d'un mot très voisin de celui-là, confessa Gina en esquissant un sourire. La situation était telle que je n'avais plus le choix. Mes grands-parents représentaient pour moi ce que j'avais de plus précieux au monde, et je ne pouvais admettre que Malcolm ou quiconque les méprise ainsi.

— Visiblement, cet homme n'avait aucun sens de la famille.

Seb effleura alors ses lèvres d'un baiser et murmura :

— Comme vous avez dû souffrir, Gina !

— Tout cela appartient au passé, Dieu merci. Par la suite, les rapports entre Malcolm et moi sont devenus très difficiles à l'hôpital. Il a tout fait pour m'humilier, allant jusqu'à mettre en doute dans ses rapports mes qualités professionnelles. Par bonheur, mes supérieurs étaient de mon côté, et ils ont vite compris que j'étais victime de harcèlement moral. Enfin, Malcolm a trouvé un poste ailleurs peu de temps après et il a quitté la ville.

Seb demeura silencieux. À la lumière de ces événements, il comprenait maintenant la méfiance de Gina à l'égard des hommes. En effet, comment pouvait-on lui reprocher son dévouement inconditionnel à sa grand-mère ? Pour sa part, Seb trouvait Gina plus admirable encore pour cette raison, et l'en aimait d'autant plus.

Assise auprès de lui, elle replia ses jambes et joignit les mains sur ses genoux. Ainsi, il put contempler à loisir le tatouage en forme de dauphin qu'elle portait à hauteur des reins. Il ne put résister au plaisir de souligner de son index les contours du dessin. Gina frémit de plaisir sous l'effet de cette caresse.

— C'est joli, murmura-t-il.

— Merci.

Elle tourna alors la tête vers lui et le gratifia d'un sourire malicieux.

Seb ne savait trop ce qu'il désirait le plus : goûter de nouveau aux lèvres de Gina ou poser les siennes sur ce petit dauphin bleu ?

— Il ne me quitte plus depuis mes dix-huit ans, confessa-t-elle.

— Pourquoi avoir choisi un dauphin ?

Le sourire de Gina s'effaça soudain et son regard se perdit au loin.

— Mon grand-père me contait souvent des histoires de marins et me parlait de l'île d'Elbe. Il voyait souvent des dauphins au cours de ses voyages. Il disait qu'ils représentaient pour lui la liberté et la joie de vivre. Un jour il m'a emmenée les voir sur les côtes d'Écosse. J'en ai gardé un merveilleux souvenir. Je suis née sous le signe du poissons, c'est peut-être pour cela que j'adore la mer. J'aime surtout les dauphins parce qu'ils me rappellent mon grand-père et c'est en souvenir de lui que je porte celui-ci.

— Je le trouve très beau, et en quelque sorte il vous ressemble. Il est le symbole de votre loyauté et de votre goût de la liberté.

Ses doigts glissèrent quelques instants sur le dos de Gina, puis Seb se redressa et s'assit auprès d'elle malgré sa tentation de l'étendre sur l'herbe.

— Nous avons l'après-midi devant nous, annonça-t-il, et si cela vous fait plaisir nous pouvons faire le tour de l'île.

— Je veux voir les plus beaux paysages, Seb ! s'exclama-t-elle avec un petit rire charmant. Je suis amoureuse de l'île d'Elbe depuis mon enfance et je n'ignore rien de son histoire : des premières invasions jusqu'à l'exil de Napoléon Bonaparte en 1814.

Gina leva alors vers lui ses beaux yeux bruns pétillant d'impatience et il en fut troublé.

— Je veux visiter la maison de Napoléon à San-Martino, le musée minéralogique et les anciennes mines de l'île. Mais ce n'est pas tout, je veux voir les forteresses médiévales, les villas romaines, les petites églises et les chapelles oubliées, et les points de vue inoubliables.

Seb ne put réprimer un sourire, conquis par la fraîcheur et la beauté naturelle de la jeune Écossaise.

— Je doute que nous puissions tout voir en un après-midi,

Gina. Souvenez-vous que nous avons promis à Nonna de repasser à l'hôpital.

— Quel trouble-fête! plaisanta-t-elle en affectant une moue exquise.

Une fois de plus Seb résista à la tentation de la prendre dans ses bras.

— Alors, choisissez l'endroit que vous préférez, proposa-t-il.

— Marciana Alta.

C'était le site le plus ancien de l'île dont la fondation remontait à 35 avant Jésus-Christ. Là, subsistait un village médiéval accroché au flanc de la montagne.

Bien qu'un peu surpris par le choix de sa compagne, Seb se leva et l'attira à lui. Comme il lui tendait ses lèvres, la réaction de Gina fut immédiate. Non contente de lui offrir sa bouche, elle l'invita à entrouvrir la sienne pour titiller sa langue avec délice.

Il entendait rester fidèle à la promesse qu'il lui avait faite : elle déciderait elle-même de la suite de leur aventure. Pour le moment la suite s'annonçait heureuse. Il prenait avec plaisir ce qu'elle lui offrait et ses lèvres gourmandes étaient un don du ciel.

Toutefois, avant que le contrôle de la situation lui échappe, Seb mit fin à leur étreinte.

— Si nous voulons profiter de notre après-midi, il faut nous mettre en route, *cara mia*.

Le visage et les lèvres en feu, Gina se résigna à regret. Alors, Seb la prit doucement par la taille et la ramena à la voiture.

Le village de Marciana Alta fut pour Seb comme une nouvelle découverte sous la conduite enthousiaste de Gina. Ils commencèrent par la visite du musée archéologique avec ses vestiges du paléolithique, des périodes étrusque et romaine. Ce fut ensuite la balade dans les rues pavées du bourg avec ses maisons coiffées de tuiles romaines et leurs façades fleuries. Ils aperçurent au loin la forteresse pisane, dressée comme un témoin des affrontements successifs pour la conquête de l'île.

— Avez-vous le vertige? questionna-t-il soudain.

— Non. Pourquoi ?

— Nous pourrions prendre le funiculaire qui conduit au sommet du mont Capanne. C'est le point culminant de l'île. Plus de mille mètres d'altitude. De là-haut, par temps clair, on peut voir jusqu'à la Corse.

— Oh, ce serait merveilleux. Allons-y !

— Vos désirs sont des ordres, *donna Gina* !

Jamais Seb n'avait passé un tel moment avec une femme. Chaque instant auprès de Gina était un enchantement. Si son désir pour elle était toujours aussi ardent, il la voyait aussi comme une complice de ses escapades et partageait ses découvertes.

En compagnie de Gina il mesurait la vanité de son passé, le trouvait insipide, comme il trouvait fades ses conquêtes féminines et ses relations d'alors. Il haïssait ces années-là et n'avait que du mépris pour le jeune chirurgien aux dents longues qu'il était autrefois. Dieu merci, il avait opté par la suite pour la chirurgie réparatrice, un art moins rémunérateur que l'esthétique, mais ô combien plus épanouissant !

Aujourd'hui, il avait d'importantes décisions à prendre sur son avenir. Gagner moins d'argent qu'auparavant lui importait peu, tout comme la célébrité qu'il n'avait jamais souhaitée, pas plus que les mannequins *glamour* pendues à son cou pour le plaisir des *paparazzis*. Tout ce que Seb regrettait, c'était son habileté manuelle, la précision de ses gestes à jamais perdue. Le handicap dû à ses blessures et sa rencontre avec Gina, tout l'invitait à reconsidérer sa vie. Désormais, il se sentait capable de remettre en question ses choix et ses priorités.

— Seb ? Tout va bien ?

La voix de Gina mit un terme à ses pensées. Soudain, celles-ci lui parurent trop sérieuses. Le moment était en effet mal choisi pour songer à tout cela.

Il se demanda ce que Gina penserait de lui si elle apprenait que Seb et le Dr Adriani étaient un seul et même personnage. Non, il ne pouvait pas le lui avouer. Pas maintenant. Il se refusait à gâcher ce moment privilégié partagé avec elle.

— Je ne me suis jamais senti aussi bien, assura-t-il en chassant ses idées sombres. Allons vite à la conquête de cette montagne !

Le point de départ du funiculaire n'était qu'à quelques centaines de mètres du village. Ils furent bientôt installés dans une nacelle où deux autres personnes avaient pris place.

— C'est merveilleux, dit-elle en prenant la main de Seb dans la sienne. Comme je suis heureuse !

Il l'enlaça par la taille et savoura la chaleur de ce corps de femme contre le sien.

Le trajet au-dessus des précipices et des pentes vertigineuses fut un ravissement pour Gina. Elle ne tarissait pas d'éloges sur ce paysage grandiose.

De là-haut, ils découvraient l'île d'Elbe dans toute son étendue et apercevaient les sites qu'ils pourraient explorer plus tard.

— Quelle vue splendide, murmura-t-elle en parcourant du regard la côte très découpée et les îles éparpillées dans le lointain.

— C'est beau, en effet, admit-il, autrement captivé par la grâce de ce corps de femme.

Cédant à son envie, Seb déposa un baiser sur la nuque de Gina, puis parcourut des lèvres son cou gracile offert à sa convoitise. Elle sentait la vanille, et le soleil sur sa peau révélait cette odeur suave qui n'appartenait qu'à elle.

Comme elle s'abandonnait, il effleura de la main son ventre entrevu sous le T-shirt, s'approchant insensiblement des seins. Ceux-ci pointaient comme deux bourgeons prêts à éclore sous le tissu léger. Seb les effleura d'un doigt dessinant leur contour avec délice. Il éveilla ainsi chez Gina un sursaut de désir. Alors, elle renversa la tête en arrière et offrit sa gorge aux lèvres gourmandes de Seb, haletant de plaisir.

Des éclats de voix mirent fin à leur étreinte, leur rappelant qu'ils n'étaient pas seuls sur ces pentes. Alors, il libéra Gina à regret et décida de redescendre.

— Il est temps de retourner à l'hôpital, Gina. Me ferez-vous le plaisir de venir dîner à la villa ?

— Ce serait avec joie, Seb, mais ce soir je dois rentrer chez la *signora* Mancini qui attend sans doute des nouvelles de Nonna.

— En êtes-vous sûre ? Allons, venez, faites-moi plaisir. Vous savez que vous pouvez dormir chez moi si vous le souhaitez.

— Je sais.

— Je ne supporte pas l'idée de vous savoir seule dans votre chambre.

C'était en partie vrai, mais désormais Seb ne pouvait concevoir d'être séparé d'elle.

— Un peu de patience, *signore*, murmura-t-elle en posant l'index sur ses lèvres. N'oubliez pas que j'ai mille choses à préparer pour demain. Ne serait-ce que nos bagages.

— Soit, comme vous voudrez.

Seb tenta de se consoler en se disant que bientôt elle s'installerait à la villa avec Nonna. Il s'était promis de ne pas brûler les étapes avec elle, mais son impatience ne faisait que croître. Tout ce qu'il espérait, c'était qu'elle ressente la même chose pour lui.

Assise sur un tabouret, Gina admirait la superbe cuisine intégrée de la villa tandis que Seb préparait le repas avant de la reconduire chez la *signora* Mancini. Elle avait appelé la vieille dame en lui promettant de rentrer un peu plus tard avec des nouvelles de Nonna et elle entendait bien tenir sa promesse. D'ailleurs, comme elle devait libérer la chambre le lendemain, il fallait qu'elle rassemble ses affaires et celles de sa grand-mère.

Mais, curieusement, il lui semblait que la réticence de Seb à la laisser partir se communiquait à elle. En fait, elle n'avait pas envie de le quitter. Aurait-elle la force de patienter ? Dès demain, Nonna sortirait de l'hôpital et elle l'installerait dans la vaste chambre d'amis que Seb venait de lui montrer.

— Maria semble aller beaucoup mieux, n'est-ce pas ? questionna-t-il tout en assaisonnant la salade.

— Bien mieux, en effet. Je suis soulagée de savoir qu'elle n'a rien de plus grave qu'une légère inflammation de la plèvre.

En passant à l'hôpital, elle avait en effet trouvé sa grand-mère dans de bonnes dispositions. Le moral était meilleur, la respiration plus régulière et, après une journée de repos, Nonna avait repris des couleurs. La radio avait révélé des traces d'eau dans les poumons, mais les analyses étaient rassurantes, de sorte que la vieille dame était dispensée d'antibiotiques. Le médecin lui avait toutefois prescrit un diurétique pour éviter tout risque d'œdème. Il avait ajouté au traitement un anti-inflammatoire destiné à réduire l'inflammation de la plèvre et faciliter la respiration.

— De toute façon, nous verrons notre médecin traitant dès notre retour en Écosse, précisa Gina.

— C'est une sage résolution, admit Seb. Ainsi, elle sera bien suivie.

Gina se souvint alors que Seb n'avait nullement été surpris par le diagnostic du médecin de l'hôpital, tout comme il semblait avoir bien compris ce qui arrivait à Maria.

Avait-il quelques notions de médecine ?

— Le Dr Vasari a indiqué que la rétention d'eau dans les poumons était due à un problème circulatoire, reprit-elle, espérant qu'il allait confirmer.

— Quelques jours de repos ici suffiront à la guérir tout à fait, repartit Seb, l'air confiant. Nous allons la dorloter comme il convient et ce petit incident ne sera plus qu'un mauvais souvenir.

— Ainsi, nous rentrerons chez nous l'esprit en paix, soupira Gina en s'accoudant au comptoir.

Déjà des effluves de plantes aromatiques montaient du plat qui cuisait dans le four. Elle était impatiente d'y goûter.

À ses yeux, Seb avait bien des talents, mais en fait elle ne savait pas grand-chose de lui. Comment allait-elle s'y prendre pour l'encourager à se livrer un peu ?

— Avez-vous toujours aimé faire la cuisine ?

— J'y ai pris goût au fil des ans, confessa-t-il tout en émincant les tomates et les champignons.

Elle nota qu'il avait toujours du mal à se servir de sa main droite. Elle fut tentée de le questionner à propos de cette blessure, mais préféra ne pas l'indisposer avec ça. La grimace qu'il fit alors en maniant le couteau la conforta dans cette idée.

Gina préféra songer aux événements de la journée qui venait de s'écouler. Elle ne comprenait toujours pas comment ils avaient pu faire autant de choses en quelques heures. Ils avaient parcouru des kilomètres à pied, grimpé au sommet de la montagne, longé des kilomètres de plages. Malgré la fatigue, elle était ravie de leur balade. Mais surtout, elle était heureuse que sa grand-mère soit rétablie. Bientôt, peut-être pourrait-elle faire découvrir ces paysages à sa chère Nonna ?

Le tour de l'île avec Seb avait été un véritable enchantement. Il s'était montré patient avec elle, très renseigné sur l'histoire du pays, et particulièrement tendre. Comment oublier ses baisers et ses caresses qui avaient contribué à faire de cette excursion un moment exceptionnel ?

Ce que Gina considérait tout d'abord comme une attirance normale entre un homme et une femme s'était transformé en quelque chose de plus fort. Plus elle passait de temps avec Seb, plus elle s'attachait à lui. Il était chaleureux, drôle, intelligent, et d'une gentillesse sans limites. Son talent était de savoir mêler intimement douceur et passion. Elle se sentait bien avec cet homme, lui parlait librement, et partageait autant de choses avec lui qu'avec ses propres amis. Elle n'hésitait pas à lui ouvrir son cœur, à lui confier ses soucis, plus volontiers qu'elle ne l'aurait fait avec sa grand-mère par crainte de la tourmenter. En outre, Seb faisait d'elle une vraie femme et avait su réveiller son désir assoupi. Ses étreintes mettaient le feu à ses sens.

Seb lui présenta une assiette, disposa les couverts et les verres sur la table, puis s'assit face à elle.

— Mmmh ! Comme tout cela sent bon, nota-t-elle, tandis qu'il servait les pâtes agrémentées d'une sauce tomate et de parmesan râpé.

— Une jolie femme aime forcément la cuisine italienne, commenta-t-il en riant.

Comme il se servait à son tour, il donna les secrets de sa recette, puis aborda un sujet plus sérieux.

— Gina, parlez-moi de votre nouvel emploi en Écosse.

— Notre région investit beaucoup dans le secteur de la santé en ce moment, et cela avec le concours de dons et de financements privés. Ainsi, ils viennent de créer un centre multiservice qui regroupe les soins et l'aide sociale. C'est là que je vais travailler.

Elle nota que Seb renonçait à se servir de sa main droite et tenait maintenant sa fourchette de la gauche. Il enroulait d'ailleurs ses spaghettis avec une habileté surprenante.

— L'accès aux soins est-il si difficile à l'hôpital ou chez les généralistes locaux ? questionna-t-il en lui servant un verre d'eau.

— Vous seriez surpris de constater que bien des gens ne peuvent pas ou ne souhaitent pas avoir recours aux services habituels. Et cela par crainte de l'incompétence de certains praticiens, de leur réticence à les accueillir, ou de l'absence d'écoute. Le nouveau centre de soins est surtout destiné aux sans domicile fixe, aux migrants et aux réfugiés de toutes provenances. Et aussi aux malades du sida et aux dépendants à l'alcool et à la drogue.

— Je comprends. Et... quels sont les services que propose le centre ?

Encouragée par l'intérêt qu'il semblait accorder à ce sujet, Gina le développa avec un regain d'enthousiasme.

— Nous soignons les petites blessures, nous faisons les pansements, les vaccinations, les radios... En outre, nous traitons les problèmes de contraception et assurons la prévention des maladies sexuellement transmissibles. Nous proposons aussi des douches, des aiguilles propres, et des soins dentaires pour ceux qui n'ont pas accès aux soins. Nous disposons d'un pédicure, d'un psychologue, d'une nutritionniste et d'un service social capable de faciliter toutes sortes de démarches.

— C'est très complet, en effet.

— Quel que soit le problème de la personne qui vient les voir, ils font le point sur son état de santé et sa condition sociale. La structure est complétée par un petit hôtel qui offre quelques chambres pour de courts séjours, ainsi qu'une laverie. Il existe aussi un service d'assistance personnalisée où ceux qui ont connu toutes sortes de problèmes aident les autres. Ainsi, ils font en sorte de les sortir de la rue, de la drogue, de l'alcool, et de leur trouver un travail et un domicile.

— Tout cela me semble aller dans le bon sens, commenta Seb, sincèrement admiratif.

— C'est vrai. Une telle structure est indispensable aujourd'hui et je suis fière d'y apporter ma contribution. Je me sens déjà utile à quelque chose, même si je n'ai pas encore commencé. Si je peux améliorer, ne serait-ce qu'un peu, la condition de tous ces blessés de la vie, j'en serai heureuse.

— Ce que vous faites là est remarquable, Gina. C'est une mission importante.

— Je vous remercie. En fait, tout cela me semble si naturel...

Tandis que le repas se poursuivait en silence, Gina fut frappée par la tristesse qui affectait le regard de Seb.

— Combien de personnes travaillent dans cette structure ? questionna-t-il en se reprenant soudain.

— L'équipe de base est composée du Dr Thornton Gallagher, directeur du centre, d'un psychologue, d'une assistante sociale, et de deux infirmières auxquelles je vais me joindre.

Gina acheva son assiette de spaghettis avec délice et continua :

— Pour le moment, le centre ne dispose pas de fonds suffisants pour engager des médecins à plein temps, ni même un dentiste, aussi, ils ont recours à des praticiens bénévoles venant des hôpitaux voisins. Chacun a apporté sa pierre à l'édifice pour soutenir ce beau projet. Si le centre est un succès, ils obtiendront plus facilement des financements supplémentaires pour rémunérer d'autres intervenants.

En écoutant Gina parler avec passion de son futur emploi, Seb ne put s'empêcher de songer à son propre avenir. Depuis combien de temps n'avait-il pas senti ce feu sacré brûler en lui ? Depuis quand n'avait-il pas éprouvé la satisfaction d'apporter aux autres le bien-être dont ils avaient tant besoin ? Au cours des années passées, il n'avait connu cet accomplissement qu'avec les patients qu'il soignait à titre gratuit. Pourtant, il aimait son métier de chirurgien, mais il avait peu à peu perdu son enthousiasme, trouvant la chirurgie esthétique assez futile et bien peu gratifiante. Avec son dévouement aux autres, Gina remettait les choses à leur vraie place et revenait à l'essentiel : l'aide aux nécessiteux. Seb avait honte d'avoir gâché ses talents en vendant ses services aux plus riches. Et s'il avait perdu l'usage de ses mains, peut-être était-ce un signe du destin ?

Dieu merci, ses cicatrices s'estompaient peu à peu et ses exercices quotidiens amélioraient l'agilité de ses doigts, même si leur mobilité était encore réduite. Le plus difficile pour lui était de guérir de sa blessure suprême : devoir renoncer à la pratique de son métier.

Qu'allait-il faire de vie ? Se consacrerait-il encore à la médecine ? Sinon, que pouvait-il envisager ? Autant de questions qu'il se posait sans cesse et auxquelles il ne trouvait pas de réponse. Il avait pourtant quitté Florence pour y réfléchir. Seul sur cette île, loin des journalistes, et de son entourage trop attentif à sa détresse, il pensait trouver la quiétude pour faire face à son avenir et prendre d'importantes décisions. Hélas… À ce jour, il en était encore au point mort.

Cependant, depuis quelques jours, tout ne lui semblait pas aussi noir qu'auparavant. Certes, il savait qu'il ne pourrait plus opérer, et cette évidence ne cessait de le tourmenter. Il avait tant et tant travaillé à forger sa réputation qu'abandonner la pratique de son art était un déchirement. Mais sa rencontre providentielle avec Gina et le fait de l'entendre parler de sa passion pour son métier éclairaient son existence d'un jour nouveau. Grâce à elle, il voyait les choses autrement et d'autres domaines s'ouvraient à lui. Dieu merci, il y avait encore mille façons d'aider les autres en les soignant. D'ailleurs, son cousin Rico était tout disposé à lui confier un poste dans sa clinique, mais Seb n'en voulait pas. Ce qu'il lui fallait, c'était une « niche », une nouvelle manière d'être utile dans son domaine. Or, sans même s'en douter Gina l'avait mis sur la voie.

— Que ressentez-vous en voyant des malheureux vivre dans la rue ? questionna-t-il tout à trac. La plupart des gens diraient que ces vagabonds sont irrécupérables ou qu'ils vivent de l'argent des autres.

— Et ils auraient tort, rétorqua Gina. Les S.D.F vivent en marge de la société pour toutes sortes de raisons, et ils méritent autant que les autres nos soins et notre attention.

Repoussant son assiette sur le côté, elle s'accouda au comptoir et reprit, les yeux animés d'un nouvel éclat :

— Vivre dans la rue rétrécit votre univers, vous donne le sentiment de ne plus avoir le choix ni le pouvoir décider de votre avenir. Il vous semble que plus personne ne s'intéresse à vous. En fait, vous êtes mort aux yeux de vos semblables qui ne vous voient même plus. Or, tous les S.D.F ont besoin de notre compréhension et de notre aide, et nous avons le devoir de les secourir car ils sont des hommes et des femmes comme nous tous. Qui sait... il se pourrait qu'un jour nous nous retrouvions à leur place.

— C'est vrai, admit Seb, ému par la lucidité de la jeune femme.

Elle continua et le surprit plus encore.

— Mon père et mon grand-père ont été tous les deux chassés des chantiers navals par la récession. L'industrie était au plus bas en ce temps-là, et la vie était dure. Nous avons dû quitter notre maison pour aller vivre chez Matthew et Nonna Maria. Nous n'avions d'argent ni les uns ni les autres. Je n'avais alors que dix ans, mais je me souviens de l'angoisse de mes parents, sans cesse à la recherche d'un emploi, de leur combat quotidien pour nourrir la famille, et du sentiment d'exclusion qui pesait sur nous.

Seb sentit son cœur chavirer en voyant Gina essuyer une larme. Il prit sa main dans la sienne et l'étreignit en signe de compassion. Il se reprocha alors de ne jamais lui avoir posé la moindre question sur ses parents, sur son enfance, trop occupé qu'il était par l'attrait qu'elle lui inspirait.

— Gina…

— Un jour, ils ont entendu parler d'un emploi possible sur les chantiers navals de Tyneside, reprit-elle au terme d'un bref silence. Mes parents sont allés se renseigner sur place, mais sans résultat, et c'est au retour qu'ils ont trouvé la mort dans un accident de train.

— Oh, mon Dieu !

— C'était il y a longtemps, soupira-t-elle.

— Dès lors, ce sont vos grands-parents qui vous ont élevée ?

— Oui. Ils ont pris soin de moi, m'ont aimée comme leur propre fille et ont toujours été là pour moi, lui confia-t-elle, les yeux brillant de larmes.

Seb comprenait maintenant pourquoi Gina était si attachée à Nonna et à son mari défunt. Sans doute avait-elle le sentiment de leur devoir ce qu'elle était devenue.

— Vous êtes une fille surprenante, Gina.

— Non. Si je vous ai raconté tout cela c'est que ce genre de choses peut arriver à tout le monde. Aussi, nous n'avons pas le droit de juger les autres, de leur reprocher ce qu'ils sont. Nous ignorons ce que c'est que d'être dans la peau d'un autre.

— J'ai passé quelques années dans la rue, Gina.

Seb dit cela spontanément, sans trop savoir pourquoi. Ce n'était certes pas pour inspirer de la pitié à son invitée, mais peut-être pour qu'elle le voie avec d'autres yeux. De toute façon, elle finirait bien par apprendre qu'il était le Dr Adriani, un célèbre chirurgien mondialement connu. Il s'était fait à l'idée que les gens puissent lui tourner le dos en découvrant ses origines modestes. Dieu merci, les journalistes qui avaient pourtant fouillé dans son passé n'avaient jamais découvert les secrets de son enfance. Oncle Roberto et tante Sofia l'avaient pris sous leur protection et lui avaient donné l'amour et le bien-être dont il avait tant manqué.

Il sentit la main de Gina se resserrer sur la sienne et croisa son regard. Il devina dans ses yeux la compréhension et la gravité, mais pas une once de pitié.

— Que s'est-il passé, Seb ? Racontez-moi.

Touché par l'intérêt qu'elle lui portait et par la douceur de sa voix, il se confia sans réserve. Il lui parla de sa mère, de ces années terribles, autant de choses qu'il n'avait jamais dites à personne. À l'exception de Rico, bien sûr. Et encore, son cousin lui-même ne savait pas tout.

— Mon père est mort d'un anévrisme à l'aorte alors que j'étais encore très jeune. Craignant que la famille de son mari vienne me chercher, ma mère s'est enfuie avec moi la nuit même du décès de papa.

Seb s'interrompit et ferma les yeux en se souvenant de cette rupture si soudaine avec son univers familier. Il reprit son récit sans oser lever les yeux vers Gina.

— Ma mère était instable, dépressive et paranoïaque. Elle buvait beaucoup, prenait toutes sortes de drogues. Nous vivions au jour le jour, allant d'un endroit à l'autre, et elle se vendait pour acheter de quoi manger et sa dose quotidienne de stupéfiants.

— Quelle misère !

Gina ne put réprimer un soupir de compassion. Elle quitta alors sa place et vint auprès de Seb qu'elle enlaça tendrement. Emu par son geste, il enfouit son visage dans ses longs cheveux, et le parfum qui en émanait fut pour lui un indicible réconfort.

— Mais alors, comment viviez-vous ? questionna-t-elle dans un murmure.

— Ma mère vivait tantôt avec un homme, tantôt avec un autre, au hasard de ses rencontres. Le plus souvent des dealers qui lui fournissaient la drogue dont elle avait besoin. Certains toléraient ma présence, d'autres non. Parfois nous restions quelques jours au même endroit, mais, quand les choses se gâtaient avec ses amants, ma mère me prenait sous son bras et nous allions ailleurs. Un jour, alors que nous menions cette vie d'errance depuis près de trois ans...

Seb hésita à poursuivre tandis que les images de cette sombre journée lui revenaient à la mémoire. Elles étaient toujours aussi nettes dans son esprit alors que la scène remontait à plus de vingt ans.

— Ma mère avait bu plus que d'habitude et avait sans doute pris trop de drogue... À mon réveil, je l'ai trouvée morte auprès de moi sur le parquet du squat où nous avions trouvé refuge.

Gina resserra son étreinte et il sentit sa joue humide de larmes se presser tout contre la sienne.

— Juste ciel! Quel âge aviez-vous, Seb?

— Onze ans. Soudain, je me suis senti seul et désemparé. Je ne connaissais personne et ne savais où aller. Cependant, j'avais appris à survivre dans la rue, à trouver les restaurants qui me donnaient un petit job en échange des restes de leurs clients. Je repérais toujours un abri où passer la nuit et je me nourrissais aussi avec les légumes délaissés sur les marchés. Certaines boulangeries jetaient du pain et les pizzerias me donnaient quelques restes.

— Donc, personne ne s'occupait de vous?

— Non. D'ailleurs, je n'aurais pas accepté. J'étais un enfant sauvage, livré à lui-même et me méfiant de tout le monde. Toutefois, contrairement à la plupart des gosses des rues, je me tenais à l'écart des bandes et de la drogue. Je passais des heures dans les librairies, je m'introduisais dans les musées où je trouvais refuge au plus fort de l'hiver. À défaut de nourrir mon estomac, je nourrissais mon esprit!

— Mais alors, comment vous en êtes-vous sorti? s'enquit Gina, les cils perlés de larmes.

— Par bonheur, si j'ose dire, je suis tombé malade. Intoxication alimentaire. Un prêtre m'a trouvé dans la rue, à demi conscient, et m'a conduit dans une clinique tenue par des religieuses.

Il hocha tristement la tête et reprit :

— Tout ce que j'ai pu leur dire, c'était mon nom.

Seb prit les mains de Gina dans les siennes et les baisa avec ferveur. Elle en ressentit un frisson à la fois troublant et délicieux.

— La sœur de mon père et son mari, que je ne connaissais pas, étaient à ma recherche depuis longtemps et faisaient circuler ma photo dans tout le pays. L'une des sœurs m'a reconnu et les a appelés. Oncle Roberto et tante Sofia sont venus me chercher dans cette clinique et m'ont emmené chez eux où j'ai fait la connaissance de leur fils Ricardo, un garçon de mon âge.

— Dès lors vous étiez sauvé.

— Oui. Mais très marqué par mes années d'errance. J'étais craintif, sauvage, mais ils ont eu la patience de m'apprivoiser et de me réapprendre à vivre. Il leur a fallu beaucoup de temps et d'amour.

Seb demeura silencieux un long moment, songeant à cette période heureuse après l'univers de la rue et son âpreté. Il n'avait alors qu'une idée en tête : manifester chaque jour sa générosité à ses hôtes pour les remercier de leur hospitalité. Son cousin Rico était devenu son ami, son confident, et l'aidait à ses devoirs pour rattraper le temps perdu. Ils avaient tout fait ensemble, jusqu'à leurs études de médecine. Seb avait eu à cœur de réussir afin de prouver à son oncle et à sa tante qu'ils avaient eu raison de croire en lui. Il tenait aussi à se prouver à lui-même qu'il voulait survivre, vaincre ses années de détresse, récompenser ses hôtes des sacrifices qu'ils faisaient pour l'élever. Ce que Seb n'avait pu imaginer, c'est que son passé d'enfant des rues l'affecterait toute sa vie et qu'il se confierait pour la première fois à une femme, comme il ne l'avait jamais fait.

— Voilà toute ma vie dans ses plus sordides détails, Gina, conclut-il, s'efforçant de dissimuler ce sentiment de vulnérabilité qui l'habitait encore.

— Une bien rude épreuve, Seb, murmura-t-elle en étreignant sa main. Ce n'était pas facile à raconter, et je suis flattée que vous m'ayez confié tout cela. Votre passé est une part de vous-même. Il a contribué à vous construire et a fait de vous ce que vous êtes aujourd'hui. Vous pouvez être fier de vous, de ce que vous avez accompli.

Si ces confidences avaient valeur de test pour Seb, Gina semblait les avoir accueillies favorablement et il en sortait probablement grandi aux yeux de la jeune femme.

Il lui fallut un moment pour se remettre de cette épreuve. Il avait besoin d'être seul. Alors il délaissa la main de Gina, puis se leva pour débarrasser la table et mettre les assiettes dans l'évier.

— Allez sur la terrasse pour profiter du paysage, conseilla-t-il en espérant qu'elle y consentirait. Je vais ranger tout ceci, ensuite je vous reconduirai chez la *signora* Mancini.

Comme elle ne répondait pas, il retint son souffle.

— D'accord. Merci pour ce repas, Seb. Tout était délicieux.

À peine avait-elle quitté la pièce qu'il remplit un verre d'eau glacée et l'avala d'un trait. En fait, malgré son désir d'être seul quelques instants, Gina lui manquait déjà. Il n'avait pas envie de la raccompagner chez sa logeuse et ne désirait qu'une chose : passer la nuit ici avec elle. Il avait besoin de la chaleur de ses bras, de la douceur de sa peau, de son parfum, déjà si familier.

Que lui arrivait-il ? Jamais jusque-là il n'avait éprouvé ce désir immédiat pour une femme. Oui, il la désirait ! Mais c'était beaucoup plus qu'un attrait physique, même si cela en avait toutes les apparences. Gina l'avait accepté tel qu'il était. Pour elle, il était Seb, tout simplement. Son passé n'y changeait rien. Elle voyait en lui l'homme qu'il était aujourd'hui, même s'il avait été façonné par un passé difficile. Pourtant, il se sentait un peu coupable de ne pas lui avoir tout avoué. Mais, en aurait-il le courage ? Quelle serait la réaction de Gina si soucieuse de venir en aide aux plus démunis quand elle apprendrait qu'il avait été le chirurgien des riches ? Assurément, elle le verrait sous un autre jour et le jugerait durement, tout comme il se jugeait lui-même. Entre le célèbre praticien qu'il avait été et la future infirmière d'un centre social, le fossé était immense. Voilà qui risquait fort de changer radicalement leurs rapports...

En proie à une terrible confusion et cependant soucieux de garder Gina auprès de lui, Seb délaissa la vaisselle et la rejoignit sur la terrasse.

Accoudée à la balustrade qui donnait sur la mer, Gina songeait à la confession de son hôte. Déjà le crépuscule faisait place à la nuit et la clarté de la lune jouait avec la crête des vagues. La sombre silhouette du Trident de Neptune se dressait dans la baie, à l'écart du croissant de sable blanc que formait la plage.

Gina avait le cœur serré en pensant à l'enfance de Seb. Privé de la quiétude d'un foyer à la mort de son père, effrayé par le comportement imprévisible de sa mère et la vie erratique qu'elle lui imposait, il avait cependant survécu à toutes ces épreuves. Fallait-il qu'il ait eu en lui la force de s'en sortir ! Il devait aussi beaucoup à son oncle et sa tante, qui l'avaient recueilli pour lui donner un foyer, un avenir, et beaucoup d'amour.

Ce que Gina ignorait encore, c'était la raison pour laquelle il était sur cette île, comment il était arrivé là, et pourquoi il se comportait en gardien de la villa.

Sans même se retourner, elle sentit que Seb approchait derrière elle et fut parcourue d'un frisson avant qu'il ne la touche. Enfin, il posa les mains sur la balustrade et l'emprisonna dans ses bras. Au contact de son corps, une flamme de désir monta en elle, tandis que le souffle chaud de Seb lui caressait la nuque. La tiédeur de ses lèvres sur son épaule nue raviva le désir qui l'envahissait et elle ne put réprimer un gémissement de plaisir.

Cédant à son impatience, elle se retourna vers lui et fut saisie par l'intensité de son regard. Seb lui caressa la joue d'un geste tendre, puis sa main se glissa sur sa nuque et il prit ses lèvres avec passion. Elle répondit à son baiser avec la même ferveur tandis qu'il la prenait par la taille pour l'attirer à lui et donner plus de force à leur étreinte. Leur baiser se fit plus insistant, et elle se fondit en lui dans un indicible sursaut de désir.

Ils ne se séparèrent que pour reprendre leur souffle et apaiser un peu le battement de leurs cœurs.

— Je crois... que nous allons un peu vite, Gina, suggéra-t-il, le souffle court.

— Oui. C'est de la folie.

— Ce qui nous arrive est incroyable.

— Incroyablement magique !

— Je n'ai jamais rien ressenti de tel avec aucune autre femme, *tesoro*. C'est étrange, mais dès que je vous ai vue j'ai compris que j'étais perdu. C'était comme si je n'attendais que vous.

— Seb... c'est aussi ce que j'ai éprouvé en vous voyant.

— Vous embrasser est un miracle, murmura-t-il en butinant ses lèvres. Votre bouche a un goût de miel. Mais maintenant, j'ai besoin de sentir votre corps sous mes doigts, de m'enivrer du parfum de votre peau. Je vous désire, Gina...

— Oh, mon Dieu..., balbutia-t-elle, imaginant déjà leurs corps nus enlacés dans une folle étreinte.

Seb la souleva et l'assit sur la balustrade. Ses mains glissèrent le long des jambes gainées du jean collant et remontèrent sous le corsage. Gina noua ses jambes autour de la taille de Seb et se fondit en lui, découvrant soudain toute l'ardeur de son désir d'homme. Alors, elle prit son visage dans ses mains et dévora ses lèvres avec délice. Elle avait si faim de lui !

Déjà, Seb s'affairait sur les petits boutons de nacre du corsage et elle frémissait d'impatience au contact de ses doigts. Captivée par les baisers qu'ils échangeaient, c'est à peine si elle se rendit compte qu'elle était à demi nue. Mais lorsque Seb cueillit ses seins dans ses mains elle renversa la tête en arrière avec un murmure de plaisir.

— Oh, oui ! gémit-elle embrasée par ses caresses.

Tandis que la brise du soir les enveloppait, Seb titilla des lèvres la pointe d'un sein qui se dressa sous l'effet du plaisir.

— Oh, Seb ! Comme vous me faites du bien !

Au contact de sa bouche en feu, ce fut comme une vague qui l'emportait au loin. Elle en oubliait tout et s'abandonnait sans réserve tandis que Seb l'enlaçait plus étroitement, ravivant le désir qui l'embrasait comme une brindille de paille.

— Gina... vous êtes si belle, si ardente, si désirable..., murmura-t-il en couvrant de baisers sa gorge offerte.

Il l'attira plus étroitement à lui et ajouta dans un souffle :

— Voyez ce que vous faites de moi. Comment renoncer à vous faire l'amour ?

Jamais elle ne s'était sentie désirée à ce point. Jamais elle n'avait éveillé chez un homme une telle ardeur. Dans sa hâte à se donner à lui, chaque seconde qui s'écoulait ravivait son impatience.

De nouveau elle sentit les lèvres de Seb sur la pointe de son sein et l'élan de sensualité qu'elle en éprouva fut comme une torture supplémentaire. Malgré la fraîcheur du soir elle sentait courir sur sa peau une brise brûlante. Soudain, le feu du désir se fit plus intense en elle.

— Gina, je vous en prie, restez avec moi ce soir.

— C'est impossible. Il faut que je rentre. Souvenez-vous, c'était entendu ainsi.

Il aurait pu la prendre dans ses bras et la déposer sur son lit sans plus attendre pour lui faire l'amour jusqu'à l'aube. Elle le savait. Ils étaient tous deux possédés par le même désir. Un désir qu'ils ressentaient à présent comme un déchirement, une souffrance. Hélas, Seb lui avait promis de la libérer, et la retenir eût été une offense.

Il l'enlaça tendrement comme pour apaiser le feu qui les consumait tous les deux. Alors, sans un mot, il l'aida à remettre son corsage et le boutonna lui-même, à contrecœur. Quand ce fut fait, il prit son visage dans ses mains et vit s'éteindre dans ses yeux les dernières étincelles de désir.

— Je vais vous reconduire, Gina, proposa-t-il en la prenant par la taille pour l'aider à descendre de la balustrade.

Un coup de vent parcourut la terrasse et il sentit la jeune femme frissonner sous ses mains.

— Vous avez froid ?

— Peut-être parce que nous allons nous quitter ?

— Venez vite. Allons à la voiture.

Tout au long du trajet, il fut tenté de l'embrasser de nouveau, mais trouva la force d'y résister, sans trop savoir comment.

Arrivés devant la maison de la logeuse, Seb insista pour accompagner Gina jusqu'à la porte.

— Comment puis-je vous laisser seule cette nuit ? chuchota-t-il en effleurant ses lèvres.

— Il le faut, Seb. La *signora* Mancini m'attend. J'ai promis de lui donner des nouvelles de Nonna dès mon retour. Et puis… je dois faire mes bagages.

— Promettez-moi une chose…

— Quoi donc ?

— De m'appeler ou de m'envoyer un S.M.S. à n'importe quelle heure de la nuit si vous avez besoin de vous confier. S'il le faut je viendrai vous chercher.

— Eh bien… je…

— Promettez-le moi, Gina.

Elle esquissa un sourire et murmura en lui caressant la joue :

— Promis.

— Merci, *tesoro.*

— C'est à moi de vous remercier, Seb. Pour Nonna et pour cette merveilleuse journée.

— Il n'y a pas de quoi, Gina chérie. Je ferai tout ce que je peux pour vous et pour Maria, vous le savez.

— Seb…

Elle se hissa sur la pointe des pieds et lui tendit ses lèvres. Il les prit avec délice sans se demander s'il aurait la force de mettre fin à cette ultime étreinte.

— Rentrez, Gina, souffla-t-il en la libérant malgré lui. Rentrez avant que je change d'avis. Je viendrai vous chercher demain matin à la première heure.

— À demain, donc.

Ils échangèrent un dernier regard, comme un ultime éclair de désir inassouvi, puis la porte se referma doucement, laissant Seb désemparé.

Il resta un moment appuyé au chambranle, incapable de quitter les lieux, comme attiré vers Gina par une force incontrôlable, un mystérieux magnétisme.

Avant de reprendre le volant, il demeura songeur quelques instants et revit les seins de Gina offerts à ses baisers. Le parfum de ses lèvres flottait encore sur les siennes comme un précieux souvenir, un philtre d'amour éternel.

Demain, peut-être, elle se donnerait à lui, et ils s'uniraient alors dans l'élan de passion qui les animait.

6

Le lendemain, Gina et sa grand-mère s'installèrent à la villa, comme prévu. Assise sur le lit, la jeune femme attendit que Nonna – locataire de la chambre d'amis – s'endorme pour sa sieste. Bien calée dans ses oreillers, la convalescente respirait convenablement, signe que l'infection était sur le déclin.

Gina avait très peu dormi, tout comme Seb qui s'était présenté à sa porte aux premières lueurs du jour. Si la nuit les avait séparés, le long baiser brûlant aussitôt échangé témoignait de leur joie de se revoir.

Au retour de l'hôpital, ils avaient fait une courte halte à la pharmacie pour les médicaments de Maria. Gina en avait profité pour se munir d'huiles essentielles à l'intention de Seb. Quant à lui, il avait fait l'achat de préservatifs, ce qui n'avait pas échappé à Gina. Elle s'en était réjouie en secret. La promesse d'étreintes à venir avait réveillé en elle un désir à peine assoupi.

Laissant sa grand-mère se reposer, elle prit son sac avant d'aller rejoindre Seb. Elle le trouva dans le grand salon de la villa, allongé sur le canapé de cuir blanc, parcourant un magazine sportif.

— Comment se porte Maria ? questionna-t-il.

— Elle vient de s'endormir. Tout va bien maintenant.

Elle s'avança vers lui et s'assit sur le tapis persan au pied du canapé.

— Puis-je ? murmura-t-elle en lui prenant la main.

Elle examina sa blessure, puis fouilla dans son sac à la recherche des produits achetés à son intention.

Comme elle ôtait la capsule d'un flacon, il leva les yeux de sa revue.

— Que faites-vous ?

— Ce sont des huiles essentielles à base de camomille et de lavande. Elles ont le pouvoir de calmer la douleur, ainsi que des propriétés cicatrisantes et anti-inflammatoires.

De nouveau, elle prit sa main dans la sienne et commença les massages sur la paume et la base du pouce. Elle passa ensuite au bras et suivit le tracé de la cicatrice d'un geste doux et caressant.

Seb parut se détendre et le rythme de sa respiration se ralentit notablement. Ces massages que Gina pratiquait régulièrement sur ses patients n'avaient jamais eu un tel effet sur elle. Ce contact intime avec Seb l'échauffait de façon singulière.

— Gina...

En levant la tête vers lui, elle surprit dans ses yeux une lueur de désir. Son cœur chavira soudain, et, tandis qu'elle continuait les massages, les doigts de Seb s'enroulèrent autour des siens. Il se pencha vers elle et captura ses lèvres avec gourmandise. Gina allait s'abandonner quand ils entendirent la porte d'entrée s'ouvrir et quelqu'un appeler.

— Seb !

Seb la libéra à regret et se releva à l'instant où Evelina Gilletti faisait irruption dans la pièce.

Petite et rondelette, les cheveux poivre et sel coupés court, Eveline portait bien la soixantaine. Seb l'avait toujours vue dans la villa où elle venait faire le ménage deux fois par semaine. C'était une femme enjouée qui, en dépit de son bavardage incessant, était d'une discrétion parfaite. Elle vivait dans le voisinage avec son mari et ses nombreux enfants. Toujours soucieuse de rendre service, elle passait régulièrement à la villa afin de s'assurer que l'occupant n'avait besoin de rien.

— Comment allez-vous, Evelina ?

— Très bien, Sebastiano, je vous remercie.

La femme considéra Gina d'un œil intrigué en ajoutant :

— Vous pourriez peut-être me présenter ?

— Gina, voici Evelina, qui veille en permanence sur cette maison et en prend le plus grand soin.

Gina la salua d'un simple hochement de tête, tandis que la femme de service développait en détail ses diverses attributions.

— Oh, à propos, suggéra Seb, vous pourriez peut-être tenir compagnie à la grand-mère de Gina qui est aussi mon invitée.

— Oh, bien sûr ! répondit-elle avec un empressement évident. Ainsi nous pourrons bavarder. Avec moi, cette dame ne risque pas de s'ennuyer, je vous assure.

Seb sourit en se disant que leur conversation risquait fort de se réduire à un monologue.

— Je sais par la *signora* Mancini que votre grand-mère a été malade, *signorina*. Comment va-t-elle ?

— Beaucoup mieux, je vous remercie. Pour le moment elle se repose.

— *Bene*. Je vais préparer le repas et veiller sur elle. Pendant ce temps, profitez-en pour aller vous balader, jeunes gens.

— Voilà une bonne idée, intervint Seb, tout heureux à l'idée d'être enfin seul avec Gina. Si nous allions nous baigner ?

— Oh, oui ! Donnez-moi juste le temps de me préparer, conclut la jeune femme. Merci, Evelina.

Gina réapparut quelques minutes plus tard dans une jolie robe d'été à fleurs et coiffée d'un chapeau de paille.

— Prête, *tesoro* ? questionna Seb, son drap de bain sous le bras.

— Prête.

Les yeux pétillants, elle lui tendit la main et il l'entraîna vers la terrasse sous le regard attendri de la femme de service.

Ils descendirent les marches qui menaient à la plage de sable fin, aussi impatients l'un que l'autre de partager ce moment d'intimité.

Seb ôta en toute hâte son jean et ses mocassins, puis courut vers la mer sans plus attendre.

Il se retourna avant d'entrer dans l'eau et vit la robe de Gina glisser à terre.

Dio !

Il fut comme magnétisé par la sensualité de ce corps de femme doté de tous les appas sous un Bikini suggestif. Ces longues jambes dorées au soleil, ces seins généreux, et ce léger renflement à la jonction des cuisses, tout cela lui était promis comme une offrande.

Comment résister à Gina ?

Comme elle s'avançait vers la mer, elle sentit sur elle le regard insistant de Seb. Il la voyait en Bikini pour la première fois et semblait fasciné, à en juger par la lueur de convoitise qui brillait dans ses yeux.

L'eau avait la clarté du cristal et surprenait par sa tiédeur.

— Allons vers le rocher ! lui cria-t-il en se jetant à l'eau. Elle plongea à son tour, fit quelques brasses vers le large puis se laissa flotter à la surface de l'eau pour profiter du soleil.

Elle rejoignit Seb à quelques brasses du Trident de Neptune, puis s'allongea de nouveau sur les vagues avec délice.

Les yeux fermés, elle s'offrait aux rayons ardents de septembre, écoutant le clapotis de l'eau sur les rochers. Tandis qu'elle savourait ce moment de quiétude, elle sentit les mains de Seb se refermer sur ses chevilles. Alors, il l'entraîna insensiblement vers le rivage, et elle ne fit rien pour s'y opposer. Bientôt, ils s'échouèrent ensemble sur le sable, et s'abandonnèrent au farniente.

Gina tourna discrètement la tête vers son compagnon. Sur sa peau cuivrée scintillaient des myriades de gouttelettes d'eau, comme le jour où elle l'avait vu pour la première fois sur cette même plage. Elle se souvint que Neptune était associé aux chevaux, aux dauphins, mais aussi aux raz de marée et… aux tremblements de terre. En vérité, sa rencontre avec Seb s'apparentait à un séisme. En bouleversant ainsi son existence, il lui donnait la sensation de renaître à la vie.

Ses cheveux de jais brillaient sous le soleil qui soulignait les traits de son visage ombré d'une barbe naissante. Seb tourna les yeux vers elle et lui prit la main. Elle soutint son regard de feu et malgré elle entrouvrit les lèvres pour accueillir son baiser. Soudain, elle fut comme emportée par une énorme vague.

Leur baiser se fit plus intense de sorte que Gina en oublia toute réserve. Elle parcourut le corps de Seb de ses mains avides, dessinant les muscles de ses bras, les contours de ses épaules, avant de l'enlacer étroitement. Ils se mêlèrent dans une folle étreinte, traçant sur le sable l'empreinte de leur passion.

Prisonnière de ses bras, elle prit bien vite conscience de son désir d'homme. Son Bikini n'offrait en effet qu'un rempart dérisoire aux assauts de cet homme passionné. Gina goûtait la saveur de ses lèvres, les titillait du bout de la langue, tandis que la pointe de ses seins se dressait au contact de cette poitrine d'airain.

Elle était au seuil de l'extase. Seb parcourait son corps de ses mains caressantes, s'attardant volontiers au creux de ses reins et à la naissance des cuisses où palpitait la source du désir.

— Laissez-moi vous aimer, Gina, murmura-t-il tout en butinant ses lèvres.

Elle s'ouvrit à lui sans un soupçon d'hésitation et ne put réprimer un gémissement de plaisir au contact de ses doigts.

Brusquement, elle se souvint qu'ils étaient sur la plage et se redressa.

— Seb ! Pas ici.

— Ne craignez rien, *tesoro*. Personne ne peut accéder à cette plage. Nous sommes seuls au monde !

Dès lors, les caresses reprirent et Gina céda sans retenue aux délices qu'elles lui procuraient.

— Oh, Seb...

Son souffle s'accéléra tandis qu'elle s'offrait avec volupté à la magie de ces caresses intimes. Elle avait oublié combien c'était bon. En fait, elle n'avait jamais vibré aussi intensément sous les doigts d'un homme. Seb était un magicien. Il avait su trouver ce point précis qui irradiait tout son corps de sensations ineffables. Gina l'attira à elle dans un sursaut de plaisir et se rendit sans condition, s'abandonnant à une exquise béatitude. Totalement désinhibée, elle prit son envol vers sa liberté de femme retrouvée.

— Oh, merci, Seb... c'était si doux, si délicieusement long...

Il continua à la caresser doucement et ce fut pour elle un merveilleux apaisement après l'extase.

Jamais elle n'avait éprouvé un tel plaisir, et le fait de s'être abandonnée aux caresses de Seb augmentait le désir qu'elle avait de lui. Gina se sentait prête à l'accueillir en elle, et ce moment viendrait, elle le savait. Elle n'avait qu'une idée en tête : lui donner autant de plaisir qu'il lui en avait donné.

Elle entreprit alors de le caresser et glissa audacieusement la main sous son short pour raviver son désir. Elle aimait cette sensation sous ses doigts, cette tension née de leurs étreintes, et imaginait déjà ce que serait le plaisir de se donner à lui.

— Non, Gina...

— Seb, laissez-vous faire. Je le veux.

Accordant à Gina les libertés auxquelles elle avait consenti pour lui, Seb s'abandonna à ses caresses. Il n'aurait jamais cru aller aussi loin avec elle en si peu de temps. Elle était si prompte à répondre à ses ardeurs qu'il allait de surprise en surprise. S'il l'avait menée à l'extase par de simples caresses il devinait les promesses de leurs étreintes à venir.

Sous les doigts de Gina, il s'abandonna. Il n'avait jamais connu de femme aussi experte à ce petit jeu. Son cœur battait à tout rompre et chaque fibre de son corps vibrait comme les cordes d'une harpe. Elle l'encourageait de telle sorte en couvrant sa poitrine de baisers qu'il parvint très vite au seuil du plaisir suprême.

Après un ultime enlacement de leurs corps alanguis, Seb et Gina s'élancèrent ensemble dans les vagues comme pour apaiser leurs ardeurs.

L'attrait qu'il ressentait pour la belle Écossaise n'était pas seulement physique. En quelques jours, il avait profondément changé à son contact. Il se sentait meilleur quand il était auprès d'elle, plus ancré dans les réalités de la vie. Il n'osait imaginer ce que serait son existence quand elle ne serait plus là, aussi profitait-il de tous ces instants passés avec elle.

— Gina, si vous saviez comme je suis impatient de vous faire l'amour, avoua-t-il en la prenant par la taille. Je veux explorer votre corps afin qu'il n'ait plus de secrets pour moi.

— Seb...

— Oui, je vous désire, j'ai besoin de vous. Viendrez-vous me retrouver ce soir ?

— Oui...

Gina eut l'étrange sentiment que Seb lui avait arraché cette réponse. Soudain, elle eut peur. Ne devait-elle pas reprendre ses esprits et mettre un frein à ses élans de sensualité ? Certes, elle ne pouvait oublier la magie de ces instants passés avec Seb. Il avait réveillé en elle son ardent besoin d'affection... En vérité, elle avait besoin de lui. Il l'avait délivrée de sa prison de solitude, révélée à sa féminité et capturé son cœur... Mais était-ce bien sage de s'offrir à lui ?

De retour à la villa, ils trouvèrent Maria installée sur la terrasse en compagnie d'Evelina, plus bavarde que jamais.

Après le dîner, Maria manifesta le désir d'aller se coucher et Gina l'aida à se lever.

— Je viendrai te souhaiter une bonne nuit, promit-elle en lui donnant un tendre baiser.

Avant d'aller voir sa grand-mère, Gina se rendit dans sa propre chambre, cherchant ce qu'elle allait mettre pour la nuit. Sa décision était prise, elle irait rejoindre Seb.

À cette seule idée un frisson de plaisir parcourut tout son corps. Elle choisit ce qu'elle avait de plus sexy : des dessous de dentelle noire sur lesquels elle enfila une robe légère.

Bien calée dans ses oreillers, Nonna l'accueillit avec un sourire et lui fit signe d'approcher.

— Merci d'être si bonne avec moi, ma chérie, murmura la vieille dame. On dirait que tu es heureuse ici, et je suppose que notre hôte n'est pas étranger à ton bonheur.

— C'est vrai, admit-elle en baissant les yeux.

— Allons, *ragazza mia*, va vite le retrouver. Je suis sûre qu'il s'ennuie déjà sans toi.

— Bonne nuit, Nonna.

En sortant de la chambre, Gina aperçut Seb au fond du couloir et son cœur chavira. Torse nu, une serviette de toilette nouée autour de la taille, il lui souriait. Le désir brillait déjà dans ses yeux.

Il lui tendit la main et elle se laissa conduire sans un mot.

— Vous n'avez pas changé d'avis, Gina ?

— Comme vous le voyez. Et vous ?

— Pas le moins du monde.

Elle leva les yeux vers lui et eut l'étrange sensation que son cœur cessait de battre. Désormais, elle ne pouvait plus renoncer.

— Seb...

Il prit son visage dans ses mains et posa sur elle un regard tendre.

— Un peu nerveuse, n'est-ce pas ?

— Un peu, admit-elle.

Elle fixa avec angoisse la porte de la chambre qu'il avait pris soin de fermer à clé et se raidit soudain.

— Je...

— Détendez-vous, Gina. Nonna ne peut pas nous entendre.

Elle se demanda comment il pouvait en être aussi sûr. Peut-être avait-il déjà accueilli d'autres femmes ?

— Vous me trouvez bien affirmatif, n'est-ce pas ? questionna-t-il comme s'il lisait dans ses pensées.

— Seb...

— Soyez rassurée. À part Evelina, pas une femme n'est entrée dans cette maison avant vous.

Gina soutint son regard quelques instants. Il lui parut sincère.

— Vous savez que... je n'ai pas eu de liaison depuis longtemps. Je ne voudrais pas vous décevoir.

— *Tesoro...* Vous êtes la femme la plus ardente que je connaisse, lui confia-t-il dans un murmure.

Il dénoua sa tresse d'un geste délicat, puis enfouit ses doigts dans ses longs cheveux qui s'étalèrent sur ses épaules. Alors, elle se blottit tout contre lui et se sentit rassurée dans le refuge de ses bras.

Elle était si bien qu'elle en oublia tout. Dans le silence de la chambre, elle entendit sa robe glisser à terre et sentit sur sa peau le souffle chaud de Seb.

— Comme vous êtes belle, chuchota-t-il en soulignant de l'index la naissance de sa gorge.

Il la souleva dans ses bras, la déposa sur le lit, puis acheva de la dévêtir. En un clin d'œil, Gina fut délivrée de son slip et de son soutien-gorge de dentelle noire et se sentit soudain très vulnérable. Alors, elle vit son compagnon dénouer la serviette qu'il portait à la taille et mesura d'un coup d'œil l'ardeur de son désir d'homme.

Gina s'embrasa en un instant. Bientôt, elle serait entièrement à lui !

Sous les caresses de Seb elle connut cette lente ascension du désir, ces prémices qui laissent sur la peau d'une femme des sensations durables quand les corps s'alanguissent. Ce fut comme une promesse de délices à venir, une attente exquise, un plaisir sans cesse renouvelé qui la rendait à chaque instant plus impatiente, plus exigeante.

Capable de toutes les audaces, Gina renversa Seb sur le lit, le chevaucha telle une audacieuse amazone et prit sauvagement ses lèvres. Profitant de l'avantage de sa position, elle explora son corps de sa bouche en feu.

Ainsi, elle dessina du bout de la langue le contour de ses tétons d'un rose brun, descendit au niveau du nombril tout en caressant de ses longs cheveux ce torse ambré.

Seb était plus ardent qu'un volcan en éruption. Il était au seuil de l'extase. Le contact intime avec ce corps de femme, les caresses qu'elle pratiquait d'une main experte lui faisaient perdre la tête.

— Non Gina, pas encore, je vous en prie, supplia-t-il soudain, au comble de l'excitation. Je vous désire trop...

D'un geste hésitant, il chercha sur la table de chevet la poche de la pharmacie, préleva un petit sachet et entreprit de l'ouvrir. Gina rit de sa maladresse et s'en saisit. Elle l'ouvrit en un clin d'œil et en sortit un préservatif. Alors, d'un geste habile, elle l'aida à le dérouler...

— Assez, Gina ! pourquoi me torturez-vous ainsi ? gémit Seb en la renversant à son tour, avant de prendre ses lèvres.

Jamais Gina ne s'était sentie désirée à ce point, dévorée de baisers et de caresses dans un accès de sensualité brûlante. Elle enfouit ses mains dans les cheveux de son amant et s'arc-bouta pour mieux s'offrir à lui, prête à le recevoir en elle.

Seb parcourait de ses lèvres ce corps vibrant de toute l'ardeur du désir, s'attardant volontiers sur les seins dont les pointes dressées faisaient ses délices. Le feu au creux du ventre, Gina le suppliait, se tendait vers lui plus encore, incapable d'endurer plus longtemps ce supplice.

— Seb... je t'en prie...

Mais il la fit attendre encore, effleurant de ses doigts cette toison soyeuse sous laquelle palpitait la source de la féminité. Alors, Gina noua ses jambes autour de la taille de son partenaire, l'encourageant ainsi à la prendre sans délai.

— Gina, je veux que ton corps n'ait plus de secrets pour moi, je dois en savourer la moindre parcelle, m'enivrer de son parfum...

— Seb, que tu es cruel, gémit-elle dans un ultime sursaut de désir.

— Promets-moi que la prochaine fois nous prendrons notre temps.

— Promis, mon amour.

Enfin, elle l'accueillit en elle avec délice, goûtant à l'indicible plaisir d'être intimement unie à un homme. Jamais elle n'avait rien éprouvé d'aussi glorieux que cette union charnelle, ce bonheur de se donner quand le désir devient intolérable.

Cet instant était magique, ardent, délicieusement violent.

Les mains nouées sur les reins de Seb, Gina l'attirait plus étroitement à elle, épousant le va-et-vient de son corps, rythmant chaque mouvement d'un murmure amoureux. Cette exquise brûlure qui pénétrait en elle et enflammait son corps tout entier était le plus doux des supplices. Vague après vague, elle se laissa doucement emporter jusqu'aux sommets du plaisir. Par moments, d'un coup de reins, Gina se faisait plus exigeante, réclamait plus encore, s'agrippait aux épaules de son amant, comme s'ils ne devaient jamais plus être séparés.

Les mains enfouies dans la chevelure de Gina, Seb louait sa beauté dans la langue de Dante, celle des amants éternels. Il lui disait combien elle était ravissante, ardente, et agrémentait son discours d'un nouvel assaut, l'invitant à s'ouvrir à lui plus encore.

— Seb, je t'en prie, maintenant !

Il chercha ses lèvres et les prit sauvagement. Ils connurent l'extase dans un même cri, puis leurs corps alanguis se séparèrent lentement dans les derniers spasmes du plaisir.

Seb l'enlaça tendrement et, tandis que leur souffle s'apaisait, il recueillit une larme sur la joue de Gina.

— Tu es à moi, *Gina mia*, murmura-t-il en glissant sa main sous sa nuque pour l'attirer à lui.

Alors, elle noua ses mains autour de sa taille comme pour le retenir prisonnier.

Désormais, il était à elle !

Le sommeil les emporta et ils demeurèrent longtemps enlacés dans le souvenir du plaisir partagé.

— Seb, ne m'abandonne pas ! supplia-t-elle en s'éveillant.

— Je suis là, mon amour, murmura-t-il en se relevant pour la contempler dans tout l'éclat de sa beauté.

Il avait sous les yeux une femme amoureuse, heureuse de l'avoir accompagné dans cette lente ascension qui précède l'acte d'amour.

Sa femme !

Il parcourut son corps de ses lèvres brûlantes, espérant l'éveiller de nouveau au plaisir.

— Seb... je ne peux pas...

— Gina, tu ne peux pas me dire non alors que ton corps dit oui !

Il sut poser ses lèvres aux endroits les plus sensibles de sorte que, peu à peu, il réveilla le désir de son amante. Et, quand elle fut conquise, il se glissa de nouveau en elle. Elle était toute prête à l'accueillir.

— Seb ! Oh oui…

Elle l'enlaça avec ferveur et le retint prisonnier.

— Patience, *amore mia*.

Il la dévora de baisers, prolongeant à plaisir l'exquise torture qui précède l'épanouissement des sens.

Enfin, il lui fit l'amour avec une ardeur insoupçonnée après leurs étreintes de la nuit. Leur plaisir assouvi, ils s'endormirent enlacés, tels deux amants que rien ne pourra jamais désunir.

Seb s'éveilla le premier, plus heureux de vivre qu'il ne l'avait été depuis longtemps. Désormais, il ne pourrait supporter de passer une autre nuit sans Gina. Elle lui avait fait l'amour comme aucune autre, et il en était encore bouleversé.

Cependant, il ne lui avait pas encore révélé tout son passé et courait ainsi le risque de la perdre. Si Gina était la femme la plus ardente aux jeux de l'amour et savait s'abandonner sans réserve, elle était également authentique et exigeante. Aussi, il n'avait pas le droit de la décevoir.

Désormais, il savait tout de son corps. Les endroits les plus secrets tels que la naissance de sa gorge, les pointes de ses seins, le creux de ses reins tatoué d'un dauphin, et ce refuge soyeux du plaisir…

Il n'aimait rien d'autre qu'échanger des caresses avec elle.

Gina lui avait ouvert les yeux, lui avait rendu le goût de la vie en lui faisant entrevoir l'espoir d'un avenir meilleur. En un mot, elle l'avait conduit vers la lumière. Avec elle, Seb allait enfin goûter à une existence nouvelle. Si ses blessures l'avaient amené à l'île d'Elbe, l'île bénie lui avait offert Gina.

Oui. Elle était assurément son salut !

Il n'avait pas le droit de la perdre, de la laisser s'envoler, et, si elle n'acceptait pas de rester auprès de lui, il la suivrait, où qu'elle aille.

Il fallait qu'il lui parle sans tarder car le temps était compté.

Cependant, bien des questions se posaient encore à lui...

Qu'allait-il faire de sa vie ? Gina accepterait-elle de partager son existence ici ou ailleurs ? Comment allait-elle réagir quand il lui dévoilerait son passé ?

7

— Nonna ? Tout va bien ?

Debout sur le quai d'embarquement de Marciana Marina, la vieille dame regardait vers le large, cherchant sans doute à apercevoir quelque image de son passé.

— Oui. Tout va bien, *ragazza mia*, répondit-elle en esquissant un sourire. Je me sens un peu nostalgique, voilà tout. Les souvenirs...

— Oh, Nonna, soupira Gina en prenant sa grand-mère par l'épaule. C'est justement pour retrouver tes souvenirs que tu es ici. Crois-tu que tu en auras la force ?

— Je savais que ce serait un grand moment d'émotion, ma chérie.

— Bien sûr, mais...

Gina s'interrompit un instant et leva les yeux vers Paolo Benigni, l'ancien pêcheur qui devait les emmener en mer sur son bateau.

— Tu peux encore changer d'avis, Nonna.

— Non, Gina. Je tiens à le faire.

— O.K.

— C'est pour cela que nous sommes ici, ma petite, comme tu l'as dit. La boucle est bouclée. Mon histoire d'amour est née dans cette baie, et c'est ici qu'elle doit finir.

Nonna caressa la joue de sa petite-fille en ajoutant :

— Ne sois pas triste, *cara mia*. C'est la vie. Pense à tout ce que nous avons vécu ensemble, à toutes ces années heureuses. Si je n'avais pas connu ce bonheur – dans lequel tu as joué un si grand rôle – je ne serais pas ici.

Gina retint ses larmes, s'efforçant de cacher son émoi et son appréhension. Bientôt, elle serait confrontée à ce rite auquel elle avait accepté de prendre part auprès de sa grand-mère. Elle avait promis de tout faire pour que le souhait de ses grands-parents se réalise, mais…

Elle ferma les yeux un instant.

Dieu, qu'il allait être difficile de dire un ultime adieu à ce grand-père qu'elle avait tant aimé !

— On annonce un orage en fin de journée, avertit Seb qui s'avançait vers elles en compagnie de l'ancien pêcheur. Paolo conseille de partir sans plus attendre… si vous y êtes toujours disposées.

— Oui, allons-y, intervint Nonna d'un ton résolu.

Gina échangea un regard avec Seb et fit l'effort de lui sourire.

— Venez, Maria, je vais vous aider, proposa-t-il en soutenant la vieille dame.

Il l'installa confortablement dans le bateau et lui tendit l'urne funéraire qu'elle tint serrée sur son giron.

Gina se détourna vers le large, cherchant à dissimuler son émoi. Elle sentit alors une main se poser sur son épaule et se retourna pour sourire à Seb qui tentait de la réconforter.

— Comment ça va ?

— Pas trop mal, murmura-t-elle, la lèvre tremblante.

— Prête à partir ?

— Oui. Allons-y.

Une demi-heure plus tard, ils étaient sur les lieux. Paolo, qui était la discrétion même, stoppa les machines et se retira dans l'unique cabine de son bateau.

Seb aida Maria à monter sur le pont de la petite embarcation qui tanguait au gré des vagues.

— Est-ce bien l'endroit où vous vouliez disperser les cendres ? questionna-t-il en montrant du doigt le Trident de Neptune.

— Oui, c'est bien ici. Matteo était marin, il adorait la mer et, s'il me voit de là-haut, il me remerciera d'avoir jeté ses cendres au large plutôt qu'au bord de la plage.

Au moment où Maria ouvrait l'urne, Seb observa Gina à la dérobée et vit briller une larme dans ses yeux.

Et tandis que le vent emportait dans un tourbillon les restes de Matteo, la vieille dame les suivit du regard.

— Je veux rejoindre mon Matteo quand le moment sera venu, déclara-t-elle au terme d'un long silence.

Elle se tourna alors vers sa petite-fille, et ajouta :

— Tu me l'as promis, Gina.

— Je tiendrai ma promesse, Nonna, tu le sais bien.

La jeune femme se détourna, incapable de retenir plus longtemps ses larmes. Il lui était déjà difficile de dire un ultime adieu à son grand-père chéri, mais renouveler la promesse faite à Nonna ne faisait qu'ajouter à son chagrin.

Dieu merci, Seb était là pour la soutenir. Il la prit par la taille et effleura sa nuque d'un baiser. Elle se blottit tout contre lui, réconfortée par la chaleur de son corps.

Le trajet de retour vers le port se fit en silence, et, comme ils débarquaient sur le quai de Marciana Marina, Gina observa sa grand-mère. Celle-ci était pâle, mais il émanait de son visage une certaine sérénité. À l'évidence, Nonna était en paix avec elle-même après avoir accompli le vœu de son cher Matteo.

Au pied de la passerelle, Gina s'avança vers le marin et lui serra la main.

— Merci de ce que vous avez fait pour nous, Paolo. Merci au nom de ma grand-mère et en mon nom.

— Ce fut un honneur pour moi, *signorina*. Vous savez... j'ai une énorme dette envers Sebastiano après ce qu'il a fait pour notre fille.

— Paolo, je t'en prie, intervint Seb en fronçant les sourcils.

Gina s'interrogea en silence sur le mystérieux message qui passait entre eux. Quelle était donc la nature de cette dette ? Elle se promit de questionner Seb quand ils seraient seuls.

À leur retour à la villa, Nonna se retira dans sa chambre pour un moment de recueillement, tandis que Gina rejoignait Seb dans la cuisine.

— Merci pour ce que tu as fait, dit-elle en prenant ses mains dans les siennes.

— J'avais promis, Gina. C'était le vœu de ta grand-mère, mais je suis triste de te voir si bouleversée.

— Mes grands-parents s'aimaient tendrement et j'ai été témoin de leur amour.

Elle s'interrompit un instant, puis reprit :

— En tout cas, j'aimerais pouvoir remercier les Linardi pour nous avoir donné asile dans cette villa.

— Ils l'ont fait bien volontiers, je t'assure, et ils ont toujours souhaité que cette maison soit un havre de paix pour leurs amis.

— Dis-moi, Seb… qu'as-tu fait d'exceptionnel pour la fille de Paolo ?

— Rien de bien important, assura-t-il, visiblement irrité par cette question.

— Ce n'est pas l'avis de Paolo, il me semble.

Il remplit deux verres d'eau fraîche et lui tendit l'un d'eux.

— Sa fille a eu un accident, et j'étais là au bon moment, c'est tout.

Elle comprit au ton de sa voix que la discussion était close, mais qu'assurément elle ignorait encore bien des choses sur le passé de son amant.

Gina fut tentée de poursuivre son enquête, mais elle vit alors entrer sa grand-mère et y renonça.

L'orage annoncé éclata quelques instants plus tard et une pluie torrentielle les retint dans la maison pour le reste de la journée. À la tombée de la nuit, la lune apparut dans un ciel clair, enfin débarrassé de ses nuages menaçants. L'air frais chargé d'humidité invita Gina à sortir seule sur la terrasse, pendant que Seb était auprès de Nonna qui venait de se coucher.

Gina songea inévitablement à la journée qui venait de s'écouler : au courage de sa grand-mère au moment de disperser les cendres, mais aussi à ses propres rapports avec Seb. Les doutes qu'elle entretenait sur le passé de son amant la saisirent de nouveau.

Pourquoi était-il si réticent à se livrer ? Pourquoi avait-il mis fin si brusquement à leur discussion sur la fille de Paolo ?

Autant de questions qui la tourmentaient alors qu'elle contemplait le Trident de Neptune au clair de lune. C'était au pied de ce rocher que ses grands-parents s'étaient connus, et précisément là qu'elle avait rencontré Seb. Fallait-il y voir un signe de longévité de leur amour ?

— À quoi penses-tu, *amore mia* ?

Interrompue dans ses songes, Gina eut un léger sursaut en entendant la voix de Seb. Il l'enlaça par la taille et lui mordilla si délicieusement le lobe de l'oreille qu'elle en frémit de plaisir. Emue par sa tendresse, elle se dit qu'aucun homme jusque-là ne lui avait donné de vraies preuves d'affection.

— Je ne pense à rien, murmura-t-elle, incapable de lui dévoiler l'origine de ses tourments.

Pourtant, cet instant d'intimité au clair de lune, le contact de ses lèvres sur sa nuque, tout cela avait sur elle un pouvoir magique.

— Viens, Gina, j'ai une surprise pour toi.

Il la prit par la main et elle se laissa guider vers la maison. Seb ouvrit la porte de la salle de bains. Là, une multitude de chandelles éclairait les murs de leur lueur vacillante. Une eau parfumée bouillonnait dans la baignoire Jacuzzi comme une invitation à un moment de détente lascive.

Touchée par cette attention, Gina en oublia tous ses griefs tandis que les doigts de Seb jouaient avec les boutons de son corsage.

L'attrait physique qu'elle éprouvait pour lui se ranima en un instant, si bien qu'elle entreprit de le dévêtir à son tour. Face à face, nus comme au jour de la création, ils se donnèrent la main et entrèrent ensemble dans la grande baignoire en forme de coquille.

Alors, Seb répandit quelques gouttes de bain moussant sur les épaules de la belle Écossaise et parcourut son corps de ses mains caressantes. Elle fit de même à son tour, s'attardant volontiers sur les muscles du torse et des cuisses. Face à face dans un océan de mousse, Gina enlaça son amant de ses jambes et ils savourèrent en silence le plaisir de se retrouver.

En sortant du bain, Seb enveloppa Gina dans un drap de bain puis la conduisit vers la chambre voisine.

— Couche-toi sur le ventre, suggéra-t-il dans un souffle.

Elle obéit, aussi intriguée qu'impatiente.

Alors, Seb s'étendit sur elle sans peser de tout son poids et parcourut sa nuque de baisers brûlants. Bientôt, elle sentit son souffle courir tout le long de son dos, s'attardant sur son tatouage.

— Seb ? Que fais-tu ?

— Je vais te masser avec tes huiles essentielles, *cara mia*, répondit-il tout en dessinant de sa main des cercles concentriques sur ses reins.

— Comme c'est bon ! soupira-t-elle en frémissant de plaisir.

— Ce parfum de vanille me rappelle notre rencontre, Gina. Il a le pouvoir de me rendre fou. Fou de toi !

Sa voix était un doux murmure, et le contact de son corps se fit soudain plus insistant comme il s'étendait de nouveau sur elle.

Gina perçut alors toute la force de son désir d'homme et enfouit son visage dans l'oreiller pour étouffer un gémissement de plaisir.

— Tu es ma déesse antique et je suis ton esclave, chuchota-t-il tout en l'invitant à se mettre sur le dos.

Prenant un peu d'huile dans sa main, il entreprit alors de lui masser les jambes et peu à peu ses mains remontèrent vers la naissance des cuisses où elles s'attardèrent. Elles ne firent que contourner la source du plaisir pour gagner les hanches.

Mais bien vite le désir de Gina se fit insoutenable.

— Seb... Je t'en supplie... ne me fais pas attendre.

— Encore un moment, *bella donna*.

Elle sentit ses mains effleurer la pointe de ses seins, puis contourner le mamelon par des caresses subtiles.

N'y tenant plus, elle se redressa soudain et prit Seb par surprise. Elle l'obligea à se coucher sur le dos et le chevaucha, telle une cavalière conquérante. Alors, elle prit sauvagement ses lèvres, les titilla du bout de la langue pour les entrouvrir et pénétra sa bouche avec délice !

— Tu as faim, on dirait ? plaisanta-t-il.

— Faim de toi, mon amour. Avoue que tu m'as mise en appétit !

Il prit un préservatif sur la table de chevet et le lui tendit avec un sourire malicieux.

— Alors, dévore-moi, Gina. Je suis à toi.

Sans un mot, elle donna toutes les preuves d'amour à son compagnon.

Seb s'abandonna lui aussi à toutes les initiatives de son amante, savourant la joie ineffable de se laisser aimer. Il souhaitait qu'elle y prenne autant de plaisir que lui et que leur passion survive à ce qu'il allait lui révéler le lendemain.

Elle fut habile à lui faire pleinement partager l'instant de l'extase suprême, après des caresses expertes, des trouvailles surprenantes, d'indicibles sursauts de sensualité.

Ils s'endormirent dans les bras l'un de l'autre, rassasiés de baisers, ivres d'amour.

La sonnerie du téléphone les surprit dans leur sommeil aux premières lueurs du jour.

— Allô ! Qui est-ce ? s'enquit Seb d'une voix rauque.

La nouvelle qu'il apprit alors eut l'effet immédiat de le réveiller.

— *Madre del Dio !*

Alertée par sa réaction, Gina se redressa brusquement sur le lit.

Il prit le temps d'écouter les détails que lui donnait son interlocuteur, puis posa des questions précises.

— Combien ? Quels sont les moyens dont vous disposez ?

Et il conclut en disant :

— Oui, bien sûr. Je serai là dès que possible.

À peine avait-il reposé le téléphone qu'il ouvrit la penderie et commença à s'habiller.

— Il faut que je parte, Gina.

— Que se passe-t-il ? questionna-t-elle en se frottant les yeux.

— Un immeuble vient de s'écrouler non loin d'ici dans une

résidence touristique. Il y a de nombreux blessés et des disparus. Tous les secours doivent être mis en œuvre au plus vite : les sauveteurs, les médecins, les infirmières, les donneurs de sang… Il leur faut aussi des bras pour fouiller les décombres. Je dois y aller.

Gina sauta alors du lit et s'habilla à son tour.

— Je t'accompagne.

— Alors fais vite, et habille-toi chaudement.

— Mais… qui va s'occuper de Nonna ?

— Je vais passer un coup de fil à Evelina, promit-il en se chaussant.

Il reprit son téléphone et réveilla Evelina qui accepta volontiers de venir.

Ils allaient monter en voiture quand la femme de service apparut au bout de l'allée, bouleversée par ce que Seb venait de lui apprendre.

— Surtout soyez prudents tous les deux, leur cria-t-elle avant de monter vers la villa.

— Seb, sais-tu ce qui a provoqué ce drame ? s'enquit Gina tandis qu'ils s'engageaient sur la route.

— Non. Tout ce que je sais, c'est que cet ensemble a été construit tout récemment par une compagnie étrangère qui a fait venir ses propres ouvriers. Il y a eu des rumeurs de malfaçons, et il semble que toutes les normes de sécurité n'aient pas été respectées.

— Oh mon Dieu ! C'est terrible.

— L'immeuble était construit sur une colline et il est probable que le violent orage d'hier a provoqué un glissement de terrain. Il y a encore beaucoup de touristes sur l'île, aussi ce complexe était-il pratiquement plein au moment du drame.

— Combien de personnes pouvait accueillir le bâtiment ?

— Environ deux cents. Peut-être plus. Il y avait de nombreux enfants d'après ce que l'on m'a dit.

— Quelle horreur !

Ils furent bientôt sur les lieux où ils découvrirent un spectacle effroyable. Saisis d'épouvante, ils restèrent prostrés quelques instants, incapables de descendre de voiture.

— Oh, Seb, c'est affreux ! soupira Gina, redoutant ce qui les attendait.

— Il faut y aller, maintenant. Nous allons nous en remettre aux secouristes, et ensuite nous verrons ce que nous pouvons faire.

Soudain, une pensée s'imposa à Seb qui prit les mains de Gina dans les siennes.

— Avant que nous soyons trop absorbés par nos tâches respectives, je veux que tu saches...

Il s'interrompit un instant, puis reprit en détournant les yeux :

— À vrai dire... je ne voulais pas que tu apprennes les choses ainsi...

— Seb, je ne comprends pas...

— Je sais. Mais tu ne vas pas tarder à comprendre. Je regrette mon silence, Gina. Tout cela est ma faute. Entièrement ma faute. O.K. ?

Il se détourna d'elle un instant, puis ajouta dans son embarras :

— Quand tout ceci sera fini il faudra que je te dise ce que j'aurais dû te dire depuis longtemps. J'étais prêt à le faire ce matin quand le téléphone a sonné, et...

— Mais enfin, Seb...

— Ne m'en demande pas plus pour le moment, Gina. Souviens-toi que je t'aime et pense à ce que nous sommes l'un pour l'autre. Allons... maintenant il faut y aller.

— Docteur Adriani, Dieu soit loué vous êtes là ! s'écria un policier en s'avançant vers eux. Venez vite, il y a des blessés à examiner d'urgence.

— Seb... tu es médecin ? balbutia Gina, stupéfaite.

Il regretta alors de ne pas avoir écouté son cousin Rico quand il lui disait de ne rien cacher à Gina de son passé. Si seulement il avait su mettre de côté son stupide orgueil, il aurait dit toute la vérité dès le début. Mais non ! Il avait repoussé ce moment de jour en jour, et maintenant elle apprenait tout cela incidemment.

— Gina, je t'expliquerai plus tard, c'est promis. Viens, je vais avoir besoin d'une infirmière. Il y a des gens à sauver.

Elle demeura clouée sur place et le regarda comme si elle le voyait pour la première fois. Enfin, elle se décida.

— D'accord, allons-y.

Ils suivirent le policier vers le centre de secours d'urgence aménagé sous une tente. Dès lors, Seb ne songea plus qu'à sa mission.

Toutefois, il n'avait pas oublié le regard de Gina, sa stupéfaction en apprenant qu'il était le Dr Adriani.

Il avait trahi sa confiance en lui taisant son passé et ne savait trop comment il allait la reconquérir.

8

À la fois troublée et blessée par ces révélations, Gina s'efforça de se concentrer sur sa mission : les premiers soins aux blessés. Son expérience acquise au cours des années passées dans un service de traumatologie allait lui être utile. Mais, pour le moment, elle restait hébétée devant le spectacle de désolation qu'elle avait sous les yeux.

Comment imaginer, en effet, qu'un bâtiment neuf de quatre étages se dressait à cet endroit-là trois quarts d'heure plus tôt ? Une partie était encore debout comme si l'immeuble avait été coupé en deux par la hache d'un géant. Les pièces d'habitation éventrées laissaient entrevoir ce qui avait été le refuge douillet de familles venues là pour quelques jours de détente. Les meubles en équilibre précaire, les vêtements et les effets personnels de tous ces gens pendaient lamentablement dans le vide. Au moins, ceux qui résidaient dans cette partie avaient peut-être été sauvés ? Malheureusement, la plupart des résidents avaient été surpris dans leur sommeil, dans leurs rêves de vacances, alors qu'ils étaient loin de songer qu'un cataclysme se préparait.

Quelques rescapés erraient au hasard parmi les débris de toutes sortes, pleurant ou criant leur douleur d'avoir perdu un proche. D'autres tentaient de les réconforter en attendant que les équipes de secouristes commencent à fouiller les décombres.

Deux médecins de l'hôpital de Portoferraio et une équipe d'infirmières venaient d'arriver sur les lieux. Ils étaient munis du matériel nécessaire aux interventions d'urgence, de pansements, de poches pour perfusions et transfusions sanguines. Seb les rejoignit, et en qualité de chirurgien organisa les équipes, assignant diverses tâches à chacune d'elles. Il désigna aussi un responsable pour classer les blessés selon la gravité de leur état, procédure habituelle en pareil cas. Ainsi fut-il décidé que les victimes seraient divisées en trois catégories : les blessés graves, les blessés plus légers, et, malheureusement, les morts.

Seb s'adressa alors aux équipes de secours.

— Je sais que notre tâche peut vous sembler insurmontable, mais nous devons faire de notre mieux avec les moyens dont nous disposons. Il y a environ deux cents personnes blessées ou prisonnières des décombres, aussi, nous sommes ici pour de longues heures. D'autres sauveteurs vont nous rejoindre, mais c'est à nous qu'il incombe de donner les premiers soins aux blessés qui ne peuvent attendre. Soyez attentifs à chacun, même à ceux qui n'ont que de légères plaies. Ils risquent peut-être une hémorragie interne ou un traumatisme irréversible.

Il se tourna vers les infirmières en ajoutant :

— Si vous n'êtes pas sûre de votre diagnostic, demandez l'avis d'un médecin. Les blessés les plus graves seront emmenés par hélicoptère vers les hôpitaux du continent. Les autres seront soignés sur place. Des questions ?

Comme personne ne se manifestait, le Dr Adriani conclut d'un ton résolu :

— Bien. Allons-y, maintenant !

Tous se dispersèrent mais Gina demeura auprès de Seb à la demande de celui-ci. Elle ne comprenait toujours pas pourquoi il lui avait caché qu'il était chirurgien et se demanda ce qu'il dissimulait encore de son passé. Dès lors, comment pouvait-elle croire à ce qu'il lui avait raconté jusque-là ?

Mais l'heure n'était ni aux questions ni aux doutes. Pour elle, il s'agissait maintenant de porter secours aux victimes. Tous ces gens avaient besoin de soins et ne pouvaient attendre. Ensuite, viendrait pour elle le temps des réponses qu'elle était en droit d'obtenir de l'homme qu'elle aimait.

— Tout va bien, Gina ? questionna Seb.

— Parfait, répondit-elle, ne sachant s'il faisait allusion à ce qu'elle allait devoir affronter ou à leur situation personnelle.

Alors, elle oublia ses griefs à l'égard de son amant et se mit en devoir de préparer les instruments de chirurgie, les bouteilles à oxygène, les pansements et les diverses fournitures.

— Il y a longtemps que je n'ai pas accompli ce geste, précisa Seb en prenant la paire de gants en latex qu'elle lui tendait. Tout ce que j'espère, c'est que mes mains ne me trahiront pas.

Mais déjà le premier patient leur était amené sur une civière. L'homme était inconscient. Il avait le crâne fracturé, la cage thoracique défoncée et portait sur le corps diverses blessures.

Il était pour Seb et Gina la première d'une interminable succession de victimes extraites des décombres. L'un et l'autre savaient par expérience que les gens ensevelis sous les gravats risquaient une hémorragie dès qu'ils étaient libérés de leur prison de béton. Le médecin avait alors de graves décisions à prendre et chaque minute comptait. Parfois, il fallait sacrifier un membre pour sauver une vie.

Peu à peu, les équipes de secours arrivaient du continent avec leur matériel et se mettaient à l'œuvre. Seb et Gina travaillaient côte à côte, et la jeune femme accomplissait certains gestes chirurgicaux pour aider le Dr Adriani handicapé par ses propres blessures.

Dès qu'ils avaient donné les premiers soins, le blessé était évacué vers l'hôpital, mais aussitôt un autre se présentait et ils reprenaient leurs instruments. C'était une noria de malheurs où alternaient hommes, femmes et enfants dans un concert pathétique de cris et de gémissements.

Luttant contre la fatigue et la douleur que lui causait ce spectacle, Gina changeait les gants, buvait un verre d'eau, et de temps à autre levait les yeux vers Seb. Il était d'une dextérité étonnante en dépit de son handicap et de son manque de pratique. Elle l'aimait et l'admirait profondément, même s'il n'avait pas été loyal à son égard en lui cachant une partie de la vérité sur son passé.

Ils s'expliqueraient plus tard sur ce point.

Le patient suivant était un jeune homme avec des blessures à la poitrine, et plusieurs fractures ouvertes au bras gauche. Il souffrait beaucoup et il était affreusement pâle. Tandis que Seb l'examinait, Gina installa une perfusion et prépara une poche de sang pour pallier les conséquences de l'hémorragie.

— Il respire mal et il fait de la tachycardie, souligna-t-elle avant de donner à Seb plus de détails tels que le pouls et la pression artérielle.

— Il a deux côtes cassées et aucun signe de souffle côté poumon droit, indiqua le Dr Adriani.

Il acheva de l'ausculter, puis ajouta :

— Déviation de la trachée et veines du cou distendues.

— Tension pneumothorax ? questionna Gina.

— Oui.

Tandis que Seb expliquait en italien au jeune homme ce dont il souffrait, elle s'empressa de préparer une anesthésie locale et le matériel pour faciliter la respiration du patient.

— Gina, j'ai besoin de ton aide.

— Que se passe-t-il, Seb ?

— Je ne peux pas me servir correctement de mes mains, avoua-t-il, visiblement frustré.

— Soit, je vais essayer, promit-elle en prenant sa place.

— As-tu déjà pratiqué ce genre d'intervention ?

— Une seule fois, confessa-t-elle, se souvenant à quel point elle avait été terrifiée par cette expérience, d'ailleurs réussie.

— Je suis là pour te guider, reprit-il d'un ton rassurant. Nous allons réussir ensemble, sois sans crainte.

Tandis que l'anesthésie commençait à faire son effet sur le patient, Seb indiqua à Gina le mode opératoire et les différents stades de l'intervention. Confortée par ces précisions, elle introduisit l'aiguille dans l'espace intercostal du blessé. L'air qui s'en échappa confirma le diagnostic de Seb. Elle fut plus inquiète quand elle dut passer au stade suivant qui consistait à pratiquer une incision sous sa sixième côte pour y introduire un drain. Son mentor la guida si patiemment qu'elle y parvint sans difficultés et, si sa main tremblait un peu, elle put vérifier que le drain fonctionnait.

— Parfait, *tesoro* ! murmura-t-il en souriant. Tu as fait du bon travail.

Et tandis que l'on transportait le jeune homme vers l'hélicoptère il ajouta :

— Nous formons une bonne équipe, toi et moi, n'est-ce pas ?

Elle esquissa un sourire puis se détourna, incapable de retenir ses larmes. L'émotion était trop forte.

Tandis qu'elle préparait les instruments pour l'intervention suivante, elle se demanda comment Seb pouvait demeurer aussi distant à l'égard de tout ce qui l'entourait. Mais, après tout, ne lui avait-il pas caché son passé avec la même désinvolture ?

— Gina ?

— Pas maintenant ! répliqua-t-elle en repoussant sa main, sachant qu'elle risquait de s'effondrer à tout moment.

Seb et Gina étaient contraints de rester sur les lieux de la catastrophe aussi longtemps que leur présence serait indispensable. Certes, plus les heures passaient moins les gens ensevelis sous les décombres avaient de chances de survivre, mais on découvrait encore des survivants. Aussi l'ancien chirurgien et son infirmière étaient-ils prêts à travailler jusqu'à l'épuisement de leurs forces pour les sauver.

Dans ces conditions, ils accomplissaient des miracles, de sorte que Seb reprenait confiance en lui et trouvait en Gina une collaboratrice efficace.

En quelques jours, elle lui avait tant appris sur lui-même. Grâce à Gina, il portait sur la vie un regard nouveau. Et cette vie, il voulait la partager avec elle, lui avouer ses peurs, ses erreurs, discuter de son avenir avec elle. Mais... n'était-il pas trop tard ? Croyait-elle encore en lui alors qu'il lui avait caché tout un pan de son histoire ?

La nuit commençait à tomber quand ils quittèrent les lieux de la catastrophe. Les équipes médicales venues du continent avaient enfin pris le relais. Les secouristes munis de caméras infrarouges, de détecteurs de chaleur humaine, de chiens, continuaient les recherches dans les couches les plus profondes des gravats. Malheureusement, une douzaine de personnes étaient encore portées disparues.

Le trajet de retour vers la villa se déroula en silence et dès leur arrivée Gina manifesta le désir d'aller dormir.

— Gina...

— Je suis épuisée, Seb. Tout ce que je veux, c'est prendre une douche et me glisser sous mes draps.

— Je comprends, admit-il en hochant la tête. Merci pour tout ce que tu as fait aujourd'hui. Tu as été merveilleuse.

Comme elle disparaissait dans le couloir, Seb se reprocha d'avoir cherché à la retenir. Il ressentait lui aussi une immense lassitude. Alors, il libéra Evelina, rendit une courte visite à Maria, puis il prit une douche et se coucha.

Malgré la fatigue, il ne trouvait pas le sommeil. En fait, son lit lui semblait bien trop grand et glacial sans Gina. Il se sentait affreusement seul, comme abandonné. Alors, il se leva pour aller la rejoindre, mais elle n'était pas dans sa chambre. Il la trouva dans celle de Maria, recroquevillée dans un fauteuil auprès du lit. Dans la pénombre, il crut deviner des traces de larmes sur ses joues. Alors, il la prit dans ses bras et l'emporta dans sa chambre.

— Seb...

— Chut ! Pas un mot, *amore mia*. Laisse-moi prendre soin de toi.

Il la déposa sur le lit, s'allongea auprès d'elle et parcourut son visage des lèvres, buvant ses larmes comme un élixir d'amour.

— Gina, il faut me pardonner, murmura-t-il en la prenant dans ses bras.

Elle s'endormit bien vite, mais, quand Seb s'éveilla le lendemain matin, elle n'était plus auprès de lui. Elle s'était arrachée à ses bras sans même qu'il s'en rende compte.

Sur la terrasse, il trouva Evelina et Maria qui bavardaient devant une tasse de café. Confuse d'avoir été surprise en flagrant délit de farniente, la femme de service courut vers la cuisine pour servir le café à son maître.

— Où est Gina ? questionna-t-il aussitôt.

— Elle est partie se promener, répondit Maria.

— Se promener ?

— Oui. Elle avait besoin d'être seule, il me semble.

Seb était furieux de n'avoir pas pu la retenir. Il aurait voulu lui parler, lui expliquer pourquoi il lui avait caché sa véritable identité, lui dire combien il était désolé de l'avoir blessée, d'avoir perdu sa confiance...

— Savez-vous si elle est descendue vers la plage ?

— *No, caro.* Elle ne m'a pas dit où elle allait et n'a même pas pris son téléphone portable.

Seb était désemparé. Comment partir à la recherche de Gina sans savoir où elle était ?

— Sebastiano !

— Oui. Qu'y a-t-il, Evelina ?

— Un appel pour vous, annonça la femme de service en posant la cafetière sur la table. Ils disent que c'est très important.

— Merci. Pardonnez-moi, Maria, mais je dois prendre cet appel.

— Je vous en prie, *caro*, murmura la vieille dame en souriant. Surtout, ne vous inquiétez pas pour Gina.

Il se dirigea vers le salon et prit le téléphone. La nouvelle qu'il apprit ne fit que le contrarier plus encore.

— Mauvaise nouvelle ? s'enquit Maria en le voyant revenir.

— C'était la police de Florence. Ils ont arrêté l'homme tenu pour responsable de l'agression au couteau en juillet dernier.

Il s'assit auprès de Nonna et prit une gorgée de café servi par Evelina.

— L'homme était connu de la police mais il se cachait depuis cette affaire. Ils l'ont arrêté hier et veulent que j'aille l'identifier, et je dois dire que le moment est mal choisi.

— Il faut y aller, Sebastiano, intervint Evelina.

— Je sais. La police a mis un avion à ma disposition, mais je ne peux pas quitter Gina. Pas maintenant. Il faut que je lui parle. Tant de choses restent à résoudre entre nous.

Il passa la main dans ses cheveux d'un geste nerveux et s'enquit de nouveau :

— Mais enfin, où est-elle ?

— Elle ne va peut-être pas tarder à revenir, suggéra Evelina pour tenter de le calmer.

Il se prit à espérer que Gina accepterait de l'accompagner, mais en fait il n'y croyait guère. Il faudrait d'abord qu'il s'explique sur son passé, et par ailleurs Gina se refuserait à laisser sa grand-mère sous la seule garde d'Evelina.

Seb se dit qu'après tout cette séparation leur ferait peut-être du bien et dissiperait le malentendu qui empoisonnait leur quotidien.

Avant son départ, il se mit en devoir de prendre des nouvelles des blessés de la résidence de vacances. On lui apprit que tous les corps avaient été retirés des décombres et que l'on déplorait quinze morts. Il estima que c'était peu compte tenu de l'ampleur de la catastrophe, mais qu'évidemment c'était toujours trop.

Il appela ensuite son cousin Rico afin que celui-ci vienne le chercher à l'aéroport de Florence.

— C'est heureux qu'ils aient enfin mis la main sur cet homme, déclara Rico, très satisfait. Promis, cousin, je viendrai te chercher à ta descente d'avion. Je suis heureux à l'idée de te revoir. Tu me parleras de la délicieuse Gina, j'espère ? Je te trouve bien silencieux sur ce point. Mais je suppose qu'elle occupe tout ton temps, espèce de canaille ! Peut-être t'accompagne-t-elle ?

— Rico, s'il te plaît !

— Que se passe-t-il ? Aurais-je dit une bêtise ?

— Non, non... ce n'est rien. Tout va bien, je t'expliquerai plus tard. À bientôt.

Seb attendit jusqu'à la dernière minute avant de partir pour La Pila, le petit aéroport de l'île où l'attendait son avion, mais Gina ne revint pas à la villa. Cependant, à peine avait-il parcouru une centaine de mètres en voiture qu'il l'aperçut.

— Gina !

Il se rangea sur le côté, ouvrit la portière et courut vers elle.

— Gina, je ne voulais pas partir sans t'avoir vue, dit-il en la prenant dans ses bras.

— Comment... tu pars ?

— Je dois m'absenter pour une journée. Je vais à Florence. La police vient d'arrêter l'auteur des coups de couteau et je dois aller l'identifier. Maria t'expliquera.

— Alors, ne perds pas de temps.

— Nous avons beaucoup de choses à nous dire, Gina. Nous en parlerons à mon retour. J'espère pouvoir rentrer ce soir.

Il prit son visage dans ses mains et ajouta :

— Je t'ai blessée, mon amour, et tu ne peux pas savoir combien je le regrette. Si je ne t'ai pas tout dit sur mon passé, c'était pour t'épargner, pas pour me dérober. Je t'en prie, donne-moi une chance de m'expliquer à mon retour.

Gina hocha simplement la tête alors qu'il attendait d'elle une preuve d'amour. N'y tenant plus, il l'attira à elle et prit ses lèvres. Elle ne les lui refusa pas, mais ne montra rien de l'ardeur de leurs précédentes étreintes.

Seb la libéra à regret et retourna vers sa voiture. Mais à peine avait-il repris le volant que Gina lui manquait déjà terriblement.

Le temps de leur séparation s'écoula avec une incroyable lenteur. Gina se sentait nerveuse, déstabilisée, rongée de doutes et d'inquiétude. Seb lui avait promis de s'expliquer sur son attitude, mais quelle excuse trouverait-il pour lui avoir caché qu'il était médecin ? Pourquoi l'avait-il trompée sur ce point par son silence ?

Elle fit en sorte de s'occuper en tenant compagnie à sa grand-mère, prenant bien soin d'éviter le sujet de ses rapports avec Seb ou d'évoquer leur retour en Écosse. Il était pourtant prévu qu'elles reprendraient l'avion pour Glasgow dès le lendemain. Seb ne lui avait pas demandé de retarder son départ. Allait-il revenir à temps pour lui dire simplement adieu ?

Le soir venu, Gina s'installa avec Nonna devant la télévision. À l'heure du journal télévisé, quelle ne fut pas sa surprise de voir apparaître le visage du Dr Adriani sur l'écran !

— Sebastiano Adriani, le célèbre chirurgien qui avait disparu depuis des semaines, vient d'arriver à Florence sur convocation de la police, expliquait le commentateur. Il est là pour identifier l'homme qui l'a agressé en pleine rue en juillet dernier. Ce matin-là, le Dr Adriani s'était porté au secours d'une jeune femme victime de l'agresseur. Celui-ci s'est alors retourné vers le médecin et l'a gravement blessé au bras et à la main, mettant ainsi fin à sa brillante carrière de chirurgien. Ce spécialiste de chirurgie plastique de renommée mondiale, célèbre pour ses innombrables conquêtes féminines, sortait d'un rendez-vous avec l'actrice Lidia di Napoli au moment de l'agression.

» Lidia di Napoli, que l'on voit ici en compagnie de son nouveau fiancé – le directeur de sa nouvelle production, récemment divorcé – a refusé de répondre aux questions de la police. Tout porte à croire que la starlette a pris ses distances avec son ancien ami, le Dr Adriani. Sans doute craignait-elle que celui-ci cesse d'exercer son métier en raison de ses blessures et perde ainsi sa prestigieuse situation ? Mais nous savons que Sebastiano Adriani n'a jamais manqué de compagnie féminine ! »

Ce commentaire s'accompagnait d'images de la pulpeuse Lidia, affectant un air boudeur devant la caméra, suivies d'une galerie de portraits des ex-compagnes du médecin pendues à son bras.

Gina fut bien tentée d'éteindre le récepteur, mais la curiosité fut la plus forte. Tandis que le reporter reprenait son commentaire, elle se dit qu'elle allait enfin tout savoir du passé de son amant.

— Interrogé à sa sortie du commissariat de police, le Dr Adriani s'est refusé à dévoiler l'endroit où il se réfugiait depuis l'agression et n'a fait aucun commentaire sur ses projets professionnels. Il était accompagné de son cousin Riccardo Linardi, fils du procureur général Roberto Linardi et de Sofia Linardi, l'infatigable présidente d'associations caritatives. Il est probable que le Dr Adriani passera la nuit dans la superbe villa florentine des Linardi, et non dans son luxueux appartement du centre-ville, inoccupé depuis l'incident de juillet dernier. Un témoin affirme avoir vu le célèbre chirurgien sur l'île d'Elbe où il donnait les premiers soins aux blessés de la catastrophe survenue hier dans une résidence de vacances. Rappelons que ce drame a fait une quinzaine de morts. Soulignons que ni les responsables de l'hôpital de Portoferraio ni la police de l'île n'ont confirmé cette rumeur. Ainsi, l'emploi du temps du Dr Adriani au cours de ces derniers mois demeure un mystère.

Et le commentateur achevait son intervention par cette information :

» Dès demain, le Dr Adriani sera convoqué devant la cour de justice où il sera confronté à son agresseur pour une première audience. Il est probable que la liberté sous caution sera refusée au prévenu, compte tenu du fait qu'il s'est dérobé à la justice. »

Gina demeura quelques instants prostrée devant l'écran. Cette avalanche d'informations la laissait anéantie.

En effet, non seulement Seb était un chirurgien célèbre doté d'une clientèle très fortunée, mais aussi un célibataire convoité dont on ne comptait plus les aventures. Il avait à ses pieds les plus belles filles d'Italie : des actrices capricieuses, des mannequins de premier plan, rivalisant de sophistication et d'élégance.

Tout ce que je ne suis pas ! songea-t-elle avec une pointe d'amertume.

En outre, Seb n'était pas le gardien de cette villa, comme elle l'avait cru tout d'abord, mais le neveu des richissimes Linardi, qui la possédaient. Ceux-là même qui l'avaient arraché à l'univers sordide de la rue.

— Gina...

— Il m'a menti sur toute la ligne, Nonna, soupira-t-elle en éteignant le récepteur. Il roule en Ferrari, s'habille en Armani, et boit du champagne tandis que je prends les transports publics, m'habille de simples jeans et me contente de mousseux. Voilà ce qui nous sépare !

— Allons, ma petite...

— Nous n'appartenons pas au même monde que lui, Nonna, tu le vois bien. Ah, il s'est bien moqué de moi ! Pour lui, je ne suis rien de plus qu'une passade.

Elle observa un bref silence, puis releva fièrement la tête en reprenant :

— Nous avons accompli la mission pour laquelle nous étions venues sur cette île, Nonna. Donc, nous repartons demain, comme prévu.

— *Cara mia*, réfléchis bien.

— C'est tout réfléchi. Je ne supporterai pas de rester ici un jour de plus. C'est au-dessus de mes forces.

Sourde aux arguments de sa grand-mère, Gina fondit en larmes et courut se réfugier dans sa chambre. Là, elle se laissa tomber sur le lit et s'abandonna à son chagrin, criant sa douleur. Son cœur qui s'était bêtement laissé prendre au piège volait soudain en éclats.

Inquiète, Maria entra sans bruit dans la chambre et s'assit auprès de Gina. Elle caressa tendrement ses cheveux comme elle l'avait si souvent fait pour la petite fille en proie à un chagrin d'enfant.

— Comme j'ai été... sotte, Nonna, bredouilla Gina entre deux sanglots.

— Non, ma chérie. Tout cela est la faute de Seb. Il aurait dû te confier ses secrets dès le début.

— Tu as bien vu... les filles qu'il fréquente ? Pourquoi s'intéresserait-il à une petite infirmière comme moi ?

— Gina, tu n'es pas une « petite » infirmière. Et à ta place j'attendrais son retour pour qu'il s'explique sur son passé.

— Voilà que tu es dans son camp, à présent ? s'insurgea-t-elle tout en séchant ses larmes.

— Là n'est pas la question, *cara mia*. Ce que je vois c'est que tu l'aimes et que tu ne dois pas abandonner la partie sans te battre.

— Mais il me ment depuis le début, Nonna !

Dans un sursaut de douleur, Gina porta la main à la poitrine et ferma les yeux. Un chagrin insoutenable l'accablait tandis que défilaient dans sa mémoire les images des moments inoubliables passés avec son amant.

En fait, Seb ne l'avait jamais suppliée de rester sur l'île. N'était-ce pas la preuve qu'il se souciait d'elle comme d'une guigne ? Qu'elle était un flirt parmi tant d'autres ?

— C'est la fin de ce conte de fées, Nonna, conclut-elle dans un soupir. Il est temps pour moi de retourner à la vraie vie...

— Que dis-tu, Evelina ? Elles sont parties ? s'exclama Seb, stupéfait. Où sont-elles parties ?

— Elles ont repris l'avion pour l'Écosse.

— Quand ? Pourquoi ? questionna-t-il, bouleversé par ce qu'il venait d'apprendre.

— Ce matin. En arrivant, j'ai trouvé le taxi devant l'entrée. Avec Maria nous avons essayé de persuader Gina d'attendre votre retour, mais elle n'a rien voulu entendre. Elle avait tellement de chagrin...

— Du chagrin ? Mais pourquoi ? Que s'est-il passé ? Vas-tu parler enfin ?

— Vous auriez dû lui dire la vérité depuis longtemps, Sebastiano.

— Quoi ? Quelle vérité ?

— Gina a vu à la télévision le reportage sur votre arrivée à Florence. Elle vous a vu au bras de toutes ces... créatures et de cette actrice si vulgaire. Imaginez quel choc elle a subi en apprenant qui vous étiez vraiment.

— *Dio !* murmura Seb en se laissant tomber dans un fauteuil.

Il enfouit son visage dans ses mains, comprenant soudain son erreur et la blessure de Gina. Il mesurait toute la brutalité des images télévisées, la sottise des commentaires, tout ce ramassis de commérages répandus par les médias. Il comprenait maintenant pourquoi Gina s'était crue abusée, insultée, flouée par son silence.

— Elle a laissé un mot, l'informa enfin Evelina, le balai en main.

Elle tira une enveloppe de la poche de son tablier et la lui tendit.

— *Uomo stupido !* marmonna-t-elle comme il s'éloignait pour prendre connaissance du message.

En ouvrant l'enveloppe, Seb reçut comme un coup de poing à l'estomac. Elle contenait la somme couvrant le coût du séjour de Gina et de Maria à la villa.

Dans son message, Gina le remerciait de son hospitalité et de ce qu'il avait fait pour Maria, pour que le rêve d'une vieille dame se réalise. Il n'eut pas la force de lire les dernières phrases et froissa la feuille dans sa main.

Tout en lui n'était que regrets et amertume. Hier soir, il avait bien essayé d'appeler Gina à la villa, mais elle avait éteint son portable et le poste fixe n'avait pas répondu. Il est vrai qu'il était très tard. De plus, à cette heure-là, elle avait déjà vu les informations à la télévision.

Ne sachant que faire, il défroissa le billet de Gina et lut le dernier paragraphe.

> *Je comprends maintenant pourquoi tu m'as caché qui tu étais : parce que je n'ai pas ma place dans ton monde et que je suis bien quelconque auprès des canons de beauté qui ont partagé ta vie. Néanmoins, je n'oublierai jamais mon séjour à l'île d'Elbe. Tu en as fait un conte de fées, même s'il s'est achevé pour moi en cauchemar. Je retourne à la vraie vie et je te souhaite tout le bonheur possible.*
>
> *Gina.*

Seb enrageait. Comment pouvait-elle croire qu'il la méprisait à ce point, qu'il s'était joué d'elle, alors qu'il l'aimait plus que tout au monde ? Gina était la femme qu'il attendait depuis longtemps. Il la respectait, la vénérait. Pas une de celles qu'il avait connues ne lui arrivait à la cheville.

Mais Seb était homme à obtenir ce qu'il voulait. Or il voulait Gina, et ferait dès lors tout pour la retrouver. Il s'expliquerait avec elle, reconnaîtrait son erreur et se traînerait à ses pieds si elle l'exigeait.

Elle l'aimait. Il n'en doutait pas un instant. D'ailleurs, s'il lui avait été indifférent, elle n'aurait pas réagi avec une telle violence. Il avait eu tort de remettre à plus tard sa confession, et voilà que cette bombe à retardement lui explosait à la figure !

Désormais, il lui incombait d'arranger les choses, de convaincre Gina qu'il n'était ni le coureur de jupons, ni le nabab que décrivaient les médias. Il lui prouverait qu'il l'aimait sincèrement et qu'elle était la femme de sa vie.

Alors, Seb prit le téléphone et appela son cousin à Florence.

— Rico, c'est moi. J'ai besoin de ton aide...

9

— Voilà le pansement est fait, Tam, c'est fini.

Gina ôta ses gants de latex, jeta l'emballage stérile, puis sourit au vieil homme assis sur la table d'examen.

— Comment vous sentez-vous maintenant ?

— Beaucoup mieux, ma petite, je te remercie.

L'homme aux longs cheveux gris remit ses chaussettes, puis son pantalon élimé et ses chaussures éculées.

À Strathlochan, tout le monde connaissait le vieux Tam. Ce S.D.F au visage buriné, d'un âge indéfinissable, errait dans les rues. Il vivait de peu, se louait parfois ici ou là, mais n'acceptait jamais d'aumône. Il avait depuis longtemps perdu son travail, sa maison et sa famille. Il pouvait être désagréable quand il avait bu, mais c'était un brave homme et Gina l'aimait bien. Il refusait la charité, l'hôpital, et plus encore une chambre d'hôtel quand on la lui proposait. En fait, il soupçonnait tous ceux qui cherchaient à l'arracher à son univers familier : les bâtiments délabrés et les portes cochères.

C'état un miracle qu'il soit venu de lui-même au centre social pour faire soigner cette vilaine plaie à la jambe qui commençait à s'infecter.

— Vous reviendrez me voir dans quelques jours, n'est-ce pas ? questionna Gina en raccompagnant le vieil homme jusqu'à la porte d'entrée.

— Oui, ma jolie. Peut-être, répondit Tam avec un vague sourire.

Il saisit la laisse de Jock, son fox-terrier qui jappait de joie en voyant revenir son maître, puis s'éloigna dans la rue.

Gina savait bien qu'elle ne le reverrait pas de sitôt et qu'il ne prendrait pas les médicaments qu'elle lui avait donnés. Aussi, pour enrayer l'infection, elle lui avait fait une injection d'antibiotique plus un vaccin antitétanique, le mettant à l'abri de bien des complications pour quelque temps.

Gina regagna la salle de soins et rangea le matériel avant de désinfecter les lieux, puis se reposa un moment.

Elle pensa à Seb. Depuis son retour à Strathlochan, un jour succédait à l'autre et les nuits lui semblaient interminables. Quand elle trouvait le sommeil, celui-ci était peuplé de rêves dans lesquels le séduisant chirurgien revenait sans cesse. Même dans son travail, entourée de ses collègues, rien ne parvenait à la distraire et la douleur d'avoir perdu Seb demeurait intacte.

— Gina, Thorn a demandé que tu passes le voir avant de quitter ton service, l'informa Lesley, la secrétaire du centre.

— D'accord. Je finis de ranger et j'y vais. Merci, Lesley.

Gina éprouva une vague appréhension, se demandant pourquoi le directeur du centre la convoquait en cette fin de journée.

— Entrez.

Gina poussa la porte et s'avança vers le bureau. Son patron était au téléphone. Il lui sourit et la pria de s'asseoir.

— C'est l'affaire d'une minute, précisa-t-il.

Sans vraiment prêter l'oreille à la conversation, Gina comprit que Thorn était en communication avec Nic di Angelis, un médecin italien installé dans la région.

Elle pensa inévitablement à Seb, et, pour chasser les images des jours heureux passés auprès de lui, elle observa plus attentivement son patron.

Pour elle, Thornton Gallagher demeurait une énigme. C'était un homme à la fois rigoureux, non conformiste et à vrai dire quelque peu inquiétant. Gina avait travaillé sous ses ordres à l'hôpital de Strathlochan et ne pouvait nier qu'elle l'estimait pour ses qualités de médecin. Elle admettait que par sa rigueur et son autorité Thorn était tout à fait à sa place à la direction du service sanitaire du centre social.

Comme il reposait son téléphone, il leva sur elle ses yeux couleur d'ambre au regard pénétrant.

— Que pensez-vous de votre nouveau job dans notre centre, Gina ? questionna-t-il en s'accoudant à son bureau.

— Mon travail me plaît. Je me sens bien ici.

Le silence de Thorn l'inquiéta au point de questionner aussitôt :

— Aurais-je commis une faute ?

— Allons, Gina, ne soyez pas sotte ! répliqua-t-il, balayant cette question d'un geste de la main. Vous êtes la meilleure infirmière que je connaisse et vous savez combien je vous apprécie. Ce n'est pas un hasard si je vous ai prise ici dans mon équipe.

— Je vous remercie, murmura-t-elle, à la fois rassurée et flattée par ces compliments.

— Comment va Maria ?

Cette question et le changement de ton de son patron la désarçonnèrent quelque peu.

— Euh... bien. Elle va très bien. Notre médecin maintient sa dose de diurétiques pour le moment et surveille ses poumons pour prévenir tout risque d'œdème, mais tout va bien.

— Vous avez dû être inquiète de la voir tomber malade au cours de votre séjour à l'étranger ?

— Oui, en effet.

Le souvenir de l'île d'Elbe s'imposa de nouveau à Gina et elle revit un instant le visage de Seb.

— Dieu merci, elle a été bien soignée et tout s'est bien terminé.

Thorn l'observa plus attentivement, puis s'enquit :

— Et vous ? Comment vous sentez-vous ?

— Moi ?

— Vous me semblez un peu pâle et bien morose depuis votre retour d'Italie.

— Je me sens en pleine forme, mentit Gina en s'efforçant de sourire.

Bien sûr, il n'en était rien et elle avait bien du mal à donner le change. Elle aimait Seb de toutes ses forces et elle ne cessait de déplorer la façon dont leur liaison avait pris fin. N'avait-elle pas commis une erreur fatale en décidant de rependre l'avion sans le revoir ?

Cette question l'empoisonnait aux heures les plus noires de ses jours et de ses nuits.

Elle avait quitté précipitamment la villa parce qu'elle avait été blessée et qu'elle avait eu peur. Peur de ne pas être digne du Dr Adriani. Le silence qu'il observait depuis une semaine confirmait qu'elle avait eu raison d'agir de la sorte.

Hélas, cela ne faisait qu'augmenter la douleur qui la torturait sans cesse.

— Vous avez rencontré quelqu'un là-bas, n'est-ce pas ? murmura Thorn en cherchant son regard. Et si je comprends bien... votre cœur est toujours en Italie.

Gina fit un effort pour garder sa contenance et retenir ses larmes.

— C'est sans importance, mentit-elle, soucieuse de clore ce sujet au plus vite.

— Allons donc ! Je vois bien que vous êtes amoureuse, ma petite.

— C'est vrai, admit-elle à regret.

Désireuse de passer à autre chose, Gina s'empressa de changer de sujet.

— À propos de mon travail, je vous informe que je viens d'examiner le vieux Tam. Je ne pense pas qu'il reviendra pour faire changer son pansement. En outre, il m'a priée de vous dire qu'il est prêt à faire le travail que vous avez demandé.

— Je vous remercie, Gina, murmura Thorn qui, à l'évidence, n'était pas dupe de cette dérobade. Vous rentrez chez vous, maintenant ?

— Oui.

Dans sa hâte d'en finir avec cet entretien, elle se leva en ajoutant :

— Je dois faire un détour par le supermarché pour faire quelques courses. Holly et Ruth viennent dîner ce soir.

— Parfait. Je vous raccompagne jusqu'à la porte.

Un peu surprise par cet élan de courtoisie plutôt rare chez son patron, Gina regarda Thorn se lever, impressionnée comme toujours par sa stature.

Elle le trouvait plutôt bel homme, même s'il ne l'attirait pas, mais elle comprenait son succès auprès des femmes. Il n'était pas précisément séduisant, mais son côté inquiétant, mauvais garçon, avait quelque chose de piquant.

— Ce n'est pas nécessaire, je vous assure. Vous avez sûrement du travail…

— De toute façon, je devais quitter mon bureau. Je dois faire visiter le centre à un médecin. Il a l'intention de faire un don, et vous savez que l'argent est toujours le bienvenu pour nous. Il pourrait aussi mettre ses compétences à notre service.

— Je comprends, admit-elle. Voulez-vous que je reste pour la visite ?

— Non, c'est inutile, répondit Thorn en esquissant un sourire énigmatique. Pour le moment je me débrouillerai seul.

— O.K.

Elle remonta la fermeture Éclair de sa parka, puis jeta son sac sur l'épaule.

— J'espère que tout se passera bien.

— Moi aussi, Gina.

Elle haussa les sourcils, surprise par la lueur de malice qui brillait dans les yeux de son patron. Assurément, Thorn ne lui avait pas tout dit.

— Bonne soirée, Thorn.

— Bon retour, Gina. Mes amitiés à Maria.

— Je n'y manquerai pas.

Comme elle allait franchir la porte, il la retint.

— Oui. Autre chose, Thorn ?

Il demeura silencieux quelques instants, les yeux plongés dans les siens.

— On ne sait jamais ce qui nous attend au coin de la rue. Bonne chance, Gina.

Intriguée par l'étrangeté de ces propos, elle haussa les épaules, puis s'éloigna.

Bizarrement, elle sentit que Thorn ne la quittait pas des yeux.

Tout en marchant, Gina ralluma son téléphone portable. Il y avait deux messages. L'un de Ruth, l'autre de Holly qui annulaient l'invitation à dîner. Un peu déçue, Gina appela sa grand-mère pour lui dire qu'elle était sur le chemin du retour.

Assis au volant de sa voiture de location, Seb regardait Gina s'éloigner. Il sentit son cœur chavirer en s'attardant sur sa silhouette et le mouvement de ses hanches.

Après tant de jours passés loin d'elle, il avait hâte de la serrer dans ses bras et ne supportait plus d'attendre.

Un détail le préoccupait cependant... Cet homme qui l'avait raccompagnée jusqu'à la porte et qui l'avait retenue. Qui était-il ? Il le trouvait bien familier avec elle.

Il fit part de son étonnement à son ami Nic di Angelis assis auprès de lui.

— Ne t'en fais pas, *mio amico*. C'est Thorn.

— Thornton Gallagher ? questionna Seb, incapable de dissimuler sa surprise.

— Gallagher en personne !

Maintenant que Gina avait disparu au loin, Seb regardait Thorn s'avancer vers leur voiture. Il avait eu le directeur du centre plusieurs fois au téléphone et l'avait imaginé bien plus âgé qu'il ne l'était. En fait Thorn Gallagher semblait être à peu près du même âge que lui.

Au cours de leurs conversations, Seb lui avait confié sa liaison avec Gina et il avait trouvé en lui un allié. Ainsi, avec la complicité de Rico et celle de Nic di Angelis, il avait préparé son voyage et avait pris le premier avion pour l'Écosse.

Nic et son adorable épouse Hannah avaient accueilli Seb chez eux, lui proposant de rester autant qu'il le souhaiterait.

— Je comprends pourquoi tu m'as dit de venir en tenue de week-end, Nic, commenta Seb, notant que le directeur du centre portait un simple jean et un sweat-shirt.

— Thorn est resté très simple. Mais ne te fie pas trop à son air relax, c'est un grand médecin très apprécié de ses confrères. Il fait autorité ici.

Nic ouvrit la portière et descendit de voiture pour accueillir son ami. Seb l'imita et, après de brèves présentations, il serra chaleureusement la main de Thorn avec qui espérait travailler dans un proche avenir.

— Ravi de vous voir ici, docteur Adriani, déclara Thorn avec un franc sourire. Gina est en route pour son domicile, mais elle doit faire une halte au supermarché. Voilà qui nous laisse un peu de temps.

— Elle ne sait toujours pas que je suis là, n'est-ce pas ?

— Non, elle n'en a pas la moindre idée.

Un sourire naquit sur les lèvres de Thorn comme il ajoutait :

— Si je n'étais pas convaincu d'agir dans l'intérêt de Gina, nous ne serions pas là en ce moment. Venez, allons visiter le centre.

Gina poussa la porte de son petit cottage et fut accueillie par Montgomery qui lui fit fête, tout heureux de la revoir.

— Une minute, mon chien, laisse-moi au moins poser mes provisions.

Monty la suivit dans la cuisine en aboyant. Gina y trouva sa grand-mère iui mettait la dernière main au repas du soir.

— Ah, Gina, enfin tu es là !

— Tout va bien, Nonna ?

— Oui, bien sûr. Même si Holly et Ruth ne viennent pas ce soir, j'ai tenu à préparer un petit plat que tu aimes pour le dîner. C'est ton préféré : un crumble de pommes et de mûres.

— Comme c'est gentil, Nonna. Mais tu sais, à vrai dire je n'ai pas très faim.

— Allons, allons ! il faut que tu manges.

— Dis-moi, Nonna… comment as-tu appris que Holly et Ruth s'étaient décommandées pour le dîner de ce soir ?

Maria rougit instantanément, éveillant ainsi les soupçons de sa petite-fille.

— J'ai… j'ai croisé Ruth tout à l'heure, et elle m'a raconté que Julia, la sœur de Holly, avait encore fait des sottises, et aussi que…

— Nonna ! interrompit Gina qui ne croyait pas un mot de cette histoire.

— Tu sais, ma petite… je devine que tu es fatiguée et que tu es triste…

— Je vais bien, Nonna. Ne t'en fais pas.

— Nous savons toi et moi qu'il n'en est rien. Maintenant tu vas aller prendre une douche et choisir ta plus belle robe pour me faire plaisir. Moi, je vais préparer la table pour le dîner.

— Mais enfin, Nonna…

— Allons, fais un petit effort… pour moi, *ragazza mia*.

Gina obéit, préférant éviter une nouvelle discussion sur Seb et sur le désagrément causé par leur départ précipité de l'île d'Elbe. L'attitude de sa grand-mère l'étonnait, cependant. D'habitude, Nonna n'était pas aussi directive avec elle.

Une fois dans sa chambre, Gina s'assit sur son lit et enfouit son visage dans ses mains. Elle se sentait lasse et terriblement seule. Seb lui manquait cruellement. Comment avait-elle pu s'éprendre follement de lui en si peu de temps ? Jamais elle n'éprouverait rien de tel avec un autre homme. Ce qu'elle ressentait était indicible. Certes, il lui avait fait l'amour de façon divine, mais leur histoire ne pouvait se résumer à une aventure sans lendemain. Elle se sentait si bien avec lui. Il avait le don de l'écouter, de la comprendre, de la révéler à elle-même… C'était magique. Toutefois, il lui avait caché qui il était, et c'était bien là ce qui lui serrait le cœur.

Elle fit l'effort de se lever pour aller prendre une douche, puis choisit une toilette dans la penderie, pour faire plaisir à Nonna. La robe rouge s'imposa aussitôt à elle, et en la voyant son cœur chavira.

« Non. Pas celle-là ! », se dit-elle en la remettant à sa place.

Les images de cette soirée passée avec Seb au restaurant de Marciana Marina lui revinrent alors à la mémoire. C'était le soir où il l'avait embrassée pour la première fois. La jeune femme sensuelle en robe rouge n'existait plus, et Seb n'était plus là pour la serrer dans ses bras.

Son choix se porta finalement sur une jupe à godets et un chemisier de soie qu'elle boutonna de ses mains tremblantes. Elle retourna dans la salle de bains pour se coiffer, bien résolue à mettre fin à toute discussion à propos de Seb si d'aventure Nonna abordait ce sujet.

— Qu'en pensez-vous ? questionna Thorn en refermant la porte de son bureau au terme de la visite du centre social.

— Je suis plutôt impressionné, je l'avoue, répondit le Dr Adriani. En fait... ce projet m'enthousiasme.

— À mon avis, vous êtes trop qualifié pour prendre un poste de médecin ici, mais si tel est votre souhait... je me réjouis que vous mettiez votre expérience au service de notre équipe.

— Merci. Hélas, je ne suis pas sûr de pouvoir opérer de nouveau, mais Gina m'a démontré que je pouvais encore être utile à quelque chose. Elle m'a dit tant de bien de ce centre que je partage tout à fait ses convictions quant à l'utilité de votre mission.

— Bien. Mais maintenant, c'est à elle que vous allez le dire, conclut Thorn en le prenant par le bras pour l'entraîner vers la sortie.

— Oui. Enfin... je vais essayer, murmura Seb, l'air dubitatif. C'est à elle qu'appartient la décision en fait. Ou je reste, ou je rentre en Italie.

— Je vous souhaite bonne chance, mon cher. Faites en sorte de réussir. J'en serai le premier satisfait. Vous l'avez blessée en lui cachant votre véritable identité. Alors, prenez garde.

Seb serra fermement la main de Thorn qu'il admirait sincèrement, puis rejoignit Nic qui l'attendait auprès de la voiture. Entre-temps, Hannah était venue chercher son mari, et tous deux encouragèrent leur ami pour affronter l'épreuve qui l'attendait : reconquérir Gina.

Seb regarda le couple s'éloigner, puis il prit le volant et parcourut les quelques centaines de mètres qui le séparaient du cottage de Gina.

Il entendait bien lui prouver qu'elle était digne de lui et qu'il n'était plus le séduisant chirurgien traqué par les journalistes. Il n'avait qu'une angoisse : n'était-il pas trop tard pour la convaincre ?

Comme il était convenu avec Maria, son éternelle complice, il utilisa la clé de la porte arrière du cottage qu'elle lui avait remise.

— Gina ne va pas tarder à descendre, lui confia la vieille dame en l'accueillant dans la cuisine. Je l'occuperai dans le salon en attendant que vous soyez prêt.

Comme la porte se refermait sur lui, il entendit Gina descendre les marches et son cœur chavira instantanément. Dans quelques minutes, il la serrerait dans ses bras. Il n'en doutait pas. Pourtant, il avait peur comme jamais il n'avait eu peur jusque-là.

Réussirait-il à persuader sa belle Écossaise de lui donner une seconde chance ? Il le fallait car la vie sans elle était inconcevable.

Fort de ces résolutions, Seb sortit de son refuge et referma doucement la porte derrière lui. Comme il longeait le petit couloir qui conduisait aux pièces d'habitation, son cœur battait à tout rompre.

Montgomery, qui l'avait déjà adopté, le suivait en silence.

— Reste là, mon chien, chuchota-t-il en le récompensant d'une caresse.

Seb ouvrit la porte qui donnait sur le salon. Les voix de Maria et de Gina se firent soudain plus précises. Trop précises. Alors, il tenta de reprendre courage.

Dans un instant, il saurait.

Dans le salon, Gina se tenait debout derrière sa chaise et faisait face à sa grand-mère, agacée par les questions de celle-ci.

— Gina, as-tu réfléchi à ce que je t'ai dit à propos de Seb ? Il y a plus d'une semaine que nous en avons parlé.

— Seb m'a menti, Nonna, répliqua-t-elle, les yeux brillant de fureur. Je ne changerai pas d'avis.

— Est-ce qu'il t'a dit qu'il était le gardien de la villa ?

— Non. Mais il savait que je le supposais et il n'a rien fait pour me détromper. Pas plus qu'il ne m'a dit qu'il était un chirurgien riche et célèbre et que la villa appartenait à des membres de sa famille. Il m'a délibérément trompée, Nonna.

— Et à ton avis, quel intérêt avait-il à te tromper ?

— Nous avons déjà abordé toutes ces questions et cette discussion n'y changera rien. J'ai eu tort de croire à cet amour. En fait, je me suis trompée moi-même, c'est tout. N'en parlons plus, je t'en prie.

— Ne crois-tu pas que Seb a eu de bonnes raisons de te cacher qui il était vraiment, *ragazza mia* ?

— Quelles raisons ? ricana Gina tandis que ses mains se crispaient sur le dossier de la chaise. Il ne me faisait pas assez confiance ou ne m'aimait pas assez pour me dire la vérité, voilà tout. Qui suis-je auprès des mannequins et des actrices que l'on voyait à son bras ?

— Sottises !

— Tout me semblait si simple, si merveilleux, avant d'apprendre qui il était en réalité.

— Vraiment ?

Gina ne put réprimer un cri en reconnaissant la voix de Seb. Elle fit brusquement volte-face et manqua défaillir en le voyant s'avancer dans le salon.

Elle le trouva éblouissant malgré son simple jean et son pull en V qui laissait entrevoir sa peau cuivrée. Ses cheveux noirs en désordre, sa barbe naissante, et cette démarche nonchalante, tout en lui rappelait l'homme qu'elle avait aimé avec passion.

Mais elle se reprit brusquement et foudroya sa grand-mère du regard.

— Gina, il ne faut pas blâmer Maria, intervint Seb. C'est à moi de m'expliquer sur ma présence. Je suis venu dès que j'ai pu, et j'avoue que je dois beaucoup à ta grand-mère et à tes amis qui ont permis cette rencontre.

— Pourquoi es-tu venu ?

— J'ai plusieurs choses à te dire. Acceptes-tu de m'écouter ?

Les yeux couleur noisette de son amant avaient toujours le même pouvoir sur elle. Jamais elle n'aurait cru les revoir ni éprouver l'indicible frisson qu'ils éveillaient en elle.

— Gina… s'il te plaît.

Elle soutint son regard, mais demeura hésitante. Elle vit sa grand-mère quitter la pièce, mais, lorsque Seb s'avança d'un pas, elle recula aussitôt.

Gina savait bien que, s'il la touchait maintenant, le rempart qu'elle avait bâti entre elle et lui s'effondrerait en un clin d'œil.

Soudain la sonnette de la porte d'entrée retentit et la fit sursauter. Alors elle entendit les voix de Holly et de Ruth, puis celle de sa grand-mère qui les accueillait dans l'entrée.

— Que se passe-t-il, Nonna ?

— Rien de grave, ma chérie. Je vais passer la nuit chez Ruth, tout simplement.

Elle apparut à la porte du salon et ajouta :

— Je n'ai plus que mon sac à prendre et te laisse en compagnie de Seb. Je crois que vous avez besoin d'être seuls. Le dîner est au chaud dans la cuisine… mais il peut attendre. Bonne nuit, jeunes gens !

Comme la porte se refermait sur elle, Gina entendit les rires de Ruth et Holly, visiblement satisfaites de la réussite de leur petit complot.

Désormais, elle était seule avec Seb.

— Qu'es-tu venu faire… ici ? balbutia-t-elle. Tu m'as menti dès le début. N'étais-je pas assez bien pour toi ?

Seb s'avança.

— N'approche pas ! s'écria-t-elle, les yeux baignés de larmes.

— Gina… pardonne-moi. Tout cela est ma faute, confessa-t-il, prenant conscience du mal qu'il lui avait fait.

— Je ne veux rien entendre.

— Je comprends, *amore*, mais donne-moi au moins une chance de m'expliquer. Si tu savais comme j'ai honte de ma conduite…

Je t'aime tant. Je t'admire tant. Je savais que tu me rejetterais en apprenant qui j'étais avant de te connaître.

Gina le regardait en silence, véritablement prostrée, le visage inondé de larmes.

— Permets-moi au moins de m'expliquer sur tout cela. C'est pour toi que je suis venu. *Amore*, je t'en supplie.

Elle leva vers lui ses beaux yeux bruns et cela suffit à raviver le désir de Seb. Il avait tellement hâte de retrouver le goût de ses lèvres, de sa peau, de lui faire l'amour comme avant.

Mais elle était encore loin de lui, et il craignait de tout gâcher s'il osait faire un pas de plus.

Pour ne rien omettre de sa confession, il lui dit tout sur Antonella, sur les femmes qui s'étaient servies de lui, de son nom, de son prestige. Il lui parla aussi de l'opération qu'il avait pratiquée sur la fille de Paolo sans demander un sou, et sur son désir de changer de vie, d'être enfin utile aux plus démunis.

Il s'interrompit quelques instants, terrassé par le silence de Gina, puis rassembla de nouveau ses forces pour tenter de la convaincre.

— Je t'ai aimée dès le premier instant, *cara mia*. Il est vrai qu'au début je t'ai prise pour une journaliste, mais comprends-moi, j'avais des raisons d'être méfiant. Quand j'ai compris qui tu étais, je me suis juré que tu serais la femme de ma vie. J'aimais tant ton naturel, ta simplicité, et bien sûr j'étais conquis par ta beauté. La première fois que je t'ai prise dans mes bras, je n'ai pu résister au parfum de ta peau, au goût de tes lèvres. Gina, tu m'as accepté tel que j'étais, et c'est aussi ce qui m'a séduit en toi. Pour toi, je n'étais pas le chirurgien pourchassé par les *paparazzis* et par toutes ces bimbos qui n'en voulaient qu'à mon argent. Avec toi, j'étais en paix avec moi-même. C'est pourquoi je t'ai caché qui j'étais avant notre rencontre. Pour ne pas briser ce qui était en train de naître entre nous. J'avais si peur de te perdre.

— Seb...

— Gina, fais-moi le plaisir de m'écouter jusqu'au bout,

interrompit-il sans quitter sa place. Il faut que je te dise tout ce que tu as fait pour moi.

— Ce que j'ai fait... pour toi ? répéta-t-elle en séchant ses larmes.

— Oui. Je crois que tu ne t'en es pas rendu compte, reprit-il en s'asseyant sur l'accoudoir du canapé. Tu m'as appris tant de choses sur moi-même. Tout ce que je t'ai confié sur mon enfance, je ne l'avais confié à personne. Même pas à mon cousin Rico. Certes, j'ai réussi dans ma carrière de chirurgien, mais je n'ai jamais été convaincu que c'était là ma voie. Et quand tu es entrée dans ma vie, j'ai compris à quel point je m'étais fourvoyé. Quand je t'ai entendue parler de ton métier, de ce que tu faisais pour les autres, j'ai mesuré la distance qui me séparait de toi et de mes racines.

Gina gardait le silence. Seb n'attendait d'elle qu'un mot, qu'un geste pour la rejoindre, mais rien ne se passait.

— Vois-tu ces mains, Gina ? Elles ne pourront plus opérer, reprit-il en montrant sa blessure. Et curieusement, c'est sans doute ce handicap qui nous a réunis. Sans ces blessures je ne me serais jamais retiré à l'île d'Elbe et je ne t'aurais pas rencontrée. Maintenant, je sais que grâce à toi j'ai une seconde chance, mais le plus important, c'est que je t'aime au-delà de tout. L'argent, la célébrité n'ont aucune valeur à mes yeux. Avec toi je veux me consacrer aux autres et je sais que tu m'y aideras. Tu feras de moi un homme nouveau.

Il leva alors les yeux vers Gina et croisa son regard. Pour la première fois, il crut y déceler une lueur prometteuse.

— Seb... c'est vrai que j'ai eu peur de ce que tu étais avant notre rencontre, admit-elle du bout des lèvres. Cependant, je ne t'aurais jamais jugé sur ton métier de chirurgien des riches. Quant à l'argent, il ne représentait rien pour moi.

Enfin, elle commençait à se livrer et il en était heureux. Peut-être allaient-ils enfin se rejoindre ?

— Contrairement aux autres femmes qui m'entouraient alors, tu te moquais de l'argent, et c'est là ce qui fait toute la différence à mes yeux.

— Mais les femmes dont tu parles étaient... belles, élégantes, sophistiquées...

— Et surtout captivées par mes revenus, mes voitures de sport et les *paparazzis* qui nous pourchassaient ! Gina, la vérité, c'est que je n'ai jamais reçu aucune d'elles chez moi. Ni à Florence, ni à la villa. Tu as été la première.

— Mais enfin...

Seb se leva alors, s'avança lentement vers elle pour ne pas l'effaroucher et prit son visage dans ses mains.

— Pas une de ces femmes n'a su prendre mon cœur comme tu l'as pris, Gina. Toi seule as su m'apprivoiser par ton naturel, ta générosité, ton indifférence à l'égard des biens matériels. Et surtout par ton charme qui n'a nul besoin de bijoux, de parfums et de robes de grands couturiers. Tu es la seule à pouvoir me donner ce que j'attends d'une femme.

Une larme perla sous la paupière de Gina. Alors, Seb comprit qu'il avait gagné sa confiance.

Soudain, elle étouffa un sanglot et se blottit dans ses bras.

— Nous ferons de belles choses ensemble, *amore*, parce que nous sommes faits l'un pour l'autre. Promets-moi que nous ne serons plus jamais séparés. Jamais !

— Promis... mon amour.

Seb prit ses lèvres avec une ardeur nouvelle. Si elles lui avaient manqué ces derniers jours, il n'en avait pas perdu le goût.

Ils furent interrompus par Monty qui sautait de joie autour d'eux, saluant à sa façon leurs retrouvailles.

— Vois-tu, Seb, je ne suis pas seule. Il faudra que tu acceptes mon chien, et aussi... Nonna.

— J'accepte tout de toi, mon amour, sans conditions ! Monty et Nonna sont déjà mes amis, tu sais. Je crois qu'ils m'ont adopté. Leur place est avec nous, bien sûr.

Gina resserra son étreinte et lui murmura à l'oreille :

— As-tu pensé à ce que serait... notre avenir ?

— Tout à l'heure, j'ai eu un entretien avec Thorn. Il m'a fait visiter le centre.

— C'était donc toi, ce mystérieux visiteur ? Mais alors, mon patron savait tout !

— Exact. J'ajoute que mon cousin Rico et Nic di Angelis ont été les artisans de cette rencontre.

— Tu connais Nic ?

— J'ai fait sa connaissance par l'intermédiaire de Rico. En fait, le nom de Strathlochan me disait vaguement quelque chose quand tu l'as prononcé devant moi, mais j'ignorais alors pourquoi. C'est tout simplement parce que mon cousin y est venu pour le mariage de son ami et collègue Nic di Angelis.

— Je comprends tout, maintenant. Et tu ne disais rien ? Voyou !

— En tout cas, tout est arrangé avec Thorn. Je prendrai mon poste au centre social dans quelques jours. Ainsi, je serai heureux où tu es heureuse, Gina, et nous ne nous quitterons plus.

— Et ta famille ?

— Ils sont tous impatients de te connaître. Mon cousin, Rico, bien sûr, mais aussi tante Sofia et oncle Roberto. Nous sommes déjà invités à leur rendre visite dans leur villa de l'île d'Elbe.

— L'île d'Elbe ?

— Oui. Ainsi, nous y ferons notre pèlerinage annuel.

— C'est Nonna qui va être heureuse !